Miel Moreland

Unsere Herzen auf Repeat

MIEL MORELAND

UNSERE HERZEN AUF REPEAT

Übersetzung aus dem Englischen von Svantje Volkens

one

Dieser Titel ist auch als E-Book erschienen

Die Bastei Lübbe AG verfolgt eine nachhaltige Buchproduktion. Wir verwenden Papiere aus nachhaltiger Forstwirtschaft und verzichten darauf, Bücher einzeln in Folie zu verpacken. Wir stellen unsere Bücher in Deutschland und Europa (EU) her und arbeiten mit den Druckereien kontinuierlich an einer positiven Ökobilanz.

FSC
www.fsc.org
MIX
Papier | Fördert gute Waldnutzung
FSC® C014496

Titel der englischen Originalausgabe:
»It goes like this«

Redaktion: Rebekka Röttger
Umschlaggestaltung: Johannes Wiebel | punchdesign, München unter Verwendung einer Illustration © 2021 von Jenn Woodall und einem Design nach einer Idee von Trisha Previte
Satz: 3w+p GmbH, Rimpar
Gesetzt aus der Adobe Caslon Pro
Druck und Einband: GGP Media GmbH, Pößneck

Printed in Germany
ISBN 978-3-8466-0157-0

5 4 3 2 1

Sie finden uns im Internet unter one-verlag.de
Bitte beachten Sie auch luebbe.de

Für alle, die sich schonmal in ein Lied verliebt haben, und für alle, die an meins geglaubt haben

Juni 2021

moonlite-babe:
Sperrt die Lauscher auf, Cosmic Queers! Falls ihr die Nachrichten heute Morgen nicht gelesen habt, ist hier eine Zusammenfassung:
Celeste und Gina sind gestern Abend in den gleichen Club gegangen (Geburtstagsparty eines Stars, dessen Namen ich hier nicht nennen werde, um mir nicht haufenweise anonyme Nachrichten einzufangen)

Gina war wie immer SUPERHEISS

Celeste sah auch sehr, sehr gut aus, mein kleines queeres Herz bedankt sich

Auf den Bildern wirken sie eigentlich ganz fröhlich, also ::Wiedervereinigung wann??::

Passt auf, Babes, offensichtlich gehöre ich nicht zum PR-Team, und offensichtlich erwecken die Fotos schon den Eindruck, dass Moonlight Overthrow eine Reunion bevorsteht. Perfekte Publicity-Maßnahme. ABER. Mittlerweile sind anderthalb Jahre vergangen. Gina und Celeste sind beide an Verträge und laufende Projekte gebunden. Wiedervereinigung? Keine. Chance.

#moonlightoverthrow #business as usual #moonlight gerüchte #celeste rogers #gina wright #sorry ich versuche professionell zu bleiben aber habt ihr Ginas Make-up gesehen?

maybeitsmoonlight:
Ihr wisst alle, dass ich für eine Moonlight-Overthrow-Reunion-Tour mein Erstgeborenes verkaufen würde, und ich freue mich sooooo, 2/4 (!!!) Bandmitgliedern strahlend und zufrieden zu sehen, aber wenn das hier PR ist, dann eher für die Projekte, die sie im Moment am Laufen haben.

OT4 ist zwar Geschichte, aber immerhin liefert uns ein Teil unserer queeren Lieblingsband noch quality queer content, stimmts?

Celeste macht ihr Ding.
Gina macht ihr Ding.
Eva. Ihr Ding.
Steph ...

#MO-Updates #CR #GW

Juni 2021
Eva

Als sie die Bilder sieht, fühlt es sich an, als würde jemand einen Eimer voller Eiswasser über ihrem Kopf ausleeren. Wie ein Kälteschock, der einem den Atem raubt.

»Eva«, hört sie ihre Mutter sagen, weil sie sich immer noch wie betäubt das Handy ans Ohr hält.

Eva will antworten, aber bringt nichts heraus.

Mit der anderen Hand hält sie zitternd ihr Tablet fest. Sie scrollt weiter. Noch ein Foto, und noch eins. Jedes hallt wie eine schiefe Note in ihrem Kopf wider, denn *so was sollte doch nicht passieren.* Gina, Celeste … auf einer Party. Zusammen, in der Öffentlichkeit. Ohne sie. (Und auch ohne Steph.)

Eva würde das Tablet am liebsten durchs Zimmer pfeffern.

Oder darin eintauchen, in das Bild schlüpfen, um auch dabei zu sein und für die Kamera zu lächeln.

»Eva?«, fragt ihre Mutter wieder, diesmal mit einem besorgten Unterton. »Ich wollte nur nicht, dass du es von Twitter erfährst.«

Manchmal bereut Eva es, dass sie ihrer Mom beigebracht hat, wie Twitter funktioniert.

Manchmal tut Eva so, als würde sie Moonlight Overthrow bereuen.

»M-hm«, bringt Eva jetzt heraus. »Ja, okay. Danke.« Kurz schwankt sie zwischen Traurigkeit und Wut, entscheidet sich dann aber für Letzteres. »Ich meine, es ist ja nicht so, als würde ich nicht auch in L.A. wohnen. Und das wissen sie auch. Wir haben sogar einen verdammten Gruppenchat.«

Sie ändern alle immer noch häufig ihre Nummern – selbst Steph –, und neue Nummern in den Chat einzutragen ist der einzige Kontakt, den sie seit den letzten Treffen vor anderthalb Jahren haben.

Seit der Trennung.

Oder wenigstens dachte Eva das. Vielleicht sind Celeste und Gina befreundet geblieben, still und heimlich, ohne sie.

»Evie, du hattest auch Möglichkeiten«, erinnert ihre Mom sie sanft.

Sie meint damit, sie hätte sich bei den anderen melden können. Sich vertragen können.

Aber ihre Mutter weiß auch, warum Eva nicht am Soundtrack für einen von Ginas Filmen mitarbeiten wollte. Sie weiß, warum Eva Celestes Label – ihr eigenes ehemaliges Label – nicht zurückgerufen hat, als sie wollten, dass sie einen Song für Celestes neues Album schreibt, das sie und der Rest des Fandoms damals noch CR2 nannten. Das Album hieß am Ende *Silhouette* und steht nach Wochen immer noch in den Charts – auch ohne Evas Hilfe.

Um fair zu sein: Die Frau vom Label rief am nächsten Tag zurück und hinterließ Eva noch eine weitere Nachricht auf der Mailbox, in der sie sich umständlich für die Störung entschuldigte. Sie versicherte Eva, dass das alles ihre Idee gewesen sei, alles von Seiten des Labels, und rein gar nichts mit Celeste zu tun habe. Als ob Eva das nicht schon klar gewesen wäre. Die Kollaborationen mit Hayley Kiyoko und Ariana Grande in *Silhouette* waren Beweis genug, dass Celeste Evas Hilfe nicht brauchte.

»Das war aber keine *Arbeit*«, raunzt Eva schroff, damit ihre Stimme nicht zittert. »Sie sind auf eine Party gegangen.«

Sie scrollt weiter durch den Artikel. Jedes Foto ist begleitet von einer neuen Info: wie viele Leute bei Celestes letztem Konzert waren, wann Ginas neue Netflix-Serie rauskommen soll, was die beiden anhaben. Ginas Haare sind länger als im Frühling, als sie ihre Serie gedreht und einen kurzen Afro getragen hat, und sie hat wohl eine neue Stylistin: Sie ist in helle, auffällige Farben gekleidet, die an den anderen drei weißen Ex-Bandmitgliedern nicht halb so gut aussehen würden.

Ehemalige Bandmitglieder. Das schreiben zumindest die Medien immer. Eva hat keine Ahnung, wie ihre Pressesprecherin sie alle dazu gebracht hat, zu kooperieren, aber irgendwie hat sie es geschafft. »Ehemalige«, das hat Eva auch immer in Interviews gesagt – zumindest, als sie noch Interviews gegeben hat. »Ex« klingt verbittert, und so durfte sie natürlich nicht rüberkommen.

Und Celeste?

Celeste ist …

Na ja.

Auf dem einen Bild liegt ihre Hand auf Ginas Arm. Ihre Nägel sind frisch manikürt und silbrig lackiert (was nichts Neues ist), und sie hat blaue Strähnchen in den Haaren (die definitiv neu sind).

Umwerfend.

Das Wort bleibt Eva fast in der Kehle stecken.

»Lass dich davon nicht aus der Bahn werfen, okay?«, sagt ihre Mutter.

Die Hälfte ihrer Ex- (ehemaligen) Band ist gestern Abend auf die angesagteste Party der Stadt gegangen. Das letzte Mal, als sie zu viert auf einer Party waren, war nur Steph schon alt genug gewesen, um zu wählen.

Eva hat gar keine Wahl, sich *davon aus der Bahn werfen zu lassen.*

Ihre Mutter räuspert sich. »Hast du heute was vor?«

»Hausaufgaben.«

»Du hast im Moment nur einen Kurs, oder?«

Eva ist neunzehn Jahre alt, eine Songwriterin, deren Lieder es in die Charts geschafft haben, und ehemaliges Mitglied einer Band, die zwei Grammys gewonnen hat – und trotzdem fragt ihre Mom noch nach ihren Hausaufgaben. Eva wäre gerne davon genervt – von dem Getue und der Forderung, dass sie nicht mehr als dreißig Sekunden über die Menschen nachdenkt, die ihr Leben damals so hell erleuchtet haben –, aber irgendwie ist sie auch dankbar. Langsam entspannen sich ihre Schultern, und sie dreht das Tablet mit dem Bildschirm nach unten.

»Ich hoffe, es stört dich nicht, wenn in zwei Jahren die Abschlussrede von irgendjemand total Abgedrehtem gehalten wird«, seufzt Eva.

Ihre Mom hat recht: Dieses Jahr hat sie nur einen Kurs, aber die nächsten zwei Jahre hat Eva vor, so viele Kurse wie möglich zu belegen, damit sie ihren Abschluss ein Semester eher machen kann.

»Du weißt doch, dass mir das egal ist«, erwidert ihre Mom.

»Und hey, dann siehst du mich endlich wieder auf der Bühne, wie findest du das?« Eva versucht, ganz unbefangen zu klingen. Nach jahrelanger Medienübung sollte ihr das eigentlich leichtfallen, aber selbst Ex- (ehemalige) Popstars können ihre Mütter nicht anlügen.

»Ich werde genauso stolz sein wie all die anderen Male«, sagt ihre Mom sanft.

Und das meint sie auch wirklich so. Eva ist sich noch nicht ganz sicher, ob sie selbst es genauso sieht. Meistens schon, glaubt sie zumindest. Aber heute ist die Ausnahme von all ihren neuen Regeln.

Sie legen auf und Eva analysiert kurz, ob es sich lohnt, sich vor dem Frühstück noch umzuziehen. Sie hat heute keine Uni und muss auch nicht ins Studio, also kann sie theoretisch den ganzen Tag im Schlafanzug verbringen. Meistens zieht sie sich aber trotzdem um. Die ersten paar Monate hat es sich befreiend angefühlt, sich ihre eigenen Klamotten auszusuchen. Das war eigentlich das einzig Gute an der Situation, und Eva klammerte sich wild entschlossen daran fest.

Sie hat immer noch jemanden fürs Styling, für alle Fälle – für die Interviews, die sie direkt nach der Trennung gegeben hat, und für diese schreckliche Preisverleihung, bei der sie als Einzige anwesend war, um den Grammy nicht entgegenzunehmen, den sie nicht gewonnen hatten –, aber meistens sucht sie ihre Outfits jetzt selbst aus. Allerdings lässt sie die meisten ihrer Kleidungsstücke noch maßschneidern. Der Unterschied ist wirklich spürbar.

Eva tapst im Schlafanzug die Treppe hinunter und öffnet im Vorbeigehen die Vorhänge, sodass die Morgensonne der Hollywood Hills hineinströmt. Sie lässt sich auf eins der Sofas fallen und beobachtet die Bilder, die an ihrem inneren Auge vorbeiziehen. Dabei konzentriert sie sich auf jedes einzelne Element – Ginas goldene Ohrreifen, Celestes Wedge-Schuhe –, in der Hoffnung, dass das gesamte Bild dann vielleicht weniger wehtut.

Tut es nicht.

Wie können sie das nur ohne mich machen?, denkt Eva. *Wie können sie nur* irgendwas *ohne mich machen?*

Dass sie alle vier in verschiedene Himmelsrichtungen zerstreut sind, kann sie noch aushalten. Aber dass Gina und Celeste sie so außen vor lassen? Ganz ohne Warnung?

Schluss jetzt, ermahnt sie sich selbst. *Das bringt sowieso nichts.*

Aber sie lässt sich trotzdem fallen, lässt sich von dem Gefühl, das stärker als die Schwerkraft ist, hinunterziehen, begraben. Um sie herum scheint das Haus vor Leere zu pulsieren, ein stilles, vorwurfsvolles Echo.

Neunzehn ist eigentlich viel zu jung, um so ein großes Haus zu haben. Das geht nur in L.A., und sie konnte L.A. nach der Trennung einfach nicht verlassen. Sie wollte in den Staaten bleiben, in einer Stadt mit Musikindustrie, und Celeste hatte sich schon New York unter den Nagel gerissen. Wo sollte sie sonst hingehen, nach Nashville?

Also blieben Eva nur L.A. und ein Haus mit sechs Schlafzimmern.

Außerdem hatte sie auch bedenken müssen, wo sie studieren wollte. Sie ist die Einzige von ihnen, die wirklich zur Uni gegangen ist. Gina hat letzten Sommer einen Schauspiel-Intensivkurs oder so gemacht. Sie hat also eine Schauspielausbildung. Gina wird nicht nur für die Publicity gecastet, und Eva würde sich mit jedem anlegen, der das anders sieht.

Zumindest privat würde sie das. Anonym. Interviews dieser Art gibt Eva schon lange nicht mehr.

Aber einem Kinderstar bleiben nur wenige Unis, an denen man nicht direkt als Freak gebrandmarkt wird: Harvard, Brown, NYU, Stanford. Und UCLA.

Vor ihrem ersten Semester traf Eva sich mit einem Studienberater, der ganz überrascht war, dass sie als Nebenfach zu ihrem Literaturstudiengang nicht Musikindustriewissenschaft gewählt hatte (wer hätte gedacht, dass es so einen Studiengang gibt?).

Dank der Band hat Eva bereits drei Jahre Vollzeit in der Musikindustrie gearbeitet, und seit der Trennung sind es nun schon fast zwei Jahre in Teilzeit. Zum Glück zählt auf ihrer Seite der Branche Erfahrung genauso viel wie eine Ausbildung. Mit mehr als dreißig Liedern aus ihrer Feder als Songwriterin und vier Singles auf Platz eins hat Eva normalerweise keine Probleme, sich zu behaupten.

Sie quält sich vom Sofa und tapst in die Küche, wo sie auf den eingebauten Lautsprechern einen Song von Halsey anmacht und sich zum Frühstück einen Smoothie zubereitet. Heute ist so ein Morgen. Ein Morgen, an dem man eine Stimme wie Halseys braucht, weil man Fotos von seiner Ex sieht, wie sie am Arm einer anderen hängt.

Obwohl Eva natürlich weiß, dass zwischen Celeste und Gina nie etwas war.

Trotzdem.

Mai 2021
Celeste

»Celeste, es ist ja ganz schön viel passiert, seit du das letzte Mal hier warst. *Landlocked* ist letztes Jahr auf Platz zwei gelandet, und seit zwei Wochen steht *Silhouette* jetzt auf Platz eins – was für eine Leistung. Herzlichen Glückwunsch.«

»Danke, Jane. Ich bin so dankbar für all die treuen Fans, die mich seit Moonlight Overthrow begleiten, und die neuen Fans, die mit *Landlocked* dazugekommen sind, und die mir als Künstlerin das Vertrauen entgegengebracht haben, um diesen ersten Platz zu erreichen. Das fühlt sich echt unglaublich an, und ich bin unendlich dankbar.«

(The Just Late Enough Show Starring Jane Leigh)

INTERVIEWER: Also, Celeste, ich muss einfach nachfragen: Das Mädchen, um das es in diesem neuen Album geht – ist das dieselbe, über die du in *Landlocked* gesungen hast?

CR: Ich glaube, was man bei Musik und uns Künstlerinnen und Künstlern immer bedenken muss, ist, dass die Songs manchmal eben einfach Kunst sind. Oder Geschichten. Natürlich ist es mir wichtig, dass die Gefühle in meiner Musik echt sind, aber die Einzelheiten der Geschichte sind nicht immer wahr, oder manchmal schon, aber sie sind nicht mir passiert. Manchmal geht es gar nicht wirklich um ein Mädchen, sondern um ein Gefühl oder einen Ort. Manchmal bin *ich* auch das Mädchen. Aber eigentlich ist es auch ganz egal, an was oder wen ich gedacht habe, als ich den Song geschrieben habe. Wichtig ist, woran meine Fans denken, wenn sie den Song hören, um wen oder was es für *sie* in dem Song geht. Das ist die Magie von Musik.

(Transkript eines Interviews mit Rolling Stone)

»Celeste, danke, dass du dir heute Zeit für uns nimmst.«

»Klar, danke, dass ich hier sein darf.«

»Dein zweites Soloalbum ist gerade herausgekommen und ist jetzt schon ziemlich erfolgreich – herzlichen Glückwunsch dazu.«

»Danke.«

»Bist du guter Dinge, dass damit jetzt die Gerüchte einer Wiedervereinigung zerstreut sind?«

»Ich bin jedes Mal wieder überwältigt, wie viele Fans Moonlight Overthrow hat, die der Band immer noch treu sind. Ich hoffe, dass sie auch weiterhin die drei Alben lieben, die wir zusammen produziert haben – denn ich bin sehr stolz darauf, wie hart wir an ihnen gearbeitet haben –, und dass sie uns auch auf unseren jetzigen individuellen Wegen begleiten werden.«

(Interview mit Apple Music)

»Celeste, vor deinem ersten Album hast du kaum Fragen zu Moonlight Overthrow beantwortet. Hast du deine Einstellung nur geändert, um dein neues Album zu bewerben?«

»Celeste, arbeitest du wirklich an einem neuen Song mit Hailee Steinfeld?«

»Celeste, das Mädchen, um das es in deinem Album geht – hat sie die Songs gehört?«

»Celeste, um wen geht es in deinem Album?«

»Celeste!«

Juni 2021
Eva

Eva liest ein paar Texte für ihren Kurs und loggt sich dann bei Tumblr ein.

Vermutlich gibt es Fans, die in diesem Moment gerade dabei sind, sich Streits oder geheime Wiedervereinigungen auszudenken, aber davon bekommt sie nichts mit. Evas Tumblr ist sorgfältig kuratiert: kein Drama, kein Hate, OT4 bis der Mond ins Meer stürzt.

Anfangs, als sie noch ihre eigene PR gemacht haben, hatten sie alle geheime Tumblr-Accounts, und später auch noch, damit sie nachgucken konnten, was das Fandom trieb, ohne von ihren PR-Leuten zensiert zu werden. Aber Eva ist die Einzige, die ihren Account behalten hat.

Als sie sich einloggt, wartet eine Nachricht auf sie.

kaystar: Du hast die Bilder schon gesehen, oder? Unsere Girls 😍 so gorg

Eva antwortet ganz instinktiv.

celestial-vision: Brillant, wie immer 😍

Bevor die Band sich trennte, rebloggte sie nie irgendetwas und postete schon gar nicht selbst oder redete mit irgendwem. Aber danach …

Direkt nach der Trennung gab es einfach so viele Gif- und Fotosets und Edits und Danksagungen, so viel Liebe dafür, was sie all diesen unbekannten Menschen bedeutet haben, und sie konnte dem allen nicht einfach den Rücken kehren. Wenn sie schon ihre Band nicht behalten konnte, dann wollte sie sich wenigstens diese Liebe erhalten, wenn auch nur in Form eines Tumblr-Archivs. Irgendwann fing Eva dann an, kleine Korrekturen oder Anmerkungen zu fremden Posts hinzuzufügen, wenn jemand zum Beispiel den Namen von Ginas PA falsch geschrieben oder die Konditionen von Celestes Solo-Deal nicht verstanden hatte. Nur Business-Sachen. Nichts, was darauf hindeuten würde, dass sie ein Insider war, sondern Sachen, die jeder engagierte Fan selbst herausfinden und erklären könnte.

Dank dieser Nicht-Insider-Insider-Infos flogen Eva die Follower zu. Sie spricht selten mit einzelnen von ihnen – in DMs zu lügen geht ihr dann doch zu weit –, aber Kay stellte gute Fragen, nie anonym, und Eva gefielen ihre Tags.

kaystar: Glaubst du, Eva ist neidisch, dass sie sich ohne sie getroffen haben? Die Party war immerhin in LA

kaystar: (Ich weiß, dass du Eva eigentlich nicht folgst, aber tu mir dieses eine Mal den Gefallen?)

Auf Tumblr ist es manchmal schwer, die Balance zwischen Selbstverliebtheit und Ignoranz zu finden. Wenn Eva sich zu offensichtlich selbst ausschließen würde, würde es auffallen, und sie würde vermutlich in Verdacht geraten, kein echter OT4-Stan zu sein.

(*Honey*, denkt sie manchmal, wenn solche Themen aufkommen, *ich glaube es nicht nur – ich* weiß *es.*)

celestial-vision: Keine Ahnung. Ich glaube nicht, dass sie das Geburtstagskind kennt, warum sollte sie also zur Party kommen?

kaystar: Aber wenn man in LA wohnt und berühmt ist, muss man Leute doch gar nicht persönlich kennen, um zu ihrer Party zu gehen, oder? Es sah nicht wirklich nach einer Privatfeier aus. C hat ja auch noch nie mit ihm zusammengearbeitet.

celestial-vision: Stimmt. Aber C will ja auch immer noch in der Öffentlichkeit stehen.

Für den Großteil ihrer Jugend wurde Evas Körper ständig begutachtet und bewertet, aus jedem Winkel, in jeder Zeitzone, von Stylisten und Fotografinnen und so vielen Fans. Und auch von so vielen, die eben keine Fans waren.

Jede der Pubertät geschuldete Veränderung wurde sofort genauestens unter die Lupe genommen. Es ist eine Erleichterung, nicht mehr auf öffentliche Partys gehen zu müssen – und eine richtige Wohltat, im Internet einen Raum zu haben, in dem sie nur an ihrem Profilbild zu erkennen ist: ein doppelter Regenbogen.

kaystar: Ooh, meinst du, Eva war da, und es gibt nur keine Fotos von ihr?? Weil sie keine Wiedervereinigungsgerüchte in die Welt setzen wollten?

kaystar: VIELLEICHT SIND SIE JA ALLE WIEDER BEFREUNDET. (Die drei zumindest.)

Eva spürt ein unangenehmes Ziehen im Magen, so wie immer, wenn Steph nicht zu ihnen »allen« hinzugezählt wird. Nach der Trennung wollte Steph es so, aber Eva tut es immer noch weh, Gina und Celeste täglich in Talkshows lachen zu hören und sie bei Galas mit neuen Kleidern und Haarschnitten zu sehen, während Steph im Jahr 2019 eingefroren ist.

celestial-vision: Wir hätten es vermutlich mitbekommen, wenn Eva da gewesen wäre

kaystar: Ja, du hast recht

kaystar: Vielleicht war sie gestern ja auch gar nicht in L. A. Kann ja sein, dass sie bei ihren Eltern war oder so. Sie hat schon seit fast einer Woche nichts Neues gepostet.

Klar, Eva hätte bei ihren Eltern sein können. Ihr Sommerkurs ist nur einmal die Woche, also hätte sie definitiv Zeit, ein paar Tage in Chicago zu verbringen. Sie möchte nicht, dass ihre Fans sich um sie sorgen. Oder ihre Eltern.

celestial-vision: Du weißt doch, dass ich ihnen nirgendwo folge

kaystar: Jaja, weiß ich. Du folgst stattdessen mir

celestial-vision: 😘

celestial-vision: Ob mit oder ohne Eva, sie sehen glücklich aus. Und sie sind zusammen. Das ist das Wichtigste

Um drei Uhr nachmittags zieht Eva sich Sportklamotten an und schreibt eine Nachricht an Lydia. (Heute ist also doch kein Schlafanzugtag. Irgendwo ist es bestimmt gerade acht Uhr morgens.)

Eva
Ich gehe gleich zum Jazz ... die Einladung steht noch

Lydia
lol du gibst auch nie auf
Geh zu deiner Popstar-Tanzstunde

Ehemaliger Popstar, denkt Eva und antwortet mit einem Emoji, das die Zunge herausstreckt, gefolgt von einem, das die Augen verdreht.

Am Anfang steckte ein *vielleicht* hinter jedem Tanzschritt, den Eva vollführte, aber mittlerweile hat sie es aufgegeben, auf den Anruf zu warten. Das Tanzen ist jetzt *ihre* Sache, etwas aus ihrem alten Leben, das sie noch begleitet, aber das sie jetzt ganz für sich hat. In jedem anderen Teil ihres Lebens geht es noch so sehr um Worte – wenn sie Songs und Essays schreibt – dass es eine Erleichterung ist, sich einfach nur zu bewegen.

Lydia
Treffen wir uns Dienstag oder Mittwoch?

Eva
Mittwoch hab ich keine Zeit, aber morgen auf jeden Fall!

Lydia
Ich schreib dir, wenn ich mit der Arbeit fertig bin

Als sie sich im Wintersemester kennenlernten, erzählte Lydia ihr, dass sie zwar schon im zweiten Jahr war, aber im Herbst eine Pause machen würde, um zu arbeiten. Eva hatte ihr damals angeboten, dass Lydia kostenlos bei ihr wohnen könnte, oder zumindest für eine sehr geringe Miete. Aus ihrer Sicht war es perfekt: Evas leere Schlafzimmer würden ohnehin nie von wiederkehrenden Bandmitgliedern eingenommen werden, und Lydia hatte Geldprobleme. Aber Lydias Antwort lautete immer wie der Song von Amy Winehouse: *no, no, no.*

Anfangs wollte Eva einen Einführungskurs in Astronomie oder Astrophysik belegen – irgendwas mit *Weltraum* –, aber sie hatte Angst, dass das an die Medien gelangen würde. Ihre Band hieß nun einmal Moonlight Overthrow, und irgendwer würde daraus schon eine Story machen. Es war sicherer, für die verpflichtende Wissenschaftskomponente einen Kurs in Umweltwissenschaften zu wählen. Ihre anfängliche Enttäuschung verflog schnell, denn wenn sie Astronomie belegt hätte, hätte sie Lydia nie kennengelernt. Lydia hatte dieselbe pragmatische und zielorientierte Einstellung, die der Band zum Erfolg verholfen hatte, und ihre Ziele deckten sich mit Evas: kein Drama, nur einen Abschluss. Die beiden machten sich regelmäßig über Paare bei *House Hunters* lustig und taten sich dabei an den Snacks gütlich, die Evas Koch vorbereitet hatte, und TMZ brachte keine Story über Evas Kursbelegung.

Am Tag ihrer Klausur erreichte eine Single, die Eva für ein aufsteigendes Popsternchen geschrieben hatte, Nummer eins; ihr erster Labortag fiel auf den Tag, an dem Gina die Dreharbeiten für ihre neue Netflix-Serie anfing; und Celeste war kurz davor, *Silhouette* herauszubringen. Und Steph … Am Anfang herrschte einvernehmliches Schweigen zwischen Lydia und ihr; über Moonlight Overthrow, ihre ehemaligen Freunde und Evas Songwriting-Karriere. Aber gegen Ende des Semesters wurden diese Themen nicht mehr unbedingt verschwiegen, sondern sie waren … irrelevant. Manchmal wurde Eva ein bisschen länger (oder auch viel länger) angeschaut, wenn sie zusammen ausgingen. Manchmal kam ein Song von Moonlight Overthrow im Radio, und manchmal einer von Celeste.

Aber was hatte das alles mit *ihnen* zu tun, mit dem

morgendlichen Eisessen am Manhattan Beach, oder mit den Abenden, an denen sie zusammen über Evas Kursbelegung für das nächste Semester brüteten? In ihrer Freundschaft ging es nicht darum, den einen Teil von Evas Leben auszuklammern; es ging um den anderen Teil.

So läuft Evas Woche: am Montag Hausaufgaben und der Jazzkurs, am Dienstag Hausaufgaben und Lydia – bei Eva, weil Lydia kein Geld für eine eigene Wohnung hat und mit drei anderen Leuten zusammenwohnt. Am Mittwoch Hip-Hop, dann ihr eigentlicher Collegekurs, dann ein Meeting mit ihrem Steuerberater. Am Donnerstag zwingt Eva sich dazu, sich an ihr Klavier zu setzen (von Baldwin, Evas Weihnachtsgeschenk an sich selbst nach ihrer zweiten Tour), bis sie zum Aufwärmen zwei schlechte Songs geschrieben hat, und dann eine Hookline und eine erste Strophe, die vielleicht sogar Potenzial haben. Manchmal bleibt ihr eine Textzeile im Brustkorb stecken und vibriert dort auf genau der richtigen Frequenz, und dann *weiß* sie einfach, dass die Worte perfekt zu dem Song passen. Sie hat zwar keine Band mehr, und auch keine richtige Freundesgruppe, aber immerhin hat sie noch das hier.

Am Freitag hat sie Pilates, gefolgt von Ballett, gefolgt von einer weiteren Schicht am Klavier. In ein paar Wochen wird sie dann ins Studio gehen und zusammen mit einer Produzentin den Songtext überarbeiten und eine Demo für das Stück aufnehmen, das dann später im Radio gespielt wird. Vielleicht schafft sie es eines Tages sogar, die Songs zusammen mit den Menschen zu schreiben, die sie dann tatsächlich singen, so wie sie es mit den Co-Songwriterinnen und Songwritern bei MO gemacht hat, aber im Moment kann sie das noch nicht. Wenn sie ihre Texte wollen, dann bekommen sie nur die Texte.

Eva muss ihr Leben so planen, dass sie jeden Tag etwas Produktives tut, damit es sich so anfühlt, als würde sie arbeiten. Damit die leeren, bandlosen Tage sie nicht runterziehen. Als sie darüber nachdenkt, muss sie kurz lachen. Nach drei Jahren ständiger Übermüdung, langer Touren, nächtlicher Sessions im Studio und endloser Interviews weiß sie nicht, was sie jetzt mit der ganzen Freizeit anfangen soll?

—

Am Samstag ist sie zu einer Party eingeladen.

Eva entscheidet sich für ein kurzes blaues Kleid ohne Ärmel mit einem U-Boot-Ausschnitt, der hinten ihren Rücken freilässt. Sie findet, dass das Outfit auch einen leichten »Vermutlich-queer«-Vibe ausstrahlt, aber vielleicht bildet sie sich das auch nur ein. Nicht, dass Eva die subtilen Hinweise nötig hat: Ihr Coming-out hatte sie bei ihren Eltern, als sie zwölf war, und seit sie vierzehn ist, weiß es die ganze Welt.

Aber zum Glück ist nicht die ganze Welt auf diese Party eingeladen, sondern nur ein kleiner Teil der Entertainmentindustrie.

Olivia, die Gastgeberin, war Produzentin für das zweite und dritte Album der Band, und seitdem arbeitet Eva mit ihr zusammen. Wenn jemand einem zu drei Top-Ten-Singles und zwei erfolgreichen Alben in Folge verholfen hat, hört man nicht einfach auf, mit der Person zusammenzuarbeiten, wenn sie nicht gerade ein Arschloch ist oder man das Genre wechselt. Und Eva hat sich weit genug von der Industrie zurückgezogen, dass sie nicht mehr auf die Partys von Arschlöchern geht.

Sie macht ein Selfie für Instagram – ein Update für die sozialen Medien, check – und schnappt sich den Schlüssel. Lydia babysittet heute ihre Cousinen, ansonsten hätte Eva sie eingeladen. Aber Lydia hätte die Einladung vermutlich ausgeschlagen: Sie steht eher auf Pizza und *Parks and Rec* als auf Partys, für die sie sich in Schale werfen muss. Das kann Eva respektieren.

Als Eva ankommt, wird sie von Olivia mit einer Umarmung und einem Gin Tonic begrüßt.

»Deja und Sylvie sind auch hier!«, ruft Olivia. »Irgendwo findest du sie bestimmt – vielleicht hinten beim Pool?«

»Danke«, antwortet Eva etwas lauter, denn eine Gruppe Neuankömmlinge drängt sich gerade lautstark durch die Tür. Deja, Olivias Protegé in der Produzentinnenbranche, und Sylvie, eine Toningeneurin, kannten Eva noch nicht, als sie noch Teil von Moonlight Overthrow war. Es ist immer eine Erleichterung, mit Menschen zu sprechen, die sie nur als sie selbst kennen und sie nicht ständig wegen der Trennung bemitleiden.

Olivia schiebt Eva in Richtung Terrassentür, und Eva verschwindet nach draußen.

Es ist Ende Juni. Als Eva nach L.A. gezogen ist – als sie alle nach L.A. gezogen sind, kurz vor der Highschool, als alles angefangen hat – war sie überrascht davon, wie kalt es abends wurde. Ständig vergaß sie, sich einen Pulli mitzunehmen. Celeste überließ Eva nie ihren Pulli, aber sie zog sie an sich und schlang die Arme um sie. Sie kamen erst ein Jahr später zusammen, aber Eva war damals schon hoffnungslos verliebt. Jede Berührung war wie ein Funkensprung auf ihrer Haut.

Auf der anderen Seite des Pools entdeckt Eva Deja und Sylvie. Sie reden mit zwei anderen Menschen, die Eva im Schatten des Hauses nicht erkennen kann. Vermutlich kennt sie sie aber; die Musikindustrie ist vielleicht Big Business, aber besonders *groß* ist sie nicht.

Sie bahnt sich ihren Weg am Pool entlang und begrüßt ein paar Leute, die sie besser kennt. Als sie an einer Gruppe Menschen vorbeikommt, die alle rauchen, muss sie husten. Aus den Lautsprechern im Garten dröhnt ein Song, und jedes Mal, wenn jemand die Terrassentür öffnet, vermischt er sich mit einem anderen Song von drinnen. Eva hätte sich gerne in den sozialen Ozean der Party fallengelassen, aber – selbst eine Party, auf der einige Menschen sie kennen und lieben wäre einfacher, wenn sie eine echte Freundin dabeihätte.

Sie drückt ihr Glas an die Brust und hält einen Arm schützend darum, um den Inhalt nicht auf den Designerklamotten der immer betrunkener werdenden Gäste zu verschütten. (Mein Gott, es ist erst viertel nach elf. Reißt euch mal zusammen, Leute.) Endlich schafft sie es an der letzten Gruppe vorbei, die sie von Deja und Sylvie trennt. Sylvie hat sie noch nicht gesehen, aber sie macht einen kleinen Schritt zur Seite, und Eva sieht, wer neben ihr steht, und es ist … da ist …

Celeste.

Juni 2021
Eva

Der Gin Tonic gleitet Eva aus der Hand.

Shit.

Die Vorderseite ihres Kleides ist sofort durchnässt. Sie erwartet, dass das Glas spektakulär zu Bruch geht, neben ihrem Fuß zerspringt und Splitter auf dem Boden verteilt, aber es ist wohl so ein bruchsicheres. Klackernd schlägt es ein paarmal auf und rollt dann in den Pool, wo es einen herzzerreißenden Moment lang auf der Oberfläche treibt, bevor es ins Chlorwasser sinkt.

Der Nachtwind drückt Eva ihr nasses Kleid an die Haut und sie zittert.

Celeste starrt sie mit offenem Mund an, vielleicht von einem überraschten Keuchen, das im Partylärm untergegangen ist, oder vielleicht auch von einem angefangenen »Hallo«. Es sieht nicht so aus, als wäre irgendwer außerhalb ihrer kleinen Gruppe auf die Situation aufmerksam geworden; hier hinten liegt alles in Schatten und Rauch. Buchstäblich. Eva hätte am liebsten geschrien: *Wisst ihr denn nicht, wie schlecht Rauchen für die Stimme ist?*

Für *ihre*, obwohl die mittlerweile nicht mehr so wichtig ist.

Für Celestes, die sehr wohl wichtig ist. Das ist eine Stimme, die Millionen wert ist, und Evas Lungen füllen sich mit immer mehr Zigarettenrauch, und sie kann nur noch stumm starren.

Celeste.

Hier.

Oh mein Gott.

»Komm, ich bring dich rein«, sagt Deja in die fast eingefroren wirkende Szene hinein. »Na los, Olivia hat bestimmt ein Kleid, das du dir ausleihen kannst.«

»Ich glaube, ich gehe lieber nach Hause«, erwidert Eva, und die Worte klingen merkwürdig taub, automatisch, während in ihrem Kopf die totale Panik ausbricht.

Sie starrt immer noch Celeste an, von der bis jetzt noch kein Wort kam. Kein Wimpernzucken.

Celeste hat ein hellgrünes Kleid an, das sich an all die richtigen Stellen schmiegt – was heißen soll, an alle Stellen: ihre Brüste, ihre Hüften, ihren Hintern. Große Ohrringe, eine unauffällige Kette. Das Licht im Garten lässt sie so aussehen, als stünde sie auf der Bühne, nur ihr Make-up passt dafür nicht.

»Wir sollten es zumindest ein bisschen trockentupfen«, sagt Sylvie mit einem Blick auf den Fleck auf Evas Kleid.

Vor anderthalb Jahren wären sie dahin zurückgegangen, wo sie gerade die Nacht verbrachten – ein Hotel, wenn sie gerade auf Tour waren, was meistens war, und eine Wohnung, wenn sie keine Tour hatten, was fast nie war – und Celeste hätte sie aus dem nassen Kleid geschält. Ganz langsam. Hätte die Träger von ihren Schultern gestreift. Sich hinter sie gestellt und einen Finger über die kalten Stellen auf Evas Haut gleiten lassen.

Vermutlich ist eine Party, auf der sie unerwartet mit Celeste konfrontiert wurde und vor Schock ihren Drink hat fallen lassen, nicht der richtige Ort, um sich Fantasien von Celestes Hand, die über ihren Bauch und zwischen ihren Brüsten streichelt, hinzugeben. Nein, definitiv nicht.

»Gerry hat bestimmt ein Sweatshirt für dich im Auto«, sagt Celeste unvermittelt. Das ist das Erste, was sie seit der Trennung zu Eva gesagt hat. Seit den Trennungen.

»Gerry arbeitet jetzt für die Jenners«, antwortet Eva.

Sie fühlt sich, als schwebte sie neben ihrem Körper und beobachtete die Szene aus der Ferne. Aus ihrem Mund kommen Worte, ruhige Worte, aber innen drin? Innen drin dröhnt in ihrem Kopf immer noch ein ohrenbetäubendes Rauschen aus Überraschung und Neugier und unglaublich viel Schmerz, und gegen ihren Willen auch ein Fünkchen Hoffnung …

»Oh«, macht Celeste.

»Ich bin selbst gefahren.«

Die Stille zwischen ihnen dehnt sich immer weiter aus und ist viel verletzender als alles, was Celeste sagen könnte, denn sie sagt aus, dass es gar nichts mehr zu sagen gibt.

Nach all dem – gar nichts?

»Komm, ich bring dich rein«, sagt Sylvie, genau wie vorher Deja. Sie legt Eva eine Hand auf den Arm, und plötzlich muss Eva an das Foto von Gina und Celeste denken, zusammen auf einer viel wilderen Party.

Sollte sie Celeste noch etwas sagen? Irgendwas Unverbindliches: *Es war schön, dich zu sehen.* Irgendwas Defensives: *Niemand hat mir gesagt, dass du hier bist.* Irgendwas Wütendes: *Warum hast du mich verdammt nochmal nicht angerufen?* Irgendwas Trauriges: *Ich vermisse dich.*

Ein perfekter vierstimmiger Akkord.

Sie lässt sich von Sylvie ins Haus führen.

Der Fleck ist schon halb getrocknet, aber Eva hält trotzdem still, als Sylvie mit einem Geschirrhandtuch daran herumtupft.

»Wie unangenehm«, sagt Sylvie immer wieder. »Ich hatte keine Ahnung, dass ihr beide hier seid. Ich dachte …«

Alle, die sie wirklich kannten, hätten nur eine von ihnen eingeladen, nicht beide zusammen. Offensichtlich hat die Party letztes Wochenende dieses stillschweigende Gebot zunichtegemacht. Als ob Celestes und Ginas Treffen auf einer riesigen Geburtstagsfete dasselbe wäre wie die intime Feier, auf der Eva und Celeste sich gerade in die Arme gelaufen sind. Allerdings hat Olivia schon immer erwartet, dass andere ihr Ego hintenanstellen, wenn es um das große Ganze geht.

»Kein Problem«, bringt Eva heraus, obwohl es ganz offensichtlich doch ein Problem ist. Dafür ist ihr nasses Kleid der Beweis. Wenigstens ist es dann nicht mehr schlimm, wenn ihr auf dem Weg nach Hause ein paar Tränen auf den Schoß tropfen sollten.

In der Küche ist es voll. Alle versuchen, an Essen, Drinks oder andere Leute heranzukommen, und Eva ist nicht sicher, ob Sylvie sie überhaupt hören kann. Sie fügt hinzu: »Früher oder später wäre es eh passiert.«

Als Eva mit dem College anfing, und Celeste in New York ihre Alben produzierte und später auf Tour ging, war alles gut. Aber – sie blättert in ihrem mentalen Terminkalender – Celeste gibt Montagabend ein Konzert im Staples Center, und natürlich wollten Olivia und die anderen sie vorher sehen. Und natürlich wollte Celeste sie auch sehen. Warum hat Eva nicht daran gedacht?

Sylvie bringt Eva zur Haustür. »Sicher, dass du nach Hause fahren willst? Sicher, dass es dir gut geht?«

»Ja, ich muss auf jeden Fall nach Hause«, sagt Eva. »Dann gehts mir wieder gut. Ich meine, mir gehts gut. Ich kann nur nicht hierbleiben. Alles ist gut.«

»Du bist auch nicht zu betrunken zum Fahren?«, fragt Sylvie besorgt.

»Olivia hat mich direkt, nachdem ich angekommen bin, zu euch geschickt. Ich habe nur das getrunken, was nicht auf meinem Kleid gelandet ist«, sagt Eva. Mit einem schiefen Lächeln fügt sie hinzu: »Also nicht besonders viel, wie du siehst.«

Sylvie lacht. »Okay. Fahr vorsichtig.«

»Danke für deinen Beistand«, sagt Eva. In ihrem alten Leben hätte Celeste sie für die altmodische Sprechweise aufgezogen, die Eva immer herausrutscht, wenn sie sich unwohl fühlt. »Gute Nacht.«

Sie fährt nach Hause. Der Weg ist nicht besonders lang, aber doch lang genug, um über die Stille nachzudenken, und über all die Sachen, die sie fast zu Celeste gesagt hätte.

Juni 2021
Eva

Als Eva am Sonntag aufwacht, zeigt ihr Handy mehr neue Nachrichten an als gewöhnlich, aber sie interessiert sich nur für die aus dem seit Monaten brachliegenden Gruppenchat.

Gina
Dann bist du wohl als Nächstes dran, Steph.

Was?

Bevor sie sich einen Reim auf dic Nachricht machen kann, kommt schon eine neue an.

Celeste
Es tut mir echt leid, Eva

Celeste hat Gina wohl erzählt, dass sie sich gestern Abend in die Arme gelaufen sind.

Eva
Alles gut, das Kleid wird es schon überleben.

Es ist nicht gut. Gar nichts ist gut. Celeste ist ihre Ex – ihre einzige wirkliche Ex, weil sie seitdem kaum über ein erstes Date hinausgekommen ist, geschweige denn eine echte Beziehung vorweisen kann – und Celeste … entschuldigt sich, weil Eva gestern ihren Drink verschüttet hat. Obwohl Eva nicht einmal betrunken war. Obwohl Celeste sich nicht einmal für alles andere entschuldigt hat.

Gina
Du hast das Kleid echt gerockt, Babe.

Eva presst den Handrücken an den Mund und kneift die Augen zu. Hat sie ihnen nicht vor anderthalb Jahren schon all ihre verdammten Tränen gegeben? Sie können doch jetzt nicht wiederkommen und noch mehr verlangen.

Celeste
Oh, Shit

Ich meine nicht das Kleid, aber das tut mir natürlich auch leid

Du hast es wohl noch nicht gesehen …

Evas Magen zieht sich zusammen. Gesehen? Was gibt es denn zu sehen?

Gründen Celeste und Gina ein Musikduo? Ist Celeste … mit jemand anderem zusammen? Evas Gedanken rasen immer schneller, jeder schlimmer als der vorherige, jeder ein verzweifelter Versuch, sie auf die kommende Katastrophe vorzubereiten. Ist Celeste verlobt? Hat sie *geheiratet?* (Aber warum ging es dann um Steph? Und warum redet Gina über das blöde Kleid?)

Celeste
Irgendjemand hat ein Foto auf Insta gepostet

Von uns bei Olivia

Oh Shit stimmt also.

Eva lässt ihr Handy auf die Bettdecke fallen und greift hektisch nach ihrem Laptop. Wenn sie schon durch Tumblr, Twitter und ein halbes Dutzend schmieriger Promiseiten scrollen muss, will sie das wenigstens auf einem 15-Zoll-Bildschirm mit einer richtigen Tastatur tun.

Bevor sie sich die Artikel durchliest (nicht schwer zu finden, dafür hat Twitter gesorgt), sieht sie sich das Foto an. Es wurde wohl geschossen, nachdem Eva ihr Glas runtergefallen ist, denn es ist schon nicht mehr zu sehen. Selbst im schummrigen Licht kann man erkennen, dass auf Evas Kleid ein Fleck ist. Mit blassem Gesicht und weit aufgerissenen Augen starrt sie Celeste an, deren Gesichtsausdruck ähnlich aussieht. Sylvie und Deja stehen zögernd zwischen ihnen.

Was auch erklärt, warum die Schlagzeilen so aussehen: KEINE HOFFNUNG MEHR FÜR MOONLIGHT? STREIT ZWISCHEN EHEMALIGEN GIRLBAND-MITGLIEDERN AUF

HOLLYWOOD-PARTY und CATFIGHT! CELESTE ROGERS WIRFT EINEN DRINK NACH EHEMALIGER BANDKOLLEGIN EVA BELL und WANKENDE WIEDERVEREINIGUNG: DOCH KEINE WIEDERVEREINIGUNG NACH NÄCHTLICHEM STREIT ZWISCHEN CELESTE ROGERS UND EVA BELL?

Es ist also ein ausgewachsener Shitstorm. (Echt jetzt, niemand hat irgendwas von einer Wiedervereinigung gesagt.)

Eva sollte wohl dankbar sein, dass sie und Celeste sich nie als Paar geoutet haben, sonst wäre vermutlich alles noch schlimmer. Natürlich waren sie alle trotzdem *out*, die beiden waren nur nicht offiziell zusammen. Sie haben es nicht unbedingt geheim gehalten, aber körperliche Zuneigung zwischen Mädchen wird sowieso immer als freundschaftlich abgestempelt – und das gilt ganz besonders für Girlbands. Sie waren auch vor der Band schon befreundet, also war es ganz natürlich, dass sie bei Preisverleihungen Händchen hielten und zusammen in den Urlaub fuhren. Und sie waren auch alle noch so jung … Das war zumindest die Sichtweise, die ihre Publizistin der Presse verkaufte.

Hach, wie gut befreundet diese Mädels doch sind!

Eva hebt ihr Handy vom Bett auf und scrollt durch den Rest ihrer verpassten Nachrichten: von ihrer Managerin, ihrer Publizistin. Von ihrer Mom, ihrem Dad, Lydia. Olivia, Deja, Sylvie. Ein paar andere, die es gut meinen. Noch ein paar andere, die es nicht so gut meinen.

Eva
Ich bin ungeschickt af, sagt der Presse Bescheid

Gina
Wenn du nicht auf der Bühne stehst, meinst du.
Ohne den Zusatz ist das viel zu offensichtlich, das glaubt niemand.

Ja, fick dich auch, Gina, denkt sie. *Wessen Schuld ist es nochmal, dass ich nicht mehr auftrete?*

Celeste
Okay … meine Publizistin ruft deine an und wir denken uns ein Statement aus?

Eva
Genau. Auf die altmodische Art

Evas Finger fliegen förmlich über den Bildschirm. Ihre Wut fühlt sich kalt und bestimmt an, aber die Autokorrektur nimmt ihr den frostigen Unterton.

Eva
Hat Pip Isabelles Nummer noch?

Celeste
👍

Eva
Niemand ist sauer, wir sind alle schockiert, weil ich meinen Drink fallengelassen habe, wir wünschen uns alle gegenseitig Erfolg, keine Wiedervereinigung. So ungefähr?

Eva knirscht mit den Zähnen. Sie hasst es. Sie hasst es, dass sie gestern auf die bescheuerte Party gegangen ist. Sie hasst es, dass sie sich eine Geschichte für die Öffentlichkeit ausdenken müssen, nur, um nicht wochenlang nach dem Vorfall gefragt zu werden. Sie hasst es, dass ihr einmal, vor nicht allzu langer Zeit, allein der Gedanke an eine solche Situation unvorstellbar erschienen wäre.

Gina
Da fehlt noch was, um dem Gerücht vorzubeugen, du seist Alkoholikerin geworden. Eigentlich bist du ja noch gar nicht alt genug, um zu trinken.

Eva
Ich habe vielleicht zwei Schlucke von dem bescheuerten Drink getrunken

Gina
Hey, ich glaub dir ja. Ich will nur helfen.

Eva
Weiß ich. Ich ruf Isabelle an, Moment

Bevor sie Isabelles Kontakt raussuchen kann, kommt eine neue Nachricht an.

Celeste
Warte

Oder wir machen es selbst

Zumindest fast selbst. Wir brauchen natürlich trotzdem ein Statement

Natürlich.

Eva
Hast du noch Kontrolle über deinen Twitter-Account?

Eva schon, aber sie geht ja auch aufs College, nicht auf Tour. Sie will nicht, dass ihre Kursräume so voll sind wie ihre Konzerte.

Celeste
Darauf kannst du wetten

Die alte Celeste – Evas Celeste – hätte gesagt: *Darauf kannst du deinen süßen Hintern verwetten. Und jetzt komm her, mein Engel.*

Eva ruft Isabelle also nicht an.

Eva
Die nimmt Pip dir morgen bestimmt ab ...

Celeste
Folgst du mir zurück?

Und so schnell hat Eva zwei neue Benachrichtigungen: Celeste Rogers folgt ihr jetzt auf Twitter und Instagram.

Schon wieder.

Zwei Klicks, und schon folgt Eva ihr zurück.

Schon wieder.

@celesterogers: *Notiz an mich selbst: Stell das nächste Mal, wenn du dein Girl @evabellofficial überraschen willst, vorher sicher, dass sie keinen Drink in der Hand hat #moonlitmistakes*

Ich bin nicht dein Girl, denkt Eva. *Zumindest nicht mehr.* Celeste hat das damals sehr deutlich gemacht.

Celeste
Ok?

@evabellofficial *@celesterogers lol wenigstens kriegt man den Fleck raus! In der Schule sind unsere Malarbeiten am Theaterset nicht immer so glimpflich ausgegangen.*

Mit dieser Antwort wird Isabelle zufrieden sein, da ist sich Eva sicher: Sie ist unbeschwert und erinnert die Leute daran, dass die beiden schon befreundet waren, bevor die Band berühmt wurde, und es daher niemanden überraschen sollte, dass sie auch nach der Trennung noch befreundet sind. (Sollte es nicht. Tut es aber trotzdem. Eva zumindest.)

Celeste und Gina liken den Tweet; Gina folgt Eva, Eva folgt ihr zurück, und auf einmal bilden sie ein perfektes Dreieck. Nicht die balancierte Raute, die sie mit Steph gewesen wären, aber es ist immerhin etwas. Wenn Eva damals gewusst hätte, dass ein verschütteter Drink das erreichen konnte, hätte sie all ihre Kleider geopfert.

Aber es ist nicht damals, es ist jetzt, und ein so tiefes Loch soll einfach mit einem Unfall gestopft werden? Ihre Wut macht sich wieder bemerkbar. Sollte sie nicht mehr verlangen? Nach allem, was sie ihr angetan haben, verdient sie mehr als eine Freundschaftsanfrage auf Twitter. Eva ist dem Tsunami der Traurigkeit bis jetzt erfolgreich entflohen, aber offenbar braucht es nur diesen kleinen Schubser, bevor er sie erfasst.

Juni 2021
Celeste

»Hättet ihr nicht wenigstens so tun können, als wäre es Wasser gewesen?« Selbst im Videoanruf ist spürbar, wie verärgert Pip ist.

»Wir haben uns auf das Wichtigste konzentriert«, antwortet Celeste. Sie lehnt ihr Handy gegen den Badezimmerspiegel ihres Hotelzimmers und spritzt sich Wasser ins Gesicht. Normalerweise hätte Pip ihr wenigstens eine heiße Dusche nach ihrem Workout zugestanden, bevor sie anruft, aber PR-Krisen sind nun einmal dringender.

Pip seufzt. »Ich sag ja nur … Wolltest du Eva nicht beschützen? Stattdessen hast du sie als alkoholkranken Teenager dastehen lassen.«

»Pip …«

»Um wen geht es in deinem Album, Celeste? Geht es

in *Landlocked* und *Silhouette* um dasselbe Mädchen? Hat sie die Lieder gehört? Was denkt sie von ihnen?«

»Danke, ich habs verstanden.« Celeste nimmt ihr Handy in die Hand und lässt sich im Wohnbereich der Executive Suite aufs Sofa sinken. »Aber das kann ihr doch alles nichts mehr anhaben. Sie geht jetzt aufs College, hast du das noch nicht gehört? Sie macht Gina ihren Platz als die Schlauste streitig.«

»Sie geht aber nicht ewig aufs College«, erwidert Pip.

Doch drei oder vier Jahre sind in der Musikindustrie eine Ewigkeit. Genug Zeit für den Aufstieg und den Höhepunkt, und sogar für den Fall. Genug, dass vier Teenager drei Alben und genauso viele Solotouren hinlegen können. Dass sie neben Interviews, Shows und Sessions im Studio noch ihre Hausaufgaben dazwischenschieben können. Nur Steph ist überhaupt zum Abschlussball gegangen, mit einem Jungen aus der Nachbarschaft, dessen Freundschaft auch der unerwartete Ruhm nichts anhaben konnte. Celeste war damals nicht eifersüchtig; sie hatte ja Eva.

»Wenn sie eine Solokarriere wollte, hätte sie die bereits«, schnappt Celeste. Sie nimmt tiefe Züge aus ihrer Wasserflasche, um Pips Blick zu entgehen.

Eva wollte keine Solokarriere.

Darum ging es ja gerade.

Das war ja gerade das verdammte Problem.

Juni 2021
Eva

Es ist nicht so wie in den ersten Wochen nach den Trennungen, als sie sich in einem Zimmer im Haus ihrer Eltern in Chicago verkroch, das zwar ihr gehörte, aber in dem sie sich nie lange genug aufgehalten hatte, um ihm wirklich diesen Jugendzimmer-Vibe zu verleihen, den man immer in Filmen sieht. Damals hätte sie am liebsten nie das Haus verlassen. Hätte am liebsten nie das *Bett* verlassen. Warum auch, wenn ihre drei besten Freunde nicht nur ihrer Band den Rücken gekehrt hatten, sondern überhaupt nicht mehr mit ihr redeten? Wer war Eva überhaupt ohne Moonlight Overthrow?

Um ehrlich zu sein, wollte sie auch gar nichts von Celeste hören, es sei denn, es handelte sich um eine ernst gemeinte, akustische Entschuldigung. Aber als Tag für Tag auch Gina und Steph nichts mehr von sich hören ließen, brach ihr Herz in immer kleinere Stücke. Als sie den ersten Vertrag unterschrieben, hatte Eva nicht wirklich auf die Klausel geachtet, in der es um Mitglieder ging, die die Band verlassen, aber jetzt kannte sie sie praktisch auswendig. Die anderen hatten sich dazu entschlossen, zu gehen, und alles, was ihr blieb, war der Beweis dafür, dass schon von Anfang an ein Fluchtweg in ihren Vertrag eingebaut war. Und Spotify, das ihr die klassischen, tieftraurigen Powerballaden von Adele und einer jungen Kelly Clarkson lieferte.

Eva ist zwar nicht nach Chicago abgehauen, und sie liegt auch nicht im Bett, aber es tut trotzdem weh, dass sich, seit die PR-Krise bewältigt ist, niemand bei ihr gemeldet hat. Die anderen haben also immer noch kein Problem damit, sie wie eine heiße Kartoffel fallenzulassen, wenn sie sie nicht mehr brauchen. Aber im Unterschied zum letzten Mal gibt es jetzt in ihrem Leben noch andere Leute. Und wenn sie eben gerade Lust dazu hat, im Wohnzimmer auf dem Boden zu liegen, während sie durch ihren Tumblr-Feed scrollt, dann ist das ihr gutes Recht.

kaystar: Wo steckst du, Lady?

Eva verzieht das Gesicht. Sie hatte es nicht beabsichtigt, Kay wortlos hängen zu lassen.

celestial-vision: Sorry, ich hab gerade Besuch von ein paar alten Schulfreunden und es gab natürlich mal wieder Drama

kaystar: ::hugs::

kaystar: Eine Schulfreundin von mir bewirbt sich zum Wintersemester auf mein Masterprogramm, und wenn sie angenommen wird, teilen wir uns vermutlich ein Zimmer

kaystar: Aber ich weiß, dass nicht alle so gut mit den Leuten aus ihrer Schule klarkommen <3

celestial-vision: Das mit dem Zusammenwohnen haben wir auch schon ausprobiert … Aber egal. Wie gehts dir?

Im Fandom wurde immer schon viel mit alliterativen Titeln gespielt – Monarchin der Mehrklänge, Marquess der Melodien, Baronin der Beats – aber bisher war niemandem aufgefallen, dass Eva die Zarin der Zerstreuung war. Wenn Kay das an Evas Fandom-Persona aufgefallen ist, stört es sie scheinbar nicht.

kaystar: QUEEN C @STAPLES HEUTE ABEND

kaystar: Ich kann immer noch nicht glauben, dass du nicht hingehst, wie konntest du uns das antun

kaystar: (Scherz, ich weiß ja, dass die Tickets superteuer waren)

kaystar: Zwei von meinen Mutuals machen auf jeden Fall Livestreams, falls du später die Links willst

Wenn Eva jetzt losführe, könnte sie es noch zum Staples Center schaffen, bevor die Vorband anfängt zu spielen. Isabelle könnte auf dem Weg einfach Pip anrufen, um alles zu arrangieren. Beim Gedanken daran zieht sich ihr Herz zusammen. Sie könnte einfach ins Auto steigen. Aber sie ist nicht blöd. Wenn sie zum Konzert ginge, wäre das nur eine weitere Gelegenheit für Celeste, auf ihrem Herz herumzutrampeln.

celestial-vision: Ich weiß noch nicht, ob ich Zeit habe, aber kannst du mir die Links trotzdem schicken?

Als Celeste zum ersten Mal auf Tour ging, wollte Eva eigentlich gar keine Konzertvideos anschauen. Das hatte sie zumindest ihren Eltern erzählt. Aber dann waren die Gifs einfach überall, ihr Dash war voll davon, und Videos gab es auch, und da war sie. Celeste, die die Bühne rockt. Allein.

Es ist einfacher, hinter dem Bildschirm ein Fan zu sein. Wenn sie selbst da wäre, könnte sie weder die Entfernung zur Bühne noch die Menschenmenge aushalten, die sie von Celeste trennt.

kaystar: np, ich teile doch immer gerne Videos von der großartigen Celeste ;)

kaystar: und wo wir gerade beim Thema sind ... du hast vermutlich das Foto von ihr und Eva gesehen?

Gesehen, selbst erlebt, und das Kleid zur Reinigung schicken lassen, denkt Eva.

celestial-vision: Ich hab versucht, es nicht zu beachten. Aber obwohl ich mit meinem Dash so vorsichtig bin ... ich hab nie alle trashigen Promiseiten auf meiner Blacklist.

kaystar: ja, die Leute taggen das einfach nicht richtig :/ für uns sind nur verlässliche Quellen und formelle Interviews gut genug!

kaystar: Aber im Ernst. Sie sehen einfach beide sooo schockiert aus. Das war definitiv nicht geplant, nicht so wie das mit Gina und Celeste

Eva zuckt zusammen. Wenigstens eine Person sieht die Wahrheit. Sie zögert kurz, während sie im Kopf eine Antwort formuliert.

celestial-vision: Da kann ich dir nur zustimmen

kaystar: Ich will ihnen einfach nur Tee machen und sie in eine kuschlige Decke wickeln und sie, keine Ahnung, mit einer ausgebildeten Therapeutin in einen Raum stecken, damit sie endlich mal über alles reden und dann wieder Besties sein können ... Es ist so deutlich zu erkennen, dass sie das beide wollen

Ist Eva so erbärmlich? So offensichtlich? Ihr geht es *gut* ohne Celeste. Sie will Celeste gar nicht zurück, wenn dann nur alles wieder kaputtgeht, was auf jeden Fall passieren würde. Und Celeste will auf keinen Fall wieder Besties sein.

Celeste hätte sie einfach mal anrufen können. Sie hätte ihr ein Ticket für das Konzert heute Abend schicken können.

Eva atmet tief durch, ein und aus, so, wie eine Therapeutin es ihr vermutlich geraten hätte, wenn sie je zu einer gegangen wäre. Wenn sie mit Kay chattet, ist sie nicht Eva Bell, ehemaliger Star und gegenwärtige Hit-Songwriterin. Sie ist celestial-vision, die jedem Drama meisterhaft aus dem Weg geht.

celestial-vision: Aber sie haben doch beide getweetet? Also waren/sind vermutlich ein paar Sachen hinter den Kulissen am Laufen, von denen wir nichts wissen

kaystar: Ja, stimmt schon. Vielleicht haben sie am Samstag geredet

kaystar: UND JETZT FOLGEN SIE SICH WIEDER ALLE GEGENSEITIG ::swoon:: Ich freu mich so für sie. Ganz offensichtlich hatten sie sich alle so lieb, und sie waren nach der Trennung alle traurig

Panik schnürt Eva die Kehle zu. Können sie sich nicht an ihre üblichen Themen halten, so wie Celestes Setlist? Kays Katzen, Marvin und Florence? Das eine Rezept für Bananenbrot, das Kay Eva vor ein paar Wochen geschickt hat, und ob sie vielleicht noch mehr solche einfachen Rezepte hat?

Obwohl Eva sich auch für sich und die anderen freut.

Vielleicht.

Obwohl es eigentlich nur eine Strategie war, um es

nicht so aussehen zu lassen, als hätte Celeste einen Drink nach ihr geworfen, und keine wirkliche Versöhnung.

kaystar: Ich finde es natürlich MEGA, was sie alle allein machen, aber ich will einfach nur, dass sie glücklich sind, und ich glaube, das beinhaltet, dass sie befreundet sind

kaystar: Das hoffe ich zumindest

Dafür weiß Eva die richtige Antwort.

celestial-vision: OT4 bis der Mond ins Meer stürzt

Juni 2021
Celeste

Der Soundcheck war schon vor Stunden; Celeste überlässt die Vorband ihren Stimmübungen. Während die Make-up- und Haarabteilungen ihr Zauberwerk vollbringen, spielt sie nervös mit ihrem Handy herum.

Sie mag die blauen Strähnchen, die waren echt eine gute Entscheidung.

»Wartest du auf irgendwen?«, fragt Anna, und dreht Celestes Kopf ein wenig, um besseres Licht zu haben.

»Mmmm.«

Ja, immer, obwohl sie es eigentlich nicht sollte, also … nein.

»Ich erwarte übrigens immer noch, dass du mir alles von der Geburtstagsfeier erzählst«, sagt Anna.

Die Geburtstagsfeier. Die gestellten Fotos von ihr und Gina scheinen schon tausend Jahre in der Vergangenheit zu liegen. Was ist schon ein geplanter Paparazzi-Shoot verglichen damit, *Eva* zu sehen?

Zum Glück hat Gina das Schweigen im Gruppenchat gebrochen.

Urplötzlich wird Celestes anfängliche Zögerlichkeit zu Aufregung. »Anna? Kann ich kurz fünf Minuten Pause machen?«

Anna sieht sich in der vollgepackten Garderobe um und wirft dann einen Blick auf die Uhr. »Na gut, wenn es wirklich nur fünf Minuten sind.«

Gina hebt beim zweiten Klingeln ab. »Celeste? Ist alles okay?«

Celestes Herz macht einen Satz. Es fühlt sich einfach … so gut an, zu wissen, dass Gina immer noch rangeht, wenn Celeste sie anruft.

»Bist du immer noch in L.A.? Hast du heute Abend schon was vor?«, platzt Celeste heraus. Sie klingt zittrig und aufgeregt. *Verdammt.* Sie wollte eigentlich selbstsicher und beiläufig wirken. Nicht so wie das chaotische Mädchen, das Gina damals kennengelernt hat, nicht wie jemand, der verzweifelt versucht, eine beidseitig auf Eis gelegte Freundschaft wieder ins Leben zu rufen.

»Immer noch in L.A., also steht mir die übliche Promi-Orgie bevor, Babe«, antwortet Gina. Nach einem Moment Stille fügt sie hinzu: »Ich muss noch ein paar Verträge durchgehen. Aber hast du nicht …«

»Ein Konzert. Im Staples Center. Hast du Lust?«

Sie ist – okay, objektiv gesehen macht es Celeste genauso nervös, Gina zu ihrem Konzert einzuladen, wie Eva nach einem ersten Date zu fragen. Vermutlich, weil Eva sie zuerst geküsst hatte. Eva hat es ihr immer so leicht gemacht. Aber eine ex-beste Freundin ist immer noch eine *Ex*.

»*Ja*, aber bist du dir sicher?«

Celeste hat das Vermissen über. Sie sind doch alle *hier*.

Wieder in L.A.

(Außer Steph.)

»Na klar. Du kannst die ganze Zeit backstage bleiben, keine Fotos, keine Story …«

»Keine Wiedervereinigung?«

Celeste schluckt schwer. »Genau. Nur wir beide. Ich meine … wir müssen nicht … wir machen das so, wie du es willst, Gi.« Sie hält kurz inne. *Reiß dich zusammen, C.* »Aber ohne dich wäre ich jetzt nicht hier, und ich will, dass du dabei bist.«

Sie wollte ja Kontakt mit Gina halten, nachdem die Band sich getrennt hatte – ganz zwanglos, während Celeste langsam ihr Herz flickte. Ganz privat, damit ihre jeweiligen Karrieren sich ohne Drama trennen konnten. Aber es fiel ihr einfach *schwer*, okay? Es fühlte sich falsch an, Gina privat anzuschreiben, während im Gruppenchat eisige Stille herrschte. Sie wusste nicht, wie sie über das komische Gefühl hinwegkommen konnte, und bevor sie sich versah, waren Wochen ins Land gegangen, und dann Monate. Auf der Geburtstagsfeier hatten sie nur kurz Smalltalk geführt, weil Gina eigentlich auf dem Weg woandershin war. Das gestellte Foto mit Celeste war nur ein Boxenstopp auf dem Weg zu einer Produktionsparty. Das hat Celeste zugegebenermaßen ziemlich verletzt.

»Kommt Eva auch?«, fragt Gina.

Wenn *das* nicht genau die Fantasie ist, der Celeste sich jeden Abend hingegeben hat, seit sie auf Tour ist: Eva, die im VIP-Bereich die Lyrics mitsingt, die Celeste für sie geschrieben hat. Eva, die sie backstage küsst, im Bus, im Bett. Und als sie Eva dann tatsächlich wiedersah, verbockte Celeste es total, indem sie ihren Schock mit Kühle überspielte.

»Nee.«

»Ich komme.«

Gina schafft es nicht, bevor das Konzert anfängt – verdammte Staus in L.A. – aber Celeste kann nicht auf sie warten. Sie betritt die Bühne, und ihr Grinsen fühlt sich ehrlicher an als sonst.

Das Staples Center – zwanzigtausend Plätze – wird von explosionsartigem Applaus ergriffen.

Für sie.

Juni 2021
Gina

Celestes Assistentin bringt Gina zu einem Platz hinter der Bühne, von dem aus sie das Konzert verfolgen kann, aber es ist einfach kein richtiges Popkonzert, wenn man nicht von Schreien, schiefem Gesang und schwitzenden, euphorischen, tanzenden Körpern umgeben ist. Gina entscheidet, dass ihre Publizistin sich morgen darum kümmern kann, und macht auf dem Absatz kehrt. Sie will *richtig* hier sein.

Im VIP-Bereich tummeln sich ein paar Promis, die versuchen, sich über den Konzertlärm hinweg zu unterhalten, vornehm an ihren Drinks nippen und gehalten zur Musik mitnicken. Gina schiebt sich geduckt durch die Tür, richtet sich aber wieder auf, bevor sie sich einen freien Platz sucht. Sie ist keine Schülerin, die zu spät zum Unterricht gekommen ist. Sie ist Gina Motherfucking Wright, Oscar-nominierte Schauspielerin und Grammy-Gewinnerin. Sie ist eine Moonlight-Overthrow-Alumna. Sie kennt Celeste schon, seit sie die ersten schiefen Akkorde gespielt hat.

Sie steht über allen hier.

Höflich nickt und grüßt sie, aber ihr Ziel ist klar: nach ganz vorne zu kommen, von wo man die Bühne am besten sehen kann. Celeste hat hochgeschnittene Shorts und ein Crop Top an. Als sie noch Moonlight Overthrow waren, hätte sie sowas nie tragen dürfen, aber jetzt merkt man ihr an, wie wohl sie sich fühlt, als sie zwischen den Songs mit dem Publikum scherzt. Sie spielt den Auftakt eines Lieds, das Celeste nicht kennt. Sie hat natürlich beide Alben durchgehört, als sie rauskamen, aber auswendig kennt sie sie nicht.

»Called my sister, you know which one,
trilingual and married young,
so we could talk that love lifelong
and all the lessons I'd learned wrong.«

»Welcher Song ist das?«, fragt Gina ihre Nachbarin, die sie von dem Cover der März-Ausgabe von *Vogue* erkennt.

«‚Before'«, ruft ihr das Model ins Ohr. »Der Bonus-Song von *Silhouette.*«

Gina dreht sich wieder zur Bühne, lässt die Stimmen der anderen Gäste in den Hintergrund treten, und konzentriert sich nur auf Celeste. Auf den Text. Und …

»There's a white flag inside my head,
but in front of you I'm waving red.«

Holy shit.

Und es ist nicht nur der Text, sondern die Emotion. In Celestes Stimme schwingt eine Offenheit mit, eine Ehrlichkeit, und Gina *kennt* sie doch: Sie weiß, wann die Gefühle nur gespielt sind, oder nur ein Schatten, eine Erinnerung, die sie für die Bühne hochbeschworen hat.

»I can't just act
like we were meant to be and I was meant to stay,
but when I'm driving your streets,
I'm looking for the road from before to someday.«

Das hier ist kein Schatten.

Holy shit.

Celeste – Soloact-Celeste, die genauso wie Steph, genauso wie Gina die Band verlassen wollte – Celeste, die quasi direkt nach der Trennung im Studio saß und ihr erstes Soloalbum schrieb – ist noch immer in Eva verliebt.

Holy *shit.*

Juni 2021
Celeste

Celeste kann Gina von der Bühne aus nicht sehen, aber während eines schnellen Kostümwechsels gibt ihr ihre Assistentin zu verstehen, dass Gina nicht mehr backstage ist, sondern im VIP-Bereich. Was bedeutet, dass es ihr egal ist, wenn Fotos von ihr gemacht und gepostet werden. Sie ist richtig hier.

Celeste ist es schon gewohnt, während Konzerten tausend Sachen gleichzeitig zu machen: Singen, Tanzen, auf keinen Fall an Moonlight Overthrow denken, auf keinen Fall an Eva denken. Zu ihrer Verteidigung bekommt sie die letzten zwei normalerweise ganz gut hin. Sie liebt ihre Fans und die Konzerte und … ja, okay. Und Eva, in einem versteckten Winkel ihres Herzens, der immer dann zum Vorschein kommt, wenn sie vor einem Publikum steht und singt. Erst am nächsten Tag liegt er wieder im Schatten.

Celeste stellt es sich wie Ebbe und Flut vor: hoch, tief, hoch, tief.

Sie sollte eigentlich das Intro für den vorletzten Song spielen, aber stattdessen gibt sie der Band ein Zeichen, dass die eventuelle Änderung, die sie vor dem Konzert bekanntgegeben hat, jetzt eingetreten ist. Sie hat sich extra einen Song ausgesucht, für den sie nicht die Gitarre wechseln muss.

»Okay, ich weiß nicht, wie viele von euch sich die Setlist für meine anderen Konzerte angeschaut haben, aber heute Abend läuft es ein bisschen anders«, sagt Celeste.

Auf ihre Ankündigung folgen Schreie der Begeisterung.

Wartet bloß ab, denkt sie.

»Heute ist ein ganz besonderer Gast im Publikum.« (Pause für erneutes Kreischen.) »Das ist das erste Mal, dass sie zu einem Konzert von mir kommt, und … hey, für viele von euch ist es das bestimmt auch. Applaus für alle, die heute zum ersten Mal hier sind.« (Applaus, Rufe.) »Also, weil diese Freundin heute hier ist, dachte ich, ich spiele ein Cover von einem Lied, das sie super gern mag. Aber bevor ich anfange, möchte ich, dass ihr einmal alle winkt und ihr Hallo sagt. Auf drei winken wir alle da hinten hin« – Celeste dreht sich zum VIP-Bereich – »und sagen ›Hi, Gina!‹«

Eine Explosion aufgeregter Schreie erschüttert die Arena.

Celeste muss viel zu breit lächeln, um den Countdown anzufangen, also erlaubt sie es sich, laut und glücklich zu lachen. Die Begeisterung des Publikums ist spürbar, sie rollt wie eine Welle über die Bühne und weiter in Ginas Richtung.

»Ich weiß«, richtet sie sich kichernd an das Publikum. »Ich weiß. Mir gehts genauso. Okay, seid ihr bereit? Eins, zwei, drei …«

»HI, GINA!«

Einige Teile des Publikums fangen erst verzögert an, und manche Leute haben es ganz offenbar mehrmals gesagt. Der Name springt wie ein Echo durch die ganze Arena: *Gina, Gina, Gina.*

»Das war super, vielen Dank euch«, sagt Celeste. »Diesen Song hab ich noch nie alleine gesungen – nur in der Dusche, im Auto, ihr wisst schon – also brauche ich vielleicht ein bisschen Hilfe. Helft ihr mir?« (Zustimmende Schreie.) »Okay, super. Los gehts.«

Das Publikum wird ein bisschen leiser, als sie anfängt zu spielen. Aber nach kaum einem Takt hört man wieder Kreischen, und Celeste kann die Tränen kaum zurückhalten. Sie wissen, was jetzt kommt. Sie wissen, was sie spielt.

Voller Inbrunst singt die Menge Moonlight Overthrows erste Platz-eins-Single mit, und ein Teil von Celeste hätte am liebsten die Augen geschlossen und sich ganz der Melodie hingegeben. Aber ein anderer Teil will alles sehen, will das Bühnenlicht ausblenden und all die Menschen sehen, die mit ihr »This Afternoon« singen. Sie lieben es immer noch – genauso wie Celeste.

April 2019
Eva

»Gina bringt uns noch um, wenn wir weiter auf der Bühne flirten«, sagt Eva. Sie steht mit dem Rücken zur Wand der Garderobe. In ihrem Körper summt eine unbändige Energie, und sie wäre am liebsten für eine zweite Zugabe zurück auf die Bühne gesprintet, wenn das Konzert nicht schon vor Stunden geendet hätte.

Celestes linke Hand ruht auf Evas Taille; die Finger ihrer rechten sind mit Evas verschränkt. Sie sind sich so nah, dass Eva Celestes Herzschlag geradezu fühlen kann, schnell und aufgeregt, so wie ihrer. Die winzige Entfernung zwischen ihnen strahlt eine unwiderstehliche Verlockung aus. Eva will Celeste an sich ziehen und die feste, physische Wirklichkeit von Celestes Körper an ihrem spüren. Will die Wärme, die Hitze spüren.

»Tut sie nicht«, sagt Celeste.

Eva hat schon fast vergessen, worüber sie eigentlich reden. Das einzig Relevante im Moment ist Celestes adrenalindurchströmter Körper, der fast ihren eigenen berührt.

»Mm-hmm«, bringt Eva heraus. »Im Internet … gibt es lauter Memes darüber, wie skandalös Gi uns findet. Zu viel offensichtliches Flirten für sie. Angeblich.«

»*Angebliches* Flirten, oder sie findet es angeblich skandalös? Denn, Baby, wir flirten *auf jeden Fall.*« Auf einmal ist Celestes Hand unter Evas Top.

»Es gibt … Gifsets. Von ihren Reaktionen. Wie sie die Augen verdreht, und ähm …« Eva verliert den Faden. Auf der Bühne hat sie sich immer unter Kontrolle, aber backstage sieht die Situation ganz anders aus.

»Sie ist *sechzehn*, und sie findet uns nicht skandalös«, flüstert Celeste ihr ins Ohr.

»Ich sage ihr immer … dass viel mehr Leute mit unseren Posts interagieren, wenn wir flirten.«

»Du nutzt ihren professionellen Instinkt aus. Clever.« Celestes Lippen gleiten über Evas Halsschlagader. »Sehr clever.«

»Cel*este.*«

»Willst du was, Liebling?«

Eva verlagert ihr Gewicht, und Celeste nutzt die Gelegenheit, um ihren Oberschenkel zwischen Evas Beine zu pressen. »Wir haben zehn Minuten, bis wir vermisst werden. Küss mich.«

Celeste lässt sich Zeit, wie immer. Sie küsst Evas Hals, ihr Kinn, bevor ihre Lippen endlich auf Evas Mund landen. Eva legt den Arm um Celestes Taille und zieht sie eng an sich.

»Weißt du überhaupt, wie schön du auf der Bühne aussiehst?«, fragt Celeste, als sie den Kuss für eine Atempause unterbricht.

»Das sagst du immer.«

»Und ich werde es auch weiter sagen, meine Liebe«, antwortet Celeste.

Als Eva lacht, fügt Celeste wie erwartet hinzu: »Ich nenne dich auch weiter ›Liebe‹.«

Eva schüttelt in gespielter Verzweiflung den Kopf, während sie ihre Hand langsam unter Celestes T-Shirt gleiten lässt. »Küss mich«, sagt sie.

Juni 2021
Gina

Gina wartet in der Garderobe, während Celeste mit den Fans beschäftigt ist. Sie hatte schon fast vergessen, wie es sich anfühlt, nach dem Konzert in engen Backstage-Räumen Autogramme zu geben und für Fotos zu posieren. In weniger als zwei Jahren hat sie sich an die Presseszene auf dem roten Teppich gewöhnt – Filmschauspielerinnen geben keine Autogramme am Bühneneingang.

Eigentlich ziemlich schade.

Als sie noch bei Moonlight Overthrow war, konnte eine von ihnen auf der Bühne stolpern oder einen neuen Witz erzählen, und eine halbe Stunde später trafen sie Fans, die ganz genau wussten, warum *ihr* Konzert anders war als alle anderen. Nach der Show rannte Gina immer schnurstracks von der Bühne, nahm sich Zeit für einen Spritzer Parfüm, und warf sich dann in die wartenden

Arme und Kameras der Menschen, die jeden Moment mitverfolgt hatten.

Jetzt hat sie sowas nicht mehr, aber sie freut sich für Celeste.

Während sie wartet, schaut Gina auf ihr Handy. Sie antwortet auf ein paar der tausenden Tweets von Fans über ihre Anwesenheit beim Konzert: *Es war so süß von Celeste, mich vom Publikum grüßen zu lassen, ich bin so froh, dass sie meine Freundin ist, eine brillante Show für ein brillantes Album von einer brillanten Künstlerin, das Cover war echt der Hammer, fühl dich nicht schlecht, Babe, ich war auch am Heulen.*

Wer streut *jetzt* Wiedervereinigungsgerüchte?

Verstohlen wischt sich Gina eine Träne von der Wange. Ja, jetzt weint sie schon wegen Twitter, nicht nur wegen des Konzerts. *Na und?*, schleudert sie dem leeren Raum entgegen. Jeder Tweet fühlt sich wie eine Entschuldigung an, obwohl sie Fans antwortet, Fremden, und nicht Celeste. Wenn Gina heute hinter Celeste steht, macht es vielleicht ihr Schweigen bei den zwei vorherigen Alben wieder wett, bei Celestes erster Solotour – bei Geburtstagen und Feiertagen und einfach so. Das machen Freundinnen doch: Sie melden sich einfach so.

Und trotzdem schien es damals nicht möglich, mit Celeste *und* Eva befreundet zu sein, und sich bei einer von beiden zu melden, hätte sich wie ein Verrat an der anderen angefühlt. Wie soll man sich denn aussuchen, welches Drittel seines Herzens man behalten will?

Über die letzten anderthalb Jahre hinweg war es einfach, sich ganz von Hollywood einnehmen zu lassen: von Castings, Recherchen für Rollen und von Leuten, die ihr sagen, dass sie ein Filmstar sein wird. Sie ist erleichtert, herauszufinden, dass sie nicht die Einzige ist, der die Band noch wichtig ist, obwohl sie sie hinter sich gelassen hat.

»Und?«, fragt Celeste, als sie die Garderobe betritt. Statt dem Konzertoutfit hat sie jetzt ein fließendes Trägerkleid aus burgunderrotem, leichtem Stoff an, und ihr dunkles Haar steckt in einem lockeren Dutt.

»Glückwunsch, Babe.« Gina zieht sie fest an sich.

»Ja?«, fragt Celeste, als sie sie loslässt. »Fandest du es gut?«

Gina stemmt die Hand in die Hüfte. »Du weißt ganz genau, dass du unglaublich warst.« Sie zögert kurz und fährt dann fort: »Ich bin so froh, dass wenigstens eine von uns noch singt. Und … du bist echt so gut darin.«

Sie gibt zu, dass es ihr schon einen kleinen Stich versetzt. Es tut weh, dass sie selbst nicht mehr singt. Es fühlt sich immer noch ein bisschen komisch an, dass Celeste allein Musik produziert – aber in Ginas Verletztheit schwingt genug Stolz mit, dass sie sich dafür nicht schämt. Sie kennt Celeste schon seit *damals.*

Celeste lacht und schüttelt den Kopf.

»Doch, doch«, beharrt Gina. Sie nimmt Celestes Hand und zieht sie auf ein kleines Sofa, das an der Wand steht. »Okay, Zeit für ein ernstes Thema. Gibt es irgendwas, was wir zu zweit nicht schaffen können?«

»Mit unseren besten Freunden mehr als ein paar Jahre in einer Band zu bleiben?«

Gina zuckt zurück. In ihrem Herzen klingt immer noch Celestes Bonus-Song nach. »C …«

»Die Antwort, auf die du gewartet hast, ist vermutlich ›nein‹.«

»Ein Goldsternchen für die Grammy-Gewinnerin«, lacht Gina. »Und weißt du, was wir jetzt machen?«

Celeste schüttelt den Kopf.

»Wir könnten damit anfangen, dass du mir von ›Before‹ erzählst.«

Celeste läuft rot an, und Gina weiß, dass sie genau ins Schwarze getroffen hat. »Ich glaube – ich hoffe – dass du die Einzige im Publikum warst, die das … verstanden hat.«

»Ich weiß«, sagt Gina mit sanfter Stimme. »Hast du je darüber nachgedacht …?«

»Nein, das könnte ich nicht. Dafür habe ich viel zu viel Angst. Falls sie nein sagt …« Celeste wendet den Blick ab. »Irgendwann muss ich auch mal aufhören, traurige Trennungssongs zu schreiben.«

Gina schaut Celeste eine Weile lang nachdenklich an. Sie glaubt schon so lange an Eva-und-Celeste, schon seit bevor dem ersten Kuss, und sie vertraut ihrem Instinkt.

»Hör zu, Babe«, sagt sie.

Celeste sieht sie an. Auf ihrem Gesicht steht Offenheit, Verwirrung, und immer noch der alte Herzschmerz.

»Die Masche, dass du traurige Trennungssongs in ausverkauften Arenen singst? Die funktioniert vielleicht für deine Karriere, aber nicht für dein *Leben.* Wenn du Eva immer noch liebst, musst du das *ihr* sagen. Oder du musst wirklich anfangen, andere Lieder zu schreiben.«

»Es geht nicht in *allen* um Eva«, protestiert Celeste schwach.

Das stimmt zwar, aber es ist nicht genug, um Gina vom eigentlichen Thema abzulenken. Natürlich gibt es auf Celestes Alben auch die üblichen Girl-Power, Queer-Power-

Songs, die »ich wohne in der großen Stadt aber liebe immer noch meine Heimatstadt«-Songs, die »Medien können mich mal«-Songs. Aber in den Liebesliedern geht es immer um Eva.

»Soll ich dir ein Kreisdiagramm zeichnen?«

»Ich habs ja verstanden«, seufzt Celeste. »Und was jetzt?«

»Jetzt holst du sie dir zurück.«

Juni 2021

mooningoverthrow:

Wir hatten jetzt anderthalb Jahre GAR KEINE Band-Interaktionen mehr (es sei denn, man zählt die Eva-Interviews von kurz nach der Trennung, die mich immer noch zum Weinen bringen, weil, Baby), und wir haben uns an ihren jeweiligen Einzelprojekten langgehangelt, aber jetzt PASSIERT ALLES AUF EINMAL. Gina/Celeste-Foto! Eva/Celeste-Foto! OT3 auf Twitter! GINA AUF CELESTES KONZERT, OH MEIN GOTT MEIN HERZ. Ich weiß nicht, was hinter den Kulissen passiert ist, um das alles möglich zu machen ~~(wollen wir auf Eva wetten?)~~, aber ich LIEBE ES.

#OT4 #er #OT3 #brb #Freudentränenwegwischen #zuhappyfürTags

ginestebest:
Wow. Wenn man nach meiner Inbox geht, gibt es superviele von euch, die neu sind und keine Ahnung haben, wo sie anfangen sollen. Ich poste jetzt einfach Links zu allen möglichen Masterposts, und wenn ihr danach noch Fragen habt, schickt mir noch einen Ask. (Aber erst nachdem ihr euch alles durchgelesen habt. Echt jetzt. ICH WILL NICHT WIE MEIN BIOPROFESSOR KLINGEN, ABER: Wenn man die Antwort in den Links oder auf Google finden kann, dann schickt mir dazu keine Fragen.)

Es gibt nur ein paar von uns, die euch die echte Wahrheit erzählen, also hört gut zu: Die Wahrheit ist, dass niemand irgendeine Ahnung hat, wer in der Band zusammen ist oder war. Ich bin schon seit Anfang an im Fandom, und ganz ehrlich, es könnte jede erdenkliche Paarung sein (für die ganz Neuen: Ich meine jetzt nicht nur die Fantasien für Fics oder Videos oder sowas, aber dazu natürlich auch HELL YES).
Natürlich habe ich meine eigenen Meinungen, aber die müssen alle für sich selbst rausfinden. Die Narrative, die die PR-Abteilung sich ausdenkt, haben häufig überhaupt nichts mit der Wahrheit zu tun, also … verlasst euch nicht zu sehr darauf, okay? Ihr könnt nicht einfach die Fakten ignorieren, weil sie

nicht zu eurer Lieblingstheorie oder -fantasie passen.

Gina/Celeste-Masterposts: hier, hier und hier sind die (meiner Meinung nach) besten. (Und mein eigener: hier.) Ciara hat auch viele gute Gedanken zu den beiden vor und nach der Trennung: hier und hier.

Gina/Steph-Masterposts: hier und hier. Unter dem ersten Link findet man mehr Gifs und Videos, aber der zweite hat ganz viele Erklärungen zur Industrie, also LEST BEIDE.

Eva/Celeste-Masterposts: die besten sind hier, hier und hier. Passt nur so halb, aber hier und hier findet man gute Analysen davon, um wen es in ihren Songs geht. (Im zweiten Post wird auch die Theorie aufgestellt, dass es in einigen der Songs um Gina geht.)

Zu Gina/Eva und Celeste/Steph gibt es nicht ganz so viel, aber WER WEISS, vielleicht heißt das ja, dass eins davon wirklich stimmt; hier und hier könnt ihr euch überzeugen lassen. Und wenn ihr jetzt denkt, HÄ, DA FEHLT DOCH NOCH EINS: Niemand* hat jemals geglaubt, dass Eva/Steph ein Ding ist. Man kann eine Beziehung zwar ganz gut verstecken, aber niemand schauspielert SO gut. Nicht, dass die beiden nicht supergut befreundet sind, aber im romantischen Bereich ist IRL zwischen ihnen gar nichts. Wenn ihr allerdings nach Fics sucht, seid ihr bei ephorever an der richtigen Adresse.

... Puh. Wir sehen uns dann IN EIN PAAR TAGEN WENN IHR MIT DEM LESEN FERTIG SEID.

#*zumindest niemand dem ihr Glauben schenken solltet ok? #ich verlinke nur Leute die auch wirklich gut recherchiert haben #Beziehungs-Masterpost #MO-Masterpost #mine #das Wichtigste ist #entspannt euch und genießt die Show #vier coole queere Stars #was will man mehr? #wenn irgendwer sagt dass er etwas weiß dann lügt er

Juli 2021
Eva

Am vierten Juli sieht Eva sich mit Lydia am Strand das Feuerwerk an. Der Sand fühlt sich kühl auf ihrer Haut an, und hinter der prasselnden und knallenden Geräuschkulisse der Raketen schlägt ihr Herz gleichmäßig, aber auf eine feste, standhafte Art, die anzeigt, dass es gleich schneller wird. Direkt bevor Eva handelt, oder in Panik verfällt. Plötzlich wurmt sich eine Hookline in ihr Herz und bleibt ihr trotz des Lärms im Ohr hängen.

Vergiss das nicht, denkt sie.

Sie hat zwar einen Stift, irgendwo in ihrer Tasche, die … vermutlich auch irgendwo ist. Stimmt, Lydia benutzt sie gerade als Kopfkissen. Aber wenn sie sich die Melodie nicht merken kann, ist sie sowieso nicht gut. Die erste Person, die von dem Song einen Ohrwurm bekommen muss, ist Eva, und wenn er bei Eva nicht hängenbleibt, dann bekommt ihn auch keine zweite (oder zweimillionste) Person zu hören.

Was Celeste wohl in Seattle gerade macht? Covert sie irgendwann noch einen Moonlight-Overthrow-Song, oder war das nur ein einmaliges Ding, weil Gina da war? Im Gruppenchat herrscht immer noch Stille. Niemand weiß so richtig, was sie machen sollen, jetzt, wo das Schweigen gebrochen ist.

Kaum ist das Finale der Feuerwerksshow in einem Knall von Farben vorübergezogen, da macht auch schon jemand »Made in the USA« von Demi Lovato auf einem leider sehr guten Lautsprecher an.

»Hey du – das Jahr 2013 hat angerufen«, ruft Lydia den Leuten mit dem Lautsprecher zu. »Es will seinen Song zurück.«

Eva muss daran denken, wo sie im Jahr 2013 war: gerade eben in der achten Klasse und schon dabei, schlechte Kopien ihrer Lieblingssongs zu schreiben, komplett mit stümperhaften Akkorden und schiefem Gesang. Wie viel Spaß sie dabei hatte.

Ich auch, denkt sie.

Juli 2021
Steph

Der Sturm wütet den Großteil der Nacht.

Mari wacht von dem Lärm auf und schreit im Takt mit dem Donnergrollen.

»Schh, schh, alles ist gut«, flüstert Meghan ihrer Tochter immer wieder ins Ohr, und Steph hätte ihr gerne gesagt: *Vielleicht aber auch nicht.*

Man hört das Krachen und das Grollen, und Steph weiß, dass man draußen die Blitze hell und lange sehen könnte.

»Es ist nur Regen«, sagt Mom.

Aber es regnet schon seit zwanzig Stunden, und mittlerweile ist es eben nicht mehr nur Regen.

»Wenn es nur Regen wäre, hätte Steph mich nicht aufwecken müssen«, grummelt Grandma unter Maris unaufhörlichem Geschrei.

Steph hatte Grandma Marit endlich dazu überredet, mit in den Keller zu kommen, wo sie sich hoheitsvoll auf einem Sessel niederließ, den Steph in den Vorratsraum geschleift hatte – der sicherste Platz im ganzen Haus. Vor einem Jahr wäre Grandma mit Mari in den Armen auf und ab gelaufen, aber jetzt hat sich eine hartnäckige Schwäche in ihrem linken Arm eingenistet, mit unregelmäßigen Taubheitsgefühlen und Muskelzuckungen, und sie traut sich nicht, Mari im Arm zu halten, wenn sie nicht gerade sitzt.

»Ihr wisst ja gar nicht, wie sich der Wind anhört, wenn er so richtig loslegt«, fährt Grandma Marit fort. »Das versteht ihr nicht, ohne in der Prärie gelebt zu haben. Auf dem Land.«

»Ich war schonmal in der Prärie«, erinnert sich Steph urplötzlich beim nächsten Donnerschlag. »Damals habe ich versucht, das Geräusch aufzunehmen. Das Heulen war *so* laut. Ich weiß noch, dass Gina nur mit Ohrstöpseln schlafen konnte.«

»Du wärst jetzt gerade bestimmt lieber in L.A.«, kommentiert Matt. Er liegt ausgestreckt auf einem Schlafsack, der für seine schlaksigen Teenager-Gliedmaßen viel zu kurz ist, und schaut mit zusammengekniffenen Augen seine Nichte an, die immer noch mit der ganzen Kraft ihrer vierzehn Monate alten Lungen schreit. Was heißen soll: laut.

»Halt die Klappe«, schnappt Steph. Dey hat deren Entscheidung vor mehr als zwei Jahren getroffen, obwohl es ein bisschen länger gedauert hat, tatsächlich zu Hause anzukommen. Duluth, nicht Los Angeles.

»Kannst du das mal dem Donner sagen?«

»Seid still, dann kann Mari sich auch besser beruhigen. Das würde doch helfen, oder, Meghan?«, sagt Stephs Mom.

»Ja, das wäre wirklich eine große Hilfe«, sagt Meghan und streckt ihrem kleinen Bruder die Zunge heraus.

»Eben, Babys brauchen ihren Schlaf«, sagt Grandma Marit. Sie lässt den Kopf an die Kopflehne des Sessels sinken.

Steph hält erst zwei, dann einen Finger in Matts Richtung hoch. Wenn sie still sind, müssen sie sich weder Grandmas Gemecker noch Maris Geschrei anhören (hoffentlich). Zwei Fliegen, eine Klappe, check. Matt streckt Steph seine Faust für einen stillen Fistbump entgegen. Dafür, dass er ein sechzehnjähriger Junge ist, ist Matt überraschend gut darin, Stephs Gesten zu entziffern. Und er hat sich schnell daran gewöhnt, dass die mittlere Miles-Schwester ein Baby in den Haushalt gebracht hat.

Als Mari endlich eindöst, um kurz nach vier Uhr morgens, nimmt Steph sie sanft aus Meghans Armen und legt sie in den Laufstall, den sie vorhin aufgebaut haben, nachdem die Alarmsirenen losgelegt hatten. Meghan ist eingeschlafen, bevor Mari sich auch nur einmal umgedreht hat.

Steph hält Wache.

Nach dem Sturm wüten die Elektrobrände.

Steph sitzt wie festgefroren im Keller und kann sich nicht von den Fernsehnachrichten losreißen. Die landesweiten Nachrichtensender kommen auch bald dazu, aber Steph denkt sich nur: *fick doch CNN*. Sobald die Produzenten sagen, dass die Story »fertig« ist, werden die Reporter wieder von dannen ziehen.

Die Brände sind weit von ihnen entfernt, von dem schönen Haus, das Steph ihnen vor drei Jahren gekauft hat. Aber dey kennt die Gebäude, die jetzt brennen. Meghan und Matt haben früher mit Kindern gespielt, die dort wohnten, bevor Steph sie mit deren Einkünften auf eine Privatschule geschickt hat. Was ihnen überhaupt nichts gebracht hat.

Fuck.

Acht Todesfälle, dann neun.

Dreißig Vermisste. Moment, dreiundsechzig. Moment, neunundfünfzig.

Im Erdgeschoss gehen Stephs Mom und Grandma gerade den Kühlschrank und die Gefriertruhe durch, um zu entscheiden, was noch essbar ist und was weggeworfen werden muss. Der Strom ist mittlerweile wieder an, aber der Ausfall hat dreizehn Stunden gedauert. Steph ist nur froh, dass Meghan keine Brustmilch mehr pumpt. Und dass es keinen großen Unterschied macht, ob sie alle Lebensmittel in der Küche und im Keller wegwerfen müssen. Vor der Band hätte das sehr wohl einen Unterschied gemacht. Danach … na ja, Stephs Investitionen sind immerhin für eins gut. Doch trotzdem kann dey sich der alten Angst nicht entziehen.

Zwölf Todesfälle, dann dreizehn.

Immer noch fünfundvierzig Vermisste.

Die Reporter und Reporterinnen werfen mit Ausdrücken wie »Hunderte verloren ihre Häuser und Wohnungen« und »eine Szene der Zerstörung« und »Millionenschäden« um sich. Noch ist nichts außer den Namen der Gebäude bekannt, die von den Bränden betroffen sind. Unzählige Straßen liegen unter Wasser, und unzählige

Autos sind in Erdrutschen verschwunden, und es ist noch viel zu früh, um die Kosten einzuschätzen.

Steph weiß, dass wenn es in den Nachrichten »Millionen« heißt, es sich in Wirklichkeit um »hunderte Millionen« handelt. Im Herbst auf ihrer letzten Tour war es auch ziemlich schlimm, einer dieser »Jahrhundertstürme«, die mittlerweile immer häufiger werden. Nach der letzten großen Flutkatastrophe im Jahr 2012, bei der Steph noch zu Hause gewohnt hat, belief sich der Schaden auf weit über 100 Millionen Dollar. Und damals waren keine Elektrobrände ausgebrochen.

Am unteren Rand des Bildschirms ist eine Nummer eingeblendet, über die man per SMS spenden kann. Eine Reporterin erwähnt auch eine GoFundMe-Seite für Krankenhausrechnungen und Spenden, um … so ziemlich alles zu ersetzen. Die paar Hotels, die größeren Schäden entgangen sind, haben ihre Türen für diejenigen geöffnet, die ihr Zuhause verloren haben, wenn sie es überhaupt so weit schaffen. Steph starrt die Nummer auf dem Bildschirm an, bis deren Blick verschwimmt. Dey könnte einfach eine SMS schicken. Oder die GoFundMe-Seite aufrufen. Aber hier geht es um Duluth. Die Stadt, in der dey aufgewachsen ist, die Stadt, die dey losgelassen und wieder aufgenommen hat.

»Hey, Matt«, ruft Steph in Richtung der Treppe, ohne den Blick vom Fernseher zu lösen.

»Was?«, kommt es vom oberen Treppenabsatz zurück.

»Druck das Erlaubnisformular aus und hol dir Moms Unterschrift, und dann gehts los.«

»Los …?«

Steph steht vom Sofa auf. »Der 0-negativ-Zug fährt in fünf Minuten ab.«

Die Kellertür fällt ins Schloss, hoffentlich, weil Matt wirklich das Formular sucht, das Steph bevollmächtigt, mit ihm zum Spendenzelt des Roten Kreuzes zu fahren.

Dey wirft einen letzten Blick auf den Fernseher: achtzehn Todesfälle.

Juli 2021
Eva

Eva wird von einem Anruf geweckt.

Es ist Celeste.

Laut ihrem Handy ist es sieben Uhr morgens. Sie und Lydia sind erst um vier ins Bett gegangen, also schwimmt ihr Kopf noch in einem dicken Nebel aus Verschlafenheit und *what the fuck*, während ihr Herz schon in den höchsten Gang schaltet, weil Celeste offenbar immer noch diese Macht über sie hat.

Eva wünschte, dass sie sie nicht hätte. Celeste hat sie aus ihrer Umlaufbahn geworfen, und Eva hat ihr Bestes versucht, zu lernen, ihren eigenen Stern zu umkreisen. Es ist einfach nicht fair, dass Celeste sie mit einem Blick, einem Wort, einem Anruf durch so viel Zeit und Raum katapultieren kann.

Leise, um Lydia nicht zu wecken, die im Gästezimmer

gegenüber schläft, nimmt Eva den Anruf an. »Celeste?« Sie schiebt die verknäulte Decke von sich und richtet sich mühsam auf. Im Idealfall hätte sie für dieses Gespräch richtige Klamotten an, aber wenn sie schon mit Celeste reden muss – im Schlafanzug, im Bett – dann kann sie sich wenigstens aufsetzen.

»Hast du etwas von Steph gehört?« In Celestes Stimme schwingt Dringlichkeit mit.

»Was?«

»*Steph.* Hast du von Steph gehört?«

»Nein«, stammelt Eva verwirrt. »Ich habe schon seit Ewigkeiten nicht mehr mit Steph geredet – du weißt schon. War irgendwas im Gruppenchat? Sorry, du hast mich gerade aufgeweckt, ich muss kurz …«

»Mach einfach die Nachrichten an«, unterbricht Celeste sie.

»*Was?*«

Würde Steph das wirklich tun? Ein Comeback, oder ein Soloalbum, oder irgendwas anderes ankündigen, ohne es ihnen vorher zu erzählen? Bei Ginas und Celestes Projekten wusste Eva wenigstens, dass *irgendwas* im Gange war.

»Es gab einen Sturm in Duluth«, sagt Celeste.

»Einen Sturm«, wiederholt Eva.

Mit einer Hand wurschtelt sie ihren Laptop hervor, öffnet ihn, und findet die CNN-Homepage.

Die Startseite wird von einem großen Foto eingenommen: ein Wohnhaus, das in Flammen steht, vor einer vertrauten Skyline. Eva scrollt herunter, während ihr Blick zwischen Fotos, Schlagzeilen und Listen hin- und herspringt, die alles zusammenfassen, was momentan bekannt ist. Eine Nachrichtenübertragung fängt lautlos an zu spielen, obwohl Eva sie nicht angeklickt hat. Die Kamera schweift über den Lakewalk Trail im Canal Park, vermutlich, weil das der bekannteste Teil von Duluth ist. Der Sturm hat ganze Felsen auf Parkplätze geweht, Bänke liegen wie Spielzeuge verstreut. Das Wasser, das vom Lake Superior hochgestiegen sein muss, ist immer noch nicht ganz abgelaufen.

»Ich habe noch nichts von Steph gehört«, sagt Celeste verzweifelt. »Soweit ich feststellen kann, ist das Haus ziemlich weit vom Epizentrum entfernt, aber … was, wenn Meghan gestern nicht zu Hause war? Oder Matt, oder …«

Oder.

Was, wenn.

Eva atmet zitternd ein.

Es ist nur ein Sturm, versucht sie, sich selbst zu beruhigen. *Das passiert ständig, Steph geht es bestimmt gut, es geht bestimmt allen gut, das war schließlich nicht Hurricane Maria oder sowas, sondern Duluth, und nur ein schlimmer Sturm, und die meisten Leute überlebe schlimme Stürme …*

Aber.

Was, wenn.

Die Angst kriecht aus ihrem Bauch hoch, umklammert ihr Herz und schnürt ihr die Kehle zu. Eva hat schon seit anderthalb Jahren nicht mehr mit Steph geredet, noch nicht mal per SMS … wenn es Steph nicht gut geht … wenn irgendwas passiert ist …

Eva lässt ihr Handy sinken und scrollt schnell durch ihre verpassten Nachrichten. Die meisten sind von Celeste im Gruppenchat, die Steph darum bittet, ein Lebenszeichen von sich zu geben.

Mit dem Handy wieder am Ohr sagt Eva: »Ich habe nichts gehört. Hast du …«

»Gina auch nicht«, antwortet Celeste.

Natürlich hat sie schon mit Gina gesprochen, denkt Eva, und zuckt dann zusammen. Sie wissen nicht einmal, ob Steph überhaupt am *Leben* ist, und trotzdem kann sie ihre Eifersucht nicht abstellen?

Sie atmet tief durch. »Okay. Hast du noch Ms. Miles' Nummer? Wie wollen wir es machen?« Es fühlt sich an wie damals in der Schule, als sie Stephs Mom angerufen hat, um nach Erlaubnis für Übernachtungspartys zu fragen, als Steph noch kein Handy hatte.

Celeste schnauft frustriert. »Sie hat sie wohl geändert, vermutlich direkt danach, und Steph hat uns die neue nicht gegeben. Ich habe schon Pip angerufen und sie gebeten, die Fühler auszustrecken und ein paar Leute zu kontaktieren, mit denen wir zusammengearbeitet haben.«

»Steph arbeitet mit niemandem mehr zusammen«, sagt Eva.

Sie klickt auf den Hauptartikel, scrollt an noch mehr Bildern vorbei, überfliegt den Text. Wie auf der Homepage schon deutlich wurde, war es nicht nur ein schlimmer Sturm. Sondern zusätzlich auch Elektrobrände, Überflutungen, ein Dutzend Zootiere, die in ihren Käfigen ertrunken sind, und ein weiteres Dutzend, das noch in den Flutwassern treibt.

»Was ist denn dein Plan? Ich schicke ihr doch nicht einen Paparazzo vorbei«, schnappt Celeste zurück.

»Nein, mein Gott, natürlich nicht«, antwortet Eva. »Ich fliege selbst hin.«

»Was?«

»Du hast doch …« Eva hält sich gerade noch rechtzeitig auf. Sie muss Celeste ja nicht auf die Nase binden, dass sie *genau* weiß, wann und wo ihr nächstes Konzert ist. »… noch ein Konzert, oder? Du kannst jetzt nicht einfach irgendwo hinfliegen. Ich sollte mich eigentlich heute mit meiner Professorin treffen, aber das ist nicht so wichtig. Ich fliege hin.«

Nach jahrelangem Touren – selbst mit Assistenten und Assistentinnen – weiß Eva, wie man schnell und effizient packt. In spätestens einer halben Stunde kann sie reisefertig sein. Fünfzehn Minuten, wenn sie nicht duscht und Lydia einen Zettel schreibt, statt sie aufzuwecken.

»Das solltest du nicht ausfallen lassen«, sagt Celeste. »Hinzufliegen ist aber eine gute Idee. Ich frage mal Gina.«

»Ich schaffe das«, beharrt Eva.

»Du müsstest dein Meeting absagen.«

Eva ist sich nicht sicher, was sie mit dieser Situation anfangen soll. Celeste, die sie anruft, und sie braucht, und wenigstens so tut, als würde sie Evas College interessieren? Als Eva noch dachte, dass sie auch im College zusammen wären, hatte sie Angst, dass sie auf die anderen Studierenden, die in Orientierungskursen die Augen verdrehen und in der Mensa über Allende diskutieren, kindisch wirken würden.

Jetzt fühlt sie sich selbst kindisch, weil sie sich ins College und ein fast normales Leben zurückgezogen hat, während Gina und Celeste vor der Kamera und auf Arenabühnen stehen. Sie versteht nicht, warum Celeste nicht will, dass sie das Meeting ausfallen lässt. Es ist noch nicht einmal ein richtiger Kurs.

»Dann sag mir Bescheid«, sagt Eva.

»Okay«, antwortet Celeste. »Lass dein Handy auf laut, okay? Ich sag Bescheid, wenn du fliegen sollst. Oder wenn Gina fliegt, oder … sorry, dass ich dich so früh angerufen habe. Normalerweise hätte ich das nicht gemacht, aber …«

»Es ging um Steph«, beendet Eva ihren Satz.

Celeste schweigt einen Moment lang. Schließlich sagt sie: »Danke, dass du rangegangen bist.«

Eva schluckt schwer. Sie sagt nicht *na klar* oder *immer doch* oder irgendwas anderes Schnulziges. Stattdessen sagt sie: »Danke, dass du angerufen hast.«

Mai 2019
Gina

»Danke, dass du dein Meeting mit Steph getauscht hast.« Kayla, ihre Managerin, umarmt Gina kurz, bevor sie sie auf einen Stuhl an dem großen Konferenztisch winkt.

Es ist die Art von Konferenztisch, an dem normalerweise größere Meetings abgehalten werden: sie vier, plus die Reps von ihrem Label, plus Publizistinnen, plus Anwälte. Plus …

»Kein Problem. Steph muss die Stimme schonen, und ich bin eh bereit.« Gina zieht eine schwarze Ledermappe aus der Tasche, aber öffnet sie nicht. Noch nicht.

»Na, dann.« Kayla setzt ein mühsames Lächeln auf. »Immer raus damit.«

»Ich mache keine weiteren Alben.«

Kayla ist zu professionell, als dass man ihren Schock sehen könnte, aber Gina kennt sie mittlerweile gut genug, um sich täuschen zu lassen. Träumt nicht jedes Mädchen davon, dass ihr Label noch mehr Alben möchte, mehr Touren?

Aber Gina hat andere Pläne.

Pläne, in denen sie nicht nur eine von vier ist, nicht nur »die von der Lesbenband« oder sogar »Gina von Moonlight Overthrow«. Gina will keine Kollaborationen mehr ausschlagen müssen – für Songs, Videos, und mehr – weil sie nur für sie gelten, nicht für die ganze Band. Sie will nicht mehr zu ihrer Marke passen müssen, dieses Image, das um sie herum aufgebaut wurde, und das in Wirklichkeit eine Mischung aus Celeste und Eva ist. Gina wird es nicht dahin bringen, wo sie hinwill, wenn sie in einer Band feststeckt. MO hat ihr den Anstoß gegeben, und jetzt will sie sehen, wie weit sie allein kommt.

»Celeste und Eva, sobald Celeste sie überzeugt, werden Soloacts«, sagt Gina. »Das gefällt dem Label bestimmt, und wir können eh nicht alle Solokarriere machen …«

»Aber du musst auch daran denken …«, unterbricht Kayla sie.

»Dass ich die Schwarze bin?« Gina zieht die Augenbrauen hoch. »Ich glaube, das können wir direkt wieder beiseitelegen. Daran bin ich nicht interessiert.«

Destiny's Child war großartig; *Beyoncé* ist gigantisch. Aber Gina will sich nicht den Ex-Girlband-Thron unter den Nagel reißen, auf dem Beyoncé immer noch sitzt. Der nächste Schritt in ihrer Karriere soll eher *Dreamgirls* sein statt Jay-Z.

Kayla legt die Hände flach auf die glatte Tischoberfläche zwischen ihnen. Ihre Daumen und Zeigefinger berühren sich und bilden ein leeres Dreieck. Irgendwer, der nicht Kayla ist, wird später ihre Fingerabdrücke wegwischen müssen, vielleicht heute Abend, oder auch erst morgen früh.

»Warum sagst du mir nicht, woran du dann interessiert bist?«

Gina lässt die Worte zwischen ihnen in der Luft hängen. Sie betrachtet Kayla ruhig. Kühl. Auf eine Art, die sie noch nicht ganz draufhatte, als Kayla sie mit gerade mal vierzehn Jahren unter Vertrag nahm. So lange schon spielt sie nach Kaylas Musik.

Es ist Zeit, dass sie die Zügel in die Hand nimmt.

»Ich werde Schauspielerin«, sagt sie, und öffnet die Ledermappe.

Sie weiß, dass Kayla genau verstanden hat, was sie nicht gesagt hat: *Und du kannst mir entweder dabei helfen und deinen Teil abbekommen, oder du kannst verdammt nochmal aus dem Weg gehen.*

Oktober 2019
Celeste

Eva liegt schlafend neben ihr, mit dem Rücken zu Celeste. Sie war schon immer lieber das kleine Löffelchen. Celeste streicht ihr eine Haarsträhne aus dem Gesicht. Sie weiß, dass Eva von solch sanften Berührungen nicht aufwachen wird – man kann keine Tour überleben, ohne einen festen Schlaf zu haben. Dafür verbringt man zu viele Nächte im Bus, auf dunklen Autobahnen in den Vereinigten Staaten, oder in Europa, wenn man Glück hat. Oder in Privatflugzeugen nach Asien und Australien, wenn man richtig Glück hat. Und das haben sie.

Aber heute Nacht sind sie in einem Hotel mit einem richtigen Bett und einem Zimmer, das nur ihnen gehört.

Celeste sitzt mit dem Rücken an das Kopfteil gelehnt. Sie lässt den Kopf nach hinten fallen, bis er mit einem dumpfen, aber befriedigenden Geräusch gegen das Holz schlägt. Ihre Hand gleitet über Evas Haare, ihre Schulter, bis sie an Evas Oberarm ankommt, von dem die Decke ein wenig heruntergerutscht ist. Dank der dicken Vorhänge ist es stockdunkel im Zimmer, aber Celeste kennt Evas Körper mittlerweile so gut. Auch in der tiefsten Finsternis würde sie jede Kurve, jeden Winkel, jede Unebenheit erkennen.

Ich mache bald mit dir Schluss, denkt sie.

Sie muss es tun.

Es gibt einfach keine andere Option, denn …

Gina hört auf. Das weiß Celeste nicht wirklich aus tiefschürfenden Gesprächen; irgendwann haben Gina und Celeste einfach die unausgesprochenen Fragen wie: »Wem hast du da eine E-Mail geschrieben?« oder »Wer war das am Telefon?« ehrlich beantwortet, wenn Eva und Steph nicht dabei waren.

Steph hat sich natürlich schon total ausgeklinkt und hat absolut kein Interesse daran, weiterzumachen. Ausgeklinkt, aber nicht die Augen verschlossen.

Und dann waren sie nur noch zu zweit.

Celeste kann nicht mit Eva zusammenbleiben. Man bleibt einfach nicht mit seiner Schulfreundin zusammen. Erste Beziehungen enden nie glücklich, besonders nicht in Hollywood.

Erste Beziehungen gehen irgendwann in die Brüche. Erste Beziehungen *verglühen.*

Das weiß Celeste genau, okay? Das weiß sie ganz genau. Der allgegenwärtige Schatten, in den sich die kaputte Beziehung ihrer Eltern verwandelt hat, war der einzige Beweis, den sie brauchte. Ihre eigene Existenz war ein verzweifelter Versuch, die Ehe noch zu retten, und auch das sollte nicht funktionieren. Manchmal lässt das Universum keinen Spielraum für Interpretation. *Erste Beziehung: gehe nicht über Los, ziehe kein Happy End ein.*

Mit Eva zusammen zu sein ist einfach *zu* einfach.

Manchmal kann Celeste kaum atmen, weil es so einfach ist, weil sie Eva so sehr liebt, und weil jeder einzelne Teil ihres Lebens mit Eva verwoben ist. Es ist zu viel, und ganz besonders, weil sie weiß, dass es nicht für immer halten kann. Sie muss sich selbst beweisen, dass sie auch ohne Eva Musik machen kann. Und wenn sie Eva nicht für die Musik behalten kann, dann kann sie sie auch nicht aus irgendeinem anderen Grund behalten.

Wenn Celeste mit Eva zusammenbleibt, wird sie nie jemand anderes sein als die Celeste, die sie jetzt gerade ist. Eva wird nie eine andere Eva werden als die, die sie mit Celeste ist.

Celeste tut es *für sie beide.*

Für *Eva.*

Eva wird der hellste Stern am Himmel sein, das weiß sie genau.

Juli 2021
Steph

Normalerweise nimmt Steph keine Anrufe von unbekannten Nummern an, aber der Sturm hat anscheinend alles durcheinandergewirbelt, also geht dey ran. Vielleicht ist es jemand von der Trans Youth Alliance von einem geborgten Handy.

»Steph hier«, sagt dey.

»Steph, Gott sei Dank«, antwortet eine unbekannte Stimme auf der anderen Seite. »Celeste hat gesagt, dass du dich bei keinem von ihnen gemeldet hast, sie haben sich echt Sorgen gemacht.«

Celeste.

Steph hat immer noch keine Ahnung, mit wem dey gerade redet, aber wer auch immer es ist, kennt Celeste – kennt sie offenbar alle. Und die anderen machen sich Sorgen.

Steph konnte sich einfach nicht dazu überwinden, auf Nachrichten zu antworten oder zurückzurufen. In deren Kopf war kein Platz für das ganze MO-Chaos. Wenn Steph gestorben wäre, hätten die anderen es schon herausgefunden; dey ist sich ziemlich sicher, dass es das immer noch in die Nachrichten schaffen würde. Dey hat das Antworten auf später verschoben, und jetzt ist später auf einmal da.

Steph schleicht sich aus dem Wohnzimmer, in dem Mari gerade Matts Pflaster bestaunt, und steigt die Treppe zu deren Schlafzimmer hoch. »Wer ...« krächzt dey.

»Oh sorry, hier ist Pip«, sagt Pip, eine Publizistin, die das letzte Jahr über für sie gearbeitet hat, und nach der Trennung bei Celeste geblieben ist. Es ist gerade lange genug her, dass Steph ihre Stimme vergessen hat.

Auf einmal ist Steph genervt: Mussten sie wirklich Pip zu Hilfe holen?

»Mir gehts gut«, antwortet dey knapp.

»Das wird sie sicherlich freuen, zu hören«, sagt Pip. Eine kurze Stille. »*Mich* freut es auch, das zu hören. Und deine Familie?«

Müde und muffig, also so wie immer, denkt Steph.

»Allen geht es gut«, sagt dey laut.

»Das ist super, das freut mich sehr.«

»War das alles?«

Im Vorgarten liegen lauter Äste verstreut, und Steph muss Matt noch dazu bringen, beim Aufräumen zu helfen, bevor Grandma es sich in den Kopf setzt, sie selbst zu beseitigen. Gartenarbeit steht bestimmt nicht auf der Liste von Aktivitäten, die sie nach ihrem Schlaganfall betreiben darf, und ein Krankenhausbesuch ist das Allerletzte, was sie heute brauchen.

Ein neuer Kloß macht sich in Stephs Kehle breit. Es ist jetzt schon mehr als zehn Jahre her, dass dey in einem Wartezimmer im Krankenhaus saß und Mom demm gesagt hat, was dey sich ohnehin schon dachte. So hatte Dad sie alle erzogen: pragmatisch und realistisch. Selbst, wenn es um seinen eigenen Tod ging, hatte diese Lektion Wirkung gezeigt. An Tagen wie diesem vermisst Steph deren Dad mehr denn je. Dey würde alles geben, damit er demm umarmt, während sie alle nach den Mitgliedern von Grandmas Nähkreis herumtelefonieren. Oder damit dey ihn vom Fenster aus sehen könnte, wie er Meghan mit der Motorsäge hilft.

Verfickte Stürme.

Verfickte betrunkene Autofahrer.

»Nee, noch nicht ganz«, sagt Pip, und bringt Steph damit wieder in die Realität zurück.

Dey lässt sich auf der Bettkante nieder. Offenbar dauert das hier noch eine Weile.

»Ich habe heute Morgen einen … ungewöhnlichen Anruf bekommen. Es ging um dich. Na ja, um dich und die Band. Es sei ein bisschen schwierig, die Band zu kontaktieren, weil ihr keine Publizistin oder Managerin mehr habt.«

»Wir sind auch keine Band mehr«, erinnert Steph sie. Im Teppich zieht dey Kreise mit deren Zehen.

Es hat gar nicht wehgetan, das zu sagen, sagt dey sich. *Überhaupt nicht. Das hat überhaupt nicht wehgetan.*

Steph musste schon seit einer ganzen Weile niemanden mehr daran erinnern. Ein paar Monate nach deren Rückkehr hörten die Leute langsam auf, besorgt das Gesicht zu verziehen und neugierige, oberflächlich höfliche Fragen zu stellen. Vermutlich hat es auch geholfen, dass Steph nicht häufig ausgegangen ist. Zu Hause hatte dey ohnehin genug zu tun.

So gab es immer und immer weniger Leute, die demm dazu gezwungen haben, sich zu rechtfertigen.

Das hier *darf* gar nicht wehtun.

»Ja, klar«, sagt Pip. »Aber ich wollte dir zuerst von dem Angebot erzählen, bevor ich es an die anderen weiterleite.«

Nicht nur ein Anruf also, sondern ein *Angebot.*

»Weiß Celeste schon davon?«

»Nein. Ich wollte bei dir anfangen.«

Die Antworten liegen Steph schon auf der Zunge: *Wir gehen nicht zusammen auf den roten Teppich, wir machen keine Doku, wir planen keine Wiedervereinigung oder neue Alben.*

Steph zumindest nicht. Die anderen allerdings …

»Ich bin ganz Ohr«, sagt Steph. Eigentlich sind deren Ohren gerade damit beschäftigt, zu lauschen, ob Mari anfängt zu schreien, aber das muss Pip ja nicht wissen.

»Ein Benefizkonzert.« Pips Stimme klingt absolut professionell, mit keinem Hinweis darauf, dass sie Steph überzeugen will oder überrascht von dem Angebot ist.

Steph erstarrt, die Zehen zu den Außenseiten der Kreise ausgestreckt.

»Und dabei würde ich … würden wir was genau machen?«, fragt dey.

»Ihr wärt Headliner. Ihr vier. Die Organisatorinnen und Organisatoren wollen lauter lokale Bands einladen, und ihr kommt alle von da. Du lebst sogar noch da. Es wäre …«

»Ich singe aber nicht mehr.« Steph presst die Worte mühsam heraus. Dey wünscht, dey hätte den Anruf nicht angenommen.

Unbekannte Nummern sollte man *nie* annehmen.

»Du könntest mit Playback singen«, antwortet Pip.

»Während alle anderen live singen? Wohl kaum.« Deren Stimme klingt fast abfällig.

Steph hat die Band verlassen – sie alle haben die Band verlassen –, und dey ist genau *hierfür* gegangen, für Mari und Meghan und Matt und *Duluth*, und der Grund dafür war einzig und allein, dass dey dann bei deren Familie sein konnte, hier. Und *jetzt* will Pip die Band hierherbringen? *Hierher?* Nach alldem?

»Singst du wirklich nicht mehr?«

Shit. Steph schließt die Augen.

»Du weißt genau, dass das nicht dasselbe ist. Ich habe keine Stimmtrainerin mehr. Im Keller zu singen, wenn die Kinder in der Schule sind, ist nicht dasselbe wie Celestes zwei Alben und Touren.«

Es ist nicht einmal nah dran. Steph stellt sich manchmal vor das große Fenster, sodass dey deren Spiegelbild sehen und sich vorstellen kann, dass auf der anderen Seite des Glases eine Produzentin sitzt. Aber Steph ist nicht mehr fünfzehn; dey weiß jetzt, dass Träume nicht immer zur Realität werden.

»Gina und Eva haben auch keine Soloalben«, kontert Pip.

»Als ob Eva nicht die Demos für die Songs singt, die sie schreibt«, schnaubt Steph. »Als ob Gina nicht immer noch ihre Stimme aufwärmt, bevor die Kamera läuft. Ihre Agentin hat ihr vermutlich geraten, ihre Stimme in Schuss zu halten, falls sie später in Musicals mitspielen will.«

Das könnte Steph sich für Gina gut vorstellen. In der Schule hat Gina bei allen Musicals mitgespielt, damals, als sie noch zur Schule gingen und ein normales Leben hatten.

»Okay«, seufzt Pip. »Du hast ja recht, Steph. Aber es geht hier um ein Benefizkonzert in kleinem Rahmen. Eine einmalige Sache für Duluth. Niemand wird dich dafür verurteilen …«

»*Alle* werden mich verurteilen. Das wird nur erbärmlich und schlecht, und Duluth verdient etwas Großartiges«, erwidert Steph wütend.

Pip versteht es einfach nicht. Es war schließlich nicht Pips Band, obwohl die Band auch ihr Job war.

Und sie hat nie in Duluth gelebt.

»Ich glaube, wir sind das von der falschen Seite angegangen«, sagt Pip.

Keine Seite ist richtig, um mich darum zu bitten, denkt Steph.

»Willst du das Konzert geben?«

»Das hat doch damit gar nichts zu tun«, antwortet Steph.

Aber natürlich will dey das. Wieder mit den Mädels singen, mit dem Dreierakkord in C-Dur, der demm während dieser stürmischen Jahre als Popstar den Ton und Takt vorgegeben hat? Vor einem Publikum stehen – einem kleinen, aus deren Heimat –, das ihre Lieder mitsingt? Und das alles für Duluth zu tun?

»Das hat alles damit zu tun«, sagt Pip. »Wenn du das Konzert geben willst, dann ziehen wir es auch durch.«

»Aber die anderen …«

»Ich weiß genau, dass Celeste ja sagen wird. Und Gina auch. Gina war schon auf halbem Weg zum Flughafen, bevor ich dich zu fassen bekommen habe«, erwidert Pip.

Gina weiß noch gar nichts von dem Konzert, was heißt … dass sie nur für Steph ins Flugzeug gestiegen wäre. Ohne andere Beweggründe.

Fuck, wie Steph sie alle vermisst.

»Und Eva?«

Eva hat sich auch aus dem Rampenlicht zurückgezogen, auch wenn sie die Industrie nicht ganz verlassen hat.

»Eva holen wir auch noch an Bord, mach dir keine Sorgen. Willst du das?«, fragt Pip.

Steph seufzt. Dey lässt den Kopf in den Nacken fallen und starrt den Ventilator an der Decke an.

Jetzt gehts wieder los, denkt dey. Wie immer beschleunigt sich deren Herzschlag.

»Ich kann in keiner Girlband mehr sein«, sagt dey.

»Keiner sagt was von Wiedervereinigung. Es ist nur ein Konzert; für eine Stadt, die euch alle verbindet, und in der du lebst. Ihr macht das zur Unterstützung. Ignorier die Presse, ich verspreche dir, dass sich niemand darum scheren wird, wenn du beim Konzert ein paar Noten falsch singst …«

»Darum geht es nicht«, unterbricht Steph sie.

Manchmal machen die Leute es *so schwer*. Sie glauben, sie wissen genau, worum es geht, aber mit Ausnahme von Stephs Mom hat es noch niemand sofort verstanden.

»Du musst mir ein bisschen entgegenkommen, Steph.

Lass uns zusammen einen Weg finden, wie ihr das alle hinbekommt«, sagt Pip.

»Ich kann in keiner *Girl*band mehr sein«, erklärt Steph. »Ich bin kein Mädchen. War ich damals schon nicht, aber jetzt kann ich da einfach nicht mehr mitmachen.«

So.

Jetzt hat dey es gesagt.

»Kein Problem«, antwortet Pip, und Steph muss ihr zugestehen, dass sie keine Sekunde zögert. »Das nehmen wir einfach mit in die Presseerklärung zum Konzert. Welche Pronomen …?«

»Dey/deren/demm«, sagt Steph.

Trotz der Erleichterung hämmert deren Herz immer noch. Das hat dey noch nie jemandem aus der Industrie erzählt. Steph war zwar schon als pan geoutet, seit MO das erste Mal außerhalb der Schule geprobt hat, aber als dey begriffen hat, dass es vielleicht einen *Grund* dafür gab, dass dey auf Tumblr alle Posts über Geschlechtsidentität in sich aufgesogen und jedem gefolgt ist, der sich nicht wie eine Cis-Frau gefühlt hat, war es schon zu spät. Kayla war begeistert davon, die nächste große *Girl*band zu repräsentieren. Steph versuchte … nicht unbedingt, es zu vergessen, aber es zur Seite zu schieben. Für später. Ein Geheimnis, dass dey behalten durfte und musste, während alles andere der Welt offengelegt wurde. So war es am einfachsten für die Band.

Es ist schon schwer genug, überhaupt einen Vertrag für ein Album abzuschließen, und ganz besonders, weil sie von Anfang an wollten, dass es klar ist, dass sie alle queer sind. Ihre Eltern hätten sie nicht unterschreiben lassen, wenn nicht schwarz auf weiß im Vertrag gestanden hätte, dass sie alle out sein konnten. *Ihre* Kinder würden nicht der Sucht oder den Essstörungen oder der offenen Homophobie aus ihrem eigenen Team zum Opfer fallen, und wenn es das Letzte wäre, was sie taten. Und das wäre es auch gewesen, wenn sie ihren Kindern eröffnet hätten, dass sie sich verstecken müssten, bis sie achtzehn waren. Trotzdem wäre es vermutlich für die Band nicht so glimpflich ausgegangen, wenn Evas Vater nicht zufällig Anwalt wäre. Oder vielleicht auch gar nicht für die Band, sondern nur für sie vier.

Während sie noch unter Vertrag waren, dachte Steph lieber nicht darüber nach, was wohl die Reaktion wäre, wenn dey die Leute korrigieren würden, die dey falsch genderten (was im Prinzip alle waren). Manche Kommentare waren sowieso schon schrecklich. Viele richteten sich an Eva und Celeste (*ihr habt einfach noch nicht den richtigen Typen getroffen*), oder an Gina (*Mädels sagen doch nur, dass sie bi sind, um andere zu schockieren – da wächst du schon noch raus*). In den widerlichsten Kommentaren stand, dass sie gerne mit Frauen schlafen konnten, solange man zusehen durfte. Und das alles, bevor sie überhaupt alt genug für einen Führerschein waren. Die allerschlimmsten Kommentare drohten ihnen Vergewaltigung an.

Am Ende landete Steph wieder hier, wo dey versuchte, ohne die ganzen Störungen von der Industrie herauszufinden, ob dey wirklich *kein* Mädchen war oder ob es vielleicht einfach normal war, das Image von einem Mädchen zu hassen, dass sich irgendwelche Produzenten in Kalifornien ausgedacht hatten, und von dem alle dachten, dass es wirklich Steph wäre. Jetzt weiß Steph, dass es ein bisschen von beidem ist.

»Roger«, sagt Pip. »Ein einmaliges Konzert der Grammy-nominierten Popband Moonlight Overthrow, mit allen vier renommierten Mitgliedern.«

Das klingt … offiziell.

Oh mein Gott, denkt Steph, und dann: *Oh, fuck.*

Das ist immerhin ein besseres Mantra als *das tut gar nicht weh.*

Normalerweise betrachtet Steph deren MO-Karriere aus der Entfernung, als wäre es das Leben von jemand anderem, aber jetzt ist dieses andere Selbst auf einmal wieder ganz nah. Die *Grammys* – das ist echt passiert. Steph hat sich schon so lange von jeglichen Gefühlen zur Musik abgeschottet, dass dey jetzt ganz außer Übung ist. Jedes Mal, wenn ein Gefühl aufkam – ob es Lust zum Singen war, oder Freude, die Mädels zu sehen, der Beat zu sein, der die tanzenden Körper des Publikums antreibt, oder die Nervosität, die mit alldem einherging – Steph verdrängt es instinktiv: *das tut gar nicht weh.*

Alles ist gut, versucht dey sich selbst zu beruhigen. Aber wird es nicht noch schwerer sein, das alles hinterher wieder wegzuschieben, wenn Steph sich jetzt nicht zurückhält?

»Medien, die deine Pronomen richtig benutzen und nicht transphob sind, bekommen im Sommer Exklusivinterviews mit Celeste; die, die Probleme machen, kommen auf die schwarze Liste.«

»Danke«, sagt Steph und kann sich das Lächeln nicht verkneifen.

»Das ist mein Job.«

»Ist es das?« Steph hat keine eigene Publizistin mehr, und auch keine Stylistin oder Stimmtrainerin, niemanden. Plötzlich flammt in deren Magen die Panik auf.

»Celeste ist involviert, also kümmere ich mich darum. Sobald die Organisatorinnen und Organisatoren die letzten Sachen geklärt haben und ihr noch alle an Bord seid, schicke ich euch einen ganz einfachen Vertrag, damit wir alles schriftlich haben«, antwortet Pip.

Das hat Steph schon erwartet: »Ich schicke dir gleich im Anschluss direkt meine neue E-Mail-Adresse.«

»Perfekt. Soll ich die anderen nach dem Konzert fragen, oder willst du das machen? Ganz deine Entscheidung.«

Ach ja, stimmt.

Die anderen, deren Anrufe und Nachrichten Steph ignoriert hat. Was, wenn sie nicht mehr so klingen wie früher? Was, wenn doch? Steph weiß rein gar nichts über ihre neuen Lebensumstände außer dem, was dey aus Schlagzeilen aufgeschnappt hat.

Was, wenn Eva Steph hasst? Was, wenn Celeste und Gina denken, dass deren ruhiges Leben irgendwie … weniger wert ist? Aber Pip scheint sich sicher zu sein, dass sie alle ja sagen werden. Daran hält sich Steph fest. Und wenn sie nein sagen … es geht immerhin um Duluth. Nicht um Steph.

Es wäre nichts Persönliches.

Das wird gar nicht wehtun.

Doch, wird es, und Steph will es trotzdem, denn wenn es um diese Band und diese Mädels geht, hat Steph schon immer den naiven, hoffnungsvollen Weg gewählt.

»Erst muss ich das alles mit meiner Familie besprechen. Und dann rufe ich sie an. Ich sage dir Bescheid, wenn ich mit allen geredet habe.«

»Alles klar«, sagt Pip. Nach einer kurzen Stille fährt sie

fort: »Es war mir wirklich eine Ehre, damals mit euch zusammenzuarbeiten. Ich hoffe, dass wir hierfür wieder eine Zusammenarbeit auf die Beine stellen können.«

»Danke«, presst Steph an dem Kloß in deren Hals vorbei.

»Alles klar, dann sprechen wir uns bald«, sagt Pip.

»Ja«, antwortet Steph, sowohl auf Pips Aussage als auch für demm selbst.

Ja, dey wird bald mit Pip sprechen.

Ja, dey will das wirklich.

November 2019
Eva

Sie sind zu viert im Wohnbereich von Evas und Celestes Hotelsuite versammelt: Eva und Celeste auf dem Sofa, Steph und Gina jeweils auf einem Sessel. Es ist schon weit nach Mitternacht, und Eva trägt bereits ihren Schlafanzug: eine lila Baumwollhose und ein loses T-Shirt, das mal Celeste gehört hat.

»Okay Leute, kommen wir zum Thema«, gähnt Eva und rutscht noch näher an Celeste heran.

»Ja, bevor wir alle einschlafen«, antwortet Steph.

Celeste setzt sich vorsichtig auf, damit Eva sich weiterhin an sie lehnen kann. »Okay. Also … wir müssen entscheiden, wie wir als Band weitermachen. Keine Managerinnen oder Publizistinnen, nur wir.«

Gina nickt.

Eva runzelt die Stirn. »Was gibt es denn da zu entscheiden? Wir sind dem Label verpflichtet – die wollen noch drei Alben. Ich dachte, wir wollten es den Sommer über langsam angehen lassen, bevor wir damit anfangen. Deswegen haben wir doch extra dieses Jahr kein Album aufgenommen, oder? Weil wir alle eine Pause brauchten.«

Die anderen drei tauschen vielsagende Blicke aus.

Länger und länger zieht sich die Stille hin.

Das Adrenalin vom Konzert ist schon lange wieder verpufft, und jetzt fühlen sich Evas Kopf und ihre Augenlider unsäglich schwer an. Sie spürt jetzt schon, wie das Meeting langsam ihrem Verständnis entgleitet.

»Oder?«, beharrt sie.

Celeste spricht es aus, den Blick fest auf einen unsichtbaren Punkt an der Wand geheftet: »Nein.«

Eva schiebt Celeste von sich.

»Was heißt hier ›nein‹?«

»Ich höre auf«, sagt Gina mit ruhiger Stimme, als hätte sie Eva mit diesem kleinen, einfachen Satz nicht gerade den Boden unter den Füßen weggezogen, als hätte sie nicht gerade den Grundstein für Evas gesamtes Leben mit einem Presslufthammer bearbeitet.

»Nein«, flüstert Eva.

»Ich habe das schon vor Monaten mit Kayla besprochen«, fährt Gina fort, ihre Stimme immer noch fest und ruhig. »Im Dezember kommt die Presseerklärung raus, nachdem wir fertig sind.«

»Wir sind noch nicht fertig«, sagt Eva.

»Ich schon«, sagt Gina.

»*What the fuck?*«, bricht es aus Eva heraus. »Das planst du jetzt schon seit Monaten, und hast es niemandem von uns *erzählt?*«

»Ich habe nicht gerade ein Geheimnis daraus gemacht, dass ich kein Album mehr aufnehmen will.«

»Was … was willst du dann überhaupt machen? Du wirfst das alles weg, die Band, deine Freunde, wofür? Hoffentlich ist es was richtig Gutes, Gina«, faucht Eva sie an.

Celeste sitzt still neben ihr. Steph starrt den Teppich an.

Warum ist Eva die Einzige, die reagiert? Warum ist sie die Einzige, die das zu kümmern scheint?

»Ich will schauspielern«, antwortet Gina. »Aber als Teil der Band habe ich einfach keine Zeit, das zu verfolgen. Das wollte ich schon immer – und das weißt du auch, Eva. Ich war immer ehrlich. Die Band fühlt sich einfach mittlerweile erdrückend an, und wir sind sowieso bald mit der Tour fertig, also … ist das jetzt die beste Zeit für mich.«

»*Erdrückend?*« Das Wort entweicht Eva laut und schrill. Zum Glück sind sie und ihr Team auf der Etage allein.

Gina seufzt. »Ich will einfach im Moment was anderes machen, okay?«

»Nein, das ist nicht okay. Was zum Teufel, das ist *nicht okay*«, sagt Eva.

»Willst du nicht auch andere Sachen ausprobieren?«, fragt Gina. »Hast du nicht Lust, Musik zu schreiben, ohne auf all unsere Stimmen Rücksicht nehmen zu müssen? Willst du nicht …«

»Nein«, unterbricht Eva sie. »Für uns zu schreiben, macht mir am meisten Spaß, selbst, wenn es schwer ist. Ich wollte das nie ohne euch machen.«

»Babe, du wärst eine unglaubliche Solokünstlerin«, sagt Gina, und sie klingt zum ersten Mal in diesem Gespräch ehrlich und aufrichtig.

»Nur, weil du aufhörst …«, fängt Eva an, aber Steph unterbricht sie.

»Hör auf, auf Gina rumzuhacken. Sobald das letzte Konzert vorbei ist, setze ich mich in den ersten Flieger nach Hause.«

»Machen wir das nicht alle?«, fragt Eva.

»Für immer, meine ich«, sagt Steph mit zitternder Stimme. »Ich bin raus. Keine Band mehr, kein L.A. mehr.«

Nach neun Monaten auf Tour sind sie alle müde, aber ohne Make-up, in einem losen T-Shirt und mit noch von der Dusche nassen Haaren sieht Steph komplett ausgelaugt aus.

»Wir kriegen das schon alles irgendwie hin«, fleht Eva.

»Wir sind das Problem.« Stephs Stimme stockt und wird dann zu einem tiefen Knurren. »Wir, diese Band« – Steph gestikuliert in den Raum und meint damit das ganze verdammte Leben, für das sie *alle* so hart gearbeitet haben – »das ist das Problem. Ich habe es wegen der Tour fast nicht zur Beerdigung meines Großvaters geschafft, und ich konnte mich auch nicht verabschieden, weil ich einfach nicht zu Hause war.« Eva zuckt zusammen, aber Steph fährt fort. »Meine Schwester, meine kleine Schwester, ist im vierten Monat schwanger. Du kannst mir nicht sagen, dass das nichts damit zu tun hat, dass ich schon seit Ewigkeiten nicht mehr daheim war, und dass Mom ständig zu Konzerten und Fotoshootings geflogen ist und Meghan und Matt bei unseren *Großeltern* gelassen hat. Und wenn wir schonmal bei Matt sind, er ist *so* kurz davor, von der Privatschule zu fliegen, auf die ich ihn endlich schicken konnte, weil er sich ständig mit seinen Mitschülern anlegt, und weißt du eigentlich, wie schwer es ist, das alles von den sozialen Medien fernzuhalten? Oder von der Presse?« Steph starrt Eva direkt in die Augen. »Keine von euch hat jüngere Geschwister. Ihr versteht es einfach nicht. Ich *muss* zu Hause sein. Die Band hat meiner Familie schon genug angetan.«

Eva hat plötzlich ein Bild von Meghan vor den Augen, bevor sie eine Band waren – oder zumindest bevor sie ihre erste Tour hatten: eine dürre Dreizehnjährige mit Zahnspange, die ihren ersten BH zurechtzupfte, während sie bei ihrer Probe in Stephs Keller zuhörte. Sie war so jung.

»Meghan ist erst sechzehn«, flüstert Eva.

»Eben«, sagt Steph anschuldigend.

»Aber …« Eva schüttelt den Kopf und setzt sich auf. »Dafür machen wir doch die Pause, oder? Du kannst bis nächsten Herbst oder sogar bis zum Winter zu Hause bleiben, bevor wir mit dem neuen Album anfangen müssen. Das ist doch genug …«

»Nein, das ist nicht genug. Ich kann sie nicht mehr an zweiter Stelle stehen lassen, weil das in dieser Industrie quasi die letzte Stelle ist. Ich habe die verdammten Zeitlimits satt. Sie müssen sich darauf verlassen können, dass ich da bin, und dass ich auch dableibe.« Auf Stephs verschränkten Armen zeichnet sich eine Gänsehaut ab.

»Das ist … ich weiß ja, dass ich Einzelkind bin, aber … das ist alles nicht deine Verantwortung, nicht wirklich. Ich weiß, dass du sie liebst, aber sie haben deine Mom, und deine Grandma«, fängt Eva an.

»Du verstehst es einfach nicht«, wiederholt Steph. »Versuch es gar nicht erst.«

»Ich will es aber verstehen …«

Damit sie es richtigstellen kann.

Damit sie Steph daran hindern kann, zu gehen.

Damit sie sicherstellen kann, dass Steph zurückkommt.

»Das Einzige, was du verstehen musst, ist, dass ich fertig bin. Ich bin raus«, sagt Steph.

Die Worte fühlen sich hohl an. Wie ein Nebel hängen sie zwischen ihnen.

Evas Gehirn weigert sich, sie aufzunehmen.

Steph kann nicht einfach gehen. Steph kann nicht aufhören.

Moonlight Overthrow kann nicht einfach enden.

»Können wir nicht irgendwas …«

»Eva«, sagt Celeste.

Und auf einmal weiß Eva, dass es aus ist.

November 2019
Eva

Steph und Gina gehen irgendwann in ihre Zimmer.

Eva sitzt immer noch wie festgefroren auf dem Sofa. Celeste hat sich auch noch nicht bewegt, aber Eva weiß, dass es nicht aus Schock ist: Celeste wartet.

Schließlich bringt Eva heraus: »Wovon redest du?«

»Ich will eine Solokarriere anfangen«, antwortet Celeste. »Und das solltest du auch.«

Celeste hat noch normale Klamotten an – Skinnyjeans und ein loses Top aus irgendeinem leichten, teuren Material, fair produziert. Wenn Eva auf ihr Handy schauen würde, sähe sie Bilder von Celeste im gleichen Outfit mit Fans nach dem Konzert.

»Wann hast du das entschieden?« Eva stützt die Ellbogen auf die Oberschenkel und verschränkt die Finger. Ihr Blick ruht auf ihren Knien.

»Im Sommer, glaube ich. Ich wusste, dass Gina aufhört …«

Eva richtet sich urplötzlich auf. »Du wusstest es.«

Celeste sieht sie an. »Du hättest es auch wissen können.«

»Niemand hat mir das gesagt!«

»Weil wir wussten, dass du so reagieren würdest. Ich dachte … ich dachte, wenn wir dir ein bisschen mehr Zeit geben, würdest du es selbst merken. Dass du sehen würdest, dass das für uns alle der beste Plan ist.«

»Also habt ihr bis ganz zum Schluss gewartet? Wir haben noch *sieben Konzerte.* Zwei Wochen, um zu *planen.* Klingt das für dich fair?« Eva springt auf und stellt sich hinter den Sessel, auf dem vorhin Gina saß. Wut kocht in ihr hoch und versengt ihr die Haut.

»Ich dachte wirklich, dass du das irgendwann auch wollen würdest«, sagt Celeste. In ihrer Stimme schwingt eine flehende Note mit, und Eva fühlt sich auf einmal absurd siegessicher.

»Wie konntest du jemals denken, dass ich die Band verlassen wollte? Ich dachte, wir hätten das alle langfristig geplant. So wie unsere Beziehung.«

»Unsere Beziehung«, wiederholt Celeste, und Eva kann ihren Tonfall nicht einordnen.

Sie lässt sich auf dem Sessel nieder. »Ja, unsere Beziehung. Hast du … hast du überhaupt darüber nachgedacht, was es für uns bedeutet, wenn du die Band verlässt?«

»Habe ich, ja«, antwortet Celeste.

»Ich verstehe einfach nicht, warum du mir nicht davon erzählt hast. Ich hätte dir dabei helfen können, wir hätten einen Weg finden können, wie du trotzdem in der Band bleiben könntest …«

»Das will ich aber gar nicht. Ich will nicht, dass du mir dabei hilfst. Ich will das selbst machen.«

»Und deine Solokarriere? Wann wolltest du mir davon erzählen? Nimmst du das Album in L.A. auf, oder woanders? Hast du überhaupt schon nach Wohnungen für uns geschaut? Das ist doch für mich auch wichtig. Ich kann nicht glauben …«

»Nein, ist es nicht«, unterbricht Celeste sie.

»Ich bin deine Freundin. Wenn ich in den nächsten zwei Monaten Schwedisch lernen muss oder so, muss ich das wissen.« Eva fragt sich, wie viele Leute in ihrem Team – oder in den neuen Teams, die sich hinter ihrem Rücken gebildet haben – das alles wussten, bevor sie es herausgefunden hat. Zum Glück hat die Presse noch keine Ahnung, oder hat zumindest bis jetzt dichtgehalten. Das wäre sonst ganz schön peinlich gewesen.

Celeste seufzt. »Was ist überhaupt dein Plan?«

»Was?«

»Die Band gibt es nicht mehr. Ich mache meine eigene Musik. Was ist dein Plan? Du kannst mir nicht einfach hinterherlaufen«, sagt Celeste.

Kurz war Evas Wut verglüht, doch jetzt flammt sie wieder auf. »Ich habe keinen verfickten Plan, weil mir niemand hier – noch nicht einmal du – gesagt hat, dass ich einen brauche.« Sie atmet tief durch. »Und warum nicht?«

»Warum nicht was?«

»Warum kann ich dir nicht ›hinterherlaufen‹. Was übrigens ein beschissener Ausdruck ist. Ich bin deine Freundin, ich laufe dir nicht hinterher, ich bin mit dir zusammen«, sagt Eva und starrt Celeste wütend an.

»Und was wirst du dann tun, während ich im Studio bin? Oder auf Tour?« Celeste starrt zurück.

»Ich schreibe für dich? Oder mache Onlinekurse fürs College? Oder warte jeden Abend backstage, damit du diese bescheuerte Solotour nicht allein machen musst?« Eva brodelt innerlich. Wie kann Celeste es wagen, sie das zu fragen? Vor einer Stunde wusste sie noch nichts von alldem, und jetzt braucht sie auf einmal einen ausgeklügelten Plan für die Zukunft?

Celeste sackt auf dem Sofa zusammen. »Du lässt mich das einfach machen.«

»Sorry, ist es ein Problem für dich, das zu bekommen, was du willst?«

»Ich will es aber nicht auf diese Art.«

»Okay, dann sag mir, auf welche Art du es willst, und dann …«

»Du kannst nicht mitkommen.« Celeste schließt kurz die Augen, und als sie sie wieder öffnet, schaut sie nicht in Evas Richtung.

»Was?«

»Du kannst nicht mit mir mitkommen. Nicht auf Tour, nicht … nirgendwohin.«

Eva bekommt kein Wort heraus. Sie kann kaum einen klaren Gedanken fassen. Kann kaum atmen. Die anderen sind ihre Augen, ihre Gliedmaßen, ihre Lungen, ohne sie passiert gar nichts, und hinter der Band ist immer noch Celeste, immer.

»Geh aufs College, so wie du wolltest«, sagt Celeste. »Mach selbst Musik.«

»Was ist mit uns?« Eigentlich will sie ruhig und selbstbewusst klingen, aber es kommt als Flüstern heraus. Das ist das Einzige, wofür die Luft in ihren Lungen ausreicht.

Celeste schüttelt den Kopf, den Blick immer noch von Eva abgewandt. »Ich kann einfach nicht«, sagt sie.

Das Rauschen in Evas Ohren und in ihrem Kopf ist kein klatschendes Publikum, es ist ganz anders. Es hört sich an wie zehntausend schiefe Akkorde, die alle gleichzeitig spielen und alle am lautesten sein wollen, und das einzige Wort, das sie greifen kann, ist *nein.*

»Ich *liebe* dich«, sagt Eva. »Und du liebst mich.«

Sie sind seit mehr als zwei Jahren zusammen und haben sich schon so häufig gesagt, dass sie sich lieben, dass Eva sich kaum an das erste Mal erinnern kann.

Celeste streitet es nicht ab, aber sie sagt nur: »Erste Beziehungen halten nie.«

»Das ist ein *Songtext.* Das hier ist das echte Leben.«

»Eva, bitte …«

Als ob Eva diejenige ist, die es schwer macht. Als ob Eva das Problem ist.

»Du bist doch diejenige …« Eva schluckt schwer. Sie bekommt es nicht heraus. Sie kann nicht sagen: *die mit mir Schluss macht.* Das ist einfach nicht drin.

»Ich muss es tun«, sagt Celeste. »Es ist …« Sie stockt, und sonst wäre Eva sofort neben ihr, hätte sie in den Arm genommen und ihr ins Ohr gesungen.

Diesmal bleibt Eva, wo sie ist.

»Es ist besser so. Für uns beide«, fährt Celeste fort.

»Das stimmt nicht«, antwortet Eva.

Celeste steht auf. Eine Millisekunde lang denkt Eva,

dass sie zu ihr kommt, sie berührt, weint, sich entschuldigt, irgendwas. Aber Celeste dreht sich zur Tür.

»Ich schlafe heute Nacht bei Alix«, sagt Celeste. Wie nett, dass sie ihre Stylistin vorgewarnt hat statt Eva. »Und vermutlich … sollten wir uns für den Rest der Tour auch was anderes überlegen.«

»Vermutlich.«

»Und … wir sollten ›Girl Says Yes‹ von der Setlist streichen.«

Eva unterdrückt ein Schluchzen. Jetzt weiß sie wirklich, dass es kein Zurück gibt. Celeste will ihren Song nicht mehr singen – ihren gemeinsamen Song über all die Ja's, die sie sich bereits gegeben haben, und all die Ja's, die sie sich in Zukunft noch geben wollen …

Eva hätte den Song am liebsten in tausend Akkordfragmente zerrissen.

Wie konntest du heute Abend diesen Song mit mir singen, fragt sie sich, *wenn du schon wusstest, dass du mir später nein sagst?*

»Du bist brillant.« Celeste steht jetzt an der Tür. »Du bist so unglaublich brillant. Du wirst großartig als Solokünstlerin sein.«

Mit dir bin ich großartig, denkt Eva. *Ich will nicht allein sein.*

Celeste geht.

Eva rollt sich auf dem Sessel zusammen. Celestes weiches T-Shirt liegt auf ihrer Haut, und wenn ihr nicht ohnehin schon kalt wäre, hätte sie es sich vom Körper gerissen. Nur ein Abend – nur ein paar Minuten – und alles wurde ihr unter den Füßen weggezogen: die Band, ihre Freunde, Celeste, ihre Zukunft.

Sowas passiert anderen Leuten. Anderen Bands. Anderen Freundesgruppen, anderen Paaren. Nicht ihr.

Auf dem Knie ihrer Schlafanzughose breitet sich ein nasser Fleck auf, und sie stellt fest, dass sie weint.

Bis der Mond ins Meer stürzt, denkt sie.

Platsch.

Juli 2021
Eva

Die erste Nachricht, die Steph seit mehr als anderthalb Jahren in den Gruppenchat schreibt, lautet:

Steph
Hi. Pip hat mich vorhin angerufen. Wir müssen was besprechen. Videocall um 18 Uhr?

Eva liest sich die Nachricht mindestens zehnmal durch. Steph. Steph will etwas besprechen. Sie ist erleichtert, dass Steph sich gemeldet hat, aber Sorgen macht sie sich auch. Was ist jetzt wieder passiert?

Gina antwortet als Erste:

Gina
Ich bin so froh, von dir zu hören, Babe. Wir sehen uns dann.

Ich muss um 7 zum Tanzunterricht, schreibt Eva und fühlt sich direkt schlecht.

Sie hat schon seit Ewigkeiten nicht mehr mit Steph geredet, und das ist das Erste, was sie sagt?

Kein Problem, antwortet Steph prompt. Wir können später immer noch reden.

Wirklich?, denkt Eva.

Das ist neu für sie.

Ein paar Minuten später schreibt auch Celeste, dass sie Zeit hat, und Eva bleibt mit ihren Gedanken allein. Zum Glück muss Lydia heute arbeiten, denn Eva ist im Moment nicht gerade zu Gesellschaft aufgelegt.

Eine Benachrichtigung von Twitter lässt ihr Handy vibrieren: Celeste tweetet ihre Anteilnahme für die Sturmopfer und postet einen Link zu einer Spendenseite.

Evas Dad hatte seine Kanzlei schon nach Chicago verlegt, bevor sie als Vorband auf ihre erste Tour gingen, als Eva fünfzehn war, und nach ihrer ersten viermonatigen Solotour im gleichen Jahr zogen er und ihre Mutter endgültig um. Eva hat sich in Chicago nie wirklich zu Hause gefühlt –L.A. ist nun seit Jahren ihre Heimatstadt – und Duluth hat sie schon seit Ewigkeiten nicht mehr besucht, wenn sie nicht für ein Konzert dort waren.

Im gleichen Sommer zog Celestes Mom nach Des Moines, um näher bei ihrem ersten Enkelkind zu wohnen und die Stadt zu verlassen, in der ihre Ehe in die Brüche gegangen war. Celeste war vermutlich auch schon lange nicht mehr in Duluth.

Eva liegt auf dem Boden unter ihrem Klavier und starrt dessen Unterseite an. Was auch immer in dem Videoanruf passieren wird, mit ihren alten Freunden – sie hat jetzt ihr eigenes Leben. Nachdem sie auflegen, hat sie immer noch ihren Tanzkurs, und Lydia und Kay, und die Songs, an denen sie gerade arbeitet. Auf ihrem Leben-nach-der-Band-Radar ist das hier nur ein kleines, unerklärtes Echo.

Um kurz vor sechs setzt sie sich ordentlich ins Wohnzimmer. Sie will nicht wie die Art Mensch rüberkommen, die ihre Zeit unter ihrem Klavier liegend verbringt.

Um genau sechs Uhr bekommt sie einen Videoanruf von Steph Miles.

Und dann sind sie auf einmal alle da.

Eva versucht, ihren Atem unter Kontrolle zu bringen. Sie dachte eigentlich, dass Gina und Celeste den Rest ihrer jeweiligen Karriere damit verbringen würden, sicherzustellen, dass sie sich nie auf irgendwelchen Events über den Weg laufen würden. Sie dachte eigentlich, dass sie Steph vielleicht für den Rest ihres Lebens nicht mehr wiedersehen würde – obwohl Steph sie damals immer in den Arm nahm, wenn sie Heimweh hatte, immer einen Tampon für sie hatte, und Eva immer Halt gab, wenn die Welt sie von den Füßen reißen wollte.

»Hey«, sagt Steph, und Eva bricht fast in Tränen aus. Nachrichten sind eine Sache, aber sie alle so zusammen zu sehen … zwar nur auf ihrem Bildschirm, aber trotzdem. Es ist total surreal.

Steph trägt nun einen Undercut; Celeste sitzt erwartungsvoll auf einem Schreibtischstuhl in einem Hotelzimmer; Gina hat ein Sweatshirt an, das sie vor Jahren einer ihrer Cousinen gemopst hat.

Anderthalb Jahre sind vergangen, seit sie das letzte Mal zu viert gesprochen haben. Das hätte Eva nie voraussehen können, nicht mit zwölf Jahren und auch nicht mit siebzehn. Und mit achtzehn … tja. Als sie achtzehn wurde, waren die Trennungen zwei Monate her, und es hatte auch zwei Monate lang eisige Stille geherrscht, also hatte sie die Hoffnung aufgegeben, dass *das hier* jemals wieder passieren würde. Ihr Herz wird schwer, wenn sie an all die Zeit denkt, die sie verloren haben, aber dann schnellt es vor Wut wieder in die Höhe. *Sie* ist schließlich nicht diejenige, die den Kontakt abgebrochen hat. Es ist nicht ihre Schuld, dass sie Zeit verloren haben.

Steph spricht weiter. »Bevor wir richtig anfangen, möchte ich euch etwas sagen. Ich bin nichtbinär, wenn ihr also in der Presse über uns redet, wäre ich dankbar, wenn ihr Moonlight Overthrow nicht eine Girlband nennen würdet, und wenn ihr nicht Sachen wie ›die Mädels‹ sagt.«

»Na klar. Wir haben dich lieb«, antwortet Gina schnell, und Celeste stimmt ihr zu.

Eva ist erleichtert von dem überraschten Unterton, den sie in ihren Stimmen wahrnimmt.

»Wir stehen hinter dir«, sagt sie, aber für sich denkt sie: *Shit.*

Noch etwas, wovon sie nichts wusste, obwohl es einen der Menschen angeht, die sie eigentlich in- und auswendig kennen sollte. Hatte sie das genauso vorsätzlich ignoriert wie Stephs Familie oder Ginas Träume von einer Filmkarriere oder das ganze letzte Jahr vor der Trennung?

»Und … was ist mit deinem Namen? Heißt du immer noch …?«, fragt Gina.

»Immer noch Steph – *nur* Steph. Ich denke schon lange über einen neuen Zweitnamen nach, aber ich habe mich noch nicht entschieden.« Steph zuckt mit den Schultern, und Eva weiß genau, dass das lässig wirken soll, obwohl die Situation alles andere als lässig ist. »Meine Pronomen sind dey/deren/demm.«

»Danke, dass du uns das anvertraust.« Eva versucht, ihre Stimme so warm wie möglich klingen zu lassen.

»Also«, sagt Steph. »Weswegen Pip mich angerufen hat.«

»Moment«, unterbricht Gina demm. »Dir gehts gut? Und deiner Familie? Was ist mit dem Haus?«

Steph fährt sich mit der Hand durch die Haare, und das Video friert kurz ein und läuft dann verpixelt wieder an. »Niemand ist verletzt. Ein paar Äste sind runtergekommen, aber haben zum Glück keinen großen Schaden verursacht. Aber der Hagel hat Mari echt Angst gemacht.«

»Mari?«, fragt Gina.

»Meghans Tochter. Meghans Baby.«

Bevor die Band sich getrennt hat, durften Meghan und Matt keine öffentlichen Social-Media-Profile haben, und Eva vermutet, dass die Regeln hinterher – nach der Schwangerschaft und der Trennung – nur noch strenger geworden sind. Ohne eine Geburtsanzeige konnte kein Stalker, Paparazzo oder Fan wissen, dass Meghan ein Baby hat – und Eva konnte es auch nicht wissen. Sie hat sich nie die Mühe gemacht, Meghan und Matts Accounts zu folgen, weil sie davon ausgegangen war, dass sie alle Updates von Steph bekommt.

»Ich würde mich total über Fotos freuen«, sagt Eva leise. »Wenn das für dich und Meghan okay ist.«

»Da habe ich eine bessere Idee, wenn ihr Interesse habt«, antwortet Steph. »Und da sind wir wieder bei Pips Anruf. Ich sag es euch einfach, und dann können wir darüber reden, oder auflegen, damit alle darüber nachdenken und mit ihren Teams quatschen können und so. Also: Es wird ein Benefizkonzert organisiert, und wir sollen Headliner sein. Als Moonlight Overthrow.«

Eva starrt fassungslos ihren Bildschirm an. Sie ist es gar nicht mehr gewohnt, die Worte »Moonlight Overthrow« zu hören. Natürlich liest sie sie ständig auf Tumblr, aber das fühlt sich nicht so echt an, nicht so nah an dem, was mal ihr ganzes Leben war. Ihre ganze Identität. Jetzt, wo Steph es gesagt hat, fühlt es sich an, als wären die letzten anderthalb Jahre nur ein Traum gewesen, aus dem sie jetzt langsam aufwachen.

»Wow«, sagt Celeste, nach einer langen Stille. »Das ist … nicht das, womit ich gerechnet habe.« Sie räuspert sich. »Steph? Die Stadt … gehört jetzt so ziemlich dir. Und du bist von uns auch am meisten …«

»Aus der Industrie ausgestiegen?«, vervollständigt Steph ihren Satz.

»Genau«, sagt Celeste. »Also … richte ich mich da ganz nach dir. Ich habe sowieso bald eine kleine Pause, da schaffe ich ein Benefizkonzert bestimmt, wenn du das willst. Und wenn du lieber so tun willst, als hätte Pip dir nie dieses Angebot unterbreitet, sage ich ihr Bescheid und wir reden nie wieder darüber.«

Eva ist wie festgefroren. Sie würde am liebsten ihren Laptop zuschlagen, aufstehen und laut schreien, oder sonst irgendwas, aber ihre Muskeln bewegen sich keinen Zentimeter. Sie ist gezwungen, Celeste zuzuhören.

Celeste, die aufhören wollte. Und jetzt wieder einsteigen will.

Sie richtet sich ganz nach Steph.

Wenn Steph also will … aber als Eva wollte …

»Ich will das Konzert geben«, sagt Steph.

»Sicher?«, fragt Eva. »Wenn du dich damit nicht wohl fühlst, aber wir trotzdem was als … Gruppe machen sollen, haben wir bestimmt alle noch altes Merchandise. Wir könnten ein paar Sachen unterschreiben und sie versteigern oder so.« Sie findet, dass das einleuchtend klingt, erwachsen.

»Super Idee, und das sollten wir auch machen, aber ich will das Konzert geben«, wiederholt Steph. »Das fühlt sich einfach richtig an.«

Richtig?!, denkt Eva.

Sie hat die Trennung verwunden, echt jetzt. Sie mag ihre Literaturkurse und den Einfluss, den sie auf ihre Songs haben. College ist ein Stück Normalität, das ihr immer noch genug Raum lässt, um hier und da einen Top-10-Hit zu schreiben.

Das alles fühlt sich für sie richtig an.

Aber im Unterschied zu Steph hat sich für sie damals auch die Band richtig angefühlt.

»Ich bin dabei«, sagt Gina. »Du hast recht, Steph. Es fühlt sich einfach richtig an.«

»Eva?« Natürlich fragt Celeste zuerst, aber sie wartet Evas Antwort nicht ab, bevor sie den Blick von der Kamera abwendet. Nervös spielt sie mit dem Davidstern an ihrer Halskette herum.

»Ich weiß nicht«, sagt Eva.

Sie weiß es wirklich nicht.

Als die Einzige, die nicht sofort zustimmt, fühlt sie sich wie ein selbstsüchtiges Arschloch: Das hier ist schließlich für Steph, für Duluth, für einen guten Zweck. Aber sie werden ja wohl kaum alle getrennt auf die Bühne gehen, einen Song singen, und dann wieder nach Hause fahren. Stattdessen sollen sie ein Konzert als *Moonlight Overthrow* geben. Sie hat sich schon seit über einem Jahr nicht mehr erlaubt, das zu wollen.

Damals dachten die anderen alle, dass sie sie dazu überzeugen könnten, eine Solokarriere zu starten. Sie hat endlich ihren Frieden damit geschlossen, und jetzt wollen sie auf einmal wieder anfangen. Aber nur für ein Konzert.

So funktioniert das verdammt nochmal nicht.

»Was müssen wir tun, um dich zu überzeugen?«, fragt Steph. »Wir machen das so, wie du es willst.«

Das klingt, als würde dey etwas wiederholen, was demm selbst gesagt wurde, vermutlich vor kurzem, vermutlich von Pip. Aber Eva kann nur an *die* Nacht denken. Die Nacht, in der sie sich an die anderen klammern wollte, um feststellen zu müssen, dass sie nur Schatten waren, nur Geister, die schon lange nicht mehr da waren.

»Ohne dich mache ich das nicht«, sagt Gina.

Eva weiß, dass sie es gut meint, aber: »Ich kann nicht glauben, dass du das gerade gesagt hast. Nachdem ich damals im Winter die ganzen Interviews gegeben habe, in denen ich euch *den Arsch gerettet habe*, weil die Trennung sonst eurem Ruf geschadet hätte. Und ihr habt euch nicht mal bedankt, noch nicht mal eure PR-Leute haben sich bei mir bedankt, und jetzt … jetzt tut ihr so, als ob das gar nicht passiert wäre, oder als ob es egal wäre, und …« Eva unterbricht sich selbst, bevor sie stockt oder anfängt zu weinen oder sonst irgendwas Peinliches macht, das verrät, dass die Band ihr immer noch wichtig ist.

»Danke«, sagt Gina. »Du hast ja recht. Danke.«

Celeste räuspert sich. »Ich finde, wir sollten das machen. Wir haben … wir haben uns am Ende falsch verhalten«, gibt sie zu. »Wir – oder zumindest ich – waren dumm und siebzehn und haben es nicht richtig gemacht. Also sollten wir das jetzt machen. Ein letztes Konzert, mit uns allen, für einen guten Zweck.«

Aus irgendeinem Grund muss Eva an Kay denken. Wie sehr sie sich freuen würde, wenn Eva zustimmte, und wie enttäuscht sie wäre, wenn sie wüsste, dass Eva als Einzige nein gesagt hätte. Sie muss an die ganzen Coverbilder und Premierenfotos und Artikel über Celeste und Gina denken, die sie rebloggt hat. Als Fan sollte man die Projekte der Künstlerinnen und Künstler unterstützen, denen man folgt, oder? Sie ist vielleicht nicht mehr mit ihnen befreundet, aber sie war schon immer ein Fan von Moonlight Overthrow.

Genieß es einfach, denkt sie.

Ihre Lieblingsband steht kurz davor, wieder zusammen zu spielen, und sie ist die Einzige, die das bewirken kann. Nur für ein Konzert. Um Duluth zu helfen. Und um wiedergutzumachen, dass sie Steph das letzte Jahr in der Band *nicht* geholfen hat, und auch nach der Trennung nicht. Diesmal lässt sie sich nicht vormachen, dass sie nicht ohne die anderen leben kann. Sie kann es hinter sich bringen und dann wieder nach Hause fahren.

»Okay«, sagt Eva schließlich. »Wir machen das.«

Juli 2021
Steph

»Natürlich schlafen sie hier«, sagt Stephs Grandma und legt das Messer beiseite.

Sie sind gerade dabei, Gemüse fürs Abendessen zu schnippeln. Mom ist noch bei der Arbeit, und die Kinder sind im Garten, in dem Matt und Steph gestern mit dem Aufräumen angefangen haben. Es ist noch ein Haufen Arbeit zu tun, aber immerhin sind die größten Äste jetzt aus dem Weg geschafft. Zum Glück steht das Haus nicht zu nah am Wasser; die Gebäude am unteren Teil des Hügels hat es am schlimmsten getroffen, als das Wasser und die Trümmer den steilen Hang hinuntergerast sind, an dem Duluth gebaut ist. Die Feuer im Hafen sind mittlerweile alle gelöscht. Nach neuestem Stand gab es neunzehn Todesfälle.

»Wir haben noch nicht mal einen Termin festgelegt«,

sagt Steph. Der ungefähre Zeitrahmen ist zwar klar, denn das Konzert muss irgendwie in Celestes Tour passen, aber sie müssen immer noch alles mit dem Veranstaltungsort regeln. Normalerweise wäre die Messehalle in Duluth die beste Wahl, aber im Moment befindet sich dort die Koordinationsstelle für die Hilfsaktionen.

»Es gibt keinen Grund, warum sie in einem Hotel schlafen sollten, wenn wir hier genug Platz haben. Die Leute, die ihre Häuser verloren haben, brauchen die Zimmer viel dringender«, antwortet Grandma Marit, als hätte sie vergessen, dass Steph selbst die zwei Hotels angerufen hat, die die meisten Flutopfer beherbergen, und für die Zimmer bezahlt hat.

Steph schneidet eine Grimasse in Richtung der Gurke, die dey gerade schält. »Ich weiß nicht, ob das so eine gute Idee ist, Grandma.«

»Natürlich ist das eine gute Idee«, beharrt Grandma Marit. Obwohl schon Monate vergangen sind, hält sie das Messer immer noch ein wenig ungelenk. »Ihr seid doch alle beste Freunde, und habt zusammen eine Band. Natürlich schlafen sie hier.«

»Ich bin nicht mehr in der Band«, erwidert Steph. »Die Band hat sich getrennt.«

Den Teil mit den »besten Freunden« lässt dey so stehen – es ist einfach zu deprimierend, mit deren Großmutter über sowas zu streiten.

»Aber ihr gebt hier zusammen ein Konzert.«

Steph seufzt und zieht Grandmas Schneidebrett zu sich hin. »Ja, aber nur ein Konzert.«

»Ich weiß noch, wie früher die Mädels alle hierherkamen, und …« Sie lässt sich auf einem Küchenstuhl nieder.

Das Ding ist, dass sie sich eben nicht daran erinnern kann. Stephs Grandma ist erst zu ihnen gezogen, als ihr Mann gestorben ist, und bis dahin wohnte sie etwas außerhalb von Duluth. Die Band hat nie bei ihr zu Hause geprobt, also erinnert sie sich vermutlich an eine andere Gruppe von Teenagern, vielleicht die Freunde von Stephs Mom, als sie noch jung waren. Vor dem Schlaganfall war Grandmas Gedächtnis auch nicht perfekt – normale Alterserscheinungen, hatte der Arzt gesagt, nichts, worum man sich sorgen müsste – aber jetzt weiß Steph manchmal nicht, ob die Gedächtnislücken vom Schlaganfall oder vom Alter kommen. Vielleicht ist der Unterschied auch gar nicht so wichtig.

»Ich kann sie fragen, ob sie hier schlafen wollen«, bietet Steph an, »aber es kann sein, dass sie nein sagen. Vielleicht wäre es ein bisschen komisch.«

Das wäre vermutlich schon das beste Ergebnis. Steph hat keine Ahnung, wie Eva die letzten Konzerte geschafft hat … doch, natürlich weiß dey das. Eva ist eine professionelle Sängerin, und Steph vermutet, dass sie hoffte, die anderen würden sich noch umentscheiden, wenn sie sich ein paar Wochen lang zusammenriss. Oder zumindest, dass Celeste sich noch umentscheiden würde.

Grandma Marit wirft Steph einen *Blick* zu.

Steph versucht es noch einmal. »Es ist einfach … wir sind keine Band mehr. Wir reden nicht mehr miteinander.«

»Ich wusste nicht, dass das eine etwas mit dem anderen zu tun hat«, sagt Grandma und rückt ihre Brille zurecht.

Steph zuckt zusammen und lässt fast das Messer fallen.

Grandma nickt und tippt sich mit einem Finger an die

Nase. »Ihr habt doch vor der Band auch miteinander geredet, oder?«

»Das war anders.« Steph schiebt die geschnippelte Gurke beiseite, um Platz für die Karotten zu machen.

Dey weiß überhaupt nicht, warum demm das erklären muss. Es *war* damals anders. Aber dey hofft, dass es sich … vielleicht … wieder ändern kann. Nicht unbedingt eine weitere Hundertachtzig-Grad-Wende, aber vielleicht können sie wieder miteinander schreiben und telefonieren und ungezwungen sein, statt diese merkwürdige Distanz, die mit dem Verlust der Vertrautheit kam, zwischen sich stehen zu haben; auch, wenn es nie wieder genauso sein wird wie früher.

Das sind vermutlich viel zu viele Erwartungen für ein spontanes Benefizkonzert.

»Steph, setz dich kurz zu mir.«

Dey lässt das Gemüse auf der Küchentheke liegen und setzt sich neben Grandma, die ihre knochige Hand auf Stephs legt.

»Lad sie hierher ein«, sagt Grandma Marit. »Lebenslange Freundinnen sind viel wichtiger als lebenslange Kolleginnen. Gina, Celeste, Eva – eines Tages werden sie dir bei deinem Hochzeitstanz zusehen.«

Ob sie dann auch singen?, fragt sich Steph.

Ob Steph auf ihren Hochzeiten singen könnte?

Heiratet, damit wir wieder zusammen singen können. Feiert eure Hochzeit einfach zweimal. Oder dreimal.

An Celestes Bat Mizwa fühlte Steph sich so geehrt, dass dey eingeladen war. Es tut weh, an all die Ereignisse zu denken, die nichts mit Musik zu tun haben, die dey verpassen wird. Aber Steph wollte es so.

»So einfach ist das nicht.«

»Vielleicht machst du es zu kompliziert«, erwidert Grandma.

Steph zieht die Hand weg. »Seit wann bist du eigentlich so weise?«

»Seit dem elften Juni 2001.«

Stephs Geburtstag.

Steph steht auf, um das Gemüse zu Ende zu schnippeln, aber bevor dey geht, drückt dey Grandma einen Kuss auf die Wange.

Juli 2021
Eva

Am Donnerstag haben sie einen zweiten Videoanruf geplant, aber Steph ist spät dran, also sind sie erst nur zu dritt. Das Konzert soll schon nächsten Donnerstag stattfinden, und alles geht auf einmal wahnsinnig schnell. So muss es wohl sein, vermutet Eva, damit das Geld so schnell wie möglich bei denen ankommt, die es am dringendsten brauchen.

Am Mittwoch verbrachte Eva den Großteil des Tages mit einer Stimmtrainerin. Ihrer Literaturprofessorin hat sie bereits gesagt, dass sie die nächste Sitzung aus persönlichen Gründen verpassen würde. Zu Hause arbeitete sie an ein paar Songs von Moonlight Overthrow, die sie nicht mehr so gut kann, aber die vielleicht auf die Setlist kommen könnten. Ihr Lungenvolumen hat sich definitiv verringert, und ihre Stimmkontrolle ist auch nicht mehr das, was sie mal war, aber sie ist immer noch nicht die schlechteste Popsängerin, die jemals live gesungen hat. Geweint hat sie nur dreimal, was sich wie eine Riesenleistung anfühlt.

»Wie kommst du nach Duluth?«, fragt Celeste. Man kann erkennen, dass sie gerade im Tourbus ist, aber Eva zwingt sich, sich auf Celeste zu konzentrieren, und nicht auf die Unterschiede zwischen ihrem Bus und dem Bus, in dem sie damals getourt sind.

»Mit dem Flugzeug«, antwortet sie. Wie auch sonst? Das Licht, das durchs Küchenfenster fällt, spiegelt sich auf dem Bildschirm, und sie rückt den Laptop zurecht, um besser sehen zu können.

»Burbank?«, fragt Celeste, und Eva nickt.

Vom LAX Airport fliegt man, wenn man gesehen werden will; wenn man ungestört fliegen will, fährt man nach Burbank. Und Eva will auf keinen Fall gesehen werden.

Plötzlich ist Stephs Profilbild sichtbar, und ein paar Sekunden später Steph selbst. Heute hat dey ein dunkelrotes Hockeytrikot an, das selbst an deren stämmigen Körper viel zu groß ist.

»Hey«, grüßt dey, und fährt dann fort: »Wollt ihr zuerst die gute oder die schlechte Nachricht?«

»Die gute«, antwortet Celeste.

Eva hätte sich anders entschieden.

»Die gute Nachricht ist, dass alle lokalen Bands ihre Teilnahme bestätigt haben, und die Seite auf Ticketmaster fast fertig ist. Sie geht morgen live, nachdem angekündigt wird, dass wir als Headliner spielen«, sagt Steph.

»Danke, dass du das alles organisierst, Steph. Sobald wir da sind, helfen wir mit«, sagt Gina.

Steph nickt.

»Und die schlechte Nachricht?«, erinnert Eva demm.

Steph verzieht das Gesicht. »Die schlechte Nachricht – also vielleicht schlecht – ist, dass Grandma darauf besteht, dass ihr hier schlaft.«

»Das ist doch kein Problem«, sagt Celeste. »Die Hotelzimmer brauchen eh andere Leute dringender.«

»Und ich mag deine Grandma«, fügt Gina hinzu.

Eva auch. Ihre Großeltern waren schon alle gestorben, als sie nach Duluth zogen, und Stephs Grandma bestand schon seit ihrem ersten Treffen darauf, von ihnen allen »Grandma Marit« genannt zu werden. Es war schön, mehr Familie zu haben, als Eva erwartet hatte.

»Also …«, sagt Steph, und meint damit offensichtlich Eva.

»Ja, klar«, zwingt Eva sich zu sagen. »Wir schlafen bei euch, solange das dem Rest deiner Familie nichts ausmacht.«

Insgeheim hofft sie, dass Steph vielleicht doch sagt, dass es mit dem Baby und so weiter zu viel ist, aber eigentlich *weiß* sie ja, dass es der logischste Plan ist.

»Danke«, seufzt Steph. »Wenn ihr woanders schlafen würdet, läge Grandma mir die ganze Woche in den Ohren, also sollen Matt und Meghan sich einfach damit abfinden.«

Verdammt.

Eine ganze Woche sollen sie zusammenwohnen, und zwar nicht in irgendeinem neutralen Hotel, sondern bei Stephs Familie, die Familie, die für Steph da war, als Eva und die anderen demm vernachlässigt haben. Eine Überraschung, dass Grandma Marit sie nicht alle hasst.

Eine ganze Woche mit Celeste, die morgens zerknittert und abends nach harten Proben müde und entspannt ist, nicht für die Kamera oder Bühne aufgetakelt, sondern ganz normal, wie jemand, neben dem man im Chor sitzen könnte.

Eva ist sowas von im Arsch.

Ihre gesamte mentale Stabilität beruht darauf, die anderen nicht sehen zu müssen. Vergeben – oder zumindest vergessen – ist viel einfacher, wenn man die Leute, denen man vergeben will, nicht mehr sehen muss. Aber jetzt soll sie mit ihnen zusammenarbeiten *und* zusammenwohnen … Hoffentlich hat sie wenigstens abends ein paar Minuten Zeit, um sich auf Tumblr zurückzuziehen und sich daran zu erinnern, für wen sie das alles macht – wenn man von Duluth absieht, natürlich.

»Sag deiner Mom danke von uns«, sagt Celeste.

»Ähm …« Steph seufzt. Kurz heftet sich deren Blick an die Decke. »Okay, es ist nicht fair, euch nicht vorzuwarnen.«

Eva muss ein Schnauben unterdrücken. Als ob irgendwer sie damals vorgewarnt hätte.

»Wovor?«

»Grandma hatte im Februar einen Schlaganfall.«

Sofort schämt sich Eva für ihre Selbstsüchtigkeit.

»Oh mein Gott, Babe«, haucht Gina. »Das hast du am Montag gar nicht erzählt.«

»Wie geht es ihr?«, fragt Celeste.

»Ganz okay. Der Schlaganfall war leicht, und sie hat sofort ärztliche Behandlung bekommen.« Steph klingt, als würde dey auf einer Pressekonferenz sprechen. »Sie geht immer noch zur Physio und kann vermutlich nicht das ganze Konzert über stehenbleiben.«

»Noch nicht mal *ich* bleibe mein ganzes Konzert lang stehen«, witzelt Celeste.

Steph lächelt nicht.

»Aber das wars noch nicht. Manchmal frustriert es sie, dass sie vieles nicht mehr kann. So würde es mir vermutlich auch gehen, wenn ich normalerweise Schneeschuhläufe auf dem Lake Superior mitgemacht hätte, dann auf einmal einen Schlaganfall hätte, und jetzt alle um mich herum auf meinen nächsten Krampfanfall warten.«

»Shit, sie hat Krampfanfälle?«, flucht Celeste.

Eva kann es sich kaum vorstellen ... Grandma Marit war immer eher eine jüngere, fittere Großmutter, zumindest verglichen mit den Großmüttern ihrer Klassenkameradinnen und -kameraden. Wie alt sie genau ist, weiß Eva nicht mehr, aber sie kann kaum älter als siebzig sein. Es ist komisch, sie sich so zerbrechlich vorzustellen.

»Mittlerweile nicht mehr wirklich, aber Mom macht sich immer noch Sorgen. Im Moment versuchen wir einfach ... so ruhig wie möglich zu sein.« Steph zuckt mit den Schultern, was eine Lässigkeit ausdrücken soll, die dey ganz offensichtlich nicht verspürt.

»Mit einem ehemaligen Popstar, zwei Teenagern und einem Baby?«, fragt Gina mit hochgezogenen Augenbrauen.

»Und mit uns dreien«, fügt Eva hinzu.

»Natürlich ist es nicht *glamourös* oder so, aber sie will wirklich, dass ihr kommt.«

»Dann kommen wir auch«, sagt Gina.

»Es ist eh einfacher, alles zu organisieren, wenn wir alle zusammen sind«, stimmt Celeste zu.

»Danke, dass du uns das alles erzählt hast«, sagt Eva. Sie muss zwar noch den Rest dieses Gesprächs überstehen, aber am liebsten hätte sie sofort ihre Eltern angerufen. Sie muss einfach wissen, dass es ihnen immer noch gut geht, so wie gestern, als sie bis nach Mitternacht über das Benefizkonzert geredet haben. Sie muss einfach sicherstellen, dass sie immer noch so ein Glück hat.

Gina sagt, wie sehr sie sich freut, sie alle wiederzusehen, und dann wechseln sie das Thema. Eva und Gina fliegen beide morgen früh los, aber separat, denn Ginas Assistentin bestätigt, dass es keinen Flug mehr gibt, auf dem zwei Plätze in der ersten Klasse frei sind. Am Tag, an dem ihr Konzert angekündigt wird, will keine von ihnen in der Economy-Class fliegen.

Nachdem sie aufgelegt haben, geht Eva zu ihrem Klavier. Sie spielt ein paarmal die Hookline, die sie sich am vierten Juli ausgedacht hat, und lässt sich dann neben dem Klavier auf dem Boden sinken. Ihre Hand liegt auf einem der Pedale. Es fühlt sich glatt und kühl an, stabil. Nichts an dem Klavier bewegt sich, wenn sie es nicht selbst in Gang setzt.

Bei Steph zu schlafen ist genau wie das Konzert, sagt sie sich. *Nur ein letztes Mal, für einen guten Zweck.*

Wenn sie sich davon überzeugt, dass sie so wenigstens eine gute letzte Erfahrung mit der Band haben wird, wird vielleicht doch alles okay.

Januar 2020
Eva

Eva steht vor dem bodenlangen Spiegel im Hotelzimmer, während ihre Stylistin ein letztes Mal ihr Kleid zurechtzupft.

»Du siehst atemberaubend aus, Evie«, sagt ihre Mutter, die auf einem Stuhl neben dem Spiegel sitzt.

Das Kleid ist *wirklich* atemberaubend, mit Wogen aus dunkelblauer Seide und dezenten Silberakzenten. Und es ist schulterfrei, was Eva sich noch bei keiner Preisverleihung getraut hat.

»Isabelle?«, fragt Eva und blinzelt, um die Tränen zurückzuhalten. Ihr Make-up ist perfekt, und wenn sie jetzt anfängt zu weinen, ist keine Zeit mehr, es bis zum Anfang der Show wieder zu richten.

Isabelle tritt in ihr Sichtfeld, ihr schwarzes Tablet ein

starker Kontrast zu ihrem hellrosa Kleid. »Sorry, sie werden nicht kommen.«

Eva legt den Kopf in den Nacken, damit ihr die Tränen nicht die Wangen hinunterlaufen können. »Noch nicht mal Gina?«

»Nein, Gina ist gerade in London.«

Eva atmet ein paarmal zitternd ein und aus. Offenbar hassen die anderen sie und alles, was sie als Band gemacht haben, so sehr, dass sie noch nicht einmal zur größten Preisverleihung des Jahres kommen wollen. Vor der Band hätte sie das alle wütend gemacht. Und Eva ist jetzt auch wütend. Ist das nicht das Mindeste, was sie für ihre Fans tun können? Für all die queeren Teenager da draußen, um ihnen mitzuteilen: *Ich bin zwar nicht mehr dabei, aber ich bin immer noch stolz darauf, ich bin immer noch stolz auf euch?*

»Tja.« Eva räuspert sich. »Zumindest ist eine von uns hier. Das hier sind immerhin die Grammys.«

Evas Mom steht auf und presst ihr einen federleichten Kuss aufs Haar. »Es tut mir so leid, Schatz.«

»Alles gut. Ich hätte damit rechnen sollen.«

Auf Social Media und in Interviews war Eva *perfekt.* Das hier ist vermutlich die am wenigsten dramatische Bandtrennung in der gesamten Musikgeschichte, und trotzdem redet niemand mit ihr.

Sie versteht ja, warum Steph sich nicht gemeldet hat. Als Steph nach der Pressemitteilung alle Social-Media-Accounts gelöscht hat – sowohl die öffentlichen als auch die geheimen privaten – fühlte es sich wie ein zweiter Stich ins Herz an. Das war auch nicht nur wegen der Fans: Ganz offenbar möchte Steph, dass Eva und die anderen gar nichts mehr mitbekommen. Damit fühlt Eva sich zwar nicht wohl, aber sie kann es respektieren.

Aber Gina, die normalerweise die schwierigsten Pressefragen beantwortet? Celeste, die bestimmt irgendwann als Solokünstlerin zu den Grammys eingeladen werden will?

Schon seit Wochen steht Eva auf der Gästeliste. Und trotz der drei Jahre als Band, und der jahrelangen Freundschaft davor, hat sich niemand bei ihr gemeldet. Das hat Eva in ihrem Fünfjahresplan nicht berücksichtigt.

»Ich mache den roten Teppich mit, aber keine Interviews«, erinnert sie Isabelle.

»Das habe ich alles arrangiert. Natürlich werden sie dir trotzdem alles Mögliche zurufen, also lächle einfach, gib ihnen ein paar Posen, und geh weiter. Bevor du dich versiehst, ist es vorbei.«

»Ich warte drinnen auf dich«, fügt ihre Mom hinzu. »Du schaffst das, mein Schatz.«

Die letzten zwei Male, an denen Moonlight Overthrow nominiert war, redeten alle davon, was sie tun würden, wenn sie gewinnen würden. Aber heute sind alle darauf konzentriert, zu verhindern, dass Eva vor laufender Kamera in Tränen ausbricht.

Sie hat keine Rede vorbereitet, hat noch nicht einmal darüber nachgedacht. Ohne die anderen scheint es komplett unmöglich, dass sie gewinnen. Und falls es doch passiert … hat Eva genug Medientraining genossen, dass sie es schon irgendwie hinbekommt, hoffentlich. Überraschung, ein paar Danksagungen, ein Witz darüber, wie sprachlos sie ist, und fertig.

Viel zu schnell kommt der Zeitpunkt, an dem sie das Hotelzimmer verlassen muss.

»Du musst das nicht machen«, sagt ihre Mom, als sie vor dem Staples Center halten.

»Doch, das muss ich«, antwortet Eva. »Das muss ich auf jeden Fall.«

»Ich bleibe die ganze Zeit bei dir«, versichert ihr Isabelle.

Das stimmt nur halb. Isabelle kann nur am Rand stehen und sie nach vorne schieben, wenn Eva weitergehen muss, aber sie kann nicht mit ihr im Rampenlicht stehen.

Während sie für die Kameras posiert, versucht Eva, ihren Kopf so leer wie möglich zu machen. Es ist so laut, dass sie es gar nicht schwer findet, die Fragen und Kommentare der Reporter in unverständliches Gebrabbel zusammenfließen zu lassen. Nachdem sie es nach drinnen geschafft hat, schwebt sie förmlich durch die Interaktionen mit den anderen Nominierten. Sie freut sich total für sie, natürlich ist es eine Ehre, nominiert zu sein, würden sie sie bitte entschuldigen, sie muss ihre Mutter suchen.

»Du machst das so gut«, flüstert ihre Mom, als sie sich auf ihre Plätze setzen.

Eva kann sich kaum auf die Show konzentrieren. Jedes Mal, wenn jemand vorbeikommt – ob es ein Star ist oder jemand, der einen frei gewordenen Platz auffüllen soll – springt ihr das Herz in die Kehle. Sie kommt einfach nicht umhin, zu hoffen, dass im allerletzten Moment doch noch jemand kommt. Wäre das nicht ein guter Song? Sie glaubt, sie sei allein, doch dann kommt plötzlich doch jemand, mit einer guten Ausrede und hält ihre Hand, wenn sie gewinnen.

Die Show zieht sich.

Niemand kommt.

Plötzlich fühlt Eva sich unerträglich gedemütigt. Wie erbärmlich es ist, dass sie tatsächlich hier ist und lauter langweilige Interviews gibt, die niemanden interessieren.

Ihre Kategorie ist dran, und sie setzt automatisch ein Lächeln auf, denn sie weiß, dass alle Kameras auf sie gerichtet sind und tausend Fans jede Rührung analysieren werden. Sie selbst starrt den Umschlag mit einer noch nie dagewesenen Intensität an. Die anderen Male hat sie ihn mit naiver Hoffnung angesehen, aufgeregt, total überwältigt.

Aber jetzt ist es anders. Jetzt *braucht* sie es.

In den letzten zwei Jahren haben sie zwei von drei Preisen gewonnen, für die sie nominiert waren. Warum sollte das nicht nochmal passieren? Der plötzliche Stolz, die Freude überrascht sie, und ihr Lächeln fühlt sich echter an. Sie hat es geschafft: Ihre Musik war so gut, dass der Name ihrer Band zusammen mit dem all dieser Stars vorgelesen wird.

Auf einmal ist sie sich sicher, dass sie gewinnen werden. In Evas Rede wird es um queere Liebe und Freundschaft gehen, und Celeste wird im ersten Flieger nach L.A. sitzen.

Es ist einfach *unausweichlich.*

Vom Schicksal bestimmt.

In den Sternen geschrieben.

Und dann …

Gewinnen sie doch nicht.

Juli 2021

@people: *Moonlight Overthrow sollen auf einem Benefizkonzert für die Flutopfer in Duluth gemeinsam auftreten*

@hellogiggles: *Moonlight Overthrow ist wieder da! (Zumindest zeitweilig, und für einen guten Zweck!)*

@outmagazine: *Moonlight Overthrow tun mehr, als nur Gedanken und Gebete an Duluth zu schicken – sie kommen selbst dorthin*

@celesterogers: *Ich freue mich, euch mitteilen zu können, dass Moonlight Overthrow nächsten Donnerstag als Headliner auf dem #DuluthBenefizkon-*

zert spielt!!! Ich wüsste keinen besseren Grund, wieder mit den anderen auf der Bühne zu stehen. Links für Tickets und zur Spendenseite in meiner Beschreibung. xoxo

@ginawright: *Alles wieder auf Anfang, um beim #DuluthBenefizkonzert zu sein. Helft Moonlight Overthrow dabei, die Flutprojekte zu unterstützen!*

@evabellofficial: *Ich stand seit zwei Jahren nicht mehr auf der Bühne. Hoffentlich mache ich Duluth stolz. Mehr Infos/Links im angepinnten Tweet! #DuluthBenefizkonzert*

maybeitsmoonlight:
OH MEIN GOTT.
OH
MEIN
GOTT

#das ist alles was mir gerade einfällt #sjdflskjflksjdflksjf #ICH BIN SCHON AM HEULEN SEIT ICH DIE NACHRICHT GESEHEN HABE

mooningoverthrow:
Es kann sein, dass ich gerade hinter dem Tresen laut gequiekt habe. Alles gut, Yoga Moms, hier gibts nichts zu sehen. ~~Lüge. HIER GIBTS ALLES ZU SEHEN.~~
Um diesen heiligen Tag der (lang erhofften) Wieder-

vereinigung zu feiern, sind hier einiger meiner Lieblingsvideos von den Babes. Erfreut euch an ihrem Talent. Kniet vor ihrer unglaublichen queeren Power nieder. UND SPENDET.

1. Der Auftritt bei den Grammys 2019, kurz bevor sie ihren zweiten Grammy gewonnen haben.
2. Diese Performance von »Girl Says Yes« in der O2-Arena. Die gucke ich mir immer an, wenn ich glücklich bin, wenn ich verliebt bin, und wenn ich glücklich und verliebt sein will.
3. Diese Karaoke-Performance von »I'm a Believer» auf irgendeiner Geburtstagsfeier in 2018. So jung. So niedlich. Echt peak MO, was die Gruppendynamik angeht, sie haben einfach Spaß zusammen. (Und wenn ihr dachtet, dass dieser Song nicht gay ist ... guckt das Video. Ihr werdet es nicht bereuen.)
4. The Tonight Show im Februar 2019. Wessen Album ist wohl in der Woche davor rausgekommen und direkt auf Platz 1 geschossen? DAS VON MO NATÜRLICH.
5. Das Cover von »Heart on My Sleeve« von Mary Lambert für die Live Lounge von Radio 1. RIP. Einfach nur RIP.

#OT4 #MORE SMILES MORE TEARS

moonlite-babe:

Wow. Das war ja wohl eine total unerwartete Nachricht. Ich bin so stolz, Fan dieser Band zu sein! Leider schaffe ich es nicht zum Konzert, aber natürlich werde ich hier alle Links dazu posten, wie ihr die Mädels trotzdem unterstützen könnt – z. B. indem ihr das Konzert auf Twitter bewerbt oder an die offizielle Hilfeseite spendet. Unsere Band will ihrer Heimatstadt und den Leuten, die von dem Sturm betroffen sind, helfen; lasst uns ihnen dabei helfen.

#duluth benefizkonzert

cylic-ally:
Wenn ihr ein Ticket für das Benefizkonzert bekommen habt, bin ich ein ganz klein bisschen neidisch (okay, vielleicht eher unglaublich neidisch), aber vor allem freue ich mich für euch. Die Band ist wundervoll, und ihr werdet total viel Spaß haben. Ein paar Sachen vorab ...
Wir freuen uns natürlich alle, dass sie ein Konzert geben, aber – ob ihr zum Konzert geht oder nicht – wir sollten nicht vergessen, dass es ein Benefizkonzert ist. Fast zwanzig Leute sind gestorben. Hunderte haben ihr Zuhause verloren. Der Sturm hat so viel Schaden angerichtet, und viele Leute sind davon betroffen. Seid respektvoll. Das hier ist nicht einfach irgendein Konzert, sondern eine Möglichkeit für Leute, ihre Anteilnahme und Hoffnung zu teilen.
Und wenn wir schon dabei sind, sollten wir die Vorbands aus Duluth auch unterstützen! Wenn ich nachher Zeit habe, poste ich meine Lieblingssongs von ihnen, das sind echt alles fantastische Bands.

Eine letzte Sache. Uns ist bestimmt allen aufgefallen, dass Moonlight Overthrow nicht mehr als Girlband bezeichnet wird, vermutlich aus Respekt vor Steph. In Zukunft wird es bestimmt viel Diskussion geben, ob wir unsere alten Fics und Tumblr-Posts usw. ändern sollten, aber abgesehen davon solltet ihr AUF JEDEN FALL in allen zukünftigen Posts deren richtige Pronomen benutzen.

#Ally spricht #moonlit loves #duluth benefizkonzert

Januar 2018
Gina

Gina findet, dass Moonlight Overthrow sich künftig weigern sollte, Pressekonferenzen abzuhalten. Pressekonferenzen sind für Fußballteams und Ensemble-Casts bei Comic-Cons. Aber ihr Publicity-Team ist da anderer Meinung, und deswegen sitzen sie gerade an einem langen Tisch vor einem Banner voller Logos. Wenigstens ist die Konferenz für eine Sache gut: Ihr zweites Album, *Bright*, kommt nächsten Monat raus, und die Single »This Afternoon« klettert in den Charts immer höher.

»Was ist bei dem neuen Album anders?«, ruft eine Reporterin.

»Bei *Supernova* mussten wir uns erst noch finden«, antwortet Celeste in das Mikrofon vor ihr. »Jetzt vertrauen wir unseren Stimmen viel mehr.«

»Unseren Gesangsstimmen, und auch unserer künstlerischen Vision«, fügt Eva hinzu. »In dem neuen Album ist unser Sound ein bisschen anders, und wir finden ihn echt gut und freuen uns, das nächsten Monat auch mit unseren Fans zu teilen.«

Gina denkt zwar, dass die Konferenz viel zu lange dauern wird, wenn sie alle jede Frage beantworten, aber in Wirklichkeit freut sie sich wahnsinnig. Diesmal hat sie mehr zur Musik und den Lyrics beigetragen, und ihre Solos sind dank der Verbesserung ihres Stimmumfangs noch besser geworden.

»Übrigens, alles Gute nachträglich«, wünscht die Reporterin Eva, die letzte Woche sechzehn geworden ist.

Eva dankt ihr und ruft die nächste Person auf.

»Eure Single ist diesmal ein Liebeslied«, fängt der Journalist an. »Wer von euch ist in einer Beziehung?«

Gina räuspert sich laut und unterdrückt ein Augenrollen. Wenn irgendwer nicht schon das Verhältnis von persönlichen Fragen zu Musikfragen analysiert, dann macht sie das demnächst. »Eins müssen wir klarstellen: ›This Afternoon‹ ist nicht nur ein Liebeslied, sondern ein Lied übers Verliebtsein, darüber wie es ist, wenn man jemanden mag, und darüber, was man sich mit der Person vorstellt. Als wir es geschrieben haben, war ich vierzehn, und jetzt bin ich fünfzehn. Ich liebe den Song, aber ich war noch nie verliebt.«

»Okay. Und mag irgendwer jemanden?«

»Niemand hier ist in einer Beziehung«, sagt Steph, obwohl Gina weiß, dass Steph an Silvester mit einem Jungen rumgeknutscht hat.

Ohne zu offensichtlich den Kopf zu wenden schaut Gina zu Eva und Celeste hinüber. Celeste sieht Steph mit riesengroßen, unschuldigen Bambiaugen an, und Eva beißt sich auf die Wange, um nicht loszuprusten. Schon süß, aber total hoffnungslos.

»Nächste Frage?« Gina nickt jemandem in der ersten Reihe zu.

»Es geht wohl ein Gerücht rum, dass ihr euch trennt und eure Tour absagt.«

Gina vermutet, dass der Reporter das Gerücht mit seiner Aussage gerade ins Leben gerufen hat, aber sie wird es trotzdem später recherchieren.

»Das ist eine totale Lüge«, antwortet Celeste mit einem bösen Blick. »Wir haben hart an dem Album gearbeitet, und wir freuen uns auf die Tour.«

»Ihre Quelle hat keine Ahnung«, fügt Steph hinzu. »Wir trennen uns nicht.«

»Das soll jetzt nicht schnulzig klingen, aber wir vier sind unzertrennlich.« Eva reckt streitlustig das Kinn vor. »Bis wir nicht mehr singen können. Bis kein einziges queeres Mädchen mehr will, dass wir singen. Bis zum nächsten Asteroiden, der ein Massensterben auslöst, bis die Sonne explodiert, bis das Universum sich wieder zusammenzieht. Wir bleiben zusammen, wir … bis der Mond ins Meer stürzt halt.«

»Also für immer«, übersetzt Gina und wirft ihre Braids über die Schulter. »Nächste Frage?«

Juli 2021
Eva

Das Erste, was Eva sieht, als sie nach der Landung am Saint Paul International Airport in Minneapolis den Flugmodus ihres Handys ausschaltet, ist eine Nachricht von Celeste. Nein, sogar drei Nachrichten von Celeste. Und noch nicht mal im Gruppenchat, sondern nur an Eva.

> **Celeste**
> Wir müssen nicht bei Steph schlafen, wenn du nicht willst. Wenn dir damit nicht wohl ist, sag einfach Bescheid, ich bespreche das dann mit Steph und deren Grandma
>
> Guten Flug/hoffe, du hattest einen guten Flug, je nachdem, wann du das hier liest
>
> Bis bald

Bevor Eva sich entscheiden kann, was sie antworten soll, ist es Zeit zum Aussteigen.

Eigentlich sollte sie sich freuen, dass Celeste ihr geschrieben hat, dass sie freundlich und zuvorkommend sein will. Aber irgendwie fühlt es sich so an, als ob Celeste ihr in Erinnerung rufen will, dass Eva sich überhaupt nicht trennen wollte (weder von Celeste noch von der Band). Sie braucht Celestes Zuvorkommenheit gar nicht. Immerhin sind schon anderthalb verdammte Jahre vergangen, und Celeste kann nicht ernsthaft glauben, dass Eva noch nicht darüber hinweg ist.

Obwohl … sie eigentlich noch nicht darüber hinweg ist.

Eva wird in eine Privatlounge geführt, und auf einmal findet sie sich in Ginas Armen wieder. Sie atmet den vertrauten Duft von Ginas Chanel-Parfüm tief ein und drückt sie an sich.

»Hey, Babe«, grüßt Gina, als sie sie loslässt.

»Hey, Gi.« Eva kann sich ein Lächeln nicht verkneifen.

Weitere Worte sind unnötig: Sie schauen sich einfach gegenseitig an und grinsen beide so breit, dass sie lachen müssen. Alles andere – dass Gina gegangen ist, sich nie gemeldet hat, sich im Sommer ohne Eva mit Celeste getroffen hat – kommt ihr auf einmal unwichtig vor, denn Gina ist so offensichtlich glücklich, sie zu sehen. Ja, natürlich tut es noch weh, aber ein paar Sekunden lang, am Anfang dieser vorläufigen Wiedervereinigung, sind sie einfach zwei alte Freundinnen, die sich schon eine Weile nicht mehr gesehen haben.

»Also?«, fragt Gina. »Auf nach Duluth?«

»Los gehts«, antwortet Eva.

Gina bietet ihr den Arm an, und zusammen gehen sie zurück ins Terminal.

An die nächste halbe Stunde kann Eva sich später kaum erinnern: Irgendwer holt ihr Gepäck ab, die Autovermietung versucht, ihr ein Upgrade aufzudrängen, das sie gar nicht will. Um Gottes willen, sie fahren doch nach *Duluth.*

»Dir ist klar, dass du fahren musst?«, sagt Gina, als sie auf das Auto zugehen.

»Ja, hab ich mir gedacht«, antwortet Eva. »Hast du überhaupt schon deinen Führerschein?«

»Den habe ich im Winter nach den Dreharbeiten gemacht«, sagt Gina und meint damit den zweiten Film, den sie nach Moonlight Overthrow gedreht hat. Genau wie der erste soll er im Dezember rauskommen.

»Cool«, sagt Eva.

»Ist eher eine Formalität«, erklärt Gina. »Allein schon die Vorstellung, in L.A. Auto zu fahren, macht mich supernervös. Und ich werde eh immer zum Set gefahren.«

»Trotzdem.«

Sie schweigen, während Eva sich aus dem Labyrinth des Flughafens auf den Highway fädelt.

Erst nach ein paar Minuten sagt Gina: »Ich habe noch gar nicht gefragt, und du musst es mir auch nicht erzählen, wenn du nicht möchtest, aber … wie geht es dir? Die Songs, die du geschrieben hast, sind alle fantastisch, aber wie geht es dir sonst so? Wie läuft das College?«

Eva muss lachen. Seit zwei Wochen haben sie jetzt wieder Kontakt, planen ein *Konzert* zusammen, obwohl niemand weiß, ob sie überhaupt noch singen können – und trotzdem haben sie sich diese einfachen Fragen noch nicht gestellt. Sie lacht so sehr, dass sie zur Sicherheit fast rechts rangefahren wäre, aber schließlich schafft sie es, ein paarmal nach Luft zu schnappen.

»Sorry«, japst sie. »Wir waren noch nie gut darin, uns zu erkundigen, wie es uns geht, oder?«

»Nicht wirklich«, sagt Gina.

»Hätte vielleicht geholfen«, antwortet Eva.

Sie meint nicht, dass es die Trennung verhindert hätte, aber es hätte die letzten Monate vermutlich etwas einfacher gemacht.

»Ja, vielleicht«, stimmt Gina ihr zu.

»Hmm«, macht Eva. »College ist … ich bin so froh, dass ich da bin. Manchmal fühle ich mich, als würde ich für eine Broschüre posieren, im Hörsaal und so, als ob das alles gar nicht echt sein kann. Aber es ist echt. Ich muss *Klausuren* schreiben, wie komisch ist das bitte?«

Diesmal muss Gina lachen.

»Ich dachte immer, wenn eine von uns zum College geht, wärst du das«, sagt Eva. »Du hast immerhin eine Klasse übersprungen.«

»Aber ich wollte Whitney Houston sein. Rihanna. Janelle Monáe.«

»Wolltest?«, fragt Eva.

»Mal sehen.« Gina dreht den Kopf weg und schaut aus dem Fenster.

Eva fragt sich, wie lange Gina wohl schon nicht mehr in Duluth war. Ihre Eltern haben mittlerweile eine Immobilienmaklerei in Minneapolis, und nachdem MOs zweites Album auf Platz drei der Charts einstieg, kaufte Gina ihnen ein Haus in Kenwood. Die anderthalb Jahre seit der Trennung hat Gina in Vancouver, New York und London verbracht, mit Kurzaufenthalten in Los Angeles, die Eva tunlichst ignorierte.

»Bis Duluth sind es fast drei Stunden. Weißt du, was wir machen sollten?« Mit ihrer freien Hand zieht Eva ein Kabel aus ihrer Tasche und reicht es Gina.

»Ein Moonlight-Overthrow-Marathon?«

»Genauso wie früher.« Eva zwinkert ihr zu.

Am Anfang war es nichts Formelles, nichts Dramatisches. Gina und Celeste hingen in der Mittagspause im Chorraum rum, und irgendwann stellten sie fest, dass Gina Gesangsstunden beim gleichen Lehrer wie die Sopranistin nahm, die Celeste immer ihre Solos streitig machte. Irgendwann waren es dann Celeste, Gina und Eva, und irgendwann kam Steph dazu, weil dey auf dem Weg zu Orchesterproben immer im Chorraum vorbeikam und, wie sich herausstellte, ziemlich viele gute Vorschläge hatte.

Als sie dann sagten: *Hey, wir sollten eine Band gründen, wir brauchen einen Namen*, fühlte es sich mehr an wie eine Fantasie, ein Spiel, einfach etwas, das sie zum Spaß machten, nichts Ernstes. Aber selbst, wenn sie etwas zum Spaß machten, wollten sie es *richtig* machen, und an irgendeinem Punkt gibt es keinen Unterschied mehr dazwischen, ernsthafte Sachen zum Spaß zu machen und ernsthafte Sachen ernsthaft zu machen.

Dreiundfünfzig Minuten später sind sie zu den Klängen von *Supernova* außerhalb von Rush City angekommen. Als sie *Bright* zur Hälfte durchhaben, sagt Gina auf einmal: »Komm, wir machen ein Video für Insta.«

»Da werden den ganzen Cosmic Queers die Köpfe explodieren«, kichert Eva. »Okay, du filmst.«

«,A Litte More' ist außerdem Georgias Lieblingssong, also ist der Einfall nicht ganz zufällig«, gibt Gina zu.

Georgia. Eva hat auf Tumblr Fotos gesehen, Reposts von Ginas Tweets und Instagram-Stories. Die Leute shippen sie, so wie immer, wenn auf Ginas Fotos jemand zu sehen ist, der in ihrem Alter ist, aber Eva war sich nicht sicher. Vor der Trennung hat Gina nie gedatet – Abendessen mit jungen Schauspielern, die ihre Publizistin arrangiert hat, zählen nicht – also weiß Eva nicht, wie Gina sich verhält, wenn sie jemanden mag. Außerdem wollte sie die Analyseposts vermeiden, auch wenn das mit den Fotos nicht geklappt hat. Sie wollte nicht vom Fandom von Ginas geheimer Beziehung überzeugt werden; sie wollte, dass Gina sie zum Eisessen einlädt und ihr selbst davon erzählt.

»Georgia?«

»Wir haben uns am Set von Netflix getroffen. Du würdest sie mögen – sie geht zur Filmschule.«

»Cool. Dann können wir sie definitiv hiermit glücklich machen. Spul am besten zum Refrain zurück?«

»Gute Idee«, sagt Gina. Sie tippt auf ihrem Handy herum und hält es dann hoch. »Okay, behalt die Straße im Auge, aber sing mit.«

Eva singt auch weiter, nachdem das Video schon fertig ist. Es wäre schöner, wenn sie nicht fahren müsste – es ist schwer, sich so richtig zur Musik zu bewegen, wenn man eine Hand am Lenkrad behalten muss. Die andere Hand hat sie im Video aufs Herz gelegt.

Nach ein paar Songs von *Lunar* fährt Eva vom Highway ab und muss die Musik ausmachen, damit sie die Anweisungen von Google Maps besser hören kann. Sie war noch nie bei Stephs neuem Haus. Als sie an einem Park vorbeikommen, zu dem sie früher immer mit ihrem Dad nach ihren Klavierstunden gegangen ist, legt sich ihre Nervosität ein bisschen. Sie weiß doch noch, wo sie ist.

Allerdings liegt direkt auf der Rutsche ein dicker, abgesplitterter Ast, und unter den Schaukeln stehen tiefe Pfützen. Heute spielt hier niemand.

»Hast du überhaupt schon mit Celeste geredet? Darüber, wie ihr es diese Woche hinkriegt, zusammenzuwohnen?«, fragt Gina.

Eva hält an einem Stoppschild an und biegt dann nach links auf eine identische Straße im Wohngebiet ab. »Die Band hat Stephs Familie viele Sachen erschwert, oder es zumindest nicht einfach für sie gemacht. Wenn es für alle eine Erleichterung ist, dass ich zwei Minuten am Tag so tue, als hätte ich noch eine gute Beziehung mit meiner Ex, dann bekomme ich das schon hin.«

»Warst du seitdem in einer Beziehung?«

»Nicht … wirklich«, antwortet Eva.

Ein oder zwei Dates, ein bisschen Tanzen im Club. Nichts, was so intim wäre, wie auch nur ein einziger Blickwechsel zwischen ihr und Celeste. Damals.

»Sie auch nicht.«

Stimmt ja, ihr redet ja jetzt ständig, wenn ich nicht dabei bin, denkt Eva.

»Sie hatte ja auch viel zu tun«, sagt sie. »Zwei Alben, gerade auf ihrer zweiten Tour …«

»Hast du dir die Alben angehört?«

Eva könnte sie anlügen und nein sagen, aber dann würde Gina sie vermutlich heute Abend dazu zwingen, beide Alben anzuhören, und Eva müsste Celestes Liebeslieder unter Beobachtung von Ginas Adleraugen hören.

Außerdem wusste Gina schon immer, wenn Eva lügt.

»Ja«, gibt sie zu.

Sie wirft Gina einen Blick zu. Ginas Gesichtsausdruck sagt: *Wusste ichs doch.*

Gleichzeitig vibrieren beide ihre Handys; nach einem kurzen Blick sagt Gina: »Pip hat Celeste gerade bei Steph abgeladen.«

»Sie war schneller als wir?« Eva biegt wieder links auf Stephs Straße ab.

»Sie war wohl gestern Abend in Denver und ist heute Morgen direkt nach Duluth geflogen«, fügt Gina nach einem weiteren Blick auf ihr Handy hinzu. »Das da ist Stephs Haus, das Backsteinhaus auf der rechten Seite.«

Eva parkt auf der Einfahrt, und als sie die Handbremse zieht, zittert ihre Hand etwas.

»Sollen wir?«, fragt Gina.

Sollen wir?, denkt Eva. *Sollen wir eine Woche lang so tun, als wären wir wieder Moonlight Overthrow?*

»Ich bin direkt hinter dir«, antwortet Eva.

Sie schaltet den Motor aus, steckt ihr Handy in die Tasche, und folgt Gina.

Juli 2021
Eva

Als sie ihre Koffer nach drinnen bugsiert haben, fängt Gina an, alle Anwesenden zu umarmen, was bedeutet, dass Eva keine Wahl hat, als es ihr gleichzutun. Alle außer Stephs Mom sind da: Matt und Meghan und Mari, alle blond und blauäugig und ein bisschen misstrauisch.

Stephs Grandma.

Steph.

Und Celeste, der Eva geschickt ausweicht, indem sie sich in genau dem Moment bückt, um ihre Schuhe auszuziehen, als sich ihre Blicke treffen.

»Wir freuen uns so, dass ihr alle hier seid«, sagt Grandma Marit. »Es ist so schön, wenn alle beisammen sind.«

»Vielen Dank, dass wir hier übernachten dürfen«, antwortet Gina.

Eva lächelt und spielt mit dem Griff ihres Koffers herum. Sie war sich bewusst, dass es schwer sein würde, sie alle wiederzusehen, aber irgendwie ist es schlimmer, jetzt, wo Stephs ganze Familie zusieht, und sie in der hellen Küche stehen, in der einem der bunte Hochstuhl zwischen den anderen Holzstühlen sofort ins Auge fällt. Eva dachte, dass es … okay sein könnte, Celeste wiederzusehen. Sie ist schließlich schon groß. Sie unterschreibt Verträge, sie hat wichtige Politikerinnen und Politiker getroffen, sie besucht manchmal Patientinnen und Patienten im Krankenhaus. Sie kann es aushalten, ihre Ex wiederzusehen. Aber jetzt, wo Celeste vor ihr steht, ist sie sich auf einmal nicht mehr so sicher.

Steph und Gina beobachten sie mit kritischem Blick. Als ob sie vor Stephs Familie irgendein Drama anfangen würde. Celeste lächelt sie zögerlich an, und Eva dreht sich abrupt zu Grandma Marit um. Ihr Plan für die Woche ist es, sich genug Freude über die alten MO-Songs und das gemeinsame Konzert zu erlauben, dass sie hinterher endlich loslassen kann. Und dafür muss sie nicht auf Celestes Schuldgefühle Rücksicht nehmen.

»Steph zeigt euch, wo ihr schlaft. Ihr wollt euch bestimmt nach der langen Reise kurz frischmachen.« Grandma Marit wirft Matt einen *Blick* zu, und bevor Eva sich Sorgen machen kann, ob sie unhöflich rübergekommen ist, gehen sie schon die Treppe hoch, gefolgt von Matt, der in jeder Hand einen Koffer trägt.

Vor der ersten Tür auf der linken Seite hält Steph inne. »Meghan schläft in Maris Zimmer, und ich in Meghans, also kann eine von euch in meinem Zimmer schlafen, und die anderen beiden teilen sich das Gästezimmer.«

»Wer hätte gedacht, dass sich ein Haus mit sieben Schlafzimmern so beengt anfühlen könnte?«, witzelt Matt.

»Ich habe mein Zeug schon ins Gästezimmer gebracht …«, fängt Celeste an.

»Dann schlafe ich wohl in deinem Zimmer«, sagt Eva und lächelt Steph zu.

Stephs Blick wandert zwischen Eva und Celeste hin und her. »Ähm … kriegt ihr das hier hin?«

»Ja, klar«, antwortet Celeste. »Wir wollen euch keine Schwierigkeiten machen.«

Fick dich, denkt Eva. Seit wann spricht Celeste für sie?

Der nachtragende Teil in ihr hätte am liebsten gesagt: *Celeste wollte ja Schluss machen, weil sie in ihrer Weisheit beschlossen hat, dass das am besten für* mich *ist, wisst ihr noch?*

Aber bevor sie den Mund aufmachen kann, sagt Steph: »Grandma hats irgendwie mit dieser ganzen Freundschaftssache, aber wenn das nicht funktioniert …«

Du schuldest mir was, hätte Eva fast gesagt, aber sie entscheidet sich dagegen, denn vielleicht schuldet sie auch Steph etwas. Vielleicht schulden sie sich alle gegenseitig so viele Sachen, dass niemand mehr weiß, wie genau der Stand ist. Wenn überhaupt noch jemand den Stand verfolgt, sollte derjenige vermutlich das Handtuch werfen.

»Du hast eh schon genug zu tun. Wir bekommen das schon hin«, sagt Celeste.

»Das reicht jetzt mit dem ›wir‹«, schnauzt Eva.

Natürlich will sie Steph das Leben nicht noch schwerer machen. Aber dass Celeste Steph *für Eva* versichert, dass sie die Tatsache ignorieren können, dass Celeste an einem einzigen Abend sowohl romantisch als auch musikalisch mit Eva Schluss gemacht hat, geht ihr ein bisschen zu weit.

»Oh«, stammelt Celeste. »Ich wollte nur …«

»Ist mir egal. Hör einfach *auf*«, unterbricht sie Eva.

Celeste wendet den Blick ab.

»Vielleicht solltet ihr mal unter vier Augen reden«, schlägt Gina vor.

Eva zuckt zusammen. Es gibt gerade nichts, was sie *weniger* will, als mit Celeste allein zu sein.

Matt, der peinlich berührt hinter ihnen im Flur steht, räuspert sich. »Äh, könnt ihr mir sagen, welchen Koffer ich jetzt ins Gästezimmer bringen soll?«

»Stell sie erstmal alle dahin. Wir können heute Abend immer noch entscheiden, wer in Stephs Zimmer schläft«, sagt Gina.

Entweder ich oder Celeste, denkt Eva, aber sie folgt Matt trotzdem den Flur hinunter.

Das Gästezimmer ist unpersönlich eingerichtet, in neutralen Farben gehalten und kaum dekoriert. Ein großes Fenster geht auf den Garten hinaus, und die Tür zum Bad steht halb offen. Das Doppelbett ist aus Gusseisen, mit beiger Bettwäsche und einer hellblauen Tagesdecke am Fußende. Vor dem Bett liegt ein offener Koffer – oder eher gesagt, vor der linken Seite des Bettes. Celestes Seite.

»Oh«, macht Celeste und sieht schuldbewusst zu ihrem Koffer.

Matt macht sich unauffällig aus dem Staub.

Eva kann ihren Blick nicht von Celestes Koffer und dem Bett losreißen. Es ist ganz egal, dass sie und Celeste nicht gemeinsam hier schlafen werden, sie sieht es alles trotzdem so deutlich, dass es sich fast wie Spott anfühlt.

Alles ist gut, sagt sie sich. *Wenigstens eine letzte gute Erfahrung.*

So gerechtfertigt ihre Wut auch ist, sie hält nie die ganze Woche lang durch, wenn sie sich nicht beruhigt. Duluth hat Besseres verdient. Sie verflucht Ginas und ihren Moonlight-Overthrow-Marathon – Eva hätte sie stattdessen nach Schauspieltipps fragen sollen.

Juli 2021
Celeste

Zu viert setzen sie sich in den geschmackvoll eingerichteten Keller: Steph und Eva auf einem Sofa, Celeste und Gina auf dem zweiten. Eva hat sich umgezogen, bevor sie nach unten gekommen ist, und trägt jetzt Leggings und ein T-Shirt mit dem UCLA-Logo.

Wir haben es verstanden, denkt Celeste. *Du bist auf dem College.*

Steph kreuzt unter deren knielangen Rock die Beine zu einem Schneidersitz. Gina hat ein iPad in der Hand, und obwohl ihr Flug heute Morgen superfrüh war, sieht sie mit ihrem hellrosa Einteiler und ihrer makellosen Haut aus, als käme sie gerade von einem Fotoshooting für *Vogue.*

»Okay«, fängt Celeste an. »Reden wir über die Show.«

»Für Choreografie haben wir definitiv keine Zeit«, sagt Steph.

»Machen wir es so wie One Direction«, schlägt Eva vor. »Am Ende sind die in ausverkauften Stadien auf der Bühne rumgelaufen und haben Bananen und Nachos und so gegessen. Das können wir auch.«

Celeste lacht.

»Nehmen wir die Setlist von der letzten Tour, oder …?«, fragt Eva.

»Nee, lass uns lieber eine neue zusammenstellen«, antwortet Celeste. »Wir müssen ja kein bestimmtes Album mehr promoten.«

Gina nickt. »Wir sollten auf jeden Fall trotzdem ein paar Hits spielen, aber ansonsten stimme ich dir zu. Es soll ja besonders werden.«

Celeste wirft Eva einen Blick zu. In so vielen ihrer Songs – vielleicht in zu vielen – geht es um *sie.* Damals haben sie daraus ein Spiel gemacht, um zu sehen, wer die spezifischsten Hinweise in den Songtexten verstecken konnte. Sie haben für jedes Album Dutzende Songs geschrieben, also wurden die meisten davon nie veröffentlicht. Aber einige schon.

Celeste ist mittlerweile daran gewöhnt, auch nach Eva über Eva zu singen, aber Eva musste nicht über Celeste singen. Sie hat sich dazu entschieden, es *nicht* zu tun, obwohl sie die Möglichkeit gehabt hätte.

»Und wir sollten einen von Celestes Songs covern, und einen von Evas«, schlägt Steph vor.

»Was?« Eva sieht überrascht von ihrem Handy auf; selbst vom anderen Sofa aus erkennt Celeste die iTunes-App und das Cover ihres ersten Albums. Zwei Singles von *Supernova* schafften es in die Top 10, und Celeste liebt den Rest des Albums dafür, wie ehrlich er ist.

»Wir sollten nicht einfach ignorieren, was ihr zwei nach der Band gemacht habt. Eure Musik ist super«, beharrt Steph.

Gina sieht Celeste in die Augen. »Von Celeste sollten wir ›Before‹ spielen.«

»Das war aber nicht die Single«, widerspricht Eva.

Celeste schaut zwischen ihnen hin und her, überrascht davon, wie schnell Eva das wusste. Seit der Trennung hat sie Eva ohne Erlaubnis als Muse verwendet, und sie hätte nie erwartet, dass Eva ihre Musik tatsächlich anhört.

»Das können wir später entscheiden«, sagt Celeste.

Die Setlist zusammenzustellen dauert gar nicht so lange, wie Celeste erwartet hat – vermutlich, weil sie und Eva allen Vorschlägen von Gina und Steph zustimmen, die schlau genug sind, um all den Songs aus dem Weg zu gehen, in denen es am offensichtlichsten um Eva und Celeste geht. »Girl Says Yes«, »A Little More« und »You Know I Know« – als hätten sie nie existiert.

»Eine Frage«, sagt Gina auf einmal. »Müssen wir *alle* Songs bis Donnerstag auswendig können?«

»Du weißt doch, dass das bei Musik einfacher ist. Ich kann immer noch die meisten von den Liedern auswendig, die wir in der fünften Klasse im Chor gesungen haben«, antwortet Eva.

Nachdem sie ein paar Strophen ausgetauscht und ein paar Texte für Steph angepasst, die Setlist auf- und wieder umgestellt haben, streckt Eva sich und steht auf. »Bis jetzt haben wir nur geredet und nicht gesungen. Das können wir nicht zu kurz kommen lassen.«

Sie folgen Steph zu einem kleinen Konzertflügel in der Ecke des Raums.

»Eva?«, sagt Celeste.

Natürlich erwartet sie nicht, dass Eva noch irgendwelche Moonlight-Overthrow-Songs spielen kann. Ein einziges C, um sie einzustimmen, reicht schon. Okay, das würden sie zwar alle hinbekommen, aber Celeste möchte, dass Eva es spielt.

Fang so an, wie du auch weitermachen willst, hat Evas Dad damals immer gesagt, als sie den ersten Vertrag unterschrieben, und auch jedes Mal, wenn sie ein neues Projekt anfingen oder mit einem neuen Teammitglied zusammenarbeiteten. Celeste hat Evas Dad schon seit Moonlight Overthrows letztem Konzert nicht mehr gesehen, aber sobald sie in New York ankam, schrieb sie den Satz auf ein Post-it und klebte es an den Spiegel in ihrem Schlafzimmer. Jeden Morgen sah sie ihn an, jeden Tag, bevor sie ins Studio fuhr: *Fang so an, wie du auch weitermachen willst.*

Eva setzt sich ans Klavier und lässt die Hand über die Tasten gleiten. Sie spielt ein paar Takte, die Celeste als ihren »Neues-Klavier«-Test erkennt. Celeste schmerzen die halbvergessene Vertrautheit der Szene und die Gelassenheit, die Eva ausstrahlt.

Eva dreht sich zu Steph um und strahlt dey an. »Das Klavier ist wundervoll.«

»Danke«, antwortet Steph.

»›This Afternoon‹?«, schlägt Eva vor.

»This Afternoon« war die erste Single von ihrem zweiten Album, der Top-1-Song, der ihnen eine Grammy-Nominierung eingebracht und sie zu einem internationalen Erfolg gemacht hat. Celeste und Gina schrieben ihn zusammen mit einer professionellen Songwriterin, mit der sie schon häufig zusammengearbeitet hatten. Sie hatten die Popmusik-Liebesaffären satt, die nur im Dunkeln stattfanden: um Mitternacht, zwei Uhr morgens, mitten in der Nacht. Sie waren damals fünfzehn und vierzehn, und obwohl sie für ihre Konzerte häufig lange wachbleiben mussten, fühlte sich Flirten eher wie etwas an, das um drei Uhr nachmittags passiert, statt um drei Uhr nachts.

Ich will eine Liebe, die im Tageslicht stattfindet. Mitten am Tag, sagte Celeste beim Schreiben. Einen Monat später küsste Eva sie in einem sonnendurchfluteten Dachgarten in einer unbekannten Stadt. Aber das ist jetzt schon Jahre her.

Eva spielt das Intro. Sie nickt Steph zu, und dey singt die erste Strophe.

Und auf einmal kommt der Refrain, und Celeste ist mit Singen dran. Der Text läuft wie Blut durch ihre Adern, und vor Aufregung wird sie immer schneller, aber Steph, mit einem Grinsen auf dem Gesicht, Gina, und Eva auf dem Klavier ziehen mit.

Die abendliche Sonne strahlt immer noch durch die großen Fenster hinein, und es ist vielleicht nicht mehr Nachmittag, aber es fühlt sich trotzdem so an.

Celeste ist verliebt.

Juli 2021
Eva

»Es ist leider kein richtiges Schabbat-Essen«, entschuldigt sich Ms. Miles bei Celeste, als sie alle ihren Platz am Esstisch gefunden haben.

Mari hat schon gegessen und spielt brabbelnd im Wohnzimmer, während die Erwachsenen essen. Ab und zu kommt sie unsicheren Schrittes zu einem von ihnen, um ihnen ihr Elmo-Plüschtier zu zeigen.

Eva wirft Celeste einen Blick zu. Sie erinnert sich noch an die Schabbat-Abende bei Celestes Familie, bevor sie MO waren: die Kerzen, das Gebet für die Kinder, und das frische Challa.

Gut Schabbes, denkt sie, aber sagt es nicht laut.

»Das Essen sieht superlecker aus«, sagt Celeste. »Auf Tour bekomme ich nur einen Schabbat im Monat frei, und ich freue mich sehr, diesmal bei euch zu sein.«

Die einstudierte Liebenswürdigkeit trifft Eva mitten im Magen, und sie senkt den Kopf und hofft, dass jemand anderes die Stille füllt. Sie hat nicht erwartet, beim Essen neben Celeste zu sitzen, aber Steph und Gina hatten sich schon hingesetzt und sie hatte keine andere Wahl.

»Hattet ihr eine gute Probe?«, fragt Ms. Miles.

»Es war keine richtige Probe«, antwortet Eva.

Vermutlich hätten sie richtig proben sollen: Das Konzert ist bereits ausverkauft. Der Veranstaltungsort ist winzig, noch nicht einmal tausend Plätze, aber die geringe Publikumszahl bewirkt leider nicht, dass sie sich weniger Sorgen um ihre Performance macht.

Grandma Marit nickt. »Wir wollen euch nicht damit ermüden, über das Benefizkonzert sprechen zu müssen, bevor ihr es überhaupt gegeben habt. Seit Steph nach Hause gekommen ist, hat dey mir noch nicht erzählt, was ihr alle so macht.«

Damit meint sie: seit der Trennung. Eva schiebt sich einen großen Bissen Fisch in den Mund.

»Natürlich hab ich dir das erzählt, Grandma«, protestiert Steph. »Als wir beschlossen haben, dass sie hier übernachten sollen, weißt du nicht mehr?«

»Aber erzählt es uns doch trotzdem nochmal«, unterbricht Ms. Miles demm, während Mari ihr in den Schoß klettert.

Gina fängt an. Ihre Geschichte wird kurz von Glückwünschen zur Oscar-Nominierung von *Arbitrary Deadlines* (von Stephs Familie) und entsprechenden Danksagungen (von Gina) unterbrochen, bevor Grandma Marit Celeste ins Auge fasst.

»Und was ist mit dir, Liebes?«, fragt sie.

»Ich singe immer noch. Eigentlich bin ich gerade auf meiner zweiten Tour.«

»Ich liebe *Silhouette*«, gibt Meghan errötend zu.

»Danke«, lächelt Celeste. »Ich auch.«

»Du bist bestimmt so stolz«, sagt Grandma Marit, und Eva merkt erschrocken, dass sie *sie* anschaut statt Celeste. Eiseskälte macht sich in ihrem Magen breit. *Bestimmt* weiß Grandma Marit, dass sie und Celeste sich getrennt haben ... oder?

»Ja?«, stammelt sie. »Ja, na klar bin ich das.«

Was auch stimmt. Obwohl Celeste nicht mehr ihre Freundin ist, ist Eva trotzdem stolz auf sie.

»Und Eva ist jetzt im College«, sagt Celeste, als ob das vergleichbar mit Filmen und Netflixserien und Alben und Touren wäre.

(Was Eva sowieso nicht wollte. Zumindest nicht ohne die anderen.)

Steph räuspert sich. »Meghan fängt im Herbst auch an der UMD an.«

Eva entspannt sich langsam wieder, während Gina Meghan höflich Fragen stellt.

Danke, Steph, denkt sie.

»Es wird vermutlich ziemlich schwierig«, gibt Meghan zu und wirft einen Blick ins Wohnzimmer, in dem Mari gerade auf dem Bauch liegt und ihre Bauklötze vorsichtig hin- und herschiebt. »Aber das ist es definitiv wert.«

Nachdem sie gegessen und aufgeräumt haben, verabschiedet sich Meghan, um Mari ins Bett zu bringen, und Matt verzieht sich zum Computerspielen. Ms. Miles und Grandma Marit bedeuten ihnen, sich ins Wohnzimmer zu setzen.

»Ich habe euch alle vermisst«, sagt Ms. Miles irgendwann, nachdem die Sonne untergegangen ist. »Jahrelang war ich hautnah mit dabei, und kaum drehe ich mich eine Sekunde lang um, seid ihr schon groß geworden.«

»Ich bin erst neunzehn«, antwortet Celeste, »also hoffentlich noch nicht ganz so groß.«

Celeste sitzt neben Eva auf dem Sofa. Ihr wieder so nah zu sein fühlt sich an, wie zu einem Seminar zu gehen, wenn sie nur vier Stunden geschlafen und keinen einzigen Kaffee getrunken hat. Eine Weile lang kann sie an nichts anderes denken, und dann entspannt sie sich, die Zeit vergeht, nichts könnte natürlicher sein – bis sie den Kopf wieder hochreißt und sich daran erinnert, dass das hier fremd sein sollte, nicht vertraut. Sie *soll* sich davon aus dem Gleichgewicht gebracht fühlen; sie kann es sich nicht leisten, sich wieder daran zu gewöhnen. Sich in den Schlaf wiegen zu lassen.

Als sie endlich gute Nacht sagen und die Treppe hochgehen, merkt Eva, wie müde sie eigentlich ist.

Am oberen Treppenabsatz dreht Celeste sich zu ihr um. »Wir sollten reden«, sagt sie leise.

Eva sieht sie an: die blauen Strähnchen, die lackierten Fingernägel, die auf dem Treppengeländer glitzern, das kleine, warme Lächeln nur für sie, ohne Zeugen.

»Okay«, antwortet sie. »Reden wir.«

Juli 2021
Eva

Celeste hüpft einfach aufs Gästebett, als wäre es eines der unzähligen Hotelbetten, die sie sich im Laufe der Jahre geteilt haben, als würde Eva ihr nachkommen und sich an sie schmiegen. Was Eva natürlich *nicht* tut. Sie wird diese Konversation aushalten, solange sie muss, und dann ihre Sachen zusammenpacken und in Stephs Schlafzimmer fliehen.

Gina schiebt sich hinter ihr ins Zimmer. »Sorry, ich hol nur schnell meinen Koffer, damit ich in Stephs Bad duschen kann, während ihr … redet.«

Eva zuckt mit den Schultern, und Gina macht sich schnell aus dem Staub. Eva bleibt neben der Tür stehen, die sie hinter Gina geschlossen hat – aus Reflex, aber vielleicht auch, um zu verhindern, dass man ihren Streit im ganzen Haus hören kann. Wenn sie sich überhaupt streiten. Sie ist sich da noch nicht sicher.

»Ich will nicht, dass du dich unbehaglich fühlst«, fängt Celeste an. »Es ist nur … wir haben uns schon eine Weile nicht mehr gesehen. Ich hatte nicht erwartet, dass unser Wiedersehen so läuft.«

Die alte Bitterkeit steigt in Eva auf und droht, ihre Freude daran, mit den anderen zu singen, zu überschatten, aber sie schiebt sie nach unten. Sie kann ruhig in ihrem Kopf wohnen, in ihrem Magen, ihrem Herzen, aber ihre Stimme muss unverändert bleiben.

Denk dran, dir ist das alles hier egal, erinnert sie sich. *Das ist nicht schlimm. Du bist sowas von darüber hinweg, dass es fast witzig ist. Lach einfach.* Sie zwingt sich dazu, zum Bett zu gehen und sich gegenüber von Celeste hinzusetzen.

»Ach? Olivias Party zählt also nicht?«, sagt Eva, betont unbeschwert.

»Gott, das tut mir echt so leid. Immer noch. Schon wieder«, antwortet Celeste. »Ich hatte keine Ahnung … aber ich bin froh darüber. Ich weiß nicht, ob du beim Benefizkonzert mitgemacht hättest, wenn wir nicht vorher das Eis zwischen uns gebrochen hätten.« Eine kurze Stille. »Okay, du hättest es auf keinen Fall gemacht, und ich bin echt richtig froh, dass wir es machen.«

»Ich auch.«

»Ich meine es ernst«, sagt Celeste und sieht ihr in die Augen. »Ich hab dich vermisst.«

Eva wünscht, Celeste würde woanders hinsehen – auf die Bettdecke, aus dem Fenster, auf das Gemälde an der Wand. Sie weiß nicht, ob Celeste immer noch das *ich auch, ja, immer* in ihren Augen lesen kann, und sie hat Angst, es herauszufinden.

Sie senkt den Blick und streckt die Arme, sodass ihre Handflächen flach auf der Bettdecke liegen. »Also hast du das ernst gemeint, dass du über ein … Wiedersehen zwischen uns nachgedacht hast?«

Nur freundschaftlich, natürlich, erinnert sie sich.

»Ich hab dich vermisst«, wiederholt Celeste. »Aber ich wusste einfach nicht, wie …«

»Du hattest doch meine Nummer. Die hat sich nicht geändert«, sagt Eva.

»Ich wollte uns allen ein bisschen Raum zum Atmen geben.«

»Das hast du glaube ich ganz gut hinbekommen, als du nach New York gezogen bist.«

»Mentalen Raum, meine ich. Du weißt schon. Ein bisschen Zeit, um herauszufinden, was wir tun und sein wollen, nachdem …«

»Ich dachte, das wüsstest du schon lange. War das nicht der Grund dafür, dass es überhaupt ein ›nachdem‹ gab?«, fragt Eva.

Sie ist sich dessen bewusst, dass das unfair ist: Celeste war nicht die Einzige, die Moonlight Overthrow beenden wollte. Aber wenn Celeste ein bisschen mehr Takt gehabt hätte, sie und Eva sich freundschaftlicher getrennt hätten – dann hätten sie alle vielleicht die ganze Zeit über befreundet sein können. Vielleicht.

»Ich wusste nur, dass ich es herausfinden wollte«, verbessert Celeste sie sanft.

»Und, hast du etwas herausgefunden?«

Eva wirft Celeste einen Blick zu. Sie ist immer noch so

schön, und mein Gott, warum kann sie nicht einfach loslassen? Warum kann sie es nicht einfach genießen, Celeste wiederzuhaben, selbst, wenn es nur für eine verdammte Nacht ist? Wen interessiert es schon, was früher passiert ist – jetzt gerade sind sie beide hier.

Genieß es einfach, sagt sie sich zum hundertsten Mal. Nächste Woche ist sie wieder zurück in L.A., in ihrem normalen Leben, in dem sie zu Seminaren geht und spontan an den Strand fährt. Sie hat eine letzte Woche, um ihre Zeit mit Celeste zu genießen und es diesmal richtig zu machen, jetzt, wo sie weiß, dass es das letzte Mal ist. *Lass die Woche von Licht durchflutet sein.*

»Ja, ich glaube schon«, antwortet Celeste.

Eva nickt. Das bekommt sie gerade noch hin. Sie hat seit der Trennung nicht mehr allein mit Celeste gesprochen, und darüber zu reden ist immer noch ein bisschen zu viel für sie.

»Ich will noch schnell duschen, und dann sollten wir vermutlich Gina Bescheid sagen und ins Bett gehen. Wir haben morgen einen langen Tag vor uns«, sagt Eva.

»Ich bin hier.«

Ja, das bist du, denkt Eva. *Das ist doch mal was.*

November 2016
Steph

Jetzt, da die Single veröffentlicht ist, geht auf einmal alles ganz schnell. So fühlt es sich zumindest für Steph an, auch wenn es vielleicht gar nicht stimmt. Nichts hiervon fühlt sich so richtig echt an.

Celeste, Eva und Gina haben sich einfach mitreißen lassen, von dieser Sache, von der Steph dachte, dass sie sie aus Spaß machen, aber die auf einmal von Leuten mit ganz viel Geld und noch mehr Anwälten sehr ernst genommen wird. Gina hat immer ein Auge auf ihre Statistiken – Downloads, Streaming, Radio, Interaktionen in sozialen Medien, alles Mögliche. Steph hatte bis vor zwei Monaten noch nicht einmal einen Instagram-Account. Eva und Celeste treffen sich ständig mit professionellen Songwriterinnen und Songwritern, Leute, deren Namen sogar Steph kennt.

Doch obwohl Steph dieser ganzen Sache nicht vertraut, und obwohl dey Heimweh hat, will dey nicht nach Hause. Zumindest nicht, wenn da noch diese Musik ist, selbst, wenn es nur vorläufig ist. Nicht, wenn der Kontostand auf deren ersten richtigen Konto ständig weiterwächst. Mit einem Teil des ersten Gehalts hat dey deren Familie einen Urlaub nach Disney World geschenkt. Als Stephs Mom danach nach Hause kam, war in der Post eine Bestätigung eines Abonnements für einen Einkaufsservice.

Das war doch nicht nötig. Uns gehts gut, sagte sie.

Und das stimmt auch: Sie mussten nie Hunger leiden, und es gab immer Strom und Wasser. Doch selbst mit der Witwen- und Halbwaisenrente gab es Dinge, von denen Steph wusste, dass sie sich sie nie würden leisten können.

Und jetzt geht es euch noch besser, antwortete Steph, und wünschte, dass dey noch mehr tun könnte. Es ist teuer, in Los Angeles zu wohnen. Aber bald kommen noch mehr Zahlungen von Marken, die die Band sponsern, und irgendeine neue Fernsehserie will ihre neue Single für den Abspann benutzen. Ein neues Auto für deren Mom steht als Nächstes auf Stephs Liste.

»Steph?«, fragt ein Produzent. »Können wir den einen Vers nochmal probieren? Sing einfach weiter, bis wir dir Bescheid geben, dass wir es im Kasten haben.«

Damit meint er: bis sie zehn Sekunden haben, die gut genug sind, um sie später zu bearbeiten. Der Vers kommt von einem Song, der professionell für sie geschrieben wurde, und an dem Gina ein paar kleine Sachen geändert hat, damit das Label sagen kann, dass wenigstens ein Bandmitglied an jedem Song auf dem Album mitgearbeitet hat. Das Label hat sich noch nicht so ganz entschieden, ob

MO tatsächlichen kreativen Input haben oder nur so tun soll, aber Steph weiß schon, dass dey auf Tour nur ein paar Songs auf dem Schlagzeug begleiten darf. Dem Label ist es offenbar wichtiger, dass sie tanzen, statt ihre Instrumente zu spielen.

Yesterday, today, forever / we don't know what never means.

Steph singt die Worte zwar, aber sie sind eine Lüge. Die Band und was sie damit machen, oder so tun, als ob sie machen – das hält nicht für immer. Aus irgendeinem Grund hat es für heute geklappt, aber Steph rechnet kaum mit dem nächsten Jahr, geschweige denn mit ›für immer‹. Offenbar bringen sie ein Album raus – das steht zumindest im Vertrag. Vielleicht werden es sogar ein paar Dutzend queere Jugendliche finden und es sich anhören. Und danach wird Steph wieder in deren Leben zurückkehren, zurück nach Duluth und in die Schule. Steph ist sich ziemlich sicher, dass das der einzig mögliche Ausgang der Sache ist.

Eva ist es nicht gewohnt, dass ihr Dinge verwehrt werden, was der einzige Grund ist, aus dem sie überhaupt hier sind. Aber Steph ist nicht blöd. Irgendwann wird ihnen schon irgendwer in dieser Industrie nein sagen. Irgendwer wird sie noch nicht einmal zu Wort kommen lassen.

Und Steph ist darauf vorbereitet.

April 2021
Gina

»Harold kriegt den Take einfach nicht gebacken, also musst du noch ein bisschen warten«, verkündet Georgia nach einem kurzen Klopfen an der Tür von Ginas Trailer. Sie lehnt sich an den Türrahmen und verschränkt die braun gebrannten Arme, sodass man die Muskeln sehen kann, die sie sich mit dem Schleppen von schwerem Equipment erarbeitet hat.

»Wow, ich bin schockiert«, sagt Gina. »Hast du Zeit, oder wirst du vermisst, wenn du kurz hierbleibst?«

»Ich werde immer vermisst. Ich bin schließlich ein unverzichtbarer Teil dieses Produktionsteams.« Georgia schiebt sich auf den schmalen Sitz neben Gina. »Also musste ich ganz schön hart arbeiten, um dich zu finden. Nach so einem gefragten Star muss man lange suchen.«

»Und das alles, um mir dieses komplett unerwartete

Update zu Harold zu erzählen«, schmunzelt Gina. Sie streicht Georgia eine Hand durchs Haar, das an den Seiten kurz und oben länger ist. »Ich bürge für dich, Babe.«

Georgia wirft ihr einen ernsten Blick zu. »Nein, tust du nicht. Ich habe gerade Pause und habe angeboten, dir auf dem Weg zur Cafeteria Bescheid zu sagen.«

»Ich hab auch Essen hier«, sagt Gina.

»Darauf habe ich gehofft«, antwortet Gina. Sie zieht die Obstschale zu sich hin und nimmt sich einen Apfel. Als sie hineinbeißt, landet ein Tropfen auf ihrem schwarzen T-Shirt.

Es ist nicht so, dass es Gina keinen Spaß macht, am Set zu sein, aber man muss dabei *wahnsinnig* viel warten, meistens allein. Als sie noch in der Band war, hat sie sich immer gefreut, andere Musikschaffende kennenzulernen, aber sie musste sich schon seit der Schule keine neue Freundesgruppe mehr suchen. Dass bis jetzt alle ihre Co-Stars mehr als zehn Jahre älter waren als sie, hilft nicht wirklich.

Wenigstens hat Netflix süße Produktionsassistentinnen.

Zum Beispiel: Georgia Yang.

Georgia beißt nochmal von dem Apfel ab. »Ich wollte allerdings auch sehen, wie es dir geht. Gestern schienst du ziemlich sauer auf Paul zu sein.«

»Du meinst, weil er es witzig fand, zu fragen, wessen Karriere ich sabotieren würde, um die Rolle bei HBO zu bekommen, die ich *eh schon abgelehnt habe?*« Gina schnaubt wütend. Trotzdem ist es keine gute Idee, sich mit dem Regisseur anzulegen. »Meinst du, das ist irgendwem aufgefallen?«

»Nee, mach dir keine Sorgen. Außerdem ist eh normalerweise der halbe Cast und zwei Drittel der Crew sauer auf ihn.« Georgia lehnt sich an Ginas Schulter. »Nur noch eine Woche, und dann musst du nie wieder mit ihm zusammenarbeiten. Obwohl es natürlich schön wäre, wenn wir wieder an der gleichen Produktion arbeiten würden.«

Gina seufzt. Es wäre viel einfacher zu wissen, was sie will, wenn sie *wüsste*, ob sie am Anfang einer epischen Liebesgeschichte à la Eva und Celeste steht – ohne die unerwartete Trennung natürlich.

Georgia tippt ihr sanft auf den Oberschenkel. »Auch kein Problem, wenn du das lieber nicht willst. Manchmal kann es auch anstrengend sein, mit Freunden zusammenzuarbeiten.«

Vor allem mit Freunden, die einen ab und zu küssen, nachdem man für den Tag fertig ist, denkt Gina. Aber es ist auch schön, ihre Beziehung nicht definieren zu müssen, wenn sie beide ohnehin schon total übermüdet sind.

»Du bist der beste Teil dieser Produktion«, gibt Gina zu. Vielleicht ist das ein bisschen zu ehrlich, aber sie drehen jetzt schon seit Februar, und Gina ist einfach erschöpft.

»Ach Quatsch, du bist doch super als Arabelle.«

»Danke.«

»Magst du die Rolle nicht?« Georgia setzt sich auf und dreht sich richtig zu Gina um.

»Nein, das ist nicht das Problem.«

»Also *gibt* es ein Problem.«

»Ich finde sie faszinierend. Sie ist überhaupt nicht wie ich.«

Georgia zieht eine Augenbraue hoch. »Aber darum

geht es doch, oder? Dich in jemand anderen hineinzuversetzen? Als Schauspielerin wird man nicht deswegen bekannt, weil man Rollen spielt, die genau wie man selbst sind.«

Als Schauspieler allerdings …, denken sie beide.

»Nein, du hast recht. Arabelle ist der Traum einer jeden Schauspielerin.«

»Wenn Arabelle also nicht das Problem ist …«

Das Problem ist, dass sie nur den Film hat.

Dass sie nicht ihre Band hat.

Bei dem Meeting mit Kayla letztes Frühjahr dachte sie, dass sie das wollte. Die Musik und MO waren wie ihr Kokon, und sie war bereit dazu, ein Schmetterling zu werden. Um loszufliegen, musste sie den Kokon verlassen. Es ist schwer, sich einzugestehen, dass sie ihr Leben vielleicht auf der falschen Metapher basiert hat.

Gina hat es mit achtzehn zu den *Oscars* geschafft, und da wollte sie auch hin. Aber der Stolz ist ihr nicht geblieben, nur der Zweifel, und den kann sie nicht in ihrer Ledermappe abheften. Die ganze Welt breitet sich vor ihr aus, und sie kann sich nicht entscheiden, wohin sie gehen will, wo sie bleiben oder nur vorbeiziehen will.

»Ich vermisse es, Musik zu machen«, sagt Gina langsam, weil es nicht nur darum geht. »Aber ich vermisse es auch … ich vermisse die Gina, die ich in der Band war. Die Gina, die ich sein durfte, oder die ich sein konnte? Ich vermisse es definitiv nicht, so zu tun, als sei ich eine Mischung aus Eva und Celeste, weil das einfach nicht stimmt. Aber wenn man in einer Band ist und Teil der … Gemeinschaft ist … dann lieben einen die Leute, statt einen nur zu bewundern. Und obwohl ich in der Band nicht unbedingt die Liebenswürdige war, oder die Witzige …« Sie schluckt schwer. »Selbst, wenn ich die Augen verdreht habe oder so, wussten alle, dass ich die anderen trotzdem liebhabe. Dass das Ganze auf Liebe basiert.«

»Du durftest verletzlich sein«, sagt Georgia.

Das Wort trifft Gina direkt ins Herz. »Ja, genau. Und jetzt … jetzt darf ich das nicht mehr sein. Alle denken, dass ich nur die nächste Rolle will, das nächste Coverfoto. Und ich habe mich auch selbst davon überzeugt. Als ich dieses Jahr bei den Oscars war, auf dem roten Teppich, und diese ganzen kurzen Interviews gegeben habe, hat es sich so angefühlt, als ob alle mit dieser verkehrten Version von mir reden, die ich selbst gar nicht erkenne.« *Vogue* hatte damals ihr sorgsam kultiviertes, unerschütterliches Selbstvertrauen gelobt, aber Gina weiß schon, dass das Image sich auch ganz schnell wandeln kann. »Wenn es noch ein bisschen so weitergeht, gibt es bald ganz viele Artikel darüber, wie hinterhältig oder herablassend ich bin. Wie kann es dieses Schwarze Mädchen wagen, zu denken, dass sie toll ist.«

»Was du definitiv bist.«

Gina kann ihr Grinsen nicht unterdrücken. »Bin ich auch. Und wenn die Medien rassistisch sein wollen, ist das natürlich ihre Schuld.« Sie hält inne und schaut zu den Fenstern des Trailers, die von grauen Rollläden verdeckt sind. »Weißt du, nachdem ich meine erste Filmrolle bekommen habe, wurde dieses Narrativ aufgebaut, dass ich so ein ehrgeiziges, selbstbewusstes Mädchen bin, das die Band verlässt, um ihr eigenes Ding zu machen. Was auch stimmt. Aber irgendwann haben die Leute dann *nur noch* das von mir erwartet, also habe ich da immer mehr reingespielt. Und auf einmal stand ich in diesem wunderschönen Kleid von Vera Wang auf dem roten Teppich, auf dem Weg zu einer Preisverleihung mit all diesen anderen unglaublichen Schauspielerinnen, live im Fernsehen … und erst da ist mir klargeworden, dass diese überspitzte Version von mir selbst eben *überspitzt* ist.«

»Ich mache jetzt keinen Witz darüber, wie gefährlich Method Acting ist«, erwidert Georgia. Ihre Stimme klingt samtig und weich, wie eine warme Decke, die sich um Gina legt. »Vermutlich wolltest du dich am Anfang von der Band abtrennen, oder?«

»Ja, genau. Zwei Jahre lang habe ich mich davon überzeugt, dass ich in meiner Karriere allein und … *unangefochten* sein will. Ich werde mich nie dafür entschuldigen, dass ich Ambitionen habe, aber ich mag diese Version von mir einfach nicht. Auch ganz abgesehen davon, was die Medien damit machen. Ich mag es nicht, *in mir drin* so zu sein. Und die Filmindustrie – oder zumindest, so wie ich gerade in der Filmindustrie arbeite – hilft mir nicht wirklich dabei, wieder die Person zu werden, die ich sein möchte.«

Gina will auf keinen Fall wieder den hektischen Terminplan ihrer MO-Tage zurückhaben: nachmittags Interviews, gefolgt von einem Konzert am Abend, und nachts nur ein paar Stunden Schlaf, wenn gerade jemand anderes im Studio war, das sie sich im Hotel eingerichtet hatten. Aber immerhin haben die anderen sie nie als Vertrag gesehen, oder als Goldesel oder als ein Zeitschriftencover. Sie wollten mit ihr zusammen sein, selbst, wenn sie nur ihre Mathehausaufgaben machten. Gina war gar nicht klar, wie sehr sie auf diese Sicherheit gezählt hatte, bis sie sie wegwarf.

»Ich weiß nicht so richtig, was ich sagen soll, außer, dass ich dich super finde. Ich mag dich so, wie du bist. Wie hart du arbeitest, wie du mich zum Lachen bringst, wenn ich es überhaupt nicht erwarte. Und dass du niemand anderen auf deinem Weg nach unten von der Leiter schubst.« Georgia zieht Gina an sich und küsst sie auf die Schläfe.

»Hoffentlich nicht«, sagt Gina und schließt die Augen.

»Also, was jetzt?«, fragt Georgia.

»Keine Ahnung.«

Wenn Eva sie gerade hören könnte, würde sie sie *hassen.* Gina denkt an die Liste, die sie immer vorgetragen hat: Whitney Houston. Rihanna. Janelle Monáe. Das Problem damit, ihre Karriere auf denen dieser Ikonen zu basieren, ist, dass sie eben nicht eine von ihnen ist. Sie will nicht genau das haben, was sie haben, oder genau das sein, was sie sind.

Sie will und will und will. Sie *will* schon ihr ganzes Leben lang. Sie fasst ein Ziel ins Auge und erreicht es. Aber das Ziel, ein Filmstar zu sein … gefällt ihr nicht mehr. Weder das Ziel noch der Weg, auf dem sie es erreicht hat.

Gina hat es satt, das Mädchen zu sein, das ihre Band verlassen hat, um Besseres zu verfolgen – selbst, wenn sie das nur in ihrem Kopf ist, denn Eva hat die PR nach der Trennung wahnsinnig gut bewältigt. Das war ihr letztes, vielleicht unbeabsichtigtes Geschenk an Gina: dass sie sich auf sich selbst konzentrieren konnte, statt sich mit giftigen Artikeln über die Trennung von MO herumschlagen zu müssen. Aber trotzdem ging es in allen Artikeln darum, dass die Trennung einfach unvermeidbar war, wenn die Bandmitglieder sich weiterentwickeln wollten, und Gina hat es satt.

Sie will immer noch alles.

Juli 2021
Gina

»Sollen wir uns ein bisschen auf den Balkon setzen?«, fragt Steph, als Gina ihren Koffer neben der Badezimmertür abstellt. Dey ist gerade dabei, in deren Kommode nach einem Schlafanzug zu wühlen.

»Ja, das klingt schön«, antwortet Gina. Die Dusche kann warten. Trotz ihres frühen Flugs und der Zeitverschiebung ist sie noch hellwach.

Eine Schiebetür führt auf einen kleinen Balkon mit zwei Liegestühlen und einem runden Tisch. Steph streckt sich aus und legt die Füße aufs Geländer.

»Du siehst gut aus«, bemerkt Gina.

Am Ende der letzten Tour war Steph spindeldürr – Gina nahm damals an, dass es nur normaler Tourstress war.

Steph lacht. »Danke, du auch.«

»Du weißt schon, was ich meine«, beharrt Gina.

Das Touren hat Steph immer mehr ausgelaugt als die anderen, und auf der letzten Tour hat dey noch mehr abgenommen als sonst immer. Seitdem hat dey wieder Gewicht zugenommen, und Gina ist dankbar für diesen physischen Beweis dafür, dass die Trennung gut für Steph war.

»Ja, ich weiß«, antwortet Steph. Dey wackelt mit den Zehen. »Ich musste lauter neue Klamotten kaufen, weil ich vorher noch nie Brüste hatte. Auf einmal haben all meine T-Shirts auf der Brust gespannt, und ich hatte keine Ahnung, was ich machen sollte. *Und* ich musste die Klamotten auch noch selbst kaufen.«

»Was hat dich mehr überrascht, die Brüste, oder dass du dir selbst Klamotten aussuchen musstest?«, fragt Gina lachend.

»Die Brüste, auf jeden Fall.« Steph lässt den Kopf an die Stuhllehne fallen. »Es ist ein bisschen …«

»Ein bisschen …?«

»Erst war ich mir nicht so ganz sicher, wie ich sie finde. Meine Brüste, meine ich«, sagt Steph. »Ich mag es nicht, wenn Leute denken, ich sei eine Frau, aber … ich habe nunmal einen Körper, und der ist nichtbinär, weil *ich* nichtbinär bin. Ende der Durchsage. Ich *mag* meine Brüste.«

Gina starrt Steph betont auf die Brust. »Sie sind auf jeden Fall schön.«

Steph verdreht die Augen. »Oder? Und mir ist auch klar, dass es nicht allen nichtbinären Menschen so geht. Aber so fühle ich mich halt, zumindest jetzt gerade. Vielleicht ändert sich das noch, keine Ahnung.«

»Du bist ganz schön badass, Steph.«

Eine Minute lang sitzen sie schweigend da, und Gina genießt die freundschaftliche Stille, die sie so lange vermisst hat.

Steph räuspert sich. »Erinnerst du dich an Skylar? Pitcher im Softballteam in der Schule?«

»Nee?«

»Lauter Sommersprossen … Moment, du weißt doch bestimmt noch, wie dey im Schultheaterstück aus Versehen jemanden wirklich geschlagen hat, als du in der siebten warst.«

»*Oh*, ja klar, sorry – Skylar, alles klar«, sagt Gina.

»Dey hat letztes Jahr mit Testo angefangen und mir viel davon erzählt, wie es so ist. Mittlerweile geht dey zum Lake Superior College, und als ich wiederkam, habe ich durch demm viele Leute kennengelernt.«

»Ich muss zugeben, dass ich Angst hatte, dass du dieses Haus seit 2019 nicht verlassen hast.« Gina ist froh, dass sie falschlag.

»Dieses Jahr ging es mir besser.« Steph zögert und deren Blick wandert von Gina zum Balkongeländer. »Ich habe vielleicht Witze darüber gemacht, dass meine Klamotten nicht mit meinen Brüsten kompatibel waren, aber den ersten Winter habe ich praktisch nur Matts Klamotten getragen. Bis er mir gesagt hat, dass ich meine eigenen kaufen soll und mich in die ›Männerabteilung‹ mitgenommen hat.«

»Ich bin so froh, dass er für dich da war«, sagt Gina sanft.

Gina weiß noch, wie Steph deren Stylistinnen um eine butche Stilrichtung für Fotos und Treffen mit Fans gebeten hat, aber für Interviews oder Tourkostüme war das außer Frage. Die Band konnte zwar sapphisch sein, aber nur, wenn sie dabei Röcke trugen.

»Ich auch. Ich habe monatelang keine Kleider getragen, das war wie ein Entzugsprogramm, bis ich mir darüber im Klaren war, wie *ich* mich präsentieren will. Und ich habe jetzt so viele Sport-BHs, wenn Kayla das wüsste, würde sie glatt sterben.«

»Das macht mich so froh«, sagt Gina wieder. Sie zuckt zusammen. »Ich meine ... Ich bin froh, dass du das hast, was du brauchst.«

Sie fühlt sich schuldig, dass sie während ihrer letzten Tour nichts davon bemerkt hat. Wie konnte sie Steph nur damit allein lassen? Sie macht Steph keinen Vorwurf daraus, dass dey sich nach dem letzten Konzert nicht mehr gemeldet hat – sie wusste ja, dass Steph Privatsphäre wollte, um sich auf deren Familie zu konzentrieren, und Ginas Leben war nach MO das komplette Gegenteil von privat. Aber Gina hätte sich melden können, wenigstens zum Geburtstag oder so.

»Ich auch«, sagt Steph. »Sport-BHs, meine Familie, was will ich mehr?«

Eine bessere Gelegenheit wird sich Gina nicht bieten, also ergreift sie sie beim Schopf. »Wir haben zwar noch nicht darüber geredet, was nach dem Konzert passiert, aber ich muss das einfach sagen: Ich vermisse dich. Du warst ...« Sie zögert kurz. »Du warst das beste ältere Geschwisterkind, das ich mir hätte wünschen können. Ich hätte MO nie ohne dich machen können, und ich hätte auch das, was danach kam, nie hinbekommen, wenn du mir nicht erst mit MO geholfen hättest. Ich schätze mich glücklich, dich damals gehabt zu haben, und Meghan – und Matt und Mari – können sich glücklich schätzen, dich jetzt zu haben.«

»Erzähl doch keinen Quatsch, das hättest du auch ohne mich geschafft«, streitet Steph ab.

»Das dachte ich, aber ich glaube nicht.«

Das letzte Jahr in der Band fühlte Gina sich von MO eingeengt, aber jetzt versteht sie, was es für einen Unterschied gemacht hat, ihre Karriere mit drei Verbündeten an ihrer Seite angefangen zu haben, statt allein.

»Ich hätte nie gedacht, dass ich dir das mal sagen muss, aber mach dich nicht so runter, Gi«, mahnt Steph. Dey räuspert sich. »Was meinst du, machen Celeste und Eva gerade?«

»Was ich meine, oder was ich hoffe?«, fragt Gina.

»Ach, hast du jetzt in ihre Beziehung investiert?«

»Hatten wir das nicht beide, damals?« Gina lehnt sich nach vorne, sodass ihre Hände auf ihren Fußknöcheln und ihre Wange auf ihren Knien liegt.

»Ja, klar. Aber auf wessen Seite bist du jetzt?«

»Idealerweise wäre ich auf der Seite, auf der sie wieder zusammenkommen«, gibt Gina zu. »Aber da ich Celeste gesagt habe, dass sie aufhören soll, vor zwanzigtausend Leuten *über* Eva zu singen, und stattdessen *mit* ihr reden soll – bin ich wohl auf Celestes Seite.«

Sie will Celeste immer noch dabei helfen, Eva wiederzubekommen. Sie kann immerhin deutlich sehen, dass Eva immer noch *irgendwelche* nicht-platonischen Gefühle für Celeste hegt. Aber Gina spielt immer für ihren eigenen Sieg, und sie will sie *beide* zurückhaben. Von einer potenziellen romantischen Wiedervereinigung mal abgesehen wäre es schwieriger, zu bekommen, was sie will, wenn Eva und Celeste nicht einmal ein vernünftiges Gespräch führen können.

»Echt, das hast du ihr gesagt? Das hätte ich gerne gesehen«, lacht Steph.

Gina setzt sich auf. »Das war nach ihrem Konzert im Staples Center. Du hättest dabei sein können.«

»Du hast es selbst gesagt: Ich bin ein gutes älteres Geschwisterkind.« Steph versucht wohl, unbeschwert zu klingen, doch selbst Gina kann erkennen, dass es demm schwerfällt.

»Wir können wieder befreundet sein. Ich finde – natürlich geht es um deine Familie, aber ich finde, du kannst auch Freunde haben. Selbst, wenn du nicht wieder nach L. A. ziehst.«, sagt Gina.

Steph antwortet nicht.

Einen Moment lang füllen sich Ginas Ohren mit Nachtgeräuschen: Vögel und trockene Blätter und, irgendwo weiter weg, fröhliches Kindergeschrei. Es ist schwüler als in L.A., aber aushaltbar.

Gina dreht sich zu Steph um und zieht die Knie ans Kinn. »Ziehst du wieder nach L.A.?«

Steph zeigt aufs Haus. »Kann ich doch nicht.«

»Aber … was, wenn doch?«

»Nein. Sie brauchen mich«, antwortet Steph.

»Okay … aber vielleicht brauchen sie dich nicht immer so sehr, wie jetzt gerade. Oder wie letzten Sommer. Und was machst du dann?«, fragt Gina.

Gina kommt manchmal wieder zurück. Sie hat im ganzen Mittleren Westen Familie – in Milwaukee, Chicago, und in Minneapolis, wo ihre Eltern wohnen – und seit

Moonlight Overthrow groß rauskam, hat sie sie ab und zu besucht. Sie bezahlt vier ihrer Cousinen und Cousins die Studiengebühren, und sie versteht Stephs Verpflichtungen vermutlich am besten. Eva ist Einzelkind, genau wie ihre Eltern; Celeste hat zwei viel ältere Schwestern, die schon ihr eigenes Leben hatten, als Moonlight Overthrow auf die Welt kam.

Aber Gina weigert sich, hierzubleiben. Sie hat sich damals geweigert, und sie weigert sich auch jetzt noch. Die Entscheidung muss man nämlich nicht nur einmal treffen. Auf dieser Welt muss man ein bisschen selbstsüchtig sein, wenn man Karriere machen will. Man muss es sich auch mal erlauben, dass einem manche Sachen egal sind. Man muss einen Weg finden, die Leute zufriedenzustellen, ohne hinter sich zu blicken. Und man muss mit seinen Entscheidungen leben.

Steph hat sich anders entschieden als Gina … aber vielleicht will dey sich noch umentscheiden.

»Was würde ich dann überhaupt machen?«, fragt Steph.

»Was meinst du?«

»Die Band ist jetzt anderthalb Jahre her. Wenn ich *morgen* nach L.A. fliegen würde, bräuchte ich ein Jahr, um ein Album rauszubringen. Celeste war schlau, sie hat das direkt danach gemacht. Ich … ich habe noch nicht mal mehr einen Twitter-Account. Ich *hasse* Twitter«, sagt dey.

»Dann musst du dir ein super Publicity-Team anheuern, die deinen Twitter-Account managen, und du verbreitest deine Comeback-Geschichte. Du hast dir eine Pause gegönnt, ohne dich von anderen Projekten ablenken zu lassen … und jetzt bist du auf einmal wieder da, erwachsen und bereit, dein eigenes Ding zu machen«, erklärt Gina.

»Wow. Ich sollte einfach dich einstellen«, witzelt Steph. »Schade, dass du damit beschäftigt bist, so groß rauszukommen wie …«

Whitney Houston. Rihanna. Janelle Monáe.

»Gina Wright.«

»Die Erste ihres Namens«, sagt Steph und schüttelt den Kopf. »Ich weiß nicht. Ich vermisse es, zu singen, und … die Fans, und so. Na ja, alles, außer die Touren. Aber ich wollte nie eine Solokarriere.«

So wie Eva, denkt Steph, obwohl das nicht ganz stimmt. Eva hat ihre eigene Karriere, nur halt als Songwriterin. Vielleicht wäre sie ein Soloact geworden, wenn ihre Beziehung mit Celeste nicht zum gleichen Zeitpunkt, auf die gleiche Art wie Moonlight Overthrow geendet hätte. Gina war sich so sicher, dass sie Eva überzeugen könnte, aber sie hatte nicht damit gerechnet, dass Celeste alles beendet.

»Was, wenn …«, fängt Gina an.

»Was, wenn was?«

»Was, wenn ich dir sagen würde, dass ich auch darüber nachdenke, wieder Musik zu machen?«, sagt Gina.

»Aber …«

Steph muss den Satz nicht beenden; Gina weiß schon, was dey sagen will.

Aber was ist mit dem Schauspielern? Aber hast du nicht die Band verlassen, weil du keine Musik mehr machen wolltest? Aber warum hast du dann …

»Ich habe nur darüber nachgedacht«, sagt Gina. »Zum Ende hin habe ich mich erdrückt gefühlt, weil wir immer noch eine Gruppe sein sollten, und es nicht genug Raum für uns als Individuen gab. Und ich hatte gar keine Zeit, zu schauspielern. Das war für niemanden außer mir eine Priorität, und wenn ich noch drei Jahre, drei weitere Alben abgewartet hätte, hätte ich die Chance vielleicht verspielt. Aber seitdem habe ich drei Projekte gedreht, und ich vermisse die Musik. Ich glaube, ich habe mir ein bisschen Zeit verschafft.«

Das hat Gina noch niemandem außer Georgia erzählt. Wie kann sie ihrer Filmkarriere den Rücken kehren, wenn sie *alles* aufgegeben hat, um sie zu verfolgen? Gina sollte eigentlich diejenige sein, die genau weiß, was sie will, und es auch erreicht. Ihr Ruf lässt keinen Raum für Selbstzweifel oder Unentschlossenheit.

»Das verstehe ich«, sagt Steph. »Du könntest immer noch eine Solokarriere anfangen. Du hast jetzt nur noch mehr Fans, und die würden bestimmt ausflippen, wenn du wieder Musik machen würdest.«

»Du auch?«

»Na klar.« Dey setzt sich auf und dreht sich zu Gina hin. »Aber echt jetzt. Wenn du wieder Musik machen willst, dann *tu es.* Dein Soloalbum kann das erste sein, das Mari auswendig kennt, obwohl es nicht von Disney ist – sobald gelernt hat, zu sprechen. Das wird super.«

Gina setzt sich auch auf und stellt die Beine auf den Balkon, sodass ihre Zehen Stephs berühren. »Babe. Hast du dir selbst zugehört? Wenn du wieder Musik machen willst, dann *tu es.*«

Steph wendet den Blick ab. »Ich kann das nicht allein.«

Auf einmal fühlt Gina sich zugleich schwer und schwebend leicht. Wenn sie – und Celeste und Eva – das Einzige sind, was zwischen Steph und deren Ziel steht, zwischen Steph und der *Musik* …

Wenn sie nur sagen muss: *Komm, wir machen es zusammen*, um Steph diesen Wunsch zu erfüllen …

Das Gefühl rauscht prickelnd ihre Wirbelsäule empor. Wenn sie nur ja sagen muss – wenn Steph auch dabei wäre –

Sie könnte es hinbekommen. Vielleicht ist das der Anfang einer Lösung. Wo ein Wille ist, ist ein Weg, und wenn Gina Wright eins hat, dann ist es einen Willen.

Juli 2021
Eva

Als sie nach dem Duschen wieder ins Gästezimmer kommt, ist das Licht schon aus; nur eine kleine Lampe auf dem Nachttisch brennt. Celeste hat sich schon auf die linke Seite des Bettes hingelegt und die Augen geschlossen, aber sich noch nicht zugedeckt. Ihre blauen Strähnchen glänzen im Licht der Lampe.

»Das Bad ist frei«, flüstert Eva.

Celeste öffnet langsam die Augen und setzt sich auf. »Danke.«

Eva zieht den Reißverschluss an ihrem Koffer zu und schleppt ihn den Flur entlang zu Stephs Zimmer. Sie klopft leise, in der Hoffnung, Stephs Familie nicht aufzuwecken. Gina reagiert nicht, also klopft Eva nochmal.

»Gina?«, zischt sie. »Ich komm rein.«

Das Zimmer ist dunkel und Gina liegt ausgestreckt auf dem Bett, den Kopf von der Tür weggedreht.

»Gina?«, versucht Eva es erneut.

Im Licht, das vom Flur hereinfällt, kann Eva Ginas gleichmäßige Atemzüge sehen. Sie hat ein Seidentuch um den Kopf gewickelt, sodass Eva nicht sehen kann, ob sie wie immer Ohrstöpsel trägt.

So oder so schläft sie tief und fest.

Shit.

Wenn Gina schon schläft, dann ist Steph vermutlich auch ins Bett gegangen.

Eva schleicht wieder ins Gästezimmer zurück und fasst das Doppelbett in den Blick. *Jetzt ist es eh zu spät*, denkt sie und schlüpft ins Bett.

Diesmal kann Celeste sich eine Lösung ausdenken.

Eva liegt still auf dem Rücken, das Gesicht von der Lampe weggedreht. An ihrer Haut fühlt sich die Bettwäsche kühl und weich an. Sie riecht frisch gewaschen. Über die Jahre ist Eva in vielen Hotels abgestiegen – teilweise in *richtig* schönen Hotels, vor allem auf der letzten Tour –, mit teurer Bettwäsche und kostenlosen Minibars und persönlichen Willkommensnachrichten im Zimmer, aber das hier fühlt sich viel mehr an, wie zu Hause. Es passt sich ihr an, viel mehr, als es ein Hotel könnte, und wenn ihr Team auch noch so viele Anweisungen gegeben hätte. In Hotels ist man immer ein Gast, der mit Seidenhandschuhen angefasst wird; hier ist sie … nicht unbedingt Familie, aber sowas Ähnliches. Sie ist froh, wieder hier zu sein.

Als Celeste die Badezimmertür öffnet, wird Eva reflexartig starr und versucht angestrengt, ihren Atem gleichmäßig zu halten.

»Sind die anderen ins Bett gegangen, ohne uns Bescheid zu geben?«, fragt Celeste.

»Ja«, antwortet Eva. »Ich wollte niemanden aufwecken. Wir klären das einfach morgen.«

Es wäre so einfach, Celeste zu sagen: *Was ist schon eine Nacht, was ist schon eine Woche im selben Bett*, aber das kann Eva sich selbst nicht antun.

Celeste steigt wortlos ins Bett. Aus dem Augenwinkel beobachtet Eva, wie sie ihr Kopfkissen zurechtzupft und sich in die Decke einkuschelt.

»Kann ich das Licht ausmachen?«, fragt Celeste.

»Ja.«

Die Matratze bewegt sich, als Celeste sich zur Lampe hinüberlehnt; ein leiser Klick, und das Zimmer ist in Dunkelheit gehüllt. Evas eigener Atem kommt ihr wie Donnergrollen vor, und ihr Körper fühlt sich irgendwie zu laut und zu groß an, obwohl zwischen ihr und Celeste mehr als genug Platz ist.

»Hast du genug von der Decke?«, flüstert Celeste.

»Ja. Du auch?«

»Ja. Wenn ich sie dir klaue, klau sie dir einfach zurück.«

»Genau. Äh, du auch.«

Eva starrt stumm in die Dunkelheit.

»Hey, Eva?«

»Ja?«

»Danke, dass du das hier machst. Du weißt, dass du auch nein hättest sagen können.«

»Kein Problem.« Eva dreht sich zu Celeste um, die schon mit dem Gesicht in Evas Richtung liegt. »Du bist doch diejenige, die … na ja, sagen wir es so: Morgen bist du vielleicht nicht mehr so dankbar, falls ich wirklich nicht mehr singen kann.«

Bis jetzt hat Eva erfolgreich ignoriert, dass sie in nur wenigen Tagen wieder auf die Bühne gehen und performen muss. Heute Nachmittag hat das Singen ganz gut geklappt, aber sie ist definitiv nicht so gut, wie sie mal war. Sie versucht, nicht daran zu denken, dass sie noch nicht einmal in Bestform genug für Celeste war.

»Ach Quatsch«, sagt Celeste. »Natürlich kannst du noch singen. Deine Stimme ist großartig, hörst du? Bezweifle das bitte nie.«

Jetzt dreht Eva sich ganz zu Celeste um. Sie ist es nicht gewohnt, so weit von Celeste weg zu liegen; früher haben sie sich so häufig im Dunkeln unterhalten, während Celestes Nase ihren Nacken kitzelte und ihre Hand auf Evas Hüfte oder Taille oder Bauch lag und ihr über die Haut streichelte.

»Danke«, antwortet Eva.

»Ich meine es ernst. Weißt du, wie viele Leute ich kenne, die absolut neidisch sind, dass ich mit dir singen durfte? Dass ich mit dir zusammen *schreiben* durfte? Ziemlich viele.«

Natürlich weiß ich das nicht, denkt Eva. *Du redest ja nicht mit mir.*

»Ich weiß den Namen nicht mehr, aber letztes Jahr hat mich jemand von deinem Label angerufen und gefragt, ob ich einen Song für *Silhouette* schreiben will«, erzählt Eva.

»Oh Gott«, sagt Celeste. »Das tut mir so leid. Ich hatte ja keine Ahnung … Das habe ich nicht … Ich würde dich nicht …«

»Ich weiß«, sagt Eva.

Kurz herrscht Stille, und Eva fragt sich, ob sie es dabei belassen, ob das die letzten Worte sind, die sie zueinander sagen, bevor sie beide in den Schlaf gleiten.

Aber dann fragt Celeste: »Was hast du ihr gesagt?«

»Sie hat mir auf die Mailbox gesprochen, und ich habe sie nicht zurückgerufen. Musste ich auch gar nicht, denn dann hat sie nochmal angerufen, um zu sagen … sorry, wir nehmen es wieder zurück, wäre nicht deine Idee gewesen. Also alles gut.«

»Oh.«

»Ja. Also … jetzt weißt du es. Das Album ist super«, bemerkt Eva und zuckt sofort zusammen. Das wollte sie eigentlich nicht preisgeben.

»Du hast es dir angehört?« In Celestes Stimme klingt … Hoffnung mit, und ein bisschen Schüchternheit und noch etwas anderes. Sie klingt fast so, als wäre ihr etwas peinlich, aber Eva ist nicht mehr so geübt darin, ihren Ton zu entziffern.

»Ich hoffe, das ist okay? Ich wusste nicht, dass ich das nicht sollte. Und im Radio kann man den Songs kaum entgehen …«

»Nein, ich wollte, dass du es – ich meine, es ist nicht so, dass ich es nicht wollte … Ich bin froh, dass du es gehört hast. Wie fandest du es?«

»Ich glaube, du kannst dich auf einen weiteren Grammy gefasst machen«, sagt Eva.

Das klingt definitiv neutraler als: *Nachdem es rausgekommen ist, habe ich zwei Wochen lang nichts anderes gehört, ich habe geweint und gelacht und so viele Tumblr-Posts rebloggt, du würdest es kaum glauben.*

Und sie klammerte sich an jedes Interview, in dem Celeste von fiktionalen Geschichten erzählte und davon, wie sie die Geschichten anderer für ihre Songs verwendete. Sie wollte nicht daran denken, dass Celeste die Songs vielleicht für eine andere schrieb.

»Mal sehen«, antwortet Celeste. »Das musst du vielleicht auch, so gut wie deine Schreiberei läuft.«

»Mal sehen«, wiederholt Eva.

Sie kommt nicht umhin, an ihr letztes Mal bei den Grammys zu denken, als sie den Preis nicht gewannen. Immerhin musste sie keine Rede halten, in der sie ohne die anderen auf der Bühne stand; andererseits fühlte es sich an, wie der Beweis dafür, dass die anderen keinen guten Grund zum Bleiben hatten.

»Das wird super«, reißt Celeste sie aus der Erinnerung. »Das Konzert. Weil wir super sind, und weil wir Duluth und unsere Fans lieben.«

Jedes »wir« trifft Eva wie ein Schlag in die Magengrube. Zum Glück kann Celeste im Dunkeln ihren Gesichtsausdruck nicht sehen.

»Oder?«, fragt Celeste.

»Ja«, antwortet Eva schnell. »Fans, Duluth, super.«

»*Wir* sind super«, beharrt Celeste. »Zusammen. Wir alle. Du hast uns doch unten gehört.«

»Ich war dabei«, stimmt Eva zu.

Wenn wir so super sind …

Aber diesen Gedanken hat sie schon so häufig gedacht, dass er seine Bedrohlichkeit verloren hat.

Juli 2021
Celeste

Evas Worte laufen in Celestes Kopf in einer Endlosschleife: *Ich war dabei, ich war dabei.* Was soll das überhaupt heißen? Im Dunkeln kann Celeste weder Evas Gesichtsausdruck noch irgendwelche Gesten erkennen, die verraten würden, was sie denkt.

Celeste seufzt. »Willst du überhaupt hier sein?«

Jedes Gespräch mit Eva fühlt sich wie ein Machtkampf an. Zwei Schritte vor, einer zurück. Natürlich hat Celeste nicht erwartet, dass es einfach wird, obwohl sie es insgeheim gehofft hat. Aber sie hat auch nicht erwartet, dass es mal einfach und dann plötzlich wieder schwer ist.

»Natürlich will ich das«, antwortet Eva.

»Ich weiß, dass ich es will. Und Steph und Gina auch. Aber bei dir bin ich mir nicht sicher.« Vorhin hätte sie sich noch nicht getraut, das zu sagen, aber die Dunkelheit bewirkt, dass sich das ganze Gespräch unwirklich anfühlt. Unwirklich und gleichzeitig merkwürdig vertraut.

»Ich will hier sein«, sagt Eva mit leiser Stimme. »Aber … ich war diejenige, die damals hier sein wollte. Und es ist schwer, wieder hier zu sein, nachdem ich lauter andere Orte gefunden habe, an denen ich auch gerne bin.«

Ein plötzliches Schuldgefühl flammt in Celestes Magen auf, gemischt mit einem Hauch Eifersucht.

Sie redet sich ein, dass ihr Stolz diese Gefühle wieder wettmacht – sie ist froh, dass Eva ohne sie alle glücklich ist … ohne Celeste. Wirklich. Sie kann schlecht erwarten, dass Eva einfach darauf wartet, dass sie zurückkommt. Aber ein kleiner Teil von ihr wünscht sich trotzdem, dass Eva ohne sie nicht wirklich glücklich sein könnte, obwohl das ja der Grund war, aus dem sie sich überhaupt von ihr getrennt hat.

Aber guck doch, denkt sie, *vielleicht heißt das, dass Gina recht hat. Vielleicht kann es diesmal wirklich klappen.*

»Es tut mir leid«, sagt Celeste.

»Sag das nicht …«

»Tut es aber. Ich bin so froh, dass du hier bist, und ich würde … alles Mögliche tun, um es dir einfacher zu machen. Um es *schön* für dich zu machen, okay?« Celeste schluckt schwer. »Ich weiß, dass wir aus einem tragischen Grund hier sind, aber … mir macht es Spaß. Und ich will, dass du auch Spaß daran haben kannst.«

Und dann wartet sie darauf, dass Eva etwas sagt. Hat sich Eva auch so gefühlt, an dem Abend, als sie auf eine Erklärung dafür wartete, dass sie alle gingen? Gott, das hat Celeste richtig verbockt. Sie bereut ihre Entscheidung zwar nicht, aber sie hätte Eva früher davon erzählen sollen. Viel früher. Und viel netter.

»Ich arbeite dran«, antwortet Eva. »Ich will mit euch allen Spaß haben, aber … ich weiß nicht, wie ich mir selbst das erlauben kann.«

Sich Dinge zu erlauben war eigentlich nie Evas Schwäche – zumindest nicht, als sie noch alles hatte und dachte, das würde auch so bleiben.

»Alles, was ich tun kann, um dir damit zu helfen, mache ich sofort. Das verspreche ich dir«, sagt Celeste.

»Sag das nicht.«

»Ich meine es aber ernst.«

Die Matratze bewegt sich, als Eva sich auf den Rücken dreht.

Komm wieder zurück, denkt Celeste. Sie hat Eva vermisst, okay? Ihre Stimme und ihr Lachen und ihren Körper, der neben oder auf ihrem liegt. Sie hat es vermisst, dass Eva noch an sie gekuschelt ist, oder zumindest nur wenige Zentimeter von ihr entfernt liegt, wenn sie nachts aufwacht. Dass ihr Haar Celestes Nase kitzelt. Ihren leisen Atem, das Auf und Ab ihres Brustkorbs, ihre Wärme.

»Wir sollten vermutlich schlafen«, bemerkt Eva.

»Ja. Ich habe einen Wecker gestellt, als du in der Dusche warst.«

Celeste streckt fast den Arm nach ihr aus. Sie denkt darüber nach; denkt darüber nach, unter der Bettdecke nach Evas Hand zu tasten und sie in ihre zu nehmen. Oder ihr über die Schulter zu streichen. Irgendeine kleine Berührung, intim, aber nicht unbedingt romantisch.

Stattdessen sagt sie nur: »Gute Nacht.«

Eva murmelt auch ein »Gute Nacht« und dreht sich dann mit dem Rücken zu Celeste.

So sollte es auch sein, aber es fühlt sich trotzdem unnatürlich an, so weit von Eva entfernt zu schlafen. Selbst, wenn sie sich gestritten hatten, schliefen sie nah beieinander. Selbst, wenn sie sauer aufeinander wahren, berührten sie sich. Das war ihre Art, zu sagen: *Ich bin trotzdem noch hier. Wir schaffen das zusammen.*

Es ist schmerzhafter, Eva zu vermissen, wenn sie so nah bei Celeste ist. Die Distanz zwischen ihnen ist viel greifbarer, als wenn Celeste auf der Bühne steht und so tut, als singe sie nicht von Eva, obwohl sie das definitiv tut.

Ihr Instinkt ist es, Eva an sich zu ziehen, aber das kann sie nicht. Sie ist es mittlerweile gewöhnt, allein zu schlafen, aber heute Nacht ist es anders, weil sie eben nicht allein ist. Eva liegt direkt neben ihr. *Im gleichen Bett*, weil … Gina vermutlich extra schnell schlafen gegangen ist, damit Eva nicht mit ihr tauschen konnte, und Celeste voll darauf reingefallen ist.

Ich vermisse dich, denkt sie in Richtung von Evas Rücken.

Sie schließt die Augen.

Mai 2021
Gina

»Ich bin froh, dass wir uns unterhalten können, jetzt, wo du mit dem Film fertig bist«, sagt Kayla. »Sicher, dass wir nicht irgendwo was essen wollen? Ich kann meiner Assistentin sagen, dass sie uns einen Tisch reservieren soll.«

»Du kennst mich doch«, antwortet Gina. Sie lächelt verhalten, bloß nicht überzogen. »Ich bleibe lieber beim Business.«

»Das ist die Gina Wright, die ich kenne und liebe«, sagt Kayla und hält die Tür zu einem kleinen Konferenzraum auf.

Als Gina sich hinsetzt und ihre schwarze Ledermappe herausholt, fragt Kayla: »Tee? Kaffee? Meine Assistentin sollte dich eigentlich …«

»Sie hat mich gefragt«, kommt Gina ihr zuvor. »Ich brauche nichts, danke.«

»Alles klar, dann können wir ja loslegen. Wir haben schließlich beide viel zu tun.« Kayla hält kurz inne und wartet darauf, dass Gina ihr zustimmt. Als Gina weiter schweigt, fährt sie fort: »Obwohl du noch mehr zu tun haben könntest, wenn du wolltest.«

Jetzt kommen wir zum Wesentlichen, denkt Gina.

»Du hast jedes Drehbuch abgelehnt, dass ich dir in den letzten drei Monaten geschickt habe«, sagt Kayla.

»Ja«, stimmt Gina ihr zu.

»Man kann auch *zu* wählerisch sein, besonders, wenn man wie du am Anfang seiner Karriere steht. Irgendetwas musst du dir aussuchen. Oder wieder zu mehr Vorsprechterminen gehen.« Gina erkennt genau, dass Kayla versucht, die Ermahnungen mit Nachsicht zu untermauern, aber weder das eine noch das andere klingt ehrlich.

»Es hat sich einfach nichts richtig angefühlt«, sagt Gina.

»In dieser Branche kannst du es dir nicht leisten, auf das eine perfekte Projekt zu warten, das all deine Wünsche erfüllt. Du musst die Casting Directors davon überzeugen, dass du all *ihre* Wünsche erfüllst. Dafür musst du arbeiten.« Kaylas Gesichtsausdruck wird ein wenig weicher. »Du weißt, dass du dafür arbeiten musst.«

Gina hat ihre gesamte Teenagerzeit damit zugebracht, die Kaylas dieser Welt davon zu überzeugen, dass sie für ihre Ziele arbeiten kann. Wenigstens das hat sie bis jetzt immer geschafft.

»Die Rollen waren einfach nicht richtig für mich«, sagt Gina.

»Du siehst müde aus. Ich weiß, dass du gerade erst mit den Dreharbeiten fertig bist, aber wir müssen diese Gelegenheiten beim Schopf packen. Du kannst dir Urlaub nehmen, wenn du dir ein paar Callbacks gesichert hast.«

Die einfache Antwort liegt Gina schon auf der Zunge: *Ich nehme keinen Urlaub, bis ich nicht ein paar Verträge unterschrieben habe.*

Aber Gina ist an der einfachen Antwort nicht mehr interessiert. Schon seit sie dreizehn ist, seit fast fünf Jahren, ist ihr Leben bis auf die letzte Sekunde und zwei Jahre im Voraus durchgeplant. Was ist, wenn sie eines Tages aufwacht und sich nicht mehr an die Entscheidungen erinnert, die sie an diesen Punkt gebracht haben?

»Hoffentlich sehe ich nicht unprofessionell aus«, sagt Gina. »Ich war … glaube ich … noch nie ohne Make-up hier. Aber nach dem ganzen Make-up am Dreh muss ich meine Haut mal atmen lassen.«

Gina hätte für dieses Meeting fast einen Anzug angezogen, aber entschied sich in der letzten Sekunde für einen glatten, knielangen Rock und eine Seidenbluse. Sie weiß, dass draußen die Paparazzi auf sie warten, und dass die Limited-Edition-Heels, die sie trägt, vermutlich noch diese Woche ausverkauft sein werden.

»Du siehst immer genau so aus, wie du aussehen willst«, antwortet Kayla, etwas vorsichtiger als zuvor. »Aber lass uns über diese Rollen reden. Noch nicht einmal *Bayahibe Rose* wolltest du? Du hast einen Film bei einem großen Studio gedreht, der dir eine Oscar-Nominierung eingebracht hat, und dein erster Indie-Film kommt im Winter raus …«

»Ich habe Sorgen darum, dass es eine Fortsetzung geben könnte«, sagt Gina.

»Sorgen! Ich wollte gerade sagen, dass jetzt die beste

Zeit wäre, um in eine Filmreihe einzusteigen. Das erste Buch hat diesen einen Preis gewonnen, das zweite stand wochenlang auf der Bestsellerliste … Immerhin sind es keine Superheldenfilme – wenn du alles richtig machst, kannst du immer noch für Preise nominiert werden – und die Dreharbeiten finden in Jamaica statt.«

»In der Dominikanischen Republik.«

»Okay, dann eben in der Dominikanischen Republik.« Kayla verdreht die Augen. »Schön zu hören, dass du ein bisschen Recherche betrieben hast. Und das hört sich für dich nicht perfekt an?«

Das Ding ist, dass *Bayahibe Rose* eben wirklich perfekt für sie ist. Perfekt für Gina, wenn sie weiterhin perfekt sein will. Und zum ersten Mal in ihrem Leben findet sie die Vorstellung … schrecklich.

»Der Dreh wird Monate dauern, und wenn der Film gut läuft, kommt noch ein zweiter oder dritter Dreh dazu«, erklärt Gina. »Dazu kann ich mich gerade nicht verpflichten.«

»Bist du schwanger?«

Nur das jahrelange Medientraining hindert Gina daran, Kayla entgeistert anzustarren. »Nein.«

»Dann verstehe ich nicht, was das Problem ist. Du hattest doch nie Schwierigkeiten damit, dich zu Sachen zu verpflichten«, sagt Kayla.

Gina legt den Kopf schief. »Aber genau so bin ich doch erst so weit gekommen. Weil ich mich geweigert habe, drei Jahre lang das Gleiche weiterzumachen.«

Kayla wirft die Hände in die Luft und lässt sie schwer auf dem Konferenztisch landen. »Ja, so bist du so weit gekommen. Du wolltest das. Du saßt da drüben« – Kayla zeigt auf einen Stuhl am anderen Ende des Tisches – »und hast mir erzählt, wie die Dinge jetzt zu laufen haben. Dir wurde gerade die *perfekte* Rolle angeboten. Solche Rollen bekommen andere Leute jahrelang, *jahrzehntelang* nicht.«

Bayahibe Rose gehört ihr, wenn sie ihn will.

Gina *wollte* schon immer.

»Ich kann im Moment einfach nicht in so einem Zeitplan gefangen sein«, sagt sie.

»Gib mir einen Grund. Hilf mir ein bisschen. Vor zwei Jahren saßt du vor mir und sagtest mir, du wollest Schauspielerin werden. Du kannst keine Schauspielerin sein, wenn du nicht schauspielerst. Nicht einmal, wenn du Gina Wright bist.« Kaylas Mund ist zu einem dünnen Strich geworden.

Das *weiß* Gina doch.

»Zeig mir, was in deiner Mappe ist. Du bist doch diejenige, die immer eine Antwort parat hat.« Kayla lacht gezwungen. »Du kommst hierher und weißt schon genau, was der Ausgang des Meetings sein soll. Sag mir einfach, was du willst.«

»Ich weiß es nicht.« Das ist nur halb gelogen.

Was sie *will?* Sie will mehr als eine Woche Zeit haben, um sich zu entscheiden, was genau sie überhaupt machen will. Was sie wirklich erreichen will. Sie liebt Filme. Sie liebt Musik. Aber es fühlt sich aus irgendeinem Grund nicht mehr wie eine richtige Entscheidung an.

»So ein Quatsch. Dafür kenne ich dich zu gut«, sagt Kayla.

»Die Leute, deren Karrieren meine Inspiration sind, machen nicht nur Filme oder Musik. Sie machen beides.«

»Aber jeder hat eine Hauptkarriere. Soll deine Film

oder Musik sein? Wenn es Musik ist, wäre es gut gewesen, wenn du mir das vor zwei Jahren gesagt hättest«, bemerkt Kayla.

Ich weiß es nicht, hätte Gina am liebsten geschrien.

Was macht man, wenn man es einfach nicht *weiß?* Sie hat sich selbst so lange vorgemacht, dass sie sich sicher sei. Sie hat jede Erwartung übertroffen, und jetzt rennt sie mittlerweile so schnell, dass sie sich selbst nicht mehr einholen kann.

»Geht es um ein Soloalbum, jetzt, wo du der Welt gezeigt hast, wer du bist, ohne, dass die anderen dich zurückhalten?«

»Sie haben mich nie zurückgehalten.« Gina faucht die Worte nicht; ihre Stimme klingt sachlich und sicher.

»Das ist nicht das, was du mir damals erzählt hast.«

»Das hast *du* mir damals erzählt«, sagt Gina.

»Es ist 2021. Hab keine Angst vor deinem eigenen Ehrgeiz.«

»Das habe ich nicht.«

»Du willst diese unglaubliche, perfekte Serie aufgeben … um was zu machen?« Kayla zieht die Augenbrauen hoch.

»Ich will meine Energie darauf verwenden, etwas anderes zu machen – *alles* andere«, sagt Gina.

Darauf, eine Person zu sein, statt nur ein Wunderkind, denkt sie für sich.

Sie hofft, dass ein Teil davon ist, Freundschaften wiederzubeleben, die aus mehr als Instagram-Likes bestehen. Gina könnte Kayla nie wieder Celeste, Eva und Steph anvertrauen.

»*Bayahibe Rose* wird nicht auf dich warten. Sie brauchen

jemanden für die Hauptrolle. Spar dir deinen Selbstfindungstrip für die Vorproduktion auf.«

»Sie finden schon jemand anderen. Wenn ihnen keine anderen Schwarzen Schauspielerinnen einfallen, kann ich ihnen eine Liste schicken«, stichelt Gina.

»Hör mal, Gina. Kann ich ehrlich zu dir sein?« Diesmal wartet Kayla nicht auf eine Antwort. »Diese Branche wird nicht darauf warten, dass du von deinem hohen Ross herabsteigst. Wenn du heute hier rausgehst, ohne ein neues Projekt am Horizont …«

»Vielleicht verlängert Netflix ja die Serie.«

Kayla winkt ab. »Wenn du keine Rolle annimmst, fragt dich irgendwann auch niemand mehr. Du hast gerade selbst gesagt, dass es noch andere Schauspielerinnen gibt. In der Branche geht es auch ohne dich weiter.«

»Ich weiß, dass Hollywood nicht auf mich wartet«, sagt Gina. »Ich weiß, dass eine Filmkarriere nicht einfach von allein passiert. Aber ich habe auch Vertrauen in mich selbst, dass ich es später auch noch hinbekomme. Ich habe noch Zeit.«

»Du wirst aber nicht für immer achtzehn bleiben. Du hast eben keine Zeit, nicht in der Filmbranche.«

»Ich bin Gina Wright. Ich nehme mir die Zeit.«

»Das, was du gerade gesagt hast? Das ist eine süße Idee, bis sie eben nicht mehr süß ist. Ich bewundere dich, wirklich. Du hast Selbstvertrauen, du bist wortgewandt …«

Ich bin hier fertig, denkt Gina plötzlich ohne jeden Zweifel.

»… und meisterst Interviews immer großartig. Aber die Welt tanzt nicht nach deiner Pfeife. Jetzt gerade sieht es zwar so aus, aber das wird nicht lange anhalten, und besonders dann nicht, wenn du ihr den Rücken kehrst.«

Bist du fertig?, denkt Gina. Sie wartet, bis die Stille sich etwas ausgedehnt hat, damit Kayla sie nicht mit einer Fortsetzung ihres Vortrags unterbricht.

»Entweder vertraust du mir, oder nicht«, sagt sie und zuckt mit den Schultern.

»Ich habe dir blind vertraut, bis heute. Wer bist du eigentlich? Denn du bist nicht die Gina Wright, die ich kenne.«

Das … findet Gina eigentlich ganz gut.

»Ich will etwas anderes«, sagt Gina.

»Mehr als *Bayahibe Rose.*«

Ginas Herz zieht sich schmerzhaft zusammen. Warum macht sie das hier überhaupt?

Sie erinnert sich an die Oscars, als sie genau da war, wo sie hinwollte, und sich trotzdem so gefühlt hat, als würde sie ihr eigenes Leben nur von außen beobachten.

»Mehr als *Bayahibe Rose*«, stimmt sie Kayla zu.

»Und das ist was genau …?«

Aber Gina schüttelt nur den Kopf.

Kayla seufzt. »Ich weiß nicht, was ich noch sagen soll.«

»Wenn sich irgendwas ändert, rufe ich dich an.«

»Vielleicht würde ein Urlaub dir wirklich guttun«, sagt Kayla. Ihre gespielte Ermüdung kann ihren Zorn nicht ganz überdecken. »Du hast recht, du hast ja noch zwei andere Projekte am Laufen. Das mit *Bayahibe Rose* wird nichts, aber wir schauen mal, was im Sommer noch so um die Ecke kommt. Verbring ein bisschen Zeit mit deiner Familie, und erinnere dich daran, warum du das hier machst.«

»Das ist ein super Vorschlag, ich glaube, genau das mache ich«, antwortet Gina.

Sie schüttelt Kayla die Hand und verlässt den Konferenzraum.

Im Erdgeschoss verschwindet sie kurz im Bad und trägt Make-up auf: Lippenstift, Mascara, Eyeliner. Nur ganz wenig, für die Kameras.

Als sie aus dem Gebäude tritt, rückt sie ihre Kate-Spade-Handtasche zurecht, lächelt den Fotografen an, und wählt die Nummer ihrer Assistentin.

»Hey, Sofia? Ich will gar nicht bei ihrer Album-Promo stören, aber kannst du rausfinden, wann Celeste im Juni hier ist?«

Gina hat gerade keine Zeit, Drehbücher zu lesen. Sie hat Freundschaften wiederzubeleben. Sie will sich zwar nicht einreden, dass sie die Band wieder zusammenbringen könnte, aber der Plan muss ja irgendwo anfangen, und sie ist die beste Adresse dafür.

Juli 2021
Eva

Als Eva aufwacht, denkt sie für einen schrecklich schönen Moment, dass sie vielleicht in irgendein Paralleluniversum gereist ist, in dem alles noch in Ordnung ist, weil Celeste direkt neben ihr im Bett liegt. Aber dann blinzelt sie und erinnert sich daran, wo sie sind (in Stephs Gästezimmer in Duluth) und wie sie in dieser Situation gelandet sind (Trennung, Sturm, Benefizkonzert). Es gibt also doch nur diese Realität, in der sie auf der Seite liegt und einer noch schlafenden Celeste zugewandt ist, und in der Eva ihr nicht die Haarsträhne aus dem Gesicht streichen kann, auch wenn sie es sich noch so sehnlichst wünscht.

Wach auf und sing mit mir, hätte Eva am liebsten geflüstert und denkt gleichzeitig: *Schlaf weiter, damit du mir nicht wieder das Herz brechen kannst.*

Eva dreht sich um und schaut den Sonnenstrahlen dabei zu, wie sie langsam über den Teppich kriechen, bis Celestes Wecker endlich klingelt. Die Matratze bewegt sich, als Celeste schlaftrunken nach ihrem Handy greift, um den Wecker auszustellen, und sich dann aufsetzt. Eva atmet einmal tief durch, bevor sie es Celeste gleichtut.

»Morgen«, grüßt Celeste mit sanfter, noch schläfriger Stimme. »Hast du gut geschlafen?«

»Ja«, antwortet Eva. »Und du?«

Celeste nickt. »Bist du bereit für heute?«

»Ich glaube schon.« Sie legt den Kopf schief. »Weißt du was? Lass uns Spaß haben.«

Als Antwort grinst Celeste nur.

Eva schreckt zusammen, als es an der Tür klopft, und reißt den Blick widerwillig von Celestes glänzenden Augen und verwuscheltem Haar los.

»Herein«, ruft Celeste.

Zu Evas Überraschung schiebt sich Meghan ins Zimmer, eingewickelt in einen fluffigen Bademantel.

»Kann ich eure Dusche benutzen?«, fragt sie. »Ich weiß, dass ihr gleich zur Probe losmüsst, aber Mari hatte beim Frühstück einen kleinen Wutanfall. Ich will mir nur schnell die Haferflocken aus den Haaren waschen, und Steph ist gerade in meinem Badezimmer.«

»Ja klar, tu dir keinen Zwang an«, sagt Eva.

Als Meghan die Tür hinter sich schließt, sieht Eva die blassen Klumpen des von Mari wohl verweigerten Frühstücks, die in Meghans Haar hängen.

»Ich beeile mich«, sagt Meghan.

»Nimm dir so viel Zeit, wie du brauchst«, versichert ihr Celeste.

Eva steht aus dem Bett auf und kramt in ihrem Koffer

nach lockeren Klamotten für die Probe. Celeste schweigt, und Eva muss an ihre Diskussion gestern Abend denken. *Genieß es einfach.* Wie sähe das überhaupt aus?

Im Bad geht die Dusche an.

Eva gibt die Suche auf und lässt sich bäuchlings aufs Bett fallen. Ihre Beine baumeln vom Bettende, und sie gestikuliert in Richtung der Kissen, bis Celeste ihr eins zuwirft. Meghan braucht vermutlich noch ein paar Minuten im Bad, und Eva will ihrem Gehirn – und ihrem Herzen – einen Anstoß geben, die Leichtherzigkeit dieses Morgens für den Rest des Tages beizubehalten. Sie will an dieser verkorksten Situation irgendein Gefühl von Frieden oder Glück finden, und das wird nicht passieren, wenn sie nicht selbst damit anfängt.

»Erzähl mir davon«, sagt Eva, bevor sie es sich besser überlegen kann.

»Wovon?« Celeste klingt vorsichtig, und ein bisschen überrascht, dass Eva sie überhaupt angesprochen hat.

»Von deinem Leben. Witzige Geschichten von der Tour. Irgendwas halt.«

»Sicher?«

»Komm schon! Was hab ich verpasst?«

Celeste lacht. »Also, auf meinen Touren werde ich definitiv weniger gebabysittet als auf unseren damals.«

»Aber vermutlich hast du auch weniger Wasserschlachten, oder?«, bemerkt Eva.

»Hey, das war noch nicht mal unsere Schuld. Was haben sie erwartet?«

»Vermutlich nicht vier absolut pitschnasse Teenager, die eigentlich …«

»Willst du mir damit sagen, dass Collegeleute zu erwachsen für Wasserschlachten sind?«

Eva wirft ihr Kissen nach Celeste, die es auffängt und an die Brust drückt. »Meins.«

»Heyyy!«

»Die gehören jetzt alle mir!« Celeste lässt sich zur Seite fallen und umschließt so viele Kissen mit Armen und Beinen wie möglich.

Eva krabbelt auf das Kopfende zu und wirft sich auf Celeste, in dem Versuch, ihr ein Kissen zu entwenden. Celeste kreischt auf und drückt die Kissen fester an sich, während Eva an ihnen zerrt – bis sie mit einem letzten Ruck beide vom Bett rollen und auf dem Boden landen.

»Autsch«, keucht Eva und bricht in Gelächter aus.

Celeste liegt halb auf ihr; ihr Fall wurde von den Kissen und Eva abgefedert.

»Okay«, prustet Celeste. »Ich kann auch teilen.«

»Oh, du kannst teilen. Wie edelmütig von dir.«

»Du und deine altmodischen Begriffe.« Celeste lächelt Eva an, ganz träge und offen, so als müssten sie sich gar nicht vom Boden aufrappeln, als hätten sie alle Zeit der Welt, sich in diesem Zimmer zu verstecken und sich gegenseitig anzugrinsen.

Reiß dich zusammen, denkt Eva plötzlich. Freundlich zu sein und ihre Zeit zusammen zu genießen, heißt nicht, dass sie alte Gewohnheiten wieder aufgreifen sollte.

»So oder so«, fängt Eva an. Sie will die Stimmung nicht verderben, aber ein bisschen Distanz muss sie zwischen ihnen aufbauen. »Du hast die ganzen Kissen geklaut.«

»Darüber hättest du nachdenken sollen, bevor du eins nach mir geworfen hast«, grinst Celeste.

Eva zuckt mit den Schultern.

Celeste legt den Kopf auf die Arme. »Stephs Grandma denkt, dass wir in einer klassischen Teenager-Komödie stecken, in der wir in einem Bett schlafen und morgens eine Kissenschlacht veranstalten, und Gina und Steph machen sich vermutlich Sorgen, dass wir uns gegenseitig umbringen.«

»Und in Wirklichkeit ist es eine Mischung aus beidem«, antwortet Eva.

»Ja«, sagt Celeste und rollt sich endlich von Eva herunter. »Eine Mischung aus beidem.«

Eva erlaubt es sich noch einen Moment lang, Celeste anzusehen – die Haare, die ihr ins Gesicht gefallen sind, ihr verrutschtes T-Shirt – bevor sie aufsteht.

Die Badezimmertür geht auf und Meghan tritt ins Zimmer, ihr Haar in ein Handtuch gewickelt.

»Bad ist frei!«, sagt sie.

»Du kannst zuerst«, bedeutet Celeste Eva.

Eva zögert keine Sekunde, bevor sie die Tür zwischen ihnen schließt.

Januar 2021
Eva

Natürlich war es nicht ihr Lebensziel, nach ihrer morgendlichen Vorlesung im Treppenhaus eines Collegegebäudes einen Zusammenbruch zu haben. Sie weint normalerweise nicht auf dem Campus. Auch nicht, als während des Herbstsemesters ständig Mädchen (und auch einige Jungs) zu ihr kamen, um ihr zu sagen, wie sehr sie MO mochten, und sie auf Partys einzuladen. Auch nicht, als einer der LGBTQ-Clubs sie bat, einen Vortrag über Homophobie in der Entertainment-Industrie zu halten, und sie natürlich nicht darüber sprechen konnte, wie schön und komplex es war, mit ihrer (ehemaligen) Bandkollegin zusammen gewesen zu sein.

Aber genau wie es in den letzten vierzehn Monaten immer wieder passiert ist, ist Eva trotzdem hier. Aber im Unterschied zu den letzten vierzehn Monaten weint sie gerade nicht, weil sie traurig ist.

Mit einem Knall öffnet sich die Tür auf dem oberen Treppenabsatz, und bevor Eva sich wegdrehen und so tun kann, als krame sie in ihrer Tasche herum, steht eine Klassenkameradin aus ihrem Kurs zur Umweltwissenschaft vor ihr. Eva hat sie schon ein paarmal gesehen: ein weißes Mädchen mit blondem Haar, das sie immer in einem unordentlichen Dutt trägt.

Das Mädchen hält inne und beäugt Evas tränenüberströmtes Gesicht und blickt dann zur Treppe, während hinter ihr die Tür zufällt.

Bevor Eva mehr tun kann, als ihr Kinn anzuheben, sagt das Mädchen: »Meeresversauerung. Eine echte Tragödie. Sie hätten an den Ausgängen Taschentücher verteilen sollen.«

Überrascht muss Eva kichern.

Das Mädchen legt den Kopf schief, wobei mehrere Haarsträhnen auf ihr buntes T-Shirt fallen. »Alles okay bei dir? Soll ich mich für dich an irgendeinem Professor rächen, oder vielleicht ein paar Kommilitonen zusammenschlagen …?«

Eva ist sich ziemlich sicher, dass sie noch nie mit diesem Mädchen gesprochen hat (L-irgendwas heißt sie. Lisa? Louisa?). Aus irgendeinem Grund ist sie sich genauso sicher, dass das Angebot ernst gemeint ist, und nicht ein Versuch ist, eine Story für Social Media zu generieren.

»Nein«, antwortet Eva. »Es ist nur, ähm …« Sie hält ihr Handy hoch. »Eine meiner Englischprofessorinnen hat uns gerade die Noten für unseren ersten Essay geschickt.«

»Ich dachte, ich soll mich an *keinen* Professoren …«

»Ich hab eine Eins bekommen«, sagt Eva.

Ihre erste Eins im College. Und abgesehen von der Note fühlt sich das Feedback ihrer Professorin an … wie eine richtig gute Albumrezension von einer Musikkritikerin, die sonst nie gute Rezensionen schreibt. Ein richtiger Adrenalinschub.

Dasselbe Gefühl, dass sie schon seit ihrem ersten Tag am College im September versucht, beiseitezuschieben.

Sie hat zwar noch nicht herausgefunden, wie man normale Freunde findet oder wie man seine alte Band nicht mehr vermisst, aber aus irgendeinem Grund … hält ihre Englischprofessorin sie nicht für eine flatterhafte Popstar-Prinzessin oder für jemanden, der nur für die Publicity aufs College geht. Eva wird hier ernst genommen, und die Eins ist der Beweis dafür, dass sie hierhergehört.

Hier, im leeren Treppenhaus, hat Eva plötzlich genug davon, sich selbst ihre Collegeerfahrung zu versauen, nur, weil sie nicht genauso ist, wie sie sie sich immer vorgestellt hat. Das hier ist nicht nur ein billiger Ersatz für die Band. Das Gewicht vom ständigen »hätte-sollte-könnte« ist auf einmal von ihr abgefallen und die Treppe heruntergekullert. Das Gefühl, das da gerade in ihr hochsteigt?

Erleichterung.

Freude, die sie sich zu lange verwehrt hat.

»Na dann«, sagt das Mädchen. »Herzlichen Glückwunsch.«

»Danke«, antwortet Eva. Sie wischt sich mit dem Handrücken die Tränen vom Gesicht und wartet darauf, dass das Mädchen geht.

»Wir sind zusammen im Laborkurs, oder?«

»Donnerstags, genau«, sagt Eva. Der Name des Mädchens ist ihr immer noch nicht eingefallen. Laine? Lynn?

L-irgendwas mustert sie immer noch kritisch. »Wir müssen uns diese Woche unsere Laborpartner aussuchen. Hast du schon einen?«

»Nein.«

»Wie wärs … wenn wir Partnerinnen wären?«

»Meinst du das ernst?«

»Nein, ich fände es totaaal schlimm, eine Partnerin zu haben, die immer die Hausaufgaben macht.«

»Ich habe in der Schule … keine einzige Wissenschaft belegt.«

»Na und?«

»Nur, damit du weißt, worauf du dich einlässt.«

»Ich arbeite viel, und ich habe keine Zeit, jemanden an der Hand zu halten, der in der Vorlesung nicht aufpasst. Nur, damit du weißt, worauf du dich einlässt.« Sie stützt die Hände auf die Hüften.

Eva grinst. »Okay. Partnerinnen?«

»Deal.« L-irgendwas hält ihr die Hand hin. »Ich bin übrigens Lydia.«

»Eva.«

»Echt jetzt? Das wusste ich ja gar nicht«, sagt Lydia. »Ich muss jetzt los, aber falls ich irgendeine Vertraulichkeitsvereinbarung unterschreiben soll, schreib mir einfach eine E-Mail, die steht auf der Kursliste.«

Nein, das musst du nicht, hätte Eva gerne gesagt, aber sie ist schließlich eine zweimalige Grammy-Gewinnerin und die Tochter eines Anwalts. »Danke.«

Lydia rückt ihren Rucksack zurecht. »Es war nett, dich

kennenzulernen, komplett unbekannte Eva, über die ich noch nie totalen Stuss im Internet gelesen habe.«

»Klingt ziemlich zutreffend«, lacht Eva. »Dann bis Donnerstag?«

»Das hoffe ich doch! Nicht, dass ich mir am Ende eine Schwänzerin ausgesucht habe«, antwortet Lydia und hüpft an Eva vorbei auf die Treppe.

»Tschüss!«, ruft Eva.

Doch statt die Treppe hinunter zum Ausgang zu gehen, lehnt sie sich wieder an die von Postern bedeckte Wand, um sich noch einen Augenblick zu sammeln. Nicht, weil sie noch weint, sondern weil sie vielleicht gerade ihre erste Collegefreundschaft geschlossen hat – ihre erste Freundschaft an dem Ort, an den sie geflohen ist, nachdem sie … alles verloren hat, von dem sie dachte, dass es ihr für immer erhalten bliebe.

Genau wie die Erleichterung, die sie vorhin verspürt hat, ist das ein ziemlich gutes Gefühl.

Endlich.

Juli 2021
Eva

Unten sitzen Gina, Steph, und Grandma Marit um den Küchentisch und trinken Tee und Kaffee.

»Habt ihr gut geschlafen, Mädels?«, fragt Grandma Marit. Ihr Ton ist höflich, aber Eva läuft trotzdem rot an und wird noch röter, als sie Ginas Blick bemerkt.

Gina zieht nur die Augenbrauen hoch, was Eva zum Kichern bringt. Instinktiv versteckt sie ihr Gesicht an Celestes Schulter, und Celeste zieht sie an sich.

»Sehr gut, danke«, antwortet Celeste.

Eva windet sich aus Celestes Umarmung, ernüchtert von ihrer beiläufigen Intimität. Offenbar brauchen sie beide ein wenig Übung darin, freundlich zueinander zu sein, ohne wieder ins Flirten abzurutschen.

»Die anderen treffen uns in einer Stunde in einem Studio in der Stadt«, sagt Steph.

Eva nickt. Sie kennt diesen Rhythmus, obwohl die Proben diesmal fast aufs Unmögliche beschleunigt werden müssen. Ein ganzes Konzert in einer Woche vorzubereiten – das hätte absurd geklungen, selbst, als sie auf ihrem Höhepunkt und stimmmäßig in Höchstform waren – aber ohne Choreografie sollten sie es hinbekommen, zumindest, ohne sich komplett zu blamieren.

Wir können nur hoffen, denkt sie, als Steph ihr Rührei auf den Teller häuft.

Nach dem Frühstück bietet Steph an, sie in deren Auto zur Probe zu fahren.

»Ich sitz vorne«, ruft Gina, die Hand bereits am Griff der Vordertür von Stephs Prius.

Während Steph fährt, konzentriert sich Eva darauf, aus dem Fenster zu schauen statt zu Celeste. In den meisten Gärten sind die kleineren Äste und Zweige mittlerweile beseitigt, aber größere Äste – und hier und da ganze Bäume – müssen noch zersägt und weggebracht werden. Eine blaue Plane bedeckt Teile des Dachs an einem Haus, und bei einem anderen fehlen mehrere Fensterscheiben.

Deswegen sind wir hier, erinnert Eva sich.

Trotz ihrer langen Abwesenheit und ihrem viel zu großen Haus in L.A. wird Duluth immer ihr *Zuhause* sein. Und ihr Zuhause braucht jetzt gerade Hilfe.

Steph weicht einem abgesperrten Erdloch aus, und Evas Magen fällt in eine ebenso tiefe Grube. Am liebsten hätte sie das Loch mit bloßen Händen gefüllt und jedes einzelne Haus eigenhändig repariert.

»Wenn wir nicht schon spät dran wären, würde ich euch die am schlimmsten betroffenen Häuser zeigen«, bricht Steph das Schweigen im Auto. »Das können wir heute Abend auf dem Heimweg machen.«

»Danke. Das wäre gut«, sagt Gina.

In Eva steigt plötzlich ein starker Beschützerinstinkt auf, den sie bisher nur für die anderen gefühlt hat, und das auch schon seit der Trennung nicht mehr. Ein Sturm ist kein homophober Journalist, kein Manager, der seine Augen nicht bei sich behalten kann, und auch keine Tour, die so anstrengend ist, dass auch Kaffee nicht hilft. Aber das ändert nichts an ihrem Gefühl, dass *nichts* Duluth sowas antun können sollte.

Aber es ist passiert, erinnert sie sich. *Und deswegen müssen wir singen.*

Sie kommen an dem Gebäude an, in dem sie in ein paar Minuten proben werden. Gina holt ihren Bass aus dem Kofferraum; Celestes Gitarren wurden bestimmt schon von ihrem Team bereitgestellt.

Der Probenraum ist ein großes Tanzstudio, auf dessen Boden die Abmessungen der Bühne mit rotem Klebeband markiert sind. In der Ecke steht ein Schlagzeug für Steph. Der Raum ist voll und geschäftig wie ein Ameisenhaufen. Eva erkennt Alicia, eine ihrer Stimmtrainerinnen von ihrer zweiten und dritten Tour. Sie sieht sich nach Celestes Tourmanagerin um, bevor sie sich erinnert, dass sie von L. A. aus mit der Organisation hilft, während sie Celestes nächste Konzerte vorbereitet. Schließlich sieht Eva Pip, die auf sie zukommt.

»Es ist so schön, euch zu sehen«, sagt Pip und umarmt Celeste.

Eva vergisst ständig, dass Celeste ja die ganze Zeit mit Pip zusammengearbeitet hat.

Pip lächelt sie alle an. »Fangen wir an. Aus irgendeinem Grund wurde die Verantwortung mir übertragen« – sie verziehen alle die Gesichter, denn die alleinige Organisation eines Benefizkonzerts gehört definitiv nicht zur Jobbeschreibung einer Publizistin – »also fangen wir mit einer Vorstellungsrunde an, ein paar Updates, was das Konzert angeht, und dann gehen wir direkt zur Probe über. Offenbar sollt ihr alle singen, oder so.«

»Das war mir nicht klar. Bist du sicher?«, witzelt Gina.

Pip dreht sich zum Rest des Teams um und klatscht in die Hände. »Wir haben die nächste Woche über viel Arbeit zu tun, um das hier auf die Beine zu stellen, also bedanke ich mich bei euch allen für die Arbeit, die ihr bisher geleistet habt … und erinnere euch daran, dass wir auch so weiterarbeiten müssen, bis das Konzert steht. Aber unsere Band ist jetzt hier, also freue ich mich, euch erneut Moonlight Overthrow vorzustellen.«

Juli 2021
Eva

»Warum habe ich nochmal angeboten, zu fahren?«, fragt Steph, als dey vom Parkplatz fährt.

Die sommerliche Sonne ist noch nicht ganz untergegangen, und die vom Sturm beschädigten Gebäude werfen lange Schatten, die die Schlaglöcher auf der Straße betonen. Eva lässt den Kopf an die Kopflehne fallen und nimmt einen Schluck aus ihrer Wasserflasche.

»Weil du super liebenswürdig und überhaupt keine Diva bist, und deswegen nicht wolltest, dass jemand anderes uns fährt«, antwortet Celeste.

Eva versucht, nicht an die Mittagspause zwischen den Proben zu denken: Celeste nahm Pip für ein Gespräch unter vier Augen zur Seite, und Eva hielt den Blick krampfhaft auf Steph und die Schlagzeugstöcke gerichtet, die dey zwischen deren Fingern herumwirbeln ließ, statt darüber nachzudenken, ob Celeste sich gerade über sie alle beschwerte oder nur eins der unendlichen, viel wichtigeren Dinge mit Pip besprach, die sie diese Woche hat ausfallen lassen.

»Ich finde, wir sollten morgen alle Divas sein«, sagt Steph. »Nur bei dieser einen Sache.«

»Was macht Matt gerade so?«, fragt Gina. Sie lässt den Kopf zu einer Seite fallen und rollt ihn dann zur anderen. »Vielleicht könnte er uns fahren, wenn du niemand anderen fragen willst. Wir sollten vermutlich kein Taxi zur Probe nehmen.«

Im Moment ist keine einzige persönliche Assistenzkraft anwesend, und Celeste hat nicht einmal ihre Security-Leute mitgebracht. Es ist wirklich wieder wie zu ihrer Schulzeit.

»Ich frage ihn, wenn wir zu Hause sind«, sagt Steph und biegt auf eine andere Straße ab.

Das hier ist nicht der Weg zu Stephs Haus. Eva setzt sich auf.

»Ihr wolltet es sehen«, sagt Steph.

Ein Kloß setzt sich in Evas Kehle fest, als sie aus dem Fenster blickt. Der Großteil der Straße ist freigeräumt, aber vor ein paar Häusern liegt noch Glas auf dem Boden. Zwei Hochhäuser mit Wohnungen, die schon Teil der Stadt waren, seit Eva denken kann, sind komplett ausgebrannt. Aus den Nachrichten weiß Eva, dass die Menschen, die hier gewohnt haben, nicht die einzigen sind, die ihr Zuhause verloren haben; und selbst, wenn es so wäre, bräuchte die Stadt das Konzert trotzdem dringend.

Steph fährt weiter, vorbei an zwei großen, stark beschädigten Bürogebäuden, und dann am Hafen entlang, an dem vom Wind und Hagel gebeutelte Schiffe auf Reparaturen warten. Dey kehrt um, und auf der Parallelstraße fahren sie an dem Kino vorbei, in dem Eva mit Gina und einem anderen Mädchen aus ihrer Klasse *Star Wars: Das Erwachen der Macht* gesehen hat, ihr erster Film ohne elterliche Begleitung. Als Nächstes fahren sie an der Messehalle vorbei; der Parkplatz ist voll, aber Eva ist sich nicht sicher, wie viele Menschen zum Helfen hier sind, und wie viele, weil sie Hilfe brauchen.

Sie kommen am Playfront Park vorbei, in dem normalerweise immer Kindergeburtstagspartys und Spielgruppen stattfinden, und dann – ein Feld, das immer noch unter Wasser steht, gespickt von abgebrochenen Ästen und anderem Schutt.

»Stopp«, ruft Eva. »Steph, kannst du … fahr hier ran.«

Steph fährt auf einen anderen Parkplatz. Sobald das Auto zum Stehen kommt, stolpert Eva hinaus, gefolgt von den anderen. Auf einer Seite des Felds ist eine kleine Bühne aufgebaut, deren Dach von vier Pfeilern aus Beton und rostrotem Metall gehalten wird.

»Unser erstes Konzert als Headliner«, sagt Celeste leise.

In der untersten Schublade ihres Schreibtischs hat Eva ein Fotoalbum, das ihre Mutter von MOs erstem Jahr zusammengestellt hat. Das Konzert, das sie damals im Bayfront Festival Park gaben, hatte ihnen eine Schlagzeile in der *Duluth News Tribune* eingebracht.

»Ich war so nervös«, erinnert sich Steph. »Meine Sticks sind mir mindestens fünfmal fast runtergefallen.«

»In dem Konzert habe ich zwischen den Songs so viel gelabert. Ich dachte, wir wüssten genau, wie alles läuft, als wir noch Vorband waren, aber als wir dann hier waren und es *unser* Konzert war …« Gina lacht ein bisschen

»Es ist einfach anders, wenn man zu Hause spielt«, stimmt Eva zu.

Der Großteil des Konzerts verschwimmt in ihrer Erinnerung in einem Nebel aus Adrenalin, aber sie weiß noch, wie sie immer wieder nach rechts zur Aerial Lift Bridge geschaut hat, eine Art Polarstern, an dem sie sich orientieren konnte. Die Brise, die vom Hafenbecken hinter ihnen wehte, kühlte ihre schwitzigen Hände und flüsterte ihre eigene Melodie in Evas Ohren.

Du hast keine Ahnung, was noch alles auf dich zukommt, denkt Eva, als ob ihr jüngeres Ich noch auf derselben Bühne stünde, mit dem Mikrofon in der Hand und so vielen Träumen, die sich alle zu erfüllen schienen.

»Es ist … komisch, dass das nur vier Jahre her ist, oder?«, sagt Celeste. »Jetzt sieht es so klein aus, aber damals …«

»Immer noch ein super Ort für ein Konzert«, wirft Steph ein.

»Okay, los gehts«, sagt Gina, und erst denkt Eva, sie wolle sie zurück zum Auto lotsen, aber nein: Gina folgt der sich windenden Anliegerstraße, dem einzigen trockenen Weg zur Bühne.

Eva trottet ihr hinterher.

Der Parkplatz hinter der Bühne ist normalerweise für Transporter – oder Lastwagen, je nachdem, wie viel Equipment die Bands haben – reserviert, aber heute steht er leer. Sie klettern auf die Bühne, Gina immer noch allen voran. Es fühlt sich irgendwie anders an, die Stadt von hier zu sehen, weiter weg und etwas höher gelegen als das Zentrum. Die Lücken in der Silhouette der Stadt fallen mehr auf, und Eva hält sich an diesem Gefühl der Verkehrtheit fest. Sie will nicht vergessen, wie *richtig* aussah, was eigentlich in diese Lücken gehört. Das letzte Mal, als Eva auf dieser Bühne stand, war das Feld mit vertrauten Gesichtern gefüllt: Leute aus ihrer Klasse, Nachbarinnen und Nachbarn, alte Musiklehrkräfte. Wenn man jetzt eine Picknickdecke auf dem Feld ausbreiten würde, wäre sie in Sekunden vom Matsch durchtränkt.

»Ich wünschte, wir könnten hier spielen«, seufzt Gina. Ihr Blick ist auf die Brücke zur Rechten geheftet.

»Unser Nass-Trockensauger ist zwar gut, aber nicht so gut«, witzelt Steph halbherzig.

Eva dreht sich auch zum ruhigen Wasser des Hafenbeckens um. Es fühlt sich komisch an, der Vorderseite der Bühne den Rücken zu kehren, aber hier ist kein Publikum, das sie beeindrucken muss. Sie denkt darüber nach, wie es wohl während des Sturms hier war, als sie gerade am Pazifikstrand lag. Ist das Wasser bis zur Bühne vorgedrungen? Bestimmt nicht – so hoch war der Wasserstand nicht – aber aus irgendeinem Grund lässt sie das Bild von der Bühne, die im See verschwindet, nicht los.

Das, was wirklich passiert ist, ist schon schlimm genug, ermahnt sie sich.

Eva dreht sich wieder zum Feld und dem Ausblick auf die Stadt um.

Hier sollte es voll sein, sagt sie still dem leeren Feld. *Hier sollten Gebäude stehen*, den ausgebrannten Lücken.

Sie hätte sie gerne heilgesungen, jede Note ein neuer Stein, der gelegt wird. Aber sie weiß, dass es so nicht funktioniert. Singen ist keine Magie, zumindest nicht auf diese Art. Eva hofft, dass die Magie, die sie wirken werden, genug ist.

Zurück im Auto führt Steph die Rundfahrt durch Duluth fort. Dey umrundet Schlaglöcher, die so tief sind, wie Mari groß ist, fährt an Lücken vorbei, wo eigentlich Briefkästen stehen sollten, an Teichen, die vor einer Woche noch Einfahrten, Gärten und Gemüsebeete waren.

Hier habe ich gewohnt, denkt Eva. *Das war mein Zuhause.*

Sie spürt, wie sich die Tränen in ihren Augen sammeln.

Aber sie verdient es nicht, zu weinen. Sie ist wie eine Reporterin, die für die Story kurz vorbeikommt und sich dann sofort wieder auf den Weg macht. Wann war das letzte Mal, dass sie mehr als nur ein paar Tage in Duluth verbracht hat? Wann war das letzte Mal, dass sie überhaupt in Duluth war? Sie hat es verlassen und ist jetzt nur für das Konzert wieder da.

»Hey«, sagt Celeste leise.

Sie legt ihre Hand auf Evas, und Eva beißt sich auf die Lippen, schließt die Augen, und lässt den Kopf gegen das Fenster fallen. Das hier verdient sie auch nicht. Trost. Celeste.

In den letzten paar Minuten der Heimfahrt macht Steph das Radio an. Eva wappnet sich – bestimmt wird es einer ihrer Songs sein, oder einer von Celeste, oder einer, den Eva für jemand anderen geschrieben hat – aber der Song, der spielt, ist ihr komplett unbekannt. Statt zu versuchen, den Refrain auswendig zu lernen, um ihn später nachschauen zu können, lässt sie sich in die Musik sinken, lässt die Hookline sie einfangen und mitziehen.

Juli 2021
Eva

»In der Küche stehen Zutaten für Tacos, wenn ihr soweit seid«, sagt Ms. Miles, als sie durch die Garagentür hereinkommen und ihre Schuhe im Vorzimmer ausziehen.

Es ist so, als wären sie wieder dreizehn, bevor alles passiert ist, als sie nur vier unter tausenden Teenagern waren, die von einem Leben in Hollywood träumten.

Vielleicht, denkt Eva, fühlen sich so normale 19-Jährige: im Sommer vom College nach Hause kommen und bei Freunden aus der Schule abhängen. Essen, das man selbst gekocht hat, oder zumindest jemand, der dafür nichts außer Dankbarkeit erwartet. Aber trotz alldem, wegen alldem, mag Eva ihr Leben als 19-Jährige – und sie vermutet, Celeste auch.

»Danke, Mom«, sagt Steph und führt die anderen in die Küche.

Zwei noch warme Töpfe auf dem Herd sind gefüllt mit Rindfleisch und Huhn. Auf der Kücheninsel stehen ein Dutzend Teller mit jeder Tacozutat und Beilage, die man sich nur wünschen kann: Salsa (nicht zu scharf), geriebener Käse, Sourcream, Coleslaw … Ganz schön viele Milchprodukte, die Celeste nicht mit dem Fleisch essen wird, aber wenigstens mochte sie schon immer Tomaten.

»Das hättet ihr doch nicht für uns machen müssen«, protestiert Celeste.

»Das sieht alles total lecker aus«, sagt Eva.

»Und es *riecht* auch lecker«, fügt Gina hinzu.

Ms. Miles winkt ihre Bedenken beiseite. »Ich bin es gewohnt, für viele Menschen zu kochen. Ich muss kurz nach oben, um mit Meghan ein paar Sachen fürs College zu besprechen, aber ruft einfach, wenn ihr etwas braucht.«

Matt sitzt am Küchentisch und isst abwesend Tortillachips mit Salsa, während er auf sein Handy schaut. Als sie ihre Teller füllen, sieht er zu ihnen hinüber. Eva schöpft Hühnchen auf ihren Tortilla und gibt den Löffel dann an Celeste weiter, die so nah an ihr steht, dass ihre Hüften sich berühren.

»Und?«, fragt Matt. »Wohne ich jetzt mit Popstars zusammen oder nicht?«

»Sieht so aus«, antwortet Steph. »Sorry.«

Matt zuckt die Schultern und steht auf, um seinen Teller abzuräumen.

Eva gibt Steph den Sourcream-Löffel, ohne ihn Celeste anzubieten. Als sie Celestes Lächeln sieht, fragt sie sich kurz, ob sie vielleicht ihre Gewohnheiten geändert hat, aber Celeste schüttelt den Kopf. Eva weiß zwar, dass Celeste weder in der Schule noch in der Band streng koscher gegessen hat, und daher auch keinen zweiten Satz Geschirr oder ein zweites Waschbecken brauchte, aber trotzdem hatte sie für ihre kleine Armee aus persönlichen Assistenzkräften ein kleines Infoblatt für Touren zusammenstellen müssen, auf dem Sachen standen wie: *Wenn wir euch heimlich losschicken, um uns Fast Food zu holen, 1.) sagt es nicht unserer Ernährungsberaterin und 2.) keine Cheeseburger für mich.*

»Du könntest uns aber einen Gefallen tun«, sagt Steph.

»Wer, ich?« Matt schließt die Spülmaschine und richtet sich auf.

»Ja, du«, antwortet Steph. »Hast du Lust, uns zur Probe zu fahren und wieder abzuholen?«

»Äh, warum?« Er stützt die Ellbogen auf die Kücheninsel. »Du kannst doch fahren.«

»Weil die Proben total schlauchen, und wir das Konzert absagen müssen, wenn jemand von uns beim Fahren einschläft«, sagt Steph.

»Du hast Angst, dass du auf dem Heimweg einschläfst? Das sind doch nur zehn Minuten.« Matts Ton ist skeptisch, aber auch ein bisschen beeindruckt.

»Ich bezahle dich auch«, lockt Steph.

Matt richtet sich eifrig auf, was Eva lustig findet, weil er garantiert keine Geldprobleme hat: Steph (oder seine Mutter, oder beide) bezahlen ihm bestimmt seine Spielekonsolen und teuren Sneaker und alles andere, was Eva noch gar nicht gesehen hat. »Echt jetzt? Nicht nur mit Geschichten darüber, wie ich Moonlight Overthrow zu den Proben für ihr Wiedervereinigungskonzert gefahren habe? Die nimmt das Eiscafé nämlich nicht als Bezahlung entgegen.«

»Ja, echt jetzt«, lacht Steph.

»Okay, geht klar. Sag mir dann einfach die Zeit und so«, sagt Matt, als Grandma Marit in die Küche kommt.

»Ihr müsst mir von eurer Probe erzählen«, verkündet sie.

»Sie war super. Wir habens alle noch drauf«, sagt Celeste.

Das ist zwar leicht übertrieben, aber Eva lässt es durchgehen. Grandma Marit muss ja nicht unbedingt wissen, dass Proben kein Zuckerschlecken sind. Besonders nicht diese Probe: Sie sind alle außer Übung, beim Singen, der Atemkontrolle und auch den Texten selbst. Angesichts dessen, wie gut sie mal zusammen waren, ist es frustrierend, aber definitiv nicht aussichtslos.

»Es war … ganz unglaublich, wieder zusammen zu sein und Takt für Takt an dem Konzert zu arbeiten«, sagt Gina.

»Ihr arbeitet bestimmt alle hart«, bemerkt Grandma Marit.

»Wir sollten kurz Social Media checken und dann ins Bett gehen«, schlägt Gina vor.

»Ja, du hast recht.« Celeste steht auf und nimmt ihren Teller in eine Hand und Evas in die andere. »Ich muss noch eben Pip anrufen, aber ich bin gleich bei euch.«

Worüber redet Celeste die ganze Zeit mit Pip?

Vermutlich über ihr Sololeben, das sie eben nicht wirklich auf Eis gelegt hat, um hier zu sein, antwortet Eva sich selbst.

Eine Viertelstunde später sitzen sie alle im Gästezimmer. Gina hat den Bürostuhl beansprucht, Steph liegt am Fußende des Bettes, und Eva und Celeste lehnen an den Kissen am Kopfende.

»Pip hat zwei Instagram-Posts gemacht, einen vom MO-Account und einen vom Konzert-Account«, sagt Gina, während sie auf ihrem Tablet scrollt.

»Dann sollten wir alle mindestens einen davon liken und auch selbst etwas posten«, antwortet Celeste. »Ich habe das Selfie, das wir beim Mittagessen gemacht haben – ist es für alle okay, wenn ich das poste?«

Gemurmelte Zustimmung.

Celeste lehnt sich an Evas Schulter, um ihr einen Tweet zu zeigen, in dem jemand kurze Fics anbietet, wenn Leute mehr als zehn Dollar spenden. Evas Magen macht einen Salto. Vielleicht, weil Celestes Arm an ihren gepresst ist, warm und vertraut, und diese Szene auch auf einer ihrer Touren hätte sein können: sie alle zu viert in einem Raum, Eva und Celeste kuschelnd in der Mitte. Oder vielleicht, weil sie den Usernamen erkennt, nur nicht von Twitter. Vielen derjenigen, die Fics schreiben, folgt sie schon seit Jahren auf Tumblr, schon seit vor der Trennung. Und obwohl sie eigentlich Fics auf ihrer Blacklist hat, sickern Zusammenfassungen davon zu ihr durch.

Wusstest du, dass sie ein AU von Überredung *von Jane Austen mit dir und Gina geschrieben hat*, hätte Eva fast zu Celeste gesagt. Ungebeten folgt ein zweiter Gedanke: *Das sollten eigentlich wir beide sein.*

Nimm das wieder zurück, befiehlt sie sich selbst. Zwischen ihr und Celeste kann nichts passieren. *Wird* nichts passieren, egal, wie nett Celeste bei der Probe oder in der Küche ist. Celeste will sie nicht mehr, und Eva wird sich ihr Herz nicht ein zweites Mal brechen lassen.

Irgendwann legt Gina ihr Tablet beiseite und schaut zu Eva. »Willst du heute Nacht in Stephs Zimmer schlafen?«

»Ja, danke«, antwortet Eva. »Ich hol nur schnell meine Sachen aus dem Bad.«

Während Gina in Stephs Zimmer ihre eigenen Sachen zusammensucht, fragt Celeste: »Und? Hast du Spaß? Hasst du es? Vermisst du deine schlauen Collegefreunde schon?«

Eva hat gestern und heute ein bisschen mit Lydia geschrieben, aber sie weiß nicht so richtig, wie sie klingen soll, jetzt, wo sie nicht nur eine Studentin mit einer verrückten Jugend und einer ungewöhnlichen Nebenbeschäftigung ist. Diese Woche ist sie *die* Schlagzeile, oder zumindest ein Viertel davon. Aber Lydia hat sich nicht aus der Ruhe bringen lassen. Natürlich wird Eva ihr alles erzählen, wenn sie wieder zu Hause ist … sobald sie herausgefunden hat, was das überhaupt ist. Jetzt gerade zählen Duluth und die Proben. Und Celeste, die immer noch auf eine Antwort wartet.

»Super viel Spaß«, sagt Eva.

»Gut«, lächelt Celeste. »Das ist wirklich … ich … gut.«

»Ja«, sagt Eva und hebt ihren Koffer an. »Na dann, gute Nacht?«

»Träum schön.«

Als sie es sich in Stephs Zimmer bequem gemacht hat, loggt Eva sich in ihren geheimen Tumblr-Account ein. Sie haben sich vielleicht um die anderen Fans gekümmert, aber es gibt immer noch jemanden, den sie seit zwei Tagen vernachlässigt. Wie sie vermutet hat, warten ungefähr zwei Dutzend Nachrichten von Kay auf sie. Eva atmet tief durch und bereitet sich darauf vor, celestial-vision zu sein. Was würde ein Fan wohl denken?

Was denkt Eva wohl?

celestial-vision: Erstmal: Es tut mir SO LEID, dass ich deine ganzen Nachrichten verpasst hab. Diese Woche hatte es das echte Leben so richtig in sich, und ich habe es seit ein paar Tagen nicht geschafft, mich einzuloggen

celestial-vision: Aber ich habe auf jeden Fall alles verfolgt (ich hab sogar eine Benachrichtigung von CNN wegen des Konzerts bekommen!)

celestial-vision: Danke für die ganzen Nachrichten <3 <3 <3 So konnte ich wenigstens ein bisschen an der Reaktion teilhaben

Das ist … okay, oder? Es stimmt zumindest alles.

celestial-vision: ABER EGAL

Eva sieht sich im Zimmer um, an die Decke, die Kommode, die offene Badezimmertür. Wenn sie ein Fan wäre … und sie ist ja ein Fan …

celestial-vision: Oh mein Gott. Oh mein GOTT. Ich fühle so viele Dinge, dass ich gar nicht weiß, was ich fühlen soll, außer … oh mein Gott. KNEIF MICH MAL? Passiert das gerade wirklich? Ich kann es echt nicht glauben, bis es wirklich passiert

celestial-vision: Ich war definitiv eine von denen, die richtig geheult haben, als sie es erfahren haben. Vielleicht ist das hier doch nicht das schlimmste Paralleluniversum

celestial-vision: Vermutlich bist du gerade beschäftigt oder du schläfst oder so, aber *slkdfjlksfjs* das hätte ich echt nie erwartet

celestial-vision: Ich weiß nicht, wann ich diese Woche on bin, aber bis der Mond ins Meer stürzt

Eva fragt sich, worüber Gina und Celeste im Gästezimmer wohl reden. Ihre Karrieren nach MO? Stars, mit denen sie beide befreundet sind?

Eva versucht, ihre rasenden Gedanken zu beruhigen.

Morgen ist Probe.

Träum schön.

November 2020
Celeste

Gestern hat Eva ihre zweite Single rausgebracht, also passt es irgendwie, dass Celeste heute Material für ihr nächstes Album schreiben soll. Okay, eigentlich ist es nicht wirklich *Evas* zweite Single. In den Augen aller anderen gehört der Song der Sängerin, aber Eva hat ihn *geschrieben.* Das ist der Unterschied zwischen Record of the Year und Song of the Year bei den Grammys.

Die Sängerin ist Celeste ziemlich egal. Sie hat zwar nichts gegen sie – außer einer nagenden Eifersucht, dass sie einen Song singen darf, den Eva geschrieben hat – aber aus ihrer Sicht gehört der Song nur Eva. Sie überlegt kurz, ob sie einen Glückwunsch tweeten oder ein Instagram-Video machen soll, in dem sie in der Küche zu dem Song tanzt, aber dann würde Pip ihr vermutlich die Kontrolle über ihre Social Media Accounts nehmen. Gott, sie hat es ja verstanden, okay? Sie war ein Arschloch, und jetzt muss sie die Konsequenzen tragen.

Celeste rückt ihre Gitarre zurecht und probiert ein paar Akkorde aus.

Nope.

Sie versucht es nochmal.

Der Akkord verklingt schief in ihrem New Yorker Wohnzimmer.

Eva hat ein kurzes Video davon gepostet, wie sie den Song schrieb – von dem ersten Moment, in dem der Refrain so richtig funktionierte – und sie sah darin so verdammt gut aus. Das Licht, das von einem unbekannten Fenster in den Raum fiel, brachte die roten Untertöne in ihrem dunklen Haar hervor, und sie trug ein T-Shirt mit dem Aufdruck einer Sonnenblume.

Eine Sonne statt einem Mond. Celeste weiß genau, was das heißen soll: fick dich, und fick auch Moonlight Overthrow. Andererseits kann es auch sein, dass es einfach ein T-Shirt ist, das Eva mag. Oder vielleicht mag sie es gar nicht besonders, sondern es war einfach das erste, das sie an dem Morgen im Schrank gefunden hat. Schließlich muss man über sein Outfit nicht so sehr nachdenken, wenn man zu Hause arbeitet und nicht zu Preisverleihungen geht. Celeste sollte vermutlich aufhören, bei so vielen davon anwesend zu sein, damit Eva sich auch mal blicken lassen kann.

Pip hat für die Idee bereits ihr Veto gegeben.

Gott, sie *vermisst* Eva.

Celeste überlegt, ob sie eine Nachricht schreiben soll – nicht in den Gruppenchat, sondern nur an Eva. Irgendwas wie: *Hey, ich sitze hier gerade und versuche, allein einen Song zu schreiben, findest du das auch immer scheiße??? Wie kriegst du das bloß hin???*

Natürlich schreiben auch bei diesem Album wieder andere Menschen an den Songs mit, aber Celeste bereitet die ersten Fassungen gerne selbst vor. Die Vorstellung eines Albums, zu dem sie nur die Texte und keine Melodien beiträgt, hat ihr noch nie gefallen, und bis jetzt hat noch keiner der Tracks, die ihre Produzentin ihr geschickt hat, so richtig geklickt. Und Celeste liebt es, Musikerin zu sein. Sie liebt *Landlocked*, und sie will auch das lieben, was aus diesem nächsten Album wird.

Sie will Eva.

Celeste ruft ihre älteste Schwester an. Normalerweise halten sich spontane Anrufe zwischen ihnen in Grenzen, aber Jenna weiß zum Glück, dass Celestes Terminplan immer voll ist, aber sich auch ständig ändert.

»Hey, Celeste«, grüßt Jenna. »Was ist los?«

»Du und Daniel haben ziemlich jung geheiratet«, platzt Celeste heraus.

»Ähm.« Celeste kann sich gut vorstellen, wie ihre Schwester skeptisch die Augenbrauen hochzieht. Selbst für Celeste war das ganz schön aus dem Nichts. »Ja, schon, verglichen mit dem Durchschnitt bestimmt. Aber das ist nicht gerade eine neue Info.«

»Aber es ist gut, oder? Ich meine …«

Shit, denkt sie. *Was, wenn es* nicht *gut ist.* So oder so muss sie die Antwort wissen.

»Ja, es ist gut. Mehr als gut«, antwortet Jenna. Celeste kann ihr Lächeln geradezu hören. »Wolltest du nur anrufen, um meine Ehe infrage zu stellen, oder gibt es noch was anderes?«

»Ich wollte nur …« Celeste zieht die Knie an die Brust. »Mom und Dad haben auch ziemlich jung geheiratet.«

»Daniel und ich sind nicht unsere Eltern.«

»Aber woher *weißt* du das?«

Jenna seufzt. »Weil Daniel … unsere Beziehung fühlt sich einfach stabil an. Ich muss mich nicht ständig umdrehen, um nachzusehen, ob er noch da ist. Ich bin mir einfach immer sicher. Selbst, wenn wir mal unterschiedlicher Meinung sind, weiß ich, dass wir beide darauf hinarbeiten, dass wir zu einem Einverständnis kommen. Weißt du noch, als ich im Ausland studiert habe?«

»Ja«, sagt Celeste. Jenna war ein Semester lang in Warschau und ein weiteres in Budapest.

»Damals habe ich mir echt Sorgen gemacht, weil ich ein ganzes Jahr weg sein würde, und habe Daniel gefragt, ob er Schluss machen will.«

»Das wusste ich nicht.«

»So war es aber. Und er hat nein gesagt. Das war meine einzige Chance, im Ausland zu studieren. Die wollte ich nicht für uns aufgeben, und er wollte auch nicht, dass ich sie für uns aufgebe. Unsere einzige Regel war, dass wir einmal die Woche reden – nicht nur Nachrichten schreiben –, aber wir durften für den Anruf nichts anderes absagen. Wir hatten schließlich beide unser eigenes Leben.«

Das, denkt Celeste. *Genau das.*

»Aber ich habe ihn auch nicht vergessen. Meine Gefühle sind nicht verflogen, und das hat mir dabei geholfen, herauszufinden, dass ich nicht nur verknallt war. Dass das nicht nur eine Collegebeziehung war, sondern dass sie langfristig sein könnte, wenn wir sie nur ließen.«

Celeste bringt kein Wort heraus.

Ein Jahr ist es her, seit sie mit Eva Schluss gemacht hat. Sie denkt jeden Tag an sie, und nicht nur auf die nostalgische Art, so wie man sich an alte Bekannte erinnert. Sie hat versucht, sauer auf Eva zu sein, weil sie es einfach *nicht verstanden hat*, aber mittlerweile hat sie den Verdacht, dass ihre Wut vielleicht nur ein Weg ist, sich selbst davon zu überzeugen, dass sie recht hatte.

»Und als ich dann wieder da war«, fährt Jenna fort, »war es nicht so, als hätte ich niemals mehr Schmetterlinge im Bauch gehabt, oder als hätten wir nichts Romantisches mehr gemacht. Aber wir haben nicht mehr versucht, uns gegenseitig zu *kriegen*. Wir hatten uns schon, weißt du?«

Ja, ich weiß.

»Es ist einfach anders, es ist … *beständig*. Als wir in unserem letzten Jahr im College waren, hat er mir Tampons geholt, wenn ich meine Tage hatte. Als seiner Mom die Identität gestohlen wurde, habe ich ihm mit den ganzen Formularen geholfen. Das macht man nicht für jemanden, den man nur beim Schulball beeindrucken will. Man muss die andere Person an sein Chaos ranlassen. Und so weiß man es dann irgendwann.«

Eva war schon immer gut im Planen, krisensicher. Aber als das größte Chaos anstand, ließ Celeste sie nicht ran, weil sie endlich einmal selbst einen Plan fassen wollte. Sie wollte sich nicht ihr ganzes Leben komplett auf Eva verlassen. Aber sie gab Eva nie die Chance, Celeste selbst diesen Raum zu lassen – einen Schritt zurückzutreten, ohne sie loszulassen.

Jenna räuspert sich. »Mom und Dad waren nie beständig, zumindest nicht, als wir klein waren. Vielleicht davor, aber daran kann ich mich nicht erinnern.«

»Mom hat immer versucht, ihn wieder zu kriegen. Sie wollte wieder zu einem gemeinsamen Nenner finden«, sagt Celeste.

Es war schlimm, das mitanzusehen, herzzerreißend und irgendwie auch demütigend. Und einsam, weil ihre Schwestern schon im College waren, als ihre Eltern sich endlich scheiden ließen.

»Ja. Aber warum denkst du darüber überhaupt nach?«

»Ich kann das nicht«, bring Celeste heraus. Sie versucht, ihre Tränen herunterzuschlucken.

»Was kannst du nicht …?«

»Mom. Das kann … könnte ich nie …«

Stille. »Ich will mir jetzt nichts anmaßen … Aber geht es um Eva?«

»So wie immer.« Celeste versucht, zu lachen. Oder verbittert zu sein.

»Es tut mir echt leid, dass dir das immer noch so wehtut.«

»Hört das jemals auf?«

»Das kann ich dir, glaube ich, nicht beantworten«, sagt Jenna.

»Aber du sollst doch alles wissen. Ist das nicht dein Job?«

»Hoffentlich nicht!« In Jennas Stimme schwingt eine Leichtigkeit mit, die Celeste nicht ganz erreichen kann.

Nachdem sie aufgelegt haben – und nachdem Celeste sich tatsächlich wie eine normale Tante nach Lila erkundigt hat – streckt sie sich auf dem Sofa aus und lässt den Arm von der Lehne hängen.

Sie und Eva, sie hatten Beständigkeit. Sie hatten nur keine *Eigenständigkeit.*

Und wie ist es jetzt?, zwingt sie sich zu fragen.
Celeste greift nach ihrer Gitarre.

Juli 2021
Celeste

Als Celestes Wecker am Sonntagmorgen klingelt, ist Gina schon aufgestanden und im Bad verschwunden. Celeste bleibt im Bett liegen, während sie darauf wartet, dass Gina fertig ist. Gestern war vermutlich das letzte Mal, dass sie je neben Eva aufwachen wird, und es ist immer noch einmal mehr, als sie erwartet hat. Sie will dafür dankbar sein, aber vor allem *will* sie einfach.

Es ist schwer, sich jetzt daran zu erinnern, wie viel Angst sie am Ende hatte. Sich darüber klarzuwerden, was sie ohne Eva tun sollte – das war angsteinflößend. Zwei Alben ganz allein zu produzieren – auch ziemlich angsteinflößend. Aber Celeste hat beides hinbekommen, und diese Gefühle, die in ihr aufsteigen, selbst, wenn sie nicht auf der Bühne steht, flößen ihr jetzt keine Angst mehr ein. Vielleicht wird Eva ihr das Herz brechen, aber aus irgendeinem Grund ist das nicht ganz so beängstigend wie die Vorstellung, wieder zu ihrer Tour zurückzukehren, ohne Eva vorher wissen zu lassen, dass sie darauf vorbereitet ist, ein gebrochenes Herz zu erleiden.

Steph und Eva sitzen schon in der Küche, als Celeste und Gina nach unten kommen. Am Herd steht Matt, und Grandma Marit, die an der Küchentheke sitzt, scheint ihm Anweisungen zu geben, wann er auf das Rührei, das in der Pfanne brutzelt, achten muss, und wann er auf sein Handy schauen kann.

Matt hebt zur Begrüßung den Pfannenwender.

Eva sitzt am Küchentisch und hat die Augen gegen das morgendliche Sonnenlicht geschlossen.

»Hey, Schlafmütze«, grüßt Celeste.

»Mm«, macht Eva.

»Es gibt Songs zu singen. Und heute gibt es auch ein Klavier für dich …«

»Na dann«, sagt Eva und öffnet langsam die Augen. »Wenn du mich mit einem *Klavier* lockst.«

Trotz der frühen Morgenstunde vibriert Celestes Handy in ihrer Hosentasche, hoffentlich mit einem Update von Pip zu ihrer geheimen Mission: Celeste versucht, einen größeren Veranstaltungsort klarzumachen. Den jetzigen haben sie in der Panik direkt nach dem Sturm gebucht, als noch nicht klar war, ob überhaupt irgendwo Platz für ein Konzert sein würde. Aber jetzt, da das Konzert komplett ausverkauft ist und ein paar Tage vergangen sind, in denen die Sturmschäden geprüft und anfängliche Reparaturen verrichtet werden konnten, hofft Celeste, dass sich eine Alternative finden wird. Normalerweise würde sie so etwas nicht versuchen – einen Ort so kurzfristig zu buchen würde nie klappen – aber alle in Duluth wollen die Sturmhilfe unterstützen. Den anderen hat sie noch nicht von ihrer Suche erzählt; sie will eine schöne Überraschung daraus machen, ohne, dass die anderen sich um die Logistik sorgen müssen.

»Kann ich irgendwas helfen?«, fragt Eva Steph mit leiser Stimme.

Celeste erkennt den Ton sofort: Er gehört einer Sängerin, die ihre Stimme vor dem Konzert nicht übermäßig belasten darf. Die vielen Proben, die direkt vor der Show noch stattfinden müssen, helfen dabei nicht wirklich. Während Eva und Gina den Tisch decken und allen Orangensaft einschenken, fragt Celeste Steph diskret nach einem Kräutertee. Als Eva sich ein paar Minuten später vom Tisch wegdreht, auf dem sie gerade Gabeln verteilt hat, steht Celeste direkt vor ihr und drückt ihr die warme Tasse in die Hände.

»Tee«, sagt Celeste.

Eva hebt die Tasse in einem stillen Toast und nimmt dann einen kleinen Schluck. Ihr Gesicht hellt sich auf, und ihr nächster Schluck ist größer. Celeste hat dem Tee Honig hinzugefügt, um Evas Stimmbänder zu beruhigen, was weder schwer war noch etwas ist, was nur Eva mag – aber Celeste möchte trotzdem, dass Eva weiß, dass Celeste sich um sie kümmert.

»Danke«, sagt Eva und legt Celeste die Hand auf die Schulter, als sie an ihr vorbeigeht.

Die Berührung brennt unter Celestes T-Shirt auf ihrer Haut.

Celeste will immer brennen.

Überall.

Als sie aufsieht, bemerkt sie, dass Grandma Marit sie beobachtet. Sie nickt ihr vielsagend zu, bevor sie einen Teller von Steph entgegennimmt.

Nach dem Frühstück folgen sie Steph in die Garage, während sie die Sitzordnung im Prius diskutieren. Am Ende sitzt Gina hinter Matt, Eva hinter Steph und Celeste in der Mitte. Steph stöpselt deren Handy ein, als Matt aus der Einfahrt fährt, und spielt einen Song von Kehlani ab, den sie damals im Tourbus immer auf ohrenbetäubender Lautstärke gehört haben. Eva trägt heute Laufshorts, und Celeste kann den Blick kaum von ihren nackten, muskulösen Oberschenkeln losreißen. Schade, dass sie keine Zeit haben, eine Choreografie einzustudieren. Natürlich ist Evas Stimme allein schon verführerisch genug, aber diese Macht schraubt sich um ein Dreifaches in die Höhe, wenn sie sich bewegt.

Eva wendet sich vom Fenster ab und schaut zu Celeste. »Genau wie damals«, bemerkt sie.

»Hmm?« Celeste ist auf ihr Lächeln fixiert. Auf die kleinen, braunen Flecken in Evas blauen Augen. Auf die Sommersprossen auf ihrer Nase, die für Fotoshootings aus irgendeinem Grund immer abgedeckt werden.

»Wir vier, in ein Auto gequetscht, auf dem Weg zur Probe ...« Eva lehnt sich an sie, sodass ihr ganzer Arm gegen Celestes gepresst ist und ihre Knie sich berühren.

»Das hat aber nicht lange angehalten«, schaltet sich Matt von vorne ein. »Ihr seid ziemlich schnell entdeckt worden.«

»Lange genug«, sagt Gina.

»Und die ersten Tourbusse waren nicht gerade luxuriös«, fügt Steph hinzu.

»Ja, ja.« Matt verdreht die Augen. »Beschwer dich doch bei deinem Grammy.«

»Grammys«, korrigiert ihn Gina.

Eva erstickt ihr Lachen in Celestes Schulter. Es ist fast wie ein Kuss.

Juli 2021
Eva

Sie fangen mit »Standstill« an, einem der Songs, den sie beim Konzert a cappella singen werden. Steph gibt auf deren Oberschenkel klatschend den Rhythmus an; Celeste summt die Note, die die Tonlage anzeigt; Eva und Gina beginnen mit der ersten Strophe. Beim A-cappella-Singen braucht man viel Augenkontakt, besonders, wenn man es nicht häufig mit den Singenden übt. Eva sucht genauso mit den Augen nach den richtigen Einstiegen und den Variationen, wie sie es mit den Ohren tut.

Celestes Rippen sind fast hypnotisierend, so wie sie sich präzise und geübt zusammenziehen und ausdehnen, aber sie hält sich nicht so zurück, wie sie es eigentlich sollte, als Gina mit dem Refrain an der Reihe ist. Steph vergisst den Text zu deren Strophe. Ginas nächster Refrain fällt schief aus. Eva verpasst ihren Einsatz in der Bridge.

Jedes Mal, wenn sie aus dem Rhythmus kommt, scheint ihr der Song ein bisschen mehr zu entgleiten. Als Celeste die letzte Note mit einer kleinen, aber scharfen Handbewegung stoppt, zittert Eva am ganzen Körper. Ihr Magen rutscht ihr in die Kniekehlen und ein kaltes Schuldgefühl klammert sich um ihr Herz und schließt sich um ihre Kehle.

»Okay. Wir haben noch ganze Arbeit zu leisten«, stellt Celeste fest. Sie klingt unbeschwert, weder Frust noch Überlegenheit schwingen in ihrer Stimme mit.

Es ist fast lächerlich, wie dankbar Eva ihr dafür ist. Auf sich selbst wütend zu sein, oder auf die anderen, bringt gerade gar nichts. Sie wussten ja nicht, dass sie dieses Konzert geben würden. Sie hatten keine Zeit, sich vorzubereiten. Sie sind einfach so gekommen, wie sie waren, und so sind sie jetzt. Ein bisschen aus der Übung. Ein bisschen aus dem Rhythmus.

»Wir wissen, wie man das macht«, sagt Gina. »Genau wie gestern, genau wie vor zwei Jahren.«

Aber als der Morgen weiter fortschreitet, wird immer deutlicher, dass sie es eben nicht wissen. Panik überschattet alles, worauf Eva sich eigentlich konzentrieren sollte: die Texte, die Noten, ihre Atmung.

»Wir könnten den Song einfach weglassen«, schlägt Steph schließlich vor. »Und dafür einen anderen singen.«

Aber woher sollen sie wissen, dass sie bei einem anderen Song nicht genau das gleiche Problem haben? Vielleicht war die gestrige Probe ja nur ein Märchen voller falscher Hoffnung, und sie haben es wirklich nicht mehr drauf.

»Kommt, wir hauen ab«, sagt Celeste.

Evas Kinnlade fällt ihr herunter. »Was?«

»Steph hats erkannt, wir stecken fest. Also gehen wir woanders hin. Wir müssen uns sammeln, und ich glaube, im Moment müssen wir nur zu viert sein. Jetzt gerade fühlt es sich so an, als würden wir eine Performance in den Sand setzen statt einer Probe. Wir brauchen einen anderen Ort.« Celeste sieht sie alle der Reihe nach an.

Seit wann ist sie so *schlau?*

»Klingt gut. Aber wo? Stephs Haus?«, fragt Eva.

Celeste schüttelt den Kopf. »Nicht, wenn wir es vermeiden können. Steph? Hast du irgendeine Idee?«

—

Zwanzig Minuten später parkt Celeste Pips Mietwagen auf dem Parkplatz ihrer alten Schule, und Ms. Pha, die Schulleiterin, hastet ihnen entgegen, um sie zu begrüßen. Ihre schwarzen Haare haben mehr graue Strähnen als in Evas Erinnerung, aber trotzdem wird ihr plötzlich klar, dass noch gar nicht so viel Zeit vergangen ist, seit sie hier zur Schule gegangen ist.

»Willkommen, ihr vier!«, ruft Ms. Pha mit einem breiten Lächeln. »Es ist so schön, euch wiederzusehen.«

»Danke, dass wir kommen durften«, sagt Celeste.

»Ach, wir freuen uns doch, euch helfen zu können«, lächelt sie und führt sie in das Schulgebäude. Eva ist still, während sie Ms. Pha folgen. Sie kommen an der Schulbibliothek vorbei und biegen dann in Richtung der Chemieklassenräume ab. Evas vorherrschende Erinnerung an die Schule ist, dass sie in ein Mädchen namens Nora in ihrer Klasse verknallt war, die volle braune Haare hatte und einmal ein Referat über Mangan hielt. Ms. Pha kommt vor der Doppeltür, die in den Chorraum führt, zum Stehen.

»Und hier sind wir schon! Bitte zögert nicht, euch bemerkbar zu machen, wenn ihr irgendwas braucht.«

Sie danken ihr, und dann öffnet Eva die Tür.

Der Chorraum sieht noch genauso aus wie damals. Überall, wo Eva hinschaut, versteckt sich eine neue Erinnerung, bis sie sich in ihrem Kopf wie in einem Kaleidoskop drehen. Direkt neben der Tür stehen zwei riesige Bücherregale voller Notenbücher, die sie in stundenlanger Arbeit fast komplett durchgingen, bis sie ein Lied fanden, das sie zu Evas, Ginas und Celestes Abgang von der Schule singen wollten. An der Wand hängen noch Poster mit Solfège, den *Do-re-mi*-Tonleitern, die sie lernen mussten, bevor sie sich an richtige Lieder wagen durften. Im hinteren Teil des Raums stehen zwei alte Computer auf Tischen an der Wand. Bevor Steph auf die Highschool ging, verbrachten sie ganze Mittagspausen an ihnen und arrangierten Songs in GarageBand.

Alle schweigen, als hätten sie gerade einen heiligen Ort betreten.

Das letzte Mal, als Eva in diesem Raum war, hatte sie keine Ahnung, dass ihr Album auf Spotify bald zur Sensation werden würde, oder dass sie im Sommer über Verträgen statt den Romanen brüten würde, die ihre Hausaufgaben waren. Sie ist überrascht von einem plötzlichen Beschützerinstinkt für das Mädchen, das diesen Raum so gut kannte – und fängt dann fast an zu kichern, als ihr bewusst wird, dass ihr jüngeres Ich sich genauso fühlen würde, wenn sie wüsste, wie es Eva jetzt geht. Keine Celeste, keine Konzerte. Wer würde sich das jemals wünschen?

Eva setzt sich an das Klavier, das mittig im Raum steht, und Celeste hüpft in Richtung der drei Reihen roter Plastikstühle davon. Evas Blick ist auf die Tasten gerichtet, und Celeste wird am Rande ihres Sichtfelds zu einem verschwommenen Schatten, der sich halb hinter dem Klavier versteckt. Es könnte genauso gut wieder 2016 sein, mit Celestes Stimme, die zu den Neonröhren an der Decke hochschwebt, und Eva, die eine Haaresbreite davon entfernt ist, sich in sie zu verlieben.

Evas Herz schlägt schmerzhaft seinen einsamen Rhythmus, ohne eine Melodie, die die Pausen anfüllt.

»Schau mal lieber nach, ob das Klavier gestimmt ist«, schlägt Steph vor und lässt sich in der ersten Reihe nieder, auf der Seite, auf der die Tenöre sitzen.

Eva legt die Hände auf die abgewetzten Tasten. Sie spielt eine Tonleiter in E, dann G, bevor ihre Finger in ein Lied finden. Sie spielt nicht »Standstill« oder eins der anderen Lieder, die sie üben müssten, sondern ein zögerliches »America the Beautiful«, das erste Lied, das sie in diesem Raum lernten. Es fühlt sich richtig an: Schließlich ist es immer gut, am Anfang zu beginnen.

Nach ein paar Takten fängt Celeste an, die Melodie mitzusingen, und Gina kommt mit der Altstimme dazu. Steph setzt sich auf und atmet tief ein, als würde dey sich darauf vorbereiten, auch zu singen, aber Evas Finger rutschen in einen schiefen, absolut falschen Akkord ab. Sie hört auf, zu spielen, und bricht in Gelächter aus.

»Oh Gott«, japst sie. »So definitiv nicht.«

»Das war aber ziemlich gut, dafür, dass das Lied seit 2014 niemand mehr gespielt hat«, sagt Gina.

Celeste hüpft die Stufen hinunter, streckt die Arme

nach Steph aus, und wirbelt dey aus deren Stuhl auf. Eva steht vom Klavier auf und geht auf die anderen zu.

»Und mit der Aussage«, sagt Celeste, »sollten wir anfangen.«

Zeile für Zeile, Note für Note, zwei Takte endlos wiederholt, dann drei weitere, dann alle fünf zusammen. Selbst jetzt, da Eva Gelächter statt Panik in der Kehle steckt, dauert es eine Weile, bis sie eine akzeptable A-cappella-Version von *Standstill* hinbekommen. Aber als es dann *läuft* …

»Diesmal haben wir es«, verkündet Celeste. Das gleiche hat sie auch schon die letzten zwei oder drei Male gesagt: *Wir sind so nah dran, wir haben es fast, diesmal aber.*

»Diesmal haben wir es«, stimmt Gina ihr zu, und es hört sich an wie *es werde Licht*, weil Eva schon weiß, als sie einatmet, bevor sie überhaupt eine einzige Note gesungen hat, dass sie strahlen werden.

Als es zu Ende ist und die letzte Note verklungen ist, sind sie einen Moment lang still. Sie schauen sich gegenseitig an, staunend, ehrfürchtig.

Das waren wir, denkt Eva, und sie weiß, dass die anderen dasselbe denken. *Wir können das. Wir können es* immer noch.

Gina fängt an, zu klatschen. Bevor Eva es ihr gleichtun kann, sind Celestes Hände an ihrer Taille, und dann zieht Gina sie an sich, und Steph, und bevor sie sich versieht, sind sie ein einziges Knäuel aus Armen und Haaren und euphorischem Gelächter. Die Umarmung sagt: *Wir waren unglaublich*, und *ich liebe euch alle, egal, was kommt*, und *danke.* Die Art Umarmung, die sie am Ende ihres letzten Konzerts hätten haben sollen. Vielleicht konnten sie das damals nicht, und vielleicht ist es auch eine Umarmung, die nicht für die Augen der Fans gedacht war, aber sie haben sie jetzt, wo es wirklich wichtig ist.

Das brauchte ich, denkt Eva. Sie will nicht, dass sie nur auf Twitter höflich zueinander sind und vor einem Publikum die richtigen Noten singen. Hier gibt es kein Publikum, keine Kameras, nur ihre Freundschaft und ihre Freude.

»Okay«, sagt Gina schließlich. »Weiter?«

Sie treten alle zurück, aber sie grinsen immer noch auf eine Art, die das Singen unmöglich macht. Als Eva sich traut, Celeste einen Blick zuzuwerfen, wird Celeste rot.

»›Sweeter‹ ist der nächste Song, wenn wir die Reihenfolge nicht wieder ändern«, sagt Steph.

»Zeit fürs Klavier«, bedeutet Celeste Eva.

Eva setzt sich ans Klavier und tut ihr Bestes, die Unterhaltung der anderen zu ignorieren. Die ersten paar Akkorde, die sie zum Aufwärmen spielt, sind total überschwänglich, viel zu fröhlich und laut für das Lied, das sie gleich spielen soll. Sie erlaubt sich ein paar mehr davon und atmet dann bewusst ganz tief und langsam. Sie kann »Sweeter« nicht so spielen, wie es gespielt werden soll, wenn sie so unter Strom steht und die Elektrizität durch ihre Fingerspitzen in die Musik strömt.

Celeste setzt sich neben sie auf den Boden und lehnt sich an die Klavierbank. Eva muss dem Drang widerstehen, nur mit der linken Hand weiterzuspielen, um die rechte in Celestes Haar zu vergraben. Sie und Celeste sind so lange her; sollten ihre Gefühle nicht mittlerweile verflogen sein? Es ist schwer, diese Gefühle als bedeutungslose Echos abzutun, wenn Celeste sie aus musikalischen Krisen führt … in einem pinken V-Neck-T-Shirt, das verrät, dass ihre Trainerin wohl beschlossen hat, Celestes Kurven zu betonen.

Als Eva mit dem Aufwärmen fertig ist, kommen Gina und Steph zum Klavier hinüber. Celeste steht auf und geht um die Klavierbank herum, um sich zu ihnen zu gesellen. Auf dem Weg lässt sie eine Hand über Evas Rücken gleiten. Es fühlt sich so sehr wie früher an, dass es fast wehtut, ein schmerzhaftes Ziehen in Evas Herz und Magen.

Ich will das, ich will das, denkt sie.

Genieß es einfach, kommt das Echo zurück.

Aber vielleicht tut Celeste das nur, weil es einfach das ist, was sie alle sind, oder mal waren: gut befreundet. Vielleicht hat Celeste noch nicht einmal bemerkt, dass sie es *überhaupt* tut.

Es ist nicht echt. Oder vielleicht schon, aber nicht auf die Art, die Eva sich wünscht. Nicht, dass sie sich das wünschen *will.* Dieses Konzert ist schon jetzt mit so viel Trauer verbunden, dass Eva es nicht zusätzlich noch ertragen würde, Celeste ein zweites Mal zu verlieren.

Eva fängt an, zu spielen. So, wie die drei anderen um das Klavier herumstehen, ist es wirklich genau so wie damals in der Schule, als sie im Chorraum herumspielten, bevor der Unterricht anfing. Es ist genauso, wie vor hundert Menschen zu spielen, dann vor tausend, und dann vor dreißigtausend. Hier zu sein, jetzt gerade, mit den anderen. Wieder einmal.

Wenn Pip jetzt anrufen und verkünden würde, dass das Konzert ins Wasser fällt, Eva würde sagen: *Machen wir trotzdem weiter.* Sie könnten diesen Raum in Beschlag nehmen, hundert Songs schief singen, Pizza bestellen –

ohne sich um die Auswirkung von Milchprodukten auf ihre Stimmen Gedanken zu machen. Einen Filmemarathon mit all ihren liebsten Musikfilmen aus der Grundschule veranstalten, die sie jeweils einzeln bereits liebten, bevor sie herausfanden, dass es den anderen auch so ging.

Um Duluths Willen soll das Benefizkonzert gut laufen, aber Eva hat mittlerweile den Verdacht, dass Duluth ein paar vergessene Textzeilen oder schiefe Noten nicht weiter stören würden. Das Wichtigste ist, dass sie alle wiedergekommen sind. Das Wichtigste ist, dass sie sich durch die Musik getroffen haben, und wegen der Musik auch wieder da sind, aber Eva glaubt, dass sie vielleicht weiterhin füreinander da sein werden, ob sie auf der Bühne stehen oder nicht, ob sie singen oder nicht.

Celeste singt die Bridge. Sie geht wieder auf Eva zu, bis sie direkt hinter ihr steht. Eva bekommt eine Gänsehaut. Sie kann Celestes Atem nicht wirklich auf ihrem Nacken spüren, nur die Erinnerung daran, die endlosen Möglichkeiten.

Celestes Stimme ist wie das Lied einer Sirene, und Eva ertrinkt dafür ganz freiwillig.

Eva dreht sich nicht um, sondern tut so, als wäre sie immer noch auf das imaginäre Publikum konzentriert, obwohl der Raum um sie herum verschwimmt. Sie weiß, dass Celeste nur einen halben Schritt nach vorne treten müsste, damit ihr Körper sich an Evas Rücken schmiegt.

Als der Song zu Ende ist, macht Celeste diesen halben Schritt. Sie legt Eva die Arme um die Schultern und stützt ihr Kinn auf Evas Kopf.

»Wie war das?«, fragt Celeste, und Eva kann die Worte geradezu spüren.

»Sag du es mir.«
»Ich habs noch nie süßer gehört.«

Februar 2019
Celeste

»Warum dürfen wir sowas nie auf deinem Klavier machen?«, fragt Celeste.

Sie liegt ausgestreckt auf einem Flügel von Steinway, während Eva sie von der Klavierbank aus angrinst. Steph und Gina werden gerade angewiesen, wie sie sich neben das Klavier zu positionieren haben.

Normalerweise sind ihre Fotoshootings sehr süß und unschuldig gehalten, aber heute ist die künstlerische Vision eher ätherisch, eine erwachsene Eleganz. Natürlich nicht zu erwachsen: Ihr Team hat strikte Regeln dafür, wie viel Haut sie zeigen und wie sehr sie für die Blicke von heterosexuellen Männern hergerichtet sein dürfen. Das klappt nur, weil sie alle noch unter achtzehn sind, und meistens mindestens ein Elternteil anwesend ist. Sie haben alle schon etwas Angst vor Juni, wenn Stephs achtzehnter Geburtstag ansteht und die Medien aufhören werden, auch nur so zu *tun*, als würden sie das älteste Bandmitglied nicht sexualisieren.

Celeste schiebt die hintergründige Angst um Paparazzi-Taktiken und die Presse beiseite und konzentriert sich auf das glatte Klavier, auf dem sie liegt. Sie wird sich sicher nicht über das heutige Fotoshooting beschweren, denn Eva sieht in ihrem fliederfarbenen Ballkleid und ihrer Hochsteckfrisur zum Anbeißen aus. Celeste hätte am liebsten jede einzelne Haarklammer aus Evas Haar gezogen, nur, um dabei ihre Hand über ihre seidenbedeckten Kurven gleiten zu lassen.

»Weil ich auf dem Klavier tatsächlich spiele«, antwortet Eva und sieht Celeste durch ihre Wimpernverlängerungen hindurch an.

»Wir könnten gemeinsam auf dem Klavier spielen, wenn du weißt, was ich meine.« Celeste wackelt mit den Augenbrauen.

Die Spannung prickelt geradezu.

Eva ändert ihre Position auf der Bank, nur eine kleine Veränderung ihrer Haltung. Sie reckt ihr Kinn nach oben, und Celestes Augen folgen Evas Kinn weiter zu ihrem Hals und schließlich ihren Brüsten, die zwar geschmackvoll bedeckt, aber dennoch akzentuiert sind.

Eva weiß genau, was sie tut.

»*Du*«, zischt Celeste anschuldigend.

»Später.« Eva grinst sie verschmitzt an.

Die Fotografin klatscht in die Hände. »Steph, entspann dein Gesicht für mich, und deine Schultern … du bist schön, du bist glücklich, genau so. Gina, bleib genau so stehen. Jetzt alle zu mir gucken, bitte.«

»Wenn ihr beide fertig damit seid, euch mit den Augen auszuziehen …«, sagt Steph und tritt Celeste sanft gegen den Fuß.

»Sind wir das jemals?«, antwortet Celeste, aber sie dreht den Kopf gehorsam in Richtung der Fotografin.

»Ruhe am Set«, flüstert Gina.

Gemäß den Anweisungen der Fotografin dreht Eva die Schultern und stellt die Beine anders hin. Bevor sie sich zur Kamera umdreht, formt sie mit den Lippen das Wort: *niemals.*

September 2019
Steph

»Steph, würdest du noch einen Moment hierbleiben?« Kaylas Stimme ist neutral, aber über den verpixelten Videoanruf ist es schwer, ihren Gesichtsausdruck zu deuten.

Steph rückt den Laptop zurecht, sodass die Kamera auf dey zeigt. »Klar.«

»Alles gut?«, flüstert Eva, die schon ein paar Schritte in Richtung der Tür gegangen ist.

»Ich komm gleich nach«, versichert Steph ihr.

Celeste, Eva und Gina verlassen das Hotelzimmer.

Kayla schweigt, bis sie hört, wie die schwere Zimmertür ins Schloss fällt. »Also.« Aus ihrem Mund klingt das Wort wie ein vollständiger Satz.

Steph wartet ab. Kayla war bis jetzt seltsam zurückhaltend, was die noch ausstehenden Alben betrifft, und hat sie kaum deswegen ermahnt. Vielleicht hat eine der anderen ihr gesagt, dass sie erst nach der Tour an den letzten Teil ihres Vertrags denken würden. Vermutlich im Frühjahr, als sie alle ihre individuellen Meetings mit Kayla hatten. Steph will rückwirkend dankbar dafür sein, aber dey hat gerade nicht die nötige Energie.

»Also«, fängt Kayla nochmal an. »Steph. Wie geht es dir?«

»Gut.«

Steph fragt sich, ob irgendwer solche Fragen jemals ehrlich beantwortet.

»Du siehst ein bisschen erschöpft aus. Ich mache mir Sorgen um dich.«

Vor einem Jahr hätte Steph ihr vermutlich geglaubt. Dass Kayla selbst glaubt, sie meine die Nachfrage ernst, macht sie schon um Längen besser als viele andere in der Industrie. Aber Kayla will eigentlich nur, dass Steph ihr versichert, dey brauche nur einen starken Kaffee, um wieder bereit zu sein, ihr haufenweise Geld einzubringen. Sie würde demm vermutlich sofort eine Ladung Gourmetkaffee schicken.

»Die Tour, du weißt schon.« Steph versucht nicht einmal, sich ein Lächeln abzuringen.

Was soll Kayla schon tun? Bis Thanksgiving wird Steph die Band, dieses ganze Leben, hinter sich gelassen haben. Dey braucht kein Empfehlungsschreiben. Das Haus, das dey deren Familie gekauft hat, ist bereits abbezahlt, und Steph hat genug Ersparnisse, dass Meghan und Matt auf ihrer Privatschule bleiben, auf private Colleges gehen, und danach machen können, was sie wollen. Steph hat vielleicht alles andere in den Sand gesetzt, aber wenigstens haben sie jetzt Geld. Schon seit drei Jahren muss sich deren Mom keine Sorgen mehr darum machen, ob sie sich den Einkauf leisten kann, Matt muss keine zu kleinen Schuhe mehr tragen, und Meghan darf nach der Schule auch Hobbys betreiben, die nicht umsonst sind.

Das hat Steph geleistet. Die Musik hat geholfen, aber Steph hätte auch so einen Weg gefunden. Musik hat einfach nur den Prozess beschleunigt.

Ihr hättet mir weniger bezahlen sollen, denkt Steph. Jetzt muss dey nicht mehr hierbleiben. Die Band ist nur vorübergehend, genau, wie Steph schon immer wusste. Aber Familie ist für immer.

»Die Fans haben bemerkt, dass etwas nicht stimmt. Bei den Konzerten bist du viel weniger bei der Sache. Ich kann dir gerne ein paar Videos schicken, damit du es selbst sehen kannst. Manchmal hilft es, eine andere Perspektive einzunehmen.«

»Tut mir leid, dass die Fans das gemerkt haben«, sagt Steph. »Ich brauche keine Videos.«

»Okay. Es ist schade, dass es so weit gekommen ist, dass ich mit dir darüber reden muss. Egal, was los ist, es ist besser, darüber zu reden. Brauchst du ärztliche Hilfe? Psychotherapie? Eine Entzugsklinik?«

»Ich nehme keine Drogen, und ich trinke auch nicht. Und ich bin nicht …« Steph rutscht unbehaglich auf dem hellgrünen Sofa hin und her. »Ich brauche keine Behandlung.«

»Ich vertraue dir, Steph. Aber was auch immer gerade schiefläuft, ich will dir helfen. Ich bin glücklich, wenn du glücklich bist«, sagt Kayla.

Aber am glücklichsten ist Kayla, wenn Steph genauso nett und bekömmlich ist, wie der Rest der Band sein soll:

wenn sie alle süße Mädchen vom Land sind, die zwar *gay*, aber nicht *queer* sind. Kein »fuck you«. Kayla möchte nicht, dass Steph ihr dieses schöne Narrativ vermasselt.

»Ich bin nur müde«, erklärt Steph.

So müde. Dey liest schon seit dem Sommer keine Artikel mehr über die Band und achtet auch bei Konzerten nicht mehr auf die Poster, die Fans hochhalten. Irgendwann war es nur noch ermüdend, Meet & Greets mit Fans zu haben, die alle wollen, dass Steph weiß, wie glücklich sie sind, eine Girlband gefunden zu haben, die darüber singt, Mädchen zu lieben.

Ein »Girl-Power«-Song von ihrem zweiten Album stand für eine Weile auf der Setlist für diese Tour. Irgendwann konnte Steph die zweite Stimme nicht mehr singen, und dann auch die Melodie nicht mehr. Im Juli schlug Celeste vor, stattdessen einen anderen Song von *Supernova* zu spielen, »damit es interessant bleibt«. Bei jedem Konzert setzt sich Steph jetzt früher ans Schlagzeug und bleibt dort länger sitzen, selbst, wenn dey gar nicht spielen muss. Vielleicht ist es den Fans gegenüber nicht fair, und den Mädels gegenüber schon gar nicht, aber Steph weiß nicht, wie dey die Konzerte sonst überstehen soll.

»Das verstehe ich. Touren sind nicht einfach, und ihr Mädels seid noch so jung.« Steph zuckt zusammen. »Diesen Monat habt ihr ein paar Tage frei, für Rosch ha-Schana und Jom Kippur. Mach dir die Zeit zunutze, ruh dich aus, und sei dann bereit, wieder dein Bestes zu geben.«

»Alles klar«, sagt Steph. Dey schaut an Kayla vorbei zum abstrakten Gemälde an der Wand. Es besteht aus Pastelltönen, nichts, was es mit der Erde verbinden würde.

»Wunderbar«, strahlt Kayla. »Ich bin froh, dass wir darüber geredet haben. Und wenn du irgendwelche Hilfe brauchst, musst du mir nur Bescheid sagen.«

Kayla legt auf, bevor Steph sich eine höfliche Antwort ausdenken kann. Vielleicht hatte Kayla heute Abend das letzte Wort, aber wen interessierts? In zwei Monaten ist Steph weg.

Juli 2021

lesbianbayyy:
Ich hab noch nie ein großes Geheimnis daraus gemacht, wo ich herkomme, alle hier wissen, dass ich Minnesota af bin, den Étoile du Nord (»Stern des Nordens«, das Motto von Minnesota, falls ihr es nicht wusstet) mit meinen bloßen HOCKEYFANFÄUSTEN verteidigen würde, und dass Minneapolis die beste Stadt ist und Chicago mich mal kreuzweise kann. Und ihr wisst auch, dass ich Konzerttickets habe, denn, let's be real, das ist vermutlich das Beste, was mir je passiert ist, und ich könnte es nie für mich behalten. Aber was ihr vielleicht *nicht* wisst, ist, dass meine Tante in Duluth wohnt und ich heute

Morgen dorthin gefahren bin, um die nächste Woche mit ihr zu verbringen.
Ratet mal, wer heute Abend alles Eisessen war?

Ich. Meine Tante.
OT4.
(Und ein paar Leute, die vermutlich mit Steph verwandt sind. Ich bin noch nicht so lange im Fandom, also habe ich aus irgendeinem Grund noch nie ein Bild von deren Geschwistern & co gesehen? Aber sie sehen sich alle total ähnlich.)
Sie waren alle SO NETT, als wir nach einem Foto gefragt haben. Es war schon ziemlich spät, also war der Eisladen nicht besonders voll, und es war alles total entspannt und freundlich. Celeste hat für die ganze Gruppe bezahlt, und Gina hat ein Riesentrinkgeld dagelassen.
Ich konnte leider nicht hören, was sie bestellt haben (sorry an alle für mein Versagen), aber sie haben alle ihr Eis miteinander geteilt, total süß. Celeste hat Eva einfach Eis VON IHREM EIGENEN LÖFFEL angeboten, ich habe keine Ahnung, was ich überhaupt selbst für Eis gegessen habe, weil der Anblick bei mir einen kompletten Blackout verursacht hat.
Ähmmm ich bin von dem Adrenalinschub gerade ziemlich tot, also ist das vermutlich nicht die beste Zusammenfassung, aber auf den Bildern kann man sehen, was sie anhatten und so ... Ich habe sie gefragt, wie die Proben laufen, und Gina meinte, sie laufen super.

!!!
!!!!!!!
Ich schrei jetzt einfach ein bisschen in mein Kissen.

#WTF IST MEIN LEBEN #ich hab OT4 getroffen #in der fucking Eisdiele

ginestebest:
Sie leben einfach ihr bestes Leben??? Eisessen nach der Probe??? Sie sehen auf den Fotos einfach so chill aus. Es überrascht mich schon ein bisschen, weil es ja echt so aussah, als hätten sie sich seit Nov 2019 nicht mehr gesehen … Aber wie immer gibt es so viel, was wir nicht sehen. Ich weiß, dass ich das ständig sage, und dass ihr dann manchmal denkt »lass uns doch einfach unseren Spaß«, aber hier sieht man es so krass. Und ich freu mich so sehr für sie. Und für uns, natürlich.

#duluth #ot4 #ich kann nicht glauben dass in dem tag NEUE POSTS sind

Juli 2021
Celeste

Evas Gesichtsausdruck, als sie Celestes Eis probierte – ein schüchterner Blick durch ihre langen Wimpern zu Celeste – bleibt Celeste länger in Erinnerung als der Geschmack von Eis auf ihrer Zunge.

Sie sind wieder im Gästezimmer versammelt und sehen sich die Bilder an, die Fans im Internet gepostet haben. Celeste ist versucht, das Foto von dem Moment zu liken, in dem sie Eva ihren Löffel anbietet, aber das wäre Eva gegenüber nicht fair. Man setzt keine Internetgerüchte in die Welt, ohne dass die andere Person davon weiß, zumindest nicht, wenn man sie mag.

Steph lässt deren Handy auf die Bettdecke fallen, und in dem Moment fängt Celestes an, zu vibrieren. Ein Videoanruf von Pip.

Bitte, bitte hab gute Neuigkeiten, denkt Celeste.

»Da muss ich rangehen«, verkündet sie. Sie rutscht mit dem Handy in der Hand vom Bett. »Hey, Pip. Die Band ist gerade hier, aber gib mir eine Sekunde …«

»Nein, das ist perfekt«, unterbricht Pip sie. »Dein letzter Vorschlag war ein ziemliches Wagnis, aber es hat sich gelohnt.«

»Echt jetzt? *Yes!*«, ruft Celeste und vergisst dabei, ihre Stimme leise zu halten. Hoffentlich schläft Mari schon tief und fest.

»Was ist los?«, fragt Eva.

»Sag du es ihnen«, bedeutet Pip Celeste.

Celeste hatte erwartet, die Neuigkeiten total begeistert zu teilen, aber jetzt, wo der Moment gekommen ist, ist sie nervös.

»C?«, fordert Gina sie auf.

Celeste setzt sich wieder auf die Bettkante. »Was würdet ihr sagen, wenn ich uns einen größeren Veranstaltungsort organisiert hätte?«

»Was?«, platzt Eva heraus. Sie klingt einfach nur überrascht, und der pure Schock macht es schwer, subtilere Emotionen in ihrer Stimme zu lesen.

»Wie viel größer?«, fragt Gina.

»Sie sind immer noch dabei, auszurechnen, wie viele Menschen auf das Feld passen, aber … mindestens sechstausend«, sagt Pip.

Das passiert gerade wirklich, etwas Gutes ist passiert, weil Celeste nachgefragt und es möglich gemacht hat.

»Oh mein Gott«, keucht Gina. »Wann? Wie?«

»Gestern. Also, Pip und ich fragen seit gestern herum.«

Eva schweigt, aber ihre Augen verengen sich.

»Moment«, unterbricht Steph. »Das Feld?«

»Wade Stadium«, sagt Celeste. »Die Baseballspiele werden wegen des Sturms im Moment sowieso woanders ausgetragen.«

Das Stadium ist zwar nicht so groß wie die, an die Celeste normalerweise denkt, wenn sie von einer Stadientour träumt, aber dafür, dass sie in einer Kleinstadt im Mittleren Westen sind, findet sie ein Baseballstadium gar nicht schlecht.

Sie wirft Eva einen Blick zu. Ihr Gesicht ist wie versteinert, und Celeste versteht einfach nicht, *wieso.*

»Bei unserer anfänglichen Planung hatten wir eigentlich nur überdachte Veranstaltungsorte in Erwägung gezogen, weil die meisten Außenanlagen durch den Sturm stark beschädigt waren, und wir kein gutes Wetter garantieren konnten«, erklärt Pip. »Aber Wade Stadium ist weitestgehend intakt geblieben, und jetzt ist der Termin nah genug, dass wir uns auf den Wetterbericht verlassen können.«

»Haben sie denn genug Leute, um die Schäden zu reparieren und die Bühne aufzubauen? So kurzfristig?« Eva runzelt die Stirn.

Der Knoten in Celestes Magen lockert sich ein wenig. Eva macht sich Sorgen um die Logistik, sonst nichts.

»Genau das haben sie uns gerade bestätigt. Das Stadium gehört der Stadt, was bei der Koordination hilft«, antwortet Pip.

»Das ist ja super«, sagt Gina.

Celeste wird rot.

»Die Ankündigung und die neuen Tickets gehen morgen früh raus, spätestens mittags«, fährt Pip fort.

»Das heißt, dass mehr Leute aus Duluth kommen können. Das ist gut«, sagt Steph.

Gina nickt und wippt vor Aufregung auf ihrem Stuhl auf und ab. »Und auch mehr Leute aus den Twin Cities. Das sollte den Spenden nochmal Anschwung geben.«

Celeste hätte Eva am liebsten vom Bett gezogen und herumgewirbelt. Aber … Eva beißt sich auf die Lippe und sieht eher zögerlich aus statt glücklich, wie alle anderen.

»Ich sollte mich weiter um die Orga kümmern«, sagt Pip. »Aber Celeste – gute Idee, nach einem größeren Veranstaltungsort zu suchen.«

»Vielen Dank für deine Hilfe.« Steph winkt in Richtung der Handykamera.

»Bis morgen«, fügt Celeste hinzu. Sie legt auf und dreht sich zu den anderen um. »Ich wollte euch keine falsche Hoffnung machen, falls es doch nicht geklappt hätte, und ich fand, dass es eine schöne Überraschung wäre.« Celestes Worte richten sich an alle, aber sie sieht nur Eva an.

»Das ist genau das, was ich wollte«, sagt Eva endlich, aber ihr Lächeln erreicht ihre Augen nicht.

»Gut«, antwortet Celeste. Wenn sie einfach positiv bleibt, kann sie vielleicht Evas Zweifel aus dem Weg räumen. »Ich wollte das für … uns tun. Und für Duluth.«

»Das bedeutet mir echt viel«, sagt Steph. »Danke.«

»Immer doch«, antwortet sie und bereut die Worte sofort. Das stimmt nicht wirklich, oder? Sie ist ja der Grund, warum sie das Konzert so schnell auf die Beine stellen mussten, und warum sie am Wochenende nicht noch ein zweites geben können.

»Aber vielleicht keine weiteren so großen Überraschungen«, sagt Eva. Sie sieht ein bisschen schockiert aus, als wäre ihr nicht klar gewesen, dass sie überhaupt etwas sagen wollte.

»Nee, natürlich nicht«, fängt Celeste an, denn das hier ist schließlich die einzige Gelegenheit, zu der sie ein spontanes Benefizkonzert für ihre sturmgeschädigte Heimatstadt geben werden.

»Du hast uns nicht die Chance gegeben, nein zu sagen.« Jetzt klingt Eva nicht mehr zögerlich. »Du hast uns überhaupt nicht gefragt, bevor du das entschieden hast. Hallo, wir geben doch *alle* das Konzert? Wir hatten überhaupt keine Möglichkeit, unsere Meinung dazu abzugeben, ob es nicht vielleicht doch besser wäre, das Konzert drinnen stattfinden zu lassen. Steph wohnt hier – vielleicht hätte es ja irgendwas gegeben, was das Wade Stadium ausgeschlossen hätte, und du hast dey noch nicht mal gefragt. Und Gina und ich hätten auch irgendwas dagegen haben können.«

Celestes Magen zieht sich zusammen, als sie versucht, das alles aus Evas Perspektive zu sehen. Freut man sich noch über ein größeres Konzert, wenn man bei der Entscheidung nicht mitreden durfte?

Jetzt hast du es so richtig verbockt, denkt sie. *Shit.*

»Habt ihr das?«, zwingt Celeste sich, zu fragen. »Etwas dagegen, im Stadium zu spielen?«

»Nein, das ist okay.« Eva steht vom Bett auf und lehnt sich mit verschränkten Armen an die Wand. »Aber du hast uns nicht die Möglichkeit gegeben, selbst zu entscheiden.«

»Ich wollte nur …«

»Lass mich bitte zu Ende reden. Ich weiß, was du *wolltest.* Ich weiß, dass du eine super Überraschung planen wolltest, und hoffentlich funktioniert es auch alles – ich bin echt froh, dass wir so noch mehr helfen können. Aber bei sowas Großem kannst du mich nicht einfach außen vor lassen, selbst, wenn du nur nett sein willst. Ich bin doch *hier.* Ich war heute den ganzen Tag bei dir, und gestern auch.« Eva verstummt plötzlich, ihre Wangen sind gerötet. Sie richtet sich noch gerader auf, bevor sie weiterspricht. »Ich meine, wir waren bei dir. Du hättest es uns jederzeit erzählen können, also hast du keine Entschuldigung. Du bist es zwar gewohnt, mit Pip und deinem Team alles so koordinieren zu können, wie du möchtest, aber du kannst dich nicht wie eine Solokünstlerin benehmen, wenn wir vier zusammen etwas machen.«

Celeste schluckt schwer. Sie dachte eigentlich, dass sie langsam wieder das Vertrauen von Eva gewinnt, allmählich wieder in die schwarzen Zahlen kommt. Aber Evas Tonfall ist durch und durch rot. Celeste hat genau den Nerv getroffen, den sie auf jeden Fall vermeiden sollte, und das direkt vor Steph und Gina.

»Du hast recht«, sagt sie. »Es tut mir leid.«

»Das bringt mir gar nichts, wenn du nichts veränderst.«

»Was soll ich denn machen? Jetzt ist es getan, und es ist auch besser für Duluth. Es tut mir *wirklich* leid, aber ich kann es jetzt nicht mehr ändern.«

»Wie praktisch für dich«, schnaubt Eva.

Bevor Celeste antworten kann, sagt Steph: »Du hattest gute Absichten, und das Ergebnis ist super.« Dey klingt ehrlich.

»Aber das Verfahren?«

»Hätte besser sein können«, antwortet Gina.

Celeste nickt.

»Danke, dass du das Stadium klargemacht hast«, sagt Eva, aber sie klingt steif.

Chill, okay?, sagt Celeste sich selbst. *Wenn es ihr egal wäre, hätte sie gar nichts gesagt.*

Aber Eva setzt sich nicht wieder neben Celeste aufs Bett.

Juli 2021
Eva

»Also. Jetzt, wo wir das geklärt haben, wollten wir eigentlich ins Bett gehen, oder?«, fragt Eva in die Runde.

Sie wartet nicht auf eine Antwort, sondern lässt sich vom Rest des Adrenalinschubs aus dem Gästezimmer und den Flur entlang treiben.

Du hast recht, hat Celeste gesagt. Eva müsste nicht ständig *recht* haben, wenn Celeste nicht immer *Unrecht* hätte.

Sie muss an das verwackelte Foto denken, das sie im Internet gesehen hat, mit Celestes Löffel nur einen Zentimeter von Evas Lippen entfernt. Das war so dumm von ihr, wie sie Celeste so hat mit sich flirten lassen, und auch zurückgeflirtet hat. Es macht Spaß, bis am Ende jemandem das Herz gebrochen wird. Celeste ist eine schlechte Idee für sie. Sie hat Celeste schon ausprobiert, und das hat für Eva nicht gut geendet. Und wenn Celeste immer noch denkt, dass sie Entscheidungen ohne Eva treffen kann, dann muss sie erst recht jeden Funken ersticken, der zwischen ihnen geflogen ist.

Es klopft an Stephs Tür, und Gina schiebt sich ins Zimmer.

»Sorry, dass ich am Freitag nicht mit dir getauscht habe«, sagt sie ohne Begrüßung.

Eva seufzt und sackt auf der Bettkante zusammen. Gina setzt sich neben sie; ihre Beine baumeln fast vollständig in der Luft. »Schnee von gestern.«

»Trotzdem ist dafür eine Entschuldigung angebracht. Ich habe dir versprochen, dass wir tauschen, und das Versprechen habe ich nicht gehalten.«

Eva nickt. »Danke.«

»Um ehrlich zu sein … wollte ich schon, dass Celeste und du mal unter vier Augen redet. Ich dachte, dass es euch vielleicht hilft, und uns allen auch. Aber das hätte ich nicht hinter deinem Rücken entscheiden sollen.«

Natürlich würde Gina nie etwas so Unschuldiges tun, wie aus Versehen einzuschlafen, nachdem sie durch das halbe Land gereist ist. Natürlich war das ein Teil von irgendeinem Plan.

»Man soll sich nicht gegen seine Freunde verschwören.«

Gina zuckt zusammen. »Ich weiß, tut mir leid. Wie gesagt, ich dachte … dass es so am besten wäre?«

»Für wen? Für mich? Oder für dich?«

Gina schweigt ein paar Sekunden lang und sagt dann: »Ich vermisse euch, euch beide, euch alle. Ich vermisse es, eine Freundesgruppe zu haben.«

Die Gina, die auf Evas Tumblr-Dash erscheint, ist nie so verletzlich. Aber trotzdem – es gibt Menschen mit ganz anderen Problemen.

»Es gibt bestimmt lauter Squads, die dich liebend gern aufnehmen würden.«

»Das meine ich nicht. Ich vermisse … und ich weiß, dass andere das auch hinkriegen. Richtige Freunde zu finden, nicht nur Leute, die jemand anderem vorgestellt werden wollen. Aber ich hatte euch ja schon, und ich habe das Gefühl, dass ich euch nie wiederbekomme, wenn du und Celeste nicht mal ein höfliches Gespräch führen könnt.«

»Das ist nicht mein Problem«, faucht Eva. »Und ganz ehrlich? Wenn du wieder echte Freunde haben willst? Dann behandle mich auch so. Ich bin nicht Kayla oder irgendeine Journalistin, also manipulier mich nicht.«

»Es tut mir wirklich leid«, sagt Gina. »Und jetzt weißt du es ja, also ist es eh vorbei.«

»Klar.«

»Ich hätte dir das nicht erzählt, wenn ich nicht wirklich damit aufgehört hätte«, sagt Gina.

Gegen ihren Willen muss Eva lachen. »Okay … aber echt jetzt, keine Manipulation mehr.«

»Echt jetzt«, wiederholt Gina. Sie seufzt. »Ich verlängere meinen Vertrag bei Kayla übrigens nicht.«

»Warum?« Eva zieht die Knie an die Brust.

Gina ist die Einzige, die nach der Trennung bei Kayla geblieben ist, und wenn *das* sie nicht dazu bewegt hat, sich eine neue Managerin zu suchen, was dann?

»Sie behandelt mich, als wäre ich immer noch dreizehn. Ich will mehr Kontrolle über meine Karriere haben.«

»Oscar-nominierte Filme und Netflix sind dir nicht genug?«

»Ich bin mir nicht sicher.«

Eva lässt ihre Füße wieder auf den Teppich fallen. »Äh, was?«

»Ich weiß es nicht. Film ist … es gibt viel, was ich daran mag. Ich mag es, zu recherchieren und mich so richtig in eine Figur einzuleben und so. Aber ich weiß nicht, ob das das Einzige für mich sein kann.«

»Dann schreib ein Drehbuch, oder gründe ein Modelabel oder so.«

Trotz ihrer anfänglichen Überraschung ergibt es Sinn, dass Gina mit Eva hierüber redet. Eva ist die Einzige von ihnen, die mehr als eine Sache macht.

»Ich dachte eher an Musik.« Ginas Stimme klingt zögerlich.

Es fühlt sich an, als wären Evas Innereien zu Eis erstarrt. Reflexartig läuft ein Zittern durch ihren Körper. Es ist nicht so, als hätte sie das nicht irgendwie erwartet, aber sie dachte nicht, dass Gina es ihr so direkt sagen würde. Sie dachte, dass sie einfach eines Tages aufwachen und eine Schlagzeile darüber lesen würde, dass Gina eine Solokarriere anfängt, und dann ein Jahr später heimlich neidisch auf all die Fans wäre, die zu einem ihrer Konzerte gehen.

»Super. Okay.« Die Worte klingen selbst für sie hohl.

»Vielleicht … könnten wir zusammenarbeiten?«

Eva denkt lange über ihre nächsten Worte nach. »Ich wäre gerne wieder befreundet. Es hat echt Spaß gemacht, dieses Wochenende mit dir zu singen. Aber darum kannst du mich nicht bitten. Das ist nicht fair, und das weißt du auch.«

»Ich musst einfach fragen.« Ginas Lächeln sieht traurig aus.

»Lass uns einfach schlafen gehen«, sagt Eva.

»Ach so, jetzt schmeißt du mich also raus.« Gina steht auf und küsst Eva ganz betont auf die Stirn. »Mua.«

»Gute Nacht, Gi.« Eva verdreht die Augen, aber sie muss auch ein bisschen lächeln.

Februar 2020
Steph

Matt wirft demm von seinem Platz am Küchentisch einen bösen Blick zu. Er hat die Arme verschränkt. »Mom hat schon gesagt, dass sie den Verweis nicht anfechten wird. Du kannst jetzt nicht auch mit mir schimpfen.«

»Ich will nicht mit dir *schimpfen.*« Steph schiebt ihm eine Tasse Kakao hin.

»Er hat sie eine Schlampe genannt. Direkt vor mir. Was hätte ich sonst machen sollen? Du hättest das auch nicht einfach ignoriert.« Matt ignoriert die dampfende Tasse.

Steph hat für dieses Gespräch mit Matt extra gewartet, bis Meghan mit deren Mom und Grandma nach oben gegangen ist, um sich die geschwollenen Füße massieren zu lassen. Dey hat die Schwangerschaft bis jetzt erfolgreich von den Medien ferngehalten, aber die Jugendlichen an der Schule kann dey nicht kontrollieren. Seit Meghans Bauch sichtbar ist, leben sie alle mit dieser Angst. Meghan hat schon genug Stress, ohne, dass *Us Weekly* über die Schwangerschaft der jüngeren Schwester eines ehemaligen Popstars spekuliert.

»Du hast ihm fast die Nase gebrochen. Das ist ein Unterschied«, sagt Steph.

»Er hat einfach nicht aufgehört. Du weißt ja nicht, wie das …« Matt verstummt.

»Mir haben Leute alles Mögliche über Celeste, Eva und Gina gesagt«, erklärt Steph. Die letzten paar Jahre hatte dey fünf Geschwister statt nur zwei.

»Das ist anders.« Matt schiebt den Kiefer vor. »Das waren nur irgendwelche fremden Idioten, und ihr hattet auch immer Security und so. Ich muss mit den Leuten, die Meghan beleidigen, zur *Schule* gehen.«

»Das tust du bald nicht mehr, wenn du dir noch einen Verweis einhandelst. Und das hier wäre schon der letzte gewesen, wenn die Schulleitung nicht anerkannt hätte, dass er dich provoziert hat.« Steph seufzt. »Hör zu. Du und Meghan könnt nächstes Jahr wieder wechseln, wenn ihr wollt. Vielleicht wäre das besser. Aber du *kannst* einfach keine Prügeleien mehr anzetteln. Meghan will das sowieso nicht, und du bekommst keine Freikarte dafür, einen fünfzehnjährigen Idioten auf die Nase zu boxen, nur, weil er sie eine Schlampe genannt hat.«

»Nazis«, murmelt Matt.

»Ja. Aber John ist kein Nazi, er ist einfach ein Arschloch.«

»Es ist auch nicht so, als hätte er das heute zum ersten

Mal gesagt. Er hat ständig über sie geredet, wenn ich dabei war, eine ganze *Woche* lang.«

Das weiß Steph schon. Dey durfte bei dem Treffen zwischen Matt und dem Schuldirektor dabei sein, und Matts Protest war nicht zu überhören.

»Ja, er ist scheiße«, stimmt Steph zu. »Aber noch beschissener wäre es, wenn seine Familie zur Polizei geht und eine echte *Anzeige* gegen dich erstattet, statt, dass du nur einen Verweis von der Schule bekommst. Du bist kein kleines Kind mehr.«

»Und ich darf auf keinen Fall bei der Polizei auffallen. Was wäre, wenn die *Presse* davon Wind bekommt, und dein blöder kleiner Bruder dir deinen perfekten *Ruf* ruiniert?«

Steph war auf Tour, als Matt zum Teenager wurde, und dey ist immer wieder überrascht, wenn dey kindischen Trotz erwartet und stattdessen einen sarkastischen Angriff erntet. Das passt nicht zu Matt. Steph fragt sich manchmal, ob Matt vielleicht sein nettes Wesen behalten hätte, wenn es Moonlight Overthrow nicht gegeben hätte.

»Es ging mir noch *nie* darum, mich selbst zu schützen«, protestiert Steph. »Ich wollte nicht, dass irgendwer *euch* belästigt. Die Grammys waren letzte Woche, und nur Eva war da, also stellen gerade viele Leute Fragen und versuchen, irgendwas rauszufinden. Ich möchte nicht, dass sie das hier in die Krallen bekommen, weil das vielleicht Konsequenzen für dich hat. Vertrau mir, du willst nicht, dass irgendwer, mit dem du dir im College ein Zimmer teilst oder von dem du einen Job möchtest, nach deinem Namen sucht und einen Artikel von TMZ über diese Sache findet.«

Matt schweigt.

»In ein paar Monaten kümmert das eh niemanden mehr. Ich habe aufgehört, die Band gibt es nicht mehr, und ich komme auch nicht wieder zurück. Es tut mir leid, dass ich unsere Familie so vermasselt habe. Jetzt bin ich hier, und versuche, es wieder gutzumachen, aber das dauert einfach eine Weile.«

Manchmal, wenn alle anderen schon schlafen, stellt Steph sich vor, wie das aussehen könnte. Das Kinderzimmer ist schon für das Baby vorbereitet, das bald die Rolle von Stephs Dad und seinem Geburtstag im Frühjahr einnehmen wird. Ab dem Herbst werden Steph und deren Grandma sich während der Schulzeiten um das Baby kümmern, während Meghan ihr letztes Schuljahr bestreitet. Steph wird Matt zum Hockeytraining fahren und Grandma Marit zum Friedhof begleiten. Dey wird sich weiter mit dem Programm Pro Tools beschäftigen, auch wenn dey nie professionell Musik produzieren wird. Um wirklich zu produzieren, braucht Steph Sängerinnen und Sänger, und die einzigen drei, mit denen dey zusammenarbeiten will, wollen gerade wahrscheinlich nichts mit demm zu tun haben.

»Du warst nicht da.« Matts Stimme zittert, aber sie ignorieren es beide. »Die meisten fanden das supercool, aber manche Kinder … und die Lehrkräfte haben natürlich versucht, dagegen anzugehen, aber jedes Jahr, ständig gab es irgendwen, der dich und die Mädels beleidigt hat. Mir und Meghan Sachen über euch gesagt hat. Grandma meinte, dass sie nur neidisch seien, aber das hilft nicht wirklich, weißt du?«

Stephs Herz zieht sich schmerzhaft zusammen. Natürlich weiß dey das, und Matt nimmt die Erfahrung offenbar immer noch sehr mit.

»Glaubst du, ich musste mir nicht genau das gleiche anhören? Beleidigungen direkt gegen *mich?* Als Moonlight Overthrow noch nicht groß war, und ich nur irgendein queeres Kind ohne Geld, ohne Security war, und hoffte, dass Mom das nicht rausfindet, weil sie allein drei Kinder großziehen musste und ich wusste, dass sie sich deswegen bei der Schule beschweren würde …« Steph atmet tief ein und zupft die Ärmel von deren grünem Karohemd zurecht.

Matts hämisches Lächeln rutscht ihm vom Gesicht. »Mom war viel weg.«

»Ja. Weil ich fünfzehn war und teilweise monatelang nicht zu Hause war. Sie musste nicht zu meinen Fußballtournieren gehen, sondern zu meinen Konzerten. Außer bei der Show mit MSG habe ich sie nie darum gebeten, zu kommen. Du kannst gerne sauer auf mich sein, weil ich nie nein gesagt habe, wenn sie zu einem Konzert kommen wollte, aber ich habe sie nicht darum gebeten. Wenn du darüber reden willst, dann mit Mom, nicht mit mir.« Steph versucht gar nicht erst, das Zittern in deren Stimme zu verstecken. Vielleicht ist dey für die Umstände verantwortlich, aber hierbei ist dey sich sicher.

»Sorry«, sagt Matt. Er schnipst gegen die Tasse. »Ich fand es schon cool. Eure Musik und so.«

»Danke«, seufzt Steph. »Aber diese Streits sind nicht cool.«

Matt nickt.

»Alles gut zwischen uns?«, fragt Steph.

»Wenn du mir den Kakao aufwärmst. Bitte«, sagt Matt.

Steph steht auf. Das würde dey ihm nie verwehren.

Juli 2021
Celeste

Am Montagmorgen begrüßt Pip sie mit einer festen Umarmung. Ihre pinke Bluse ist zerknittert, aber das ist das einzige Anzeichen dafür, wie viel Celeste in den letzten Tagen von ihr verlangt hat.

»Du siehst nicht aus, wie jemand, der gerade mehrere Tausend Plätze für sein Konzert geschaffen hat«, bemerkt Pip.

Celeste zuckt die Schultern und wirft einen Blick zu Eva, die sich sofort weggedreht hatte, als sie Pip sah.

Pip folgt ihrem Blick. »Kopf hoch, das wird schon.«

Es ist schwer, sich auf das Konzert zu freuen, wenn Eva immer noch eine sorgfältige Distanz zu ihr einhält.

»Alles gut?«, fragt Celeste sie während einer kurzen Pause. Eva lehnt an der Wand und schreibt mit irgendwem.

»Jup.« Eva wedelt mit ihrem Handy herum. »Eine Freundin aus dem College.«

»Freundin so wie Ginas ›Freundin‹?« Celeste zuckt vor der Schärfe in ihrer eigenen Stimme zurück.

»Eine normale Freundin. Musst du nicht irgendwas mit Pip besprechen?«

Das muss Celeste eigentlich nicht, aber sie lässt Eva trotzdem in Frieden, bis die Probe wieder anfängt.

Einer nach dem anderen verschwinden die Songs zwischen ihnen und »Before«.

»Bist du bereit dazu, uns deinen Song beizubringen?«, fragt Gina. »Der steht als nächstes auf der Setlist, wenn wir uns an die Reihenfolge halten.«

Celeste hatte irgendwie gehofft, dass die anderen vielleicht vergessen würden, dass sie einen Song von Celeste und einen von Eva singen wollten, oder dass sie sie doch streichen, um Zeit zu sparen.

Natürlich ist sie stolz auf »Before«. Aber »Before« … ist für Eva. Oder vielleicht für die Celeste vor zwei Jahren, die sich dazu entschieden hatte, mit Eva Schluss zu machen. Der Pre-Chorus ist definitiv das, was sie am Ende gerne gesagt hätte, oder direkt danach.

Be back before I miss you.

Be back before I say goodbye.

»Ja, okay«, sagt Celeste.

Gina wirft Celeste einen Blick zu, und die Bedeutung ist klar: *Jetzt oder nie. Hol sie dir oder lass es bleiben.* Sie sollte dankbar dafür sein, dass Gina und Jenna nichts mehr miteinander zu tun haben. Ihre älteste Schwester war immer bei allen von Ginas Plänen dabei und bekam so auch immer, was sie wollte.

»Bist du bereit?«, hört Celeste Gina fragen, aber als sie von ihrer Gitarre aufschaut, steht Gina neben Eva.

»Hmmm?«, fragt Eva.

Gina summt den ersten Takt des Refrains.

»Ja«, sagt Eva und dreht sich zu Celeste um. »Bist du sicher, dass du ihn nicht einfach allein singen willst?«

Celeste zuckt zusammen. »Wenn ihr nicht wollt, kann ich das, aber …«

»Wir wollen«, sagt Gina.

»Eva?«, fragt Celeste.

»Ja«, antwortet Eva zu Celestes Überraschung. »Solange es für dich in Ordnung ist, dass wir dir deinen Song klauen. Zumindest kurzfristig.«

»Na klar«, sagt Celeste.

»Jetzt wird es sogar mir langsam zu höflich«, schaltet sich Steph ein.

»Sehr witzig«, seufzt Eva.

»Eva«, sagt Celeste, leiser diesmal. Sie sieht nicht zu Gina oder Steph. »Wir müssen das wirklich nicht machen.«

»Der Song ist super.«

Was heißt, dass Eva ihn hasst.

»Legen wir los«, schlägt Gina vor.

Gehorsam zählt Celeste sie ein.

Es ist unerträglich. Nicht das Singen selbst, sondern dabei zuzuhören, wie *Eva* singt.

Ich bin hier, ich bin hier, ich bin hier, denkt Celeste. Oder eher wäre sie das, wenn Eva nur fragen würde.

Eva ist natürlich absolut brillant. Sie *versteht* den Song einfach, singt Variationen, an die Celeste gar nicht gedacht hatte, und stellt die Bridge um. Aber sie sieht Celeste nur an, wenn es absolut notwendig ist.

Celeste ist Musikerin. Sie weiß, dass man mit einem Song nur so herumspielen kann, wenn man darin lebt. Wenn man ihn wirklich kennt.

»Sie hasst ihn«, sagt Celeste zu Gina, als sie eine kurze Pause machen und Eva im Bad ist.

»Ja«, bestätigt Gina.

Celestes Herz zieht sich zusammen. Sie wusste es zwar schon, aber es tut trotzdem weh, Gina es sagen zu hören.

»Sie hasst ihn, weil sie glaubt, du hättest ihn *für ein anderes Mädchen* geschrieben«, erklärt Gina.

»Was?«

»Babe.« Gina blickt zur Decke, als erbitte sie göttliche Hilfe ob Celestes Inkompetenz. »Der Song ist großartig, und Eva wird ihn lieben, sobald sie schnallt, dass es darin nicht um jemand anderen geht. Und nachdem sie dir verziehen hat.«

»Es gibt kein anderes Mädchen«, sagt Celeste.

Gott, natürlich nicht. Sie hat es zwar versucht, aber …

Vielleicht wusste sie es irgendwie schon immer, egal, wie sehr sie es ignorieren wollte. Sie hatte schon immer so einen Plan. Gar keinen richtigen Plan, eher einen Wunsch, den man nicht mal einer Sternschnuppe anvertraut, weil man selbst daran schuld ist, dass man sie nicht immer noch hat. Ein Wunsch, dass Eva ihr hinterherkommen würde. Dass Eva eine Solokarriere anfinge, und ihnen in drei Jahren ein Duett schreiben würde. Dass sie sich in fünf Jahren auf einer Afterparty nach den Grammys treffen und wieder zueinander finden würden. Sie wollte Eva irgendwann später; sie wusste einfach nur nicht, wie sie von Eva *jetzt* zu Eva *dann* kommen sollte.

Erste Beziehungen funktionieren nie. Aber wenn Eva zufällig auch ihre zweite wäre …

Dann weiß Celeste vielleicht, wie sie dahin kommen soll.

Juli 2021
Eva

Auf dem Weg zurück zum Probenraum trifft Eva auf Celeste.

»Hey«, sagt Celeste. »Ich wollte mit dir über den Song reden.«

»Da gibts nichts zu reden«, antwortet Eva.

Das Ganze war einfach so peinlich. Wie sie den anderen unbedingt das Live-Arrangement für die Bridge zeigen wollte, das sie bisher nur ihrem eigenen Klavier vorgesungen hat. Wie offensichtlich sie es genoss, dass Celeste sie direkt ansah, als es in dem Song darum ging, jemanden zu vermissen.

»Du warst brillant.«

Es würde helfen, wenn Celeste nicht so aufrichtig klingen würde. Plötzlich fühlt sich Celestes endlose Litanei von Komplimenten nicht mehr schmeichelhaft an; wenn

Eva jetzt zulässt, dass sie auf Wolke Sieben schwebt, dann wird sie zurück in L.A. umso härter wieder auf dem Boden der Tatsachen landen.

»Hör auf damit«, raunzt sie. »Stephs Familie ist nicht hier, wir müssen niemandem vormachen, dass wir nett zueinander sind.«

Celeste sieht verlegen aus, aber sagt trotzdem: »Ich will aber nett zu dir sein. Und ich meine es ernst.«

Eva widersteht dem Verlangen, die Augen zu verdrehen, und denkt dann: *Ach, egal*, und verdreht sie trotzdem. »Du wirst mich wieder verlassen. Das ist dir klar, oder?«

»Was?«

»Am Freitagmorgen steigst du ins Flugzeug und fliegst wieder zurück in das Leben, das du wirklich willst. Und da bleibst du dann auch.«

»Eva …«

»Nein. Wir machen das nicht weiter … was auch immer es ist, was wir bis jetzt gemacht haben, selbst, wenn wir es nicht müssen. Ich bin nicht …« Eva verstummt. Sie kann sich nicht dazu bringen, zu sagen: *Ich bin nicht mehr diejenige, mit der du Schluss gemacht hast.* Auf irgendeine Weise ist sie es nämlich doch, denn sie liebt Celeste schließlich noch. Aber sie hat mehr als nur Celeste. Das hatte sie schon immer, selbst, wenn sie es selbst nicht sehen konnte.

»Du bist nicht …?« Celeste runzelt die Stirn. »Hast du … Bist du in einer Beziehung? Mit der Collegefreundin, mit der du geschrieben hast?«

»Wenn ich in einer Beziehung wäre, hätte ich mir definitiv am Freitag nicht das Bett mit dir geteilt.«

»Ah. Okay«, sagt Celeste.

»Du hast mich verlassen.«

»Ich weiß, es …«

Wenn ich du wäre, würde ich den Satz nicht zu Ende bringen, Darling, denkt Eva. *Ich hätte ihn gar nicht erst angefangen.*

»Und weißt du was? Ich gehe dann auch wieder zurück zu meinem Leben. Ich arbeite an einem Abschluss von einem der besten Colleges des Landes. Und im November werde ich für einen Grammy nominiert sein. *Allein.*«

»Ich freue mich wirklich für dich. Das wollte ich auch für dich.«

»Wolltest du das? Wirklich? Oder wolltest du nur, dass ich auf dich warte, bereit, wieder deine Hand zu halten, sobald du beschlossen hast, dass du mich wieder willst?« Eva lässt ihre Stimme absichtlich schroff klingen, viel aggressiver, als sie sich eigentlich fühlt, damit sie es später nicht wieder zurücknehmen kann. Sie will sich selbst keine Möglichkeit lassen, dem nachzulaufen, was Celeste ihr anbietet.

»Nein, das habe … das war nicht … Wir haben uns einfach zu sehr aufeinander verlassen. Das siehst du jetzt auch, da bin ich mir sicher. Wir konnten ohne einander nicht funktionieren, aber das *mussten* wir, wir *mussten* allein sein können.« Celeste klingt flehentlich, ein groteskes Echo von Evas Stimme an dem Abend, als sie versuchte, Celeste alles zu geben, was sie wollte. Als sie versuchte, Celeste zum Bleiben zu überreden.

»Du hast – und hattest auch damals – das Recht, zu entscheiden, was *du* brauchst, für dich selbst.« Jetzt klingt Evas Stimme gleichmäßig. Nicht sanft, aber ruhig genug, dass sie später so tun könnte, als wäre sie ganz erwachsen gewesen. Dieser Streit hat sich seit anderthalb Jahren angebahnt, und die Worte nahmen in Evas Brust jeden Monat eine andere Form an, jedes Mal, wenn sie einen Refrain ohne Celeste schrieb oder feststellte, dass sie Celestes Witze nicht brauchte, um über eine unangenehme Begegnung mit einer Kommilitonin hinwegzukommen. Es fühlt sich wie ein schrecklicher Sieg an, sie jetzt sagen zu können. »Aber du kannst das nicht für mich entscheiden. Du kannst *mir* nicht vorschreiben, was ich brauche. Du warst meine Freundin, nicht meine Mutter.«

»Aber jetzt hast du es doch geschafft«, beharrt Celeste. »Du hast so viel gemacht, so viele Sachen, die du nie gemacht hättest, wenn …«

»Das ist aber nicht dein Verdienst«, schnauzt Eva. »Du kannst jetzt nicht behaupten, dass du *irgendwas* damit zu tun hättest. *Ich* habe meine Bewerbungen geschrieben. *Ich* gehe zu Sprechstunden. *Ich* sitze an meinem Klavier und schreibe die Songs. Das gehört alles *mir.* Diese ganzen Sachen in meinem Leben, die du dir nie hättest vorstellen können – die habe ich selbst gemacht. Ich habe sie selbst geschrieben, und du bist nicht als Produzentin aufgezählt. Du bist nicht einmal in der Danksagung.«

Darauf fällt Eva nicht wieder rein.

Lesbisch zu sein, ist keine Entscheidung. Celeste zu lieben, ist keine Entscheidung. Aber es ist eine Entscheidung, Celeste nachzulaufen, und Eva ist immer darum bemüht, den gleichen Fehler nicht zweimal zu begehen. Sie hofft, dass sie sich mittlerweile selbst genug liebt, um ihr Herz nicht wieder aufs Spiel zu setzen.

»Ich hatte Angst«, gibt Celeste mit leiser, rauer Stimme zu.

»Wovor?«

»Ich habe dich *so sehr* geliebt, Eva.«

Eva schüttelt den Kopf und vergräbt das Gesicht in den Händen, während sie ein paarmal tief durchatmet. Sie kann es einfach nicht, das hier, mit Celeste.

Celeste räuspert sich. »Wir waren so jung.«

»Wir sind immer noch jung.«

»Noch jünger als jetzt«, sagt Celeste. »Und ich habe dich so sehr geliebt, und ich wusste nicht, was ich damit anfangen sollte. Ich wollte nicht, dass wir später zugrunde gehen, nur, weil ich nicht wusste, wie ich mit so vielen Gefühlen umgehen sollte. Und du warst … du warst *alles* für mich, meine Songwriting-Partnerin, meine beste Freundin, einfach alles. Ich konnte nicht damit umgehen, dass eine einzige Person so Vieles für mich war. Was wäre gewesen, wenn du gegangen wärst, und ich nie herausgefunden hätte, wie man allein singt?«

»Aber es war okay für dich, dass ich das herausfinden musste?«

»Ich wollte nur mich selbst beschützen. Vielleicht habe ich dabei den Weg gewählt, der dich am meisten verletzt hat, aber … es ist kein Verbrechen, auf sich selbst aufzupassen.«

»Also erschien es dir am besten, von vornherein unsere gesamte Beziehung niederzubrennen, statt uns eine Chance zu geben.« Eva wäre gerne sauer, aber die Worte klingen einfach nur müde. Traurig.

»Ich war die letzte Chance für meine Eltern. Nur deswegen gibt es mich. Und sie haben es nicht geschafft. Meine Mutter war siebzehn, als sie sich in ihn verliebte, und sie haben es nicht geschafft. Sie waren so verliebt, waren alles füreinander, und schau sie dir jetzt an. Ich dachte, ich wüsste genau, was uns bevorsteht, und ich konnte nicht einfach abwarten, bis es von allein passiert.«

Es ist schwer, sowohl ihren eigenen als auch Celestes Schmerz zu akzeptieren.

»Ähm … Leute?«

Eva wirbelt herum. Gina steht an der Tür zum Probenraum und verzieht das Gesicht.

»Sorry, dass ich euch störe, aber wir sollten vermutlich weitermachen. Wenn … ihr bereit seid.«

Eva entfernt sich von Celeste, ohne sich nochmal nach ihr umzudrehen. »Ja, bereit.«

Es wird nicht das erste Mal sein, dass sie singt, während sie sich mit Celeste streitet, aber wenn Celeste noch ein paar Tage lang die Klappe halten kann, ist es vielleicht wenigstens das letzte.

Juli 2021
Celeste

Die Stimmung beim Abendessen ist … unangenehm. Eva ist fast schon aggressiv fröhlich, lacht laut über Matts Geschichten vom Fußballtraining und schwärmt von den Socken in den Farben der Nichtbinär-Flagge, die Grandma Marit gerade fertiggestrickt hat. Dabei sieht sie kein einziges Mal in Celestes Richtung.

Nach ein paar gescheiterten Versuchen gibt Celeste es auf, an dem Gespräch teilzunehmen. Den Großteil der Mahlzeit über starrt sie an das Whiteboard, das neben dem Eingang zum Flur an der Wand hängt. Auf der oberen Hälfte prangt ein Monatskalender, und die untere Hälfte ist von einer Wochenübersicht eingenommen. Jedes Familienmitglied hat eine eigene Farbe, damit man auf einen Blick sehen kann, wann Grandma Marit Untersuchungstermine hat und wann Meghan mit Mari zur Einführung in den Kindergarten muss. Der Eintrag für Donnerstag ist in Lila umkringelt, und irgendwer hat seitlich *KONZERT* geschrieben, sodass es den Großteil des Tages einnimmt – und bei all der Vorbereitung, Interviews vor dem Konzert, und dem Soundcheck werden sie auch auf jeden Fall genug zu tun haben, bevor die Vorband um acht fertig ist.

In drei Tagen.

In nur *drei Tagen* wird Celeste wieder mit ihnen auf der Bühne stehen. Aber sie weiß, dass Eva sich nicht so sehr freut, wie sie.

Celeste hofft, dass sie Eva deutlich machen kann, dass das Leben, das sie sich wünscht, nicht das ist, in dem sie immer allein singt, allein schläft, ihre Schwestern als Dates zu Preisverleihungen mitbringt, und die anderen Songwriterinnen und Songwriter anlügt, wenn es darum geht, bestimmte Lyrics unbedingt im Song behalten zu müssen. Aber wenn sie Eva all das nicht zeigen kann, will sie wenigstens, dass Eva Spaß an dem Konzert hat. Wenigstens das ist Celeste ihr schuldig.

Als Celeste sich umdreht, nachdem sie ihr Geschirr in die Spülmaschine gestellt hat, ist Eva zu ihrer Überraschung die Einzige, die noch in der Küche ist. Sie schaut sich gerade die Urlaubsfotos von Stephs Familie an, die an der Küchenwand hängen.

»Hey«, sagt Celeste und geht zu ihr.

Eva zuckt zusammen und ihre Augen suchen die leere Küche ab, als sie sich zu Celeste umdreht.

»Ich wollte eigentlich duschen gehen, aber … hast du ein bisschen Zeit? Um zu reden? Wir haben unser, äh, Gespräch vorhin nicht wirklich zu Ende gebracht«, schlägt Celeste vor. Ihr Herz hämmert schneller als damals, als sie auf die Ankündigung der Grammy-Nominierungen wartete. Darum zu bitten, einen Streit mit einer Person zu Ende zu führen, die sie seit der Schule kennt, sollte eigentlich nicht so angsteinflößend sein, oder? Andererseits ist das hier Eva, also hat ihr Herz vielleicht doch recht.

Eva verschränkt die Arme. »Ich habe schon alles gesagt, was ich sagen wollte.«

»Oh. Okay. Ich wollte nur nachfragen, falls ... das hier ist noch okay für dich, oder?«

»Was?«

Als ob es Eva überhaupt nichts bedeutet, wieder mit Celeste zu singen.

»Das Konzert meine ich«, sagt Celeste.

»Ja, klar.« Eva schüttelt sich das Haar aus dem Gesicht. »Heute ...«

»Heute?«

»Es hat mich einfach sehr an alte Zeiten erinnert.«

Alte Zeiten auf Tour? Alte Zeiten nach der Trennung? Da waren aber gar keine Streits involviert. Sie haben sich überhaupt nur einmal gestritten.

Shit.

»Du musst den Satz schon zu Ende bringen«, sagt Celeste und verkneift sich gerade noch das *Liebe*, das ihr fast herausgerutscht wäre. »Heute hast du festgestellt, dass du es kaum erwarten kannst, wieder zum College zurückzukehren? Heute hast du dich daran erinnert, dass du uns alle hasst ...?«

»Der Satz hatte nicht wirklich ein Ende. Ich hab nur laut gedacht«, antwortet Eva. Ihr Tonfall ist kühl, ein eindeutiges »Zutritt verboten«-Schild.

Vielleicht hasst sie einfach nur mich, *nicht Gina und Steph,* muss Celeste denken. Wie sagt man *es tut mir alles so leid und ich bin so froh, dass wir das hier machen, bitte geh nie wieder* ohne erbärmlich und verzweifelt und unglaublich heuchlerisch zu klingen?

»Geh schon«, fordert Eva sie auf. »Ich … muss noch was machen.«

Celeste geht allein nach oben.

Der Streit juckt wie frischer Schorf. Sie kann morgen nicht einfach zur Probe gehen, wenn Eva noch sauer auf sie ist. Richtige Wut spürt, nicht nur die Bitterkeit, von der Celeste vermutet, dass sie sie seit der Trennung mit sich herumträgt.

Jenna ist diese Woche bei einer Konferenz und fliegt am Donnerstag direkt von Philadelphia nach Duluth, ansonsten hätte Celeste sie angerufen. Sie muss das hier einfach richtigstellen.

Nach der Probe haben sie alle wieder Schlafzimmer getauscht, also schläft Celeste heute Nacht in Stephs Zimmer. Als sie nach dem Duschen an der halb offenstehenden Tür zum Gästezimmer klopft, in der Hoffnung, nochmal mit Eva reden zu können, bekommt sie keine Antwort. Celeste drückt die Tür auf.

Eva ist weg.

Nein nein nein nein nein, denkt sie. *Das kannst du nicht machen, du kannst nicht einfach gehen …*

Doch dann fällt Celeste auf, dass Evas Sachen noch da sind. Ihr Koffer steht in der Ecke, und ihre Ladekabel liegen neben der Steckdose auf dem Boden. Nur Eva ist nicht hier.

Celeste huscht zurück in Stephs Zimmer, schnappt sich einen Pulli, und hastet wieder auf den Flur. In Meghans

Zimmer ist das Licht an, und ein leises Murmeln verrät, dass darin jemand redet. Celeste klopft und öffnet die Tür, als Gina »Herein!« ruft.

Gina ist allein im Zimmer. Sie sitzt im Schneidersitz auf dem Bett und führt offenbar einen Videoanruf.

»Oh, sorry«, sagt Celeste. »Ich wollte dich nicht stören.«

»Kein Problem, Babe«, antwortet Gina. »Ich bin nur hierhergekommen, weil ich Eva ein bisschen Privatsphäre lassen wollte. Steph ist bei deren Mom und bespricht irgendeinen Kirchenkram. Willst du reden, oder hast du nur …?«

»Nach Eva gesucht.«

»Wenn sie nicht im Gästezimmer ist, dann weiß ich auch nicht. Ich habe Eva versprochen, mich rauszuhalten, aber ich kann dir wenigstens sagen, dass du dich vermutlich dafür entschuldigen solltest, was heute passiert ist.«

Celeste schüttelt den Kopf. »Noch nicht einmal das lässt sie zu.«

»Warte nicht zu lange«, rät Gina ihr.

Ich bin eh schon anderthalb Jahre zu spät, denkt Celeste.

Sie sucht im Erdgeschoss, läuft über den dicken Teppich im großen Wohnzimmer zum kühlen Parkett in der Küche. Nirgendwo findet sie Eva – weder im Esszimmer noch in den versteckten, kleineren Wohnzimmern und auch nicht im Flur. Unter der Tür zu Grandma Marits Zimmer kommt kein Licht hervor, und die gedämpften Geräusche aus Matts Zimmer klingen nach *Avengers: Endgame*, nicht nach Eva. Es fühlt sich komisch an, mitten in der Nacht durch ein fremdes Haus zu gehen, fast, als wäre sie eine Archäologin. Überall finden sich Artefakte, die die Existenz der Familie bezeugen: ein großer Kasten voll mit Maris Spielzeugen, ein paar Wollknäuel, die entweder Stephs Grandma oder deren Mom gehören, ein Comicheft, das Matt gerade liest. Alles schläft außer Celeste, die sich langsam durch diese fremde Welt bewegt.

Sie geht wieder zurück zur Treppe und öffnet die Kellertür, und da hört sie ihn: den leisen Stakkatoklang einer Person, die versucht, ganz leise ein Stück auf dem Klavier zu spielen, das sie nicht gut kennt. Celeste zögert kurz. Vermutlich sollte sie Eva in Ruhe lassen und sich einfach am Morgen nochmal entschuldigen. Wenn Eva gewollt hätte, dass sie mit ihr nach unten kommt, hätte sie gefragt.

Aber Celeste ist schon so weit gekommen …

Sie sollte zumindest nachsehen, ob es Eva gut geht, selbst, wenn sie danach direkt wieder geht. Dafür sind Freundinnen doch da. In ihrer Beziehung war sie vielleicht nicht immer perfekt, aber vielleicht kann sie jetzt wenigstens eine verlässliche Freundin für Eva sein. Sie geht die Treppe hinunter. Ihr Knöchel knackt. Eva spielt einen Takt nochmal, diesmal ein wenig anders.

Eva sitzt mit dem Rücken zur Tür, und ihr Laptop steht offen neben ihr auf der Klavierbank, mit einem Blatt Notenpapier auf der Tastatur.

Sie schreibt gerade, erkennt Celeste.

Sie hat den Keller halb durchschritten, da dreht Eva sich zum Laptop hin, um etwas aufzuschreiben, bemerkt Celeste und lässt ihren Bleistift fallen. Er rollt über das Papier und fällt auf den Teppich.

»Celeste«, keucht sie mit weit geöffneten Augen.

Ihr Gesichtsausdruck erinnert Celeste an den Abend

bei Olivias Party, als die dramatischen Schatten auf Evas Gesicht es unmöglich machten, ihre Augen zu sehen.

Früher schrieben sie zusammen.

Bei ihren zwei Soloalben hat Celeste mit weltberühmten Songwriterinnen und Songwritern zusammengearbeitet, die auch ihrem Ruf gerecht wurden. Eine unglaubliche Erfahrung. Aber von Eva war sie so verwöhnt. Es ist anstrengend, sich daran zu gewöhnen, mit jemand anderem kreative Arbeit zu leisten. Und man muss sich der Person öffnen, um die richtigen Gefühle in einen Song einzubringen.

»Sorry«, sagt Celeste. »Ich konnte dich oben nicht finden und wollte nachsehen …«

»Ich wollte das hier nur zu Ende schreiben«, unterbricht Eva sie.

»Oh. Das ist super«, stammelt Celeste.

Eva sieht sie erwartungsvoll an, und Celestes Körper will sich einfach nicht bewegen. Die Entschuldigung steckt ihr in der Kehle fest.

»Der Song geistert mir schon seit dem vierten Juli im Kopf herum, und heute Abend habe ich endlich die letzte Strophe hinbekommen – glaube ich zumindest –, also dachte ich, ich setz mich hin, und …«

Und jetzt bleibst du auch hier, beendet Celeste ihren Satz.

»Okay. Cool.«

»Sorry, wenn ich zu laut war.« In Evas Stimme schwingt eine Schärfe mit, die für Celeste unmissverständlich ist: Eva ging es gut, aber Celeste musste ja unbedingt nach ihr suchen und sie unterbrechen.

»Nein, warst du nicht. Ich meine, ich konnte gar nichts

hören, bis ich die Kellertür aufgemacht habe. Vermutlich ist hier irgendeine Schalldämpfung eingebaut«, sagt Celeste.

Eva nickt. Sie beugt sich vor, um ihren Stift aufzuheben; dabei fällt ihr das Haar ins Gesicht, und sie wischt es mit dem Handrücken beiseite.

»Ist der Song für irgendwen, den man kennt?«, platzt Celeste heraus. »Also, ähm, du musst es mir natürlich nicht sagen, ich bin nur neugierig.«

»Bis jetzt ist er noch für niemanden«, antwortet Eva. »Es gibt ein paar Leute, für die er vielleicht gut wäre, wenn er fertig ist, aber …«

Aber nicht für mich, denkt Celeste.

»Cool«, wiederholt sie und versucht, sich ein Lächeln abzuringen. »Ich freue mich schon, ihn nächsten Sommer in den Charts zu hören.«

»Danke«. Es ist nur ein Wort, aber es klingt so stechend, dass es genauso gut ein ganzer Trennungssong sein könnte.

Celeste steht immer noch ein paar Schritte von Eva entfernt, nicht so nah, dass sie ihr zu sehr auf die Pelle rückt, aber weit genug weg, dass es sich unnatürlich anfühlt. Trotz des weichen Teppichs sind ihre Füße kalt. In einem anderen Universum hat sie sich während der Probe nicht zu viel herausgenommen und ist mit Evas Zustimmung hier.

Celeste will sich neben Eva auf die Klavierbank setzen und die empfindliche Stelle hinter ihrem Ohr küssen. Sie wäre auch damit zufrieden, sich auf den Boden zu legen und Eva dabei zuzuhören, wie sie mit den Hooklines und dem Refrain experimentiert, bis sie einschläft. Dann würde

Eva sie mit einem Kuss wieder aufwecken und sagen: »Ich will nicht auf dem Boden schlafen. Komm, wir gehen ins Bett.«

Küss mich, denkt Celeste. *Sing mit mir.*

Lass mich mit dir singen.

Bleib hier.

»Dann …«, sagt Celeste. »Gehe ich wohl wieder nach oben. Bleib nicht zu lange auf, okay?«

»Gute Nacht«, sagt Eva abweisend.

»Gute Nacht.«

Celeste verlässt langsam den Raum und bleibt auf der Treppe stehen. Sie will, dass Eva nach ihr ruft. Dass sie sagt, dass sie mit Celeste besser arbeitet, oder dass sie hierbleiben kann, wenn sie ohnehin schon wach ist, oder einfach *irgendwas*, aber dann hört sie wieder das Klavier.

Celeste lässt die Kellertür hinter sich zufallen.

April 2017
Eva

Eva hat ein Problem.

Na ja … für ihren Fünfjahresplan ist es eigentlich kein Problem.

Es ist Woche fünf von Moonlight Overthrows erster Tour als Vorband. Ihr Album steht im Moment auf Platz fünfzehn der Charts, was ungefähr sechzig Plätze höher ist, als Eva es sich realistisch gesehen erträumt hätte, und nur zehn Plätze unter ihren wirklich absurden Träumen. Aber im Vertrag stehen zwei Alben, was bedeutet, dass sie noch eine Chance haben. Und danach noch eine, wenn das Label sie immer noch haben will. Und danach noch *drei* Chancen, wenn sie es richtig gut machen. Ihr Dad hat Ewigkeiten damit verbracht, ihnen den Vertrag zu erklären, aber im Prinzip ist es so: Das Label hat *Optionen*, bestimmte Zeiten, zu denen es entscheiden kann, ob MO bei ihnen eingestellt bleiben kann oder nicht. Wenn das Label ja sagt, muss die Band auch bleiben. Und Eva hat vor, so erfolgreich zu sein, dass das Label alle sechs Alben produziert und danach noch mehr will.

Celeste ergriff währenddessen die Gelegenheit, Witze über den fünfzehnten Platz der Albumcharts und Evas Alter zu machen.

»Das passiert aber nie wieder«, sagte Gina.

Wenn ihr nächstes Album rauskommt, ist Gina auch fünfzehn. Sie meint damit: Nächstes Mal sind wir noch besser.

Nichts davon ist das Problem.

»Eee-vaaa«, flüstert Celeste ihr über den schmalen Gang in ihrem Tourbus zu. Sie sagt *Eva* wie die Figur von *WALL-E*, der glänzende Roboter, der den einsamen Abfallkompaktor verzaubert.

Eva fühlt sich eher wie ein Abfallkompaktor. Es ist ihr jedes Mal peinlich, wenn ihre Skincare-Routine verändert wird, was jedes Mal passiert, wenn ein neuer Pickel auf ihrem Gesicht auftaucht – und das ist häufiger, als irgendwer zugeben möchte.

»Das ist einfach der Stress«, versicherte ihr vor ein paar Abenden jemand aus der Maske.

Das ist einfach meine Haut, denkt Eva. Aber das ist mittlerweile nicht mehr so akzeptabel, wie es letztes Jahr noch war.

»Was?«, flüstert Eva zurück.

»Du bist so weit weg.«

Normalerweise steigen sie gemeinsam in den Bus und krabbeln sofort zusammen in eine Schlafkabine, aber heute hatten sie noch Einzelunterricht mit ihrer Stimmtrainerin und Celeste war früher wieder da als Eva.

»Und du hast bei der Autogrammstunde auch nicht neben mir gesessen«, beschwert sich Celeste.

Eva gleitet aus ihrem Bett und schlüpft in Celestes. Der Gang ist so schmal, dass es nur einer einzigen Bewegung bedarf. Celeste sitzt mit dem Rücken an die Wand gelehnt, etwas in sich zusammengesackt, damit sie sich nicht den Kopf stößt. Sie hebt die Decke an und zieht Eva an sich.

»Irgendwer hat mein Namensschild umgestellt«, verteidigt sich Eva.

»Dann stell es nächstes Mal wieder richtig hin. Oder tu so, als wärst du Steph. Kannst du Steph schon?«

Damit meint Celeste Stephs Unterschrift. Irgendwann saßen sie alle abends in einem Hotelzimmer und beschlossen, die Unterschriften der anderen zu lernen. Bis jetzt haben sie ihre zugegebenermaßen furchtbaren Fälschungstalente bei nichts angewandt, was bei tatsächlichen Fans landen könnte, aber es gibt vielleicht ein oder zwei (oder drei, egal) sexistische Radiomoderatoren, in deren Büro stolz ein Foto mit krakeligen Unterschriften hängt.

»Das *S* ist einfach unmöglich«, sagt Eva. »Ich bin am leichtesten.«

»Hey.« Celeste kneift sie sanft in den Arm. »Ich lasse hier niemanden sagen, du wärst ›leicht‹.«

Eva läuft rot an und ist dankbar für die Dunkelheit. *Für dich bin ich das*, denkt sie.

Alle sind leicht für Celeste. Eva könnte genauso gut eins der queeren Mädchen sein, die von den lässigen Umarmungen, die Celeste bei Meet & Greets verteilt, schon hyperventilieren. *Ja, ich auch*, denkt sie immer, wenn sie sie sieht. Aber Celeste witzelt mit ihnen nicht genauso herum, wie mit Eva. Sie schmollt nicht spielerisch, wenn sie nicht neben ihr sitzen. Und sie würde auch nie eine von ihnen in ihre Schlafkabine im Tourbus einladen.

»Morgen«, flüstert Celeste. »Versprich es mir.«

»Versprochen.«

Eva lässt den Kopf auf Celestes Schulter sinken. Unter der Decke, die ihre Beine bedeckt, fängt Celeste an, mit dem Finger auf Evas nacktem Oberschenkel etwas zu zeichnen. Nach einer Weile bemerkt Eva, dass es sich um ihre Unterschriften handelt: das enge *S*, das schwungvolle *G*, das runde *E*. Das große, selbstbewusste *C*, der längste ihrer Namen. Im Dunkeln, im stillen Bus, ist jeder von Evas Sinnen auf die Hautstellen konzentriert, auf denen Celeste schreibt. Die Decke fühlt sich kühl an ihren Beinen an, und Celeste ist neben ihr so warm, ihre Schultern pressen aneinander. Evas Herz schlägt schnell und laut, und der Rhythmus kling nach *Hoffnung*.

Am nächsten Abend sind ihre Namensschilder wieder falsch: Gina, Celeste, Steph, Eva.

»Nein, nein, nein«, sagt Celeste und wird nicht einmal langsamer, als sie am Tisch vorbeigeht, sich die Schilder schnappt, und sie in einer einzigen, effizienten Bewegung austauscht, als hätte sie diese Choreografie den ganzen Tag geübt. »Eva sitzt neben mir.«

Steph salutiert mit einer Wasserflasche und lässt sich wie immer am Ende des Tisches nieder. Eine Assistentin lächelt den Fans zu, die ganz vorne in der Schlange stehen, und das Konzert vermutlich frühzeitig verlassen haben, um die Ersten zu sein. In der ersten Woche hatten sie in der halben Stunde zwischen ihrem Set und den Headlinern genug Zeit für alle Fans, aber mittlerweile ist das viel zu kurz. Evas Eltern nennen das ein *gutes Problem.*

Celeste setzt sich auf ihren Stuhl und rückt dann Evas mit dem Fuß vor. Ihre Zehennägel sind strahlend blau lackiert. Eva setzt sich hin und zieht die Kappe von ihrem Filzstift ab. Steph wirft einen Blick zu den anderen, wartet Ginas Nicken ab, und winkt dann der Assistentin zu, die die erste Gruppe Fans vorlässt.

Steph signiert das Poster, das das erste Mädchen auf den Tisch legt, und schiebt es geübt Eva zu. Eva schaut kaum aufs Papier, als sie unterschreibt; Augenkontakt ist wichtiger.

»Hattet ihr alle Spaß?«, fragt sie.

Steph hat schon gefragt: »Wie geht es euch heute?«

Sie haben mittlerweile einen Rhythmus hierfür entwickelt.

»Ihr wart unglaublich«, sagt das Mädchen aufgeregt. Sie hat ein Konzert-T-Shirt an, das sie ganz offensichtlich über ihr Tanktop gezogen hat. »Echt so gut, oh mein Gott.«

»Ja, das war sie, oder?«, grinst Celeste und lehnt sich zu Eva hinüber.

Das Mädchen zuckt zusammen und zupft mit großen Augen am Ärmel ihrer Freundin, in stiller Aufforderung, sich *das hier anzusehen, sie sind genau, wie wir sie uns vorgestellt haben.*

»Dein Solo in *Standstill* hat mich total fertiggemacht«, sagt das Mädchen halb zu Eva, halb zu Celeste, als suche sie nach Celestes Zustimmung für ihr Lob an Eva.

»Jeden Abend, wenn sie das singt, will ich das Konzert

am liebsten beenden«, sagt Celeste. »So nach dem Motto: ›Ihr könnt jetzt alle nach Hause gehen, das war eh schon der Höhepunkt, da kommt nichts Besseres mehr‹. Jeden Abend!«

Zögerlich antwortet das Mädchen: »Ich bin froh, dass du das nicht gemacht hast?«

Eva lacht. »Hör nicht auf sie«, rät sie dem Mädchen. Mit halbem Blick auf die Assistentin und die Schlange schiebt sie das Poster an Celeste weiter.

»Hör auf mich«, protestiert Celeste. »Ich sollte auf der anderen Seite dieses Tischs stehen. Warum bekomme ich kein Autogramm von Eva?«

»Du …« Eva verstummt. Wenn sie sagt: *Du schreibst doch jede Nacht* all *unsere Autogramme auf meinen Oberschenkel*, oder auch nur: *Du kuschelst doch jede Nacht im Bus mit mir*, dann steht das schneller im Internet, als sie »Autogramm« sagen kann. Und genug Fans werden dann Theorien aufstellen, für die sie noch nicht bereit ist, also sagt sie nichts.

»Ich finde, das sollten wir richtigstellen«, sagt Celeste und zwinkert dem Mädchen zu, aber dreht sich zu Eva um. »Gibst du mir ein Autogramm?«

»Ihr haltet die Schlange auf!«, ruft Gina, aber man hört, dass sie nicht wirklich sauer ist.

»Sorry!«, quietscht das Mädchen.

»Nicht du, Babe. Die hier.« Gina zieht Celeste das Poster weg.

Celeste drückt Eva ihren eigenen Filzstift in die Hand. »Also?«

»Okay? Aber wo soll ich unterschreiben?«

»Da habe ich ein paar Ideen …« Celeste zieht die Augenbrauen hoch.

Eva tut ihr Bestes, ihren Blick nicht von Celestes Augen abzuwenden.

Celeste grinst und tippt auf ihren Bizeps. »Hier?«

Eva unterschreibt.

Juli 2021
Steph

Das einzig Gute an der Probe am Dienstag ist, dass sie besser läuft als gestern.

Aber »besser als gestern« heißt nicht besonders viel. Es ist fast schlimmer als die letzten sieben Konzerte, die sie als MO gaben, denn obwohl Steph zu der Zeit von Unsicherheit geplagt war, kannte dey wenigstens die Songs und Choreografien genau. Und dey wusste, dass dey bald zu Hause sein würde.

Jetzt *ist* Steph zu Hause und überlegt, ob dey vielleicht wieder wegziehen will. Aber das wird nie passieren, solange Eva Gina ständig zuckersüß anlächelt und sich weigert, auch nur in Celestes Richtung zu sehen. Ganz offensichtlich erinnert jede einzelne Note Eva daran, hintergangen worden zu sein, und jetzt mehr denn je versteht Steph, wie sehr Eva sich bei den letzten paar Konzerten zusammengerissen haben muss. Fans kamen nicht nur, um MO singen zu hören, sondern weil sie sehen wollten, wie sehr die Bandmitglieder einander mochten. Was wird Duluth wohl von ihnen denken, so zersplittert, wie sie jetzt sind?

Als Stephs Handy klingelt, haben sie gerade mit dem vorletzten Song für heute angefangen. Dey lässt die Schlagzeugstöcke auf dem Hocker liegen und rast zu deren Tasche.

»Sorry, Leute, ich hätte schwören können, dass ich das auf leise gestellt habe«, entschuldigt dey sich.

Automatisch wandert Stephs Finger zum Auflegeknopf, aber dann sieht dey, dass es Matt ist. Dey schnaubt. Seit MOs Trennung ist dey so ziemlich 24/7 zu Hause, und jetzt, wo dey eine einzige Woche für ein Benefizkonzert freigehalten hat, muss Matt demm stören?

»Was?«, schnappt Steph ins Handy. »Wir proben gerade.«

»Grandma ist im Krankenhaus.«

Stephs Beine klappen unter demm zusammen. »Was?«

»Sie ist einfach zusammengebrochen. Sie hat noch geatmet, aber sie … sie ist zusammengebrochen, also habe ich den Notruf gewählt, aber ich durfte nicht im Krankenwagen mitfahren, und Moms Handy ist aus, weil sie bei der Arbeit ist …« Matts Stimme klingt hoch und panisch.

Oh Gott.

Steph will gar nicht daran denken, was ist, wenn … selbst das Wort zu denken …

Reiß dich zusammen, ermahnt dey sich selbst. *Reiß. Dich. Zusammen.*

»Das hast du gut gemacht mit dem Notruf. Wo bist du gerade?« Dey steht auf und hebt deren Tasche auf, während dey hektisch in der Hosentasche nach dem Autoschlüssel kramt.

Handlung, Bewegung, ja, so macht man das, der einzige Weg raus ist durch, dey muss *los*.

»Im Auto, auf dem Weg. Meghan war gerade mit Mari im Park, sie weiß es noch nicht.«

»Kannst du fahren? Wenn du irgendwo anhältst, hole ich dich ab.«

Shit. Matt hat sie zur Probe gefahren, also hat Steph kein Auto. Warum hat dey ihn das tun lassen? Warum *wusste* dey nicht einfach, dass das schiefgehen würde?

Die anderen stehen mit besorgten Gesichtern um Steph herum.

»Steph? Ist alles okay?«, fragt Gina.

Nein. Nein, nein, nein.

Aber »nein« ist nicht genug. »Nein« ist komplett nutzlos. Ein »nein« hilft demm nicht weiter.

»Wie können wir helfen?«, fragt Eva.

»Ich brauche ein Auto. Ich muss zum Krankenhaus, jetzt sofort«, sagt Steph und hält dabei das Handy von deren Mund weg. Die Worte kommen abgehackt heraus, als dey versucht, das Zittern in deren Stimme unter Kontrolle zu halten. Dey kann nicht laut sagen, warum dey zum Krankenhaus muss, noch nicht.

»Kein Problem. Ich organisiere uns Pips Auto«, sagt Celeste und dreht sich um.

Auf Evas und Ginas Gesichtern machen sich identische Ausdrücke des Schreckens breit, aber sie stellen keine Fragen, sondern folgen Steph zur Tür hinaus, als dey sich wieder auf Matt konzentriert.

»Nein, ich bin eh schon fast da«, sagt er. »Was soll ich machen?«

Ruf Mom zurück, denkt Steph. *Ich kann das nicht nochmal durchmachen.*

Sofort macht sich ein saures Schuldgefühl in deren Magen breit. Dey muss jetzt für Matt stark sein.

»Setz dich ins Wartezimmer, bis ich komme. Äh, sag den Leuten an der Rezeption, wer du bist.« Steph schluckt. »Aber Grandma konnte vermutlich nicht zustimmen, dass sie Informationen über ihren Zustand weitergeben dürfen, also können sie dir sowieso nichts sagen. Ich gebe Mom Bescheid.«

Celeste taucht am Rande deren Sichtfelds auf und hält einen Autoschlüssel hoch. Steph greift danach, aber Celeste schüttelt den Kopf.

»Ich fahre.«

Steph diskutiert nicht. Eva und Gina folgen demm auf den Parkplatz.

»Ich hatte solche Angst, Steph.« Die Worte klingen gepresst. Matt kann so nicht weiterfahren.

»Ich weiß. Du hast das super gemacht. Du hast den Krankenwagen gerufen und mir Bescheid gesagt. Ich lege jetzt auf, damit du dich auf die Straße konzentrieren kannst, okay?« Steph rutscht auf den Vordersitz des Autos, das Celeste aufschließt. Deren Hände zittern so sehr, dass dey erst beim dritten Versuch den Gurt schließen kann. Zum Glück hat Celeste angeboten, zu fahren.

Gina und Eva sitzen hinten und reden im Flüsterton. Eva reicht Celeste ihr Handy, und Steph sieht, dass Google Maps darauf offen ist.

»Okay«, sagt Matt. »Du kommst?«

»Ich bin auf dem Weg. Fahr vorsichtig, ich bin gleich da.«

»Okay«, wiederholt er.

Steph legt auf und lässt den Kopf an die Lehne fallen. Kann nichts je gut laufen? Dey wollte doch nur *eine* Woche, und das verdammte Universum konnte demm noch nicht einmal das gönnen. Wenigstens weiß Steph jetzt, dass dey sowas nicht nochmal versuchen sollte.

»St. Luke's, oder?«, fragt Celeste und wirft demm einen Blick zu, als sie rechts abbiegt.

»Ja.« Steph atmet einmal tief ein und aus. »Grandma. Ist zusammengebrochen, als sie zu zweit zu Hause waren. Matt musste den Notruf wählen.«

»Oh mein Gott«, keucht Eva.

»Steph, das tut mir so leid.« Gina drückt Steph von hinten die Schulter.

»Er ist auf dem Weg zum Krankenhaus. Er weiß nur, dass …« Die Worte bleiben demm in der Kehle stecken. »Dass sie noch geatmet hat. Das hat er gesagt. Dass sie noch geatmet hat. Also.«

»Sie schafft das schon«, sagt Eva.

»Ich wünschte, Leute würden sowas nicht immer sagen«, antwortet Steph. Es ist noch nicht einmal Evas Schuld, sowas sagt man einfach in so einer Situation, aber dey kann aus irgendeinem Grund nicht aufhören, zu reden. »Vermutlich gibt es irgendwelche Beweise dafür, dass eine positive Einstellung hilft oder so, aber das stimmt nicht immer. Man stirbt einfach. Man stirbt *trotzdem.* Und selbst, wenn man manche Sachen *geschafft* hat – irgendwann ist man einfach müde, und das kann ich auch verstehen.«

Genau *deswegen* muss Steph hierbleiben, egal, welche Luftschlösser Gina demm verspricht, in denen dey Musik macht und Mari schon groß ist. Was, wenn sie das Benefizkonzert stattdessen in Minneapolis gegeben hätten? Hätte Stephs Familie wirklich stundenlang warten müssen, bis dey endlich in Duluth angekommen wäre? Nein.

»Natürlich. Sorry«, sagt Eva.

»Fang gar nicht erst an«, raunzt Steph. »Du verstehst es einfach nicht, und du wirst es auch *nie* verstehen. Meine Grandma ist im Krankenhaus und ich war noch nicht einmal da, und ich habe keine Lust mehr, das einer Person zu erklären, deren Mutter sie nie braucht und deren Anwaltspapa alle Möglichkeiten hat, ihr die Welt so zu machen, wie sie ihr gefällt …«

»Hey, hör auf«, unterbricht Celeste demm. »Du bist gerade verständlicherweise aufgelöst, aber du kannst so nicht mit ihr reden. Das hier ist nicht Evas Schuld.«

»Und natürlich verteidigst du sie. Wenn wir alle mal ganz ehrlich sind, geht es immer um euch beide, oder? Euch ist es egal, wen ihr dabei verletzt.« Steph blinzelt, um die Tränen zurückzuhalten. Dey kann jetzt noch nicht weinen. Dey weiß noch überhaupt nichts. Und dey kann definitiv nicht weinen, weil einfach alles wieder den Bach runtergeht.

»Das ist unfair, und stimmt überhaupt nicht, und das weißt du auch«, sagt Gina. »Atmen wir einfach alle mal tief durch.«

»Atmen löst aber das verdammte Problem nicht«, knurrt Steph.

»Und uns anzuschreien, hilft auch nichts!«, kontert Gina. »Ich weiß, dass du dich gerade nutzlos fühlst, weil du nichts machen kannst, bis wir beim Krankenhaus sind, aber halt dich bitte ein bisschen zurück, bis wir da sind.«

Steph spürt wie aus weiter Ferne, wie dey auf dem Vordersitz zusammensackt.

»Ich muss Mom und Meghan Bescheid sagen«, sagt dey, und deren Stimme klingt hohl.

»Sollen wir sie anrufen? Oder zumindest Meghan?«, bietet Eva an.

Dey weiß, dass das als Friedensangebot gemeint ist, aber dey ist gerade einfach nicht an Frieden interessiert.

»Nein. Das ist euch und ihr gegenüber nicht fair. Ich muss das selbst machen.«

Stephs Handy fängt an, zu vibrieren: Auf dem Bildschirm steht *Mom*, aber es klingelt nicht. Dey hat es wohl doch stumm gestellt, und während der Probe muss Matt zweimal hintereinander angerufen haben, sodass sein zweiter Anruf auf laut gestellt wurde.

»Mom?«

»Schatz, was ist los? Ich habe gerade Pause und habe gesehen, dass Matt mich ganz oft angerufen hat, aber jetzt geht er nicht ran.«

»Vielleicht war der Außenparkplatz am Krankenhaus voll, und im Parkhaus ist vermutlich kein Empfang«, sagt Steph.

Stille. »Krankenhaus?«

Steph erklärt das, was dey weiß.

»Wo bist du gerade?«, fragt Stephs Mom. Dey erkennt die Frage; vor ein paar Minuten hat dey Matt dieselbe gestellt.

»Auf dem Weg, mit den Mädels.«

»Gut, okay. Ich rufe Meghan an und hole sie zu Hause

ab, ich will nicht, dass sie selbst fährt. Ist das okay? Oder soll ich direkt zum Krankenhaus kommen?«

Wenn sie Meghan und Mari abholt, wird sie das mindestens zehn Minuten kosten.

»Deine Entscheidung«, sagt Steph. »Für mich ist beides in Ordnung, also … entscheide du.«

Celeste biegt wieder ab, und dey erkennt die Straße. Nur noch ein paar Minuten.

»Steph? Ich hab dich so lieb.«

»Hab dich auch lieb, Mom.«

Dey legt auf und lässt das Handy auf den Schoß sinken. Dey kann das einfach nicht nochmal durchmachen. Nicht noch ein Schlaganfall, oder … oder. Dey kann es einfach nicht.

»Ich lass dich am Eingang raus, okay?«, fragt Celeste.

»Ich komm mit«, sagt Eva. »Falls du jemanden brauchst, um Nachrichten zu übermitteln oder … oder für irgendwas anderes.«

»Ja, okay.«

Dey schweigt, während Celeste vor dem Eingang zur Notaufnahme vorfährt.

»Wir kommen nach, sobald ich geparkt habe«, verspricht sie.

Eva folgt Steph ohne ein Wort durch die Eingangstür und die breite Treppe hinauf.

Matt sitzt schon im Wartebereich, aber springt sofort auf, als er Steph sieht. Sein Gesicht ist tränenüberströmt.

»Ist alles okay? Weißt du schon was?«

Matt schüttelt den Kopf, und Steph zieht ihn fest an sich.

»Es tut mir so leid, dass du das allein machen musstest«, sagt Steph.

»Du bist ja sofort gekommen«, murmelt Matt.

Siehst du?, denkt Steph, als könnte Gina deren Gedanken vom Parkhaus aus lesen. *Wenn ich weiter weg wäre, wäre er noch allein hier.*

»Natürlich bin ich das.«

»Ich muss, äh. Ich such mal das Klo«, sagt Matt und stolpert fast über einen Stuhl, als er Eva umrundet.

Eine Minute später eilen Gina und Celeste in den Raum. Celeste will sich auf Matts leerem Stuhl niederlassen, aber Eva hält sie zurück. »Da sitzt Matt.«

Celeste setzt sich neben Eva und Gina auf Stephs andere Seite. Sie sieht zwischen Steph und Eva hin und her.

»Sie dürfen uns sowieso nichts sagen, bis Mom hier ist. Ihr könnt wieder zurück zur Probe«, sagt Steph ihnen.

»*What the fuck?*«, protestiert Celeste. Erst dann scheint ihr aufzufallen, dass der Wartebereich definitiv nicht leer ist, und sie spricht leiser weiter. »Wir lassen dich nicht einfach im *Krankenhaus* sitzen, Steph. Wenn du möchtest, dass wir gehen, sobald deine Mom hier ist, verstehen wir das vollauf. Dann warten wir in der Cafeteria, oder fahren wieder zu dir nach Hause. Aber wir proben nicht ohne dich, und auf keinen Fall, während du hier sitzt.«

»Aber ich muss hier sein, und ihr müsst ein Konzert auf die Beine stellen. Ich glaube, das nennt man ›unvereinbare Differenzen‹«, sagt Steph.

Celeste zuckt zurück. »Wir lassen dich *nicht* allein.«

»Meine Familie *braucht* mich. Ihr glaubt, dass ihr einfach nach Duluth kommen und dieses coole Konzert veranstalten könnt, und dass ich dafür all meine Probleme einfach eine Woche auf Eis legen kann. Vielleicht funktioniert das in eurem Leben ja so, aber in meinem nicht. Geht einfach, ich kümmere mich schon selbst darum.«

Genau wie damals, denkt dey.

»Wir wollen aber nicht gehen«, sagt Eva. »Wir wollen helfen. Sie ist vielleicht deine Grandma, aber wir lieben sie auch. Und wenn du mich jetzt anschreien und mir sagen willst, dass ich nicht weiß, wie das ist, weil *meine* Großmütter beide gestorben sind, bevor ich überhaupt das Einmaleins konnte, geschweige denn meinen Führerschein hatte, dann mach es ruhig. Aber ich gehe trotzdem nicht, und ich will immer noch helfen.«

»Wir sind für dich da«, fügt Gina hinzu. »Fick die Probe.«

Und dann fängt Steph an zu weinen. Dey sackt in dem unbequemen Krankenhausstuhl zusammen und vergräbt die Finger im Haar. Es ist einfach zu viel, und dey ist so müde, aber wenn dey diese Tränen loswird, bevor Matt aus dem Bad zurückkommt, kann dey vielleicht wenigstens so tun, als hätte dey gar nicht geweint.

»Hey, wir sind hier«, murmelt Eva, und Steph spürt eine Hand auf dem Rücken.

»Ich will das Konzert nicht ruinieren«, sagt dey zu deren Knien.

Das ist das eigentliche Problem, oder? Es ist ganz egal, was Steph will, oder ob dey es total genießt, wieder am Schlagzeug zu sitzen und mit deren eigenen Händen das Tempo anzugeben, das die Mädels brauchen. Steph wird nie garantieren können, dass dey Zeit für die Band hat. Sowas wie heute wird immer irgendwie passieren.

»Du ruinierst das Konzert nicht. Wir wussten doch

schon, dass wir vielleicht ein paar Songs auslassen müssen«, beruhigt Gina demm.

»Es geht nicht nur darum«, sagt Steph. Dey setzt sich auf, zieht die Knie an die Brust und legt die Arme darum. »Wenn … wenn sie sie nicht entlassen, kann ich morgen nicht proben. Oder das Konzert am Donnerstag spielen. Ich werde hier gebraucht.«

Als Steph das sagt, sieht dey Eva an und wartet darauf, dass sie genauso betrogen aussieht, wie damals. Aber das tut sie nicht.

»Natürlich wirst du gebraucht«, sagt Eva sanft statt sarkastisch, wie Steph es erwartet hat. »Wir kriegen das hin, so, wie du es willst. Und vielleicht heißt das, das wir es gar nicht machen. Das ist deine Entscheidung.«

»Das ist euch gegenüber nicht fair. Ihr seid von so weit hergekommen …«

»Für dich«, sagt Eva. »Und für die Band, und Duluth. Nicht nur, um auf einer Bühne zu stehen und zu singen.«

»Aber das Konzert. Die ganzen Leute, die Tickets gekauft haben, gerade jetzt mit dem größeren Stadium. Wir haben eine Verpflichtung, und nur, weil ich nicht dabei sein kann …«

»Das wissen wir doch noch gar nicht«, unterbricht Gina. »Du hast Zeit, eine Entscheidung zu fällen. Und wenn du entscheidest, dass deine Familie dich mehr braucht, ist das okay, versprochen. Aber du solltest keine Entscheidungen treffen, bevor du nicht weißt, was Sache ist.«

»Aber wenn ich nicht dabei sein kann.«

»Celeste könnte spielen«, schlägt Eva vor.

»Was?« Celestes Augen sind vor Überraschung so groß, dass es fast komisch aussieht.

»Du hast doch schon ein Set. Du müsstest vermutlich mehr Akustikversionen spielen, das wäre vielleicht ein bisschen nervig, aber du hast ein ganzes Konzert. Lass die Songs weg, für die du wirklich ein ganzes Team brauchst oder die du nicht allein spielen kannst, dann hast du bestimmt immer noch genug. Dein Set ist schon länger als das vieler anderer.« Eva lehnt sich in ihrem Stuhl zurück.

Steph ist noch nicht einmal überrascht, dass Eva weiß, wie lang Celestes Set ist. Gibt es überhaupt irgendwas, das sie nicht weiß, außer, dass Celeste ihr nie wieder das Herz brechen würde?

»Aber …« Celeste schaut zu Steph. »Das sollte doch eigentlich *unser* Konzert sein, für Duluth.«

»Eva hat recht«, entscheidet Steph. »Wenn wir nicht als MO spielen können … du hast schon ein Konzert. Spiel das.«

»Ich bin nicht hergekommen, um ein Solokonzert zu geben, oder um … euch das wegzunehmen. Ich bin für *uns* hier, wirklich«, sagt Celeste, fast flehentlich.

»Das wissen wir«, versichert Eva ihr. »Aber diesmal? Diesmal ist dein Solokonzert vielleicht die einzige Lösung, die wir haben.«

»Gina?«, fragt Celeste, als Matt wiederkommt und sich in den leeren Stuhl zwischen Steph und Eva fallenlässt.

»Hör auf Eva, Babe. *The show must go on*, und du bist ein super Back-up-Plan.« Gina steht auf. »Ich guck mal, ob ich uns ein privates Wartezimmer organisieren kann, okay?«

»Äh, was?«, fragt Matt und sieht verwirrt zwischen ihnen hin und her.

Celeste folgt Gina zur Rezeption. Zusammen können sie bestimmt etwas erreichen, mit ihren Magazincovern und Instagram-Accounts mit Millionen Followern.

»Nichts«, sagt Steph, und fügt dann hinzu: »Später.«

»Was ist mit dem Konzert?«, fragt Matt.

»Später«, wiederholt Steph. »Mom ist hier.«

Matt dreht sich blitzschnell um. »Mom!«

Stephs Mom umarmt Matt zuerst, was Steph ihr nicht übelnimmt. *Dey* musste schließlich nicht den Krankenwagen rufen. Aber einen Moment später zieht sie Steph für eine Gruppenumarmung an sich.

»Mama!«, ruft Mari und windet sich in Meghans Armen.

»Gleich, Baby«, antwortet sie.

Stephs Mom lässt den Blick über die Gruppe schweifen: Eva, die am Rande des Familienkreises steht, und Celeste und Gina, die gerade mit einem Krankenpfleger auf sie zukommen, der Steph stark an Hugh Jackman in Wolverine erinnert.

»Ms. Miles?«, fragt der Krankenpfleger und hält ihr die Hand hin. »Wir haben ein privates Wartezimmer für Sie, das ist vielleicht bequemer.«

»Danke«, antwortet Stephs Mom. »Und dann hätte ich gerne ein Update zu meiner Mutter.«

»Natürlich. Hier lang.«

Sie folgen dem Krankenpfleger, den Steph heimlich »Logan« getauft hat, den Flur entlang, bis der die Tür zu einem kleinen Konferenzraum für sie aufhält, der durch große Fenster erhellt ist. Im Nachmittagslicht sieht die

Kunstholzoberfläche des ovalen Tisches noch mehr nach Plastik aus. Celeste setzt sich auf einen Stuhl am Kopfende und holt ihr Handy heraus.

»Ich gehe mit dem ärztlichen Personal reden«, verkündet Stephs Mom. »Ich komme wieder, sobald ich ein Update habe.«

Mari rennt einmal um den Tisch herum und quietscht vergnügt, als sie unter Celestes Stuhl hindurchkrabbelt, bevor sie beschließt, dass sie eigentlich auf Meghans Schoß sitzen will. Steph reicht Meghan ein Bilderbuch aus der Babytasche und setzt sich dann neben Celeste, die immer noch auf ihr Handy starrt.

»Ist es schon auf Social Media?«, fragt Steph.

Celeste zögert und nickt dann. »Niemand weiß, wer im Krankenhaus ist, aber ein paar Leute haben darüber getweetet, dass sie uns im Wartezimmer gesehen haben. Keine Fotos, also könnte es genauso gut ein Gerücht sein. Pip hat mich gefragt, was ich machen will, aber … was meinst du?«

»Könntest du Pip darum bitten, ein Auge darauf zu haben? Mein Instinkt ist, es noch eine Weile ein Gerücht bleiben zu lassen. Wenn es weiter geteilt wird, sagen wir was, sobald wir wissen … was Sache ist.«

»Klingt gut«, nickt Celeste.

Dann schweigen alle bis auf Meghan und Mari. Sie zucken zusammen, als die Tür aufgeht und Stephs Mom hereinkommt. Sie sieht müde aus, so wie fast immer, aber nicht so, als hätte sie gerade etwas Schreckliches erfahren.

»Grandma geht es gut«, sagt sie und schließt die Tür.

Matt atmet zischend aus.

»Komm, setz dich, Mom«, sagt Steph.

Sie setzt sich auf einen Stuhl neben Mari, die auf dem Boden spielt. »Sie ist wach, ein bisschen bestürzt, dass sie im Krankenhaus gelandet ist, und ein bisschen beschämt, dass sie umgekippt ist.«

»Was war es denn?«, fragt Matt.

»Im Moment denken sie, dass ihr Blutdruck zu stark gefallen ist. Sie machen noch ein paar Tests, um sicherzugehen, dass es nichts Ernsteres ist. Und aufgrund ihrer Krankengeschichte bleibt sie heute Nacht vorsichtshalber hier. Sie kommt bald auf eine andere Station.« Sie lächelt ihnen aufmunternd zu.

Steph ist froh, dass dey schon sitzt. Dey kann deren Knochen, deren ganzen Körper, wenn es notwendig ist auch mit Gewalt bewegen. Aber jetzt, da die Krise vorbei ist, fühlt es sich an, als würde dey beim leisesten Windhauch zu Staub zerfallen. Dey sackt unter dem Gewicht der Erleichterung weiter im Stuhl zusammen.

»Blutdruck, das …« Matt nickt, mehr zu sich selbst als zu irgendwem anderem.

»Du warst so tapfer, Schatz. Du hast genau das Richtige gemacht, als du den Notruf gewählt hast. Ich wünschte, ich hätte da sein können, aber ich bin stolz, dass du das hinbekommen hast.« Matt nickt wieder. »Ich bleibe hier, aber ihr solltet nach Hause gehen. Ich weiß, dass ihr sie sehen wollt, aber sie hat heute keine Kraft mehr für Besuch. Wenn irgendwas ist, melde ich mich.«

»Ich bleibe hier, bis die Testergebnisse da sind«, sagt Steph, und Matt und Meghan stimmen demm zu.

»Wir würden auch gerne hierbleiben«, sagt Eva. »Aber nur, wenn wir nicht im Weg sind. Wenn wir lieber gehen sollen, oder was zu essen holen sollen oder so, sagt Bescheid.«

»Ihr könnt hierbleiben«, sagt Steph. »Wenn ihr wollt.«

»Das wollen wir«, bestätigt Gina.

Die Antwort ist keine Überraschung, und vor Dankbarkeit fängt Steph fast wieder an zu weinen.

Juli 2021
Steph

Laut dem ärztlichen Personal ist eine Verbindung mit dem Schlaganfall auszuschließen.

»Ich will trotzdem hier sein, wenn sie entlassen wird«, sagt Steph zu den anderen. »Das wird sich aber vermutlich mit der Generalprobe überschneiden.«

»Mach dir keinen Kopf. Wir proben, wenn du bereit bist«, antwortet Eva.

Eva begleitet Celeste, als sie Meghan und Mari nach Hause fährt. Ungefähr eine Stunde später folgt Steph mit dem Rest, außer deren Mom. Eva hat Essen bestellt, und es ist da, kurz nachdem Steph zuhause ankommt.

Dey starrt deren Teller an. »Es tut mir *wirklich* leid. Was ich im Auto gesagt habe.«

»Schon okay«, sagt Eva. »Du hattest einfach Angst.«

»Trotzdem war das nicht okay. Ihr wart alle so nett und

hilfreich, und zwar nicht nur heute, sondern die ganze Woche schon. Ihr habt es nicht verdient, dass ich euch anschreie«, beharrt Steph.

»Ist nicht schlimm«, winkt Celeste ab. »Konzentrieren wir uns einfach darauf, dass es deiner Grandma gut geht.«

Den Rest der Mahlzeit über herrscht Schweigen. Steph fühlt sich immer noch ein bisschen benommen, und die Mädels sind vermutlich still, weil es ihnen unangenehm ist oder weil sie respektvoll sein wollen.

Meghan kommt wieder in die Küche, nachdem sie Mari ins Bett gebracht hat. Ein paar Haarsträhnen hängen lose von ihrem Pferdeschwanz herab; Mari mag es, mit ihrem Haar herumzuspielen, besonders kurz vorm Schlafengehen.

»Steph? Können wir mit dir reden?«, fragt Meghan.

Matt steht vom Tisch auf, als hätte er das bereits erwartet.

»Ja, na klar«, sagt Steph verwirrt.

Es gab zwar in den letzten Jahren ein paar ernste Familiengespräche, aber bis jetzt haben nie Stephs Geschwister den Anfang gemacht.

»Wir gehen nach oben«, bietet Eva an.

»Oh, wir können auch gehen.« Steph erhebt sich halb.

»Nee, wir sind schon weg.« Celeste schließt die Spülmaschine und folgt Gina und Eva aus der Küche.

Matt setzt sich neben Meghan wieder an den Tisch, gegenüber von Steph.

»Was ist los?«, fragt Steph, und bevor deren Geschwister antworten können, fährt dey fort: »Es tut mir echt leid, dass ich heute nicht zu Hause war. Ich bin morgen früh im Krankenhaus, und ich habe den Mädels schon gesagt, dass ich das Konzert eventuell nicht spielen kann. Grandma ist die Priorität.«

»Bitte hör auf zu reden«, unterbricht Meghan demm.

»Du gibst das Konzert«, sagt Matt. Sein Gesicht ist stur, aber ohne den düsteren Blick, den er bei all den Gesprächen mit dem Schulleiter draufhatte, als Steph wieder nach Duluth kam; stattdessen sieht es fast so aus, als würde er schmunzeln.

»Das ist nett von euch, aber Grandmas Gesundheit ist im Moment wichtiger. Celeste kann das Konzert übernehmen, also muss es nicht ganz ausfallen.« Steph spielt mit einer unbenutzten Gabel herum. Es hat schon genug wehgetan, diese Entscheidung zu fällen, muss dey sie jetzt wirklich noch vor deren Geschwistern verteidigen?

»Kannst du mal für drei Sekunden aufhören, den Märtyrer zu spielen?«, schnappt Meghan.

»Für drei Tage«, fügt Matt hinzu. »Oder drei Jahre.«

»Ich spiele nicht den *Märtyrer*«, verteidigt Steph sich. »Grandma ist im Krankenhaus! Matt musste den Krankenwagen rufen! Was ist daran so schwer zu verstehen?«

»Und ihr geht es gut«, sagt Meghan.

»Mom ist heute schon früher von der Arbeit gegangen, sie kann sich nicht den Rest der Woche freinehmen.«

»Aber ich bin doch hier«, erinnert demm Matt. »Ich arbeite nicht, und ich habe einen Führerschein. Ich habe das mit dem Notruf heute gut hinbekommen, danke der Nachfrage.«

»Und dann hast du mich angerufen und warst total am Ausflippen«, sagt Steph.

»Ich bin kurz in Panik verfallen, weil ich Mom nicht erreichen konnte, okay? Also hab ich dich angerufen. Aber das heißt nicht, dass du Moonlight Overthrow wieder absagen musst.« Matt verschränkt die Arme.

»Es ist nicht fair, euch diese Verantwortung zu übertragen, wenn etwas schiefläuft«, protestiert Steph.

»Falls«, korrigiert Meghan. »Und du hast dir selbst die ganze Verantwortung auferlegt, als du nach Hause kamst. Du warst achtzehn und wolltest versuchen, alles in Ordnung zu bringen. Ich bin jetzt auch achtzehn.«

»Du hast ein *Baby.*«

»Mari trinkt nicht mehr von der Brust und wacht nur noch einmal nachts auf. Es ist immer noch schwer, und natürlich bin ich dir dankbar, dass du nach Hause gekommen bist. Du hast mindestens genauso viele Windeln gewechselt wie ich. Aber du musst nicht mehr jede Sekunde auf uns aufpassen.« Meghan stützt das Kinn in die Hände.

»Wir haben unseren Scheiß jetzt unter Kontrolle«, sagt Matt und ignoriert den bösen Blick, den Steph ihm für das Schimpfwort zuwirft. »Ich werde dich auch weiterhin anrufen. Aber … manchmal reicht es schon, wenn du rangehst, mir sagst, dass ich durchatmen soll, und mir hilfst, jemand anderes anzurufen. Du musst nicht immer selbst kommen.«

»Wow, danke.«

»Das meine ich auf eine gute Art. Uns gehts gut. Meg und ich kriegen das schon hin.« Matt wirft demm einen bösen Blick zurück. »Und du hast jetzt auch deinen Scheiß unter Kontrolle.«

»Wir wollen damit nicht sagen, dass du nicht für uns nach Hause gekommen bist. Aber du bist auch für dich selbst nach Hause gekommen, was total okay ist. Und jetzt weißt du, wer du bist und wer du nicht bist, und vielleicht heißt das, dass du nicht unbedingt hierbleiben musst«, sagt Meghan.

»Schmeißt ihr mich aus meinem eigenen Haus?«

Matt verdreht die Augen. »Du machst Musik. Du willst bei Festivals auftreten und die ganze Nacht lang mit irgendwelcher Produktionssoftware rumspielen, die ich nicht verstehe. Du willst von *Rolling Stone* als Teil einer Serie über nichtbinäre Menschen in der Musikindustrie interviewt werden. Das kannst du nicht machen, wenn du hierbleibst.«

»Ist doch egal«, sagt Steph. Dey kann sich nicht dazu bringen, fortzufahren: *was ich will.*

»Du hast so viel aufgegeben, um hier bei uns zu sein«, sagt Matt. »Das wissen wir. Wir sind nicht so klein wie Mari, also glaub uns bitte.«

»Vermutlich wird es Zeiten geben, in denen wir uns wünschen, dass du da wärst. Aber das ist es uns *wert*, wenn das bedeutet, dass du wieder Musik machst. Wir wollen das für dich tun. Wir werden daran arbeiten, dass es funktioniert, genauso, wie du die ganzen Jahre nicht gearbeitet hast, um hier zu sein.« Meghan zieht die Augenbrauen hoch.

Nicht zum ersten Mal bemerkt Steph, dass die Mutterschaft Meghan einen eisernen Willen verliehen hat.

»Ihr redet nicht nur von dem Konzert am Donnerstag. Ihr meint …«

»Moonlight Overthrow. Oder du allein, oder mit einer neuen Gruppe, was du willst. Hab keine Angst mehr davor, zu viel zu wollen«, rät Meghan demm.

»Man kann nicht alles haben«, sagt Steph.

»Das erzählst du mir?«, entgegnet Meghan. *Da hat sie*

recht. »Aber du kannst trotzdem mehr als eine Sache haben.«

»Denk dran, wir sind keine kleinen Kinder mehr, so wie das erste Mal, als du gegangen bist.« Matt streckt die Zunge raus.

»Seid ihr euch wirklich sicher? Beide?«

»Wir überlegen schon seit Mai, wie wir mit dir darüber reden sollen«, sagt Meghan.

Stephs Blick fällt auf die Küchenwand, wo die Urlaubsfotos hängen. Grandma geht es gut, wie Celeste gesagt hat. Matt hat die Situation allein bewältigt.

»Ich muss ein bisschen darüber nachdenken. Und vermutlich mit den Mädels reden«, sagt Steph. »Aber … danke. Also … danke.«

»Mit dem Alter kommt die Rührseligkeit«, stichelt Matt.

Nach ein paar weiteren gespielten Beleidigungen geht Steph nach oben und bleibt vor deren Zimmertür stehen, die nur angelehnt ist.

»Celeste?«, fragt Steph.

»Nee, nur ich«, antwortet Gina. »Komm rein.«

Gina sitzt mit ihrem Laptop am Schreibtisch. Während Steph noch in der Küche war, hat sie sich eine Leinenhose und ein dunkelrotes Top angezogen.

»Wo sind Celeste und Eva?«, fragt Steph und betritt den Raum.

»Im Gästezimmer. Um zu reden.« Gina versucht gar nicht erst, ihr Grinsen zu unterdrücken.

»Ach ja? Gut. Ich habe mir ein bisschen Sorgen um die beiden gemacht.«

»Ich auch.« Gina streckt die Beine aus. »Sollen wir uns auf den Balkon setzen und auch ein bisschen reden?«

»Ja, das sollten wir«, antwortet Steph und öffnet die Balkontür.

Juli 2021
Gina

Die Nachtluft ist kühl, und eine sanfte Brise raschelt in den Blättern der Bäume, die in Stephs Garten stehen. Man kann schon ein paar Sterne erkennen, viel mehr, als Gina in L.A. sehen würde, wo die Stars nicht am Himmel, sondern auf dem Boden stehen. Sie sitzen eine Weile schweigend da. Steph spricht weder das Krankenhaus noch das an, worüber dey gerade mit Meghan und Matt geredet hat, und Gina fragt auch nicht nach.

»Kommen deine Eltern für das Konzert her?«, fragt Steph schließlich.

Gina dreht sich zu demm um. »Gibt es denn ein Konzert?«

»Wenn das für euch alle okay ist, nachdem ich heute die Probe unterbrochen habe … und wenn wir mit der

Generalprobe morgen erst anfangen, wenn Grandma zu Hause ist.« Steph verzieht nervös das Gesicht.

»Das freut mich wirklich. Wenn du dabei bist, bin ich auf jeden Fall auch dabei«, sagt Gina.

»Bis der Mond ins Meer stürzt?«

»Genau.«

Steph nickt. »Okay, dann ziehen wir es wohl durch.«

Gina lacht. »Ist ja nur ein Last-minute-Konzert, nichts Großes.«

Dieses ganze Konzert ist so anders, als ihre Konzerte als Moonlight Overthrow jemals waren. Sie durften bis zu ihrer *Lunar*-Tour noch nicht einmal die Setlist selbst zusammenstellen, geschweige denn beim Design, Styling oder ihrem Terminplan mitreden. Wenn Gina damals so viel Kontrolle wie jetzt gehabt hätte, hätten ihr vielleicht Gastauftritte in einem Film hier und da gereicht. Vielleicht nicht auf ewig, aber wenigstens ein bisschen länger.

»Also, was ist mit deinen Eltern?«, holt Steph sie in die Realität zurück.

»Ja, sie kommen am Donnerstagmorgen her und bringen ein paar meiner Cousinen und Cousins mit.« Gina atmet tief durch. »Aber Georgia schafft es nicht.«

Georgia hat ihr am Nachmittag die endgültige Absage geschrieben, gefolgt von einem Dutzend weinender Emojis.

»Georgia?«

»Eine Produktionsassistentin bei meiner Netflix-Serie«, erklärt Gina. »Wir daten uns nicht offiziell – noch nicht mal privat, und definitiv nicht öffentlich – aber wir daten uns auch nicht *nicht*.«

Steph stützt das Kinn auf die Hand. »Das klingt nicht wirklich nach Gina. Zumindest nicht der letzte Teil.«

»Ich flirte gerne mit ihr, und sie flirtet gerne mit mir. Wir schauen einfach, wo uns das hinführt«, sagt Gina.

Sie will auf jeden Fall, dass es *irgendwo* hinführt, aber sie haben beide viel zu tun, und Gina war schon immer geduldig.

»Aber sie kommt nicht?«

»Sie muss arbeiten und konnte nicht freibekommen.«

Flug, Hotel, Backstage-Pass, ich kann dir alles organisieren, hat sie vor Tagen geschrieben.

Ich versuche es, und Ich versuche es immer noch, und Eines Tages werde ich so erfolgreich sein, dass Filmproduktionen auf MICH warten müssen, sodass ich zu deinen Konzerten gehen kann von Georgia.

»Hast du ihr gesagt, dass sie deinen Namen erwähnen soll?«

»Ja, das darf sie natürlich. Es ist kein Geheimnis, dass wir befreundet sind – ich habe Fotos von ihr auf Instagram«, bestätigt Gina. Ihr ist klar, dass Gerüchte umhergehen. Sie weiß zwar technisch gesehen nicht, ob Georgia sie gesehen hat, aber das ist so ähnlich, wie zu sagen, dass sie technisch gesehen nicht zusammen sind.

»Gina Wright ist endlich verliebt«, grinst Steph.

Gina verzieht das Gesicht, obwohl Steph recht hat: Sie war noch nie jemand, der sich ständig verknallt. Aber sie wollte eigentlich mit Steph über mehr als nur den Anfang ihres Liebeslebens reden. Gina denkt daran, wie sie sich während jeder Probe gefühlt hat: cool auf eine Art, wie sie sich sonst nicht fühlt, wenn sie damit beschäftigt ist, Gina Motherfucking Wright zu sein, Erste ihres Namens, die immer elegant ist und alles unter Kontrolle hat. Keine Frage: Gina Motherfucking Wright kann auch super solo spielen.

»Ich habe ein bisschen nachgedacht … Georgia kann diesmal nicht zum Konzert kommen. Aber vielleicht gibt es ja in Zukunft noch mehr Konzerte«, platzt sie heraus.

Da. Jetzt hat sie es gesagt. *Bayahibe Rose* kann sie nicht mehr aufhalten, und jetzt muss sie ihren Plan nur noch in die Tat umsetzen.

Steph tut nicht einmal überrascht. »Du meinst … ein oder zwei Konzerte im Jahr oder so?«

»Ich meine Moonlight Overthrow, Take zwei«, korrigiert Gina.

Trotz der nicht immer perfekten Proben, der Fahrt zum Krankenhaus und Eva und Celestes Streits war die letzte Woche die beste, die sie seit langem hatte. Sie hat die anderen jetzt wieder, und sie hat nicht vor, sie wieder loszulassen. Vielleicht ist sie nicht mehr offiziell die Schlauste, aber sie ist immer noch schlau genug, um den gleichen Fehler nicht zweimal zu machen.

Steph atmet zischend aus.

»Ich will Musik. Du willst Musik«, beharrt Gina.

»Ich will Musik«, stimmt Steph mit stockender Stimme zu, als bedürfe es großer Anstrengung, das laut zuzugeben.

»Wir können das füreinander möglich machen.«

Lass mich das für uns möglich machen, denkt Gina.

»Es könnte aber nicht genauso wie früher sein. Ich kann nicht wieder solche Touren machen. Out zu sein hilft auch nicht damit, wie sehr das Touren mich fertigmacht.«

»Das kriegen wir schon hin.« Gina lehnt sich vor. »Bitte sag ja.«

Steph wirft ihr einen gespielt bösen Blick zu und grinst dann so breit, dass dey fast anfängt zu lachen. »Ja, okay. Ich habe das Gefühl … dass wir Champagner und eine formelle Ansprache brauchen oder so.«

Gina lehnt sich zu Steph hinüber und umarmt demm. Es fühlt sich so gut an, wieder ein Ziel zu haben.

»Das kommt später, für die Fans.« Gina zuckt die Schultern. »Wir brauchen das nicht. Der erste Schritt ist getan.«

In Duluth. In Stephs Haus. Aus Liebe zur Musik und zueinander.

»Diesmal müssen wir Eva zuerst fragen«, sagt Steph. »Noch nicht einmal die beiden zusammen, sondern Eva als Allererste.«

»Finde ich auch. Am besten nach dem Konzert, nicht, dass wir in der letzten Minute noch alles vermasseln.«

Nach dem Konzert werden sie allerdings nicht besonders viel Zeit haben, zumindest nicht, wenn sie noch mit Celeste reden wollen, nachdem sie die ersten Verhandlungen mit Eva abgeschlossen haben. Gina hat das panische Gefühl, dass es zu spät sein wird, wenn sie nicht diese Woche, noch bevor sie Duluth verlassen, darüber sprechen, die Band wiederzubeleben – oder was auch immer sie vorhaben. Sonst würde Eva nie zustimmen, und ohne Eva ist diesmal auch Celeste raus. Jetzt oder nie.

»Was, du glaubst nicht, dass ein Konzert, auf das wir überhaupt nicht vorbereitet sind, schon genug Trubel ist?«, fragt Steph.

»Natürlich sind wir vorbereitet«, protestiert Gina.

»In deinen Träumen vielleicht«, kontert Steph.

»Erzähl mir noch mal, wie viele meiner Träume ich wahrgemacht habe«, sagt Gina. Als Steph nur die Augen verdreht, stellt sie zufrieden fest: »Sag ichs doch.«

Juli 2021
Eva

Sie sitzen beide auf der Bettkante im Gästezimmer.

»Sorry«, fängt Celeste an. »Wegen gestern. Ich habe das alles nicht so gemeint, ich wollte keinen Streit anzetteln.«

»Ich bin froh, dass du es gesagt hast. Und … der Streit hat sich schon seit einer Weile angebahnt.«

»Ja, ich weiß. Trotzdem«, sagt Celeste.

Was Eva überrascht, ist, dass Celeste trotz des ganzen Streits diese Woche noch hier ist. Sie hat im Krankenhaus nicht nur um Stephs Willen alles beiseitegeschoben, sondern will tatsächlich darüber reden, statt so weit wie möglich wegzulaufen.

»Du hast mich ohne Warnung allein gelassen. Du hast mich komplett ausgeschlossen und kein einziges Mal versucht, auch nur mit mir darüber zu reden, wie du dich fühlst. Und wenn du mit mir Schluss machen wolltest, weil ich dir nicht mehr wichtig war …«

»Nein. Du warst mir immer noch wichtig, und das habe ich dir auch gesagt. Das Problem war nicht, dass meine Gefühle sich geändert hatten; dafür hätte schon viel mehr passieren müssen.«

Und wie sind deine Gefühle jetzt?, fragt sich Eva. »Soll ich mich jetzt schlecht fühlen, weil du so gut darin bist, dich selbst zu sabotieren?«

Eva ist die Einzige, die einen ganz neuen Plan für ihr Leben aufstellen musste, ohne ihre Freunde, und ohne ihre Freundin.

»Du sollst kein Mitleid mit mir haben, darum geht es mir überhaupt nicht.« Celeste beißt sich auf die Lippe. »Du wirst vermutlich sauer sein, wenn ich das hier sage, und das verstehe ich auch, aber … ich glaube immer noch, dass ich das Richtige getan habe. Klar war es selbstsüchtig, und ich habe es nicht gerade auf die netteste Art gemacht, aber ich wusste einfach nicht, ob ich überhaupt irgendwas allein machen kann. Ich wusste nicht, ob ich ohne dich irgendwas sein kann, weder eine eigene Person noch eine Musikerin. Und jetzt weiß ich, dass ich es kann.«

»Also war mein Herz nur ein Kollateralschaden auf deinem Weg der persönlichen Entwicklung«, stellt Eva fest.

Celeste verzieht schuldbewusst das Gesicht.

Wenigstens ist sie ehrlich. Und es ist ja nicht so … na ja. Es ist ja nicht so, als wären sie verheiratet gewesen. Sie waren siebzehn, und Celeste hatte das gute Recht, mit Eva Schluss zu machen, aus welchen Gründen auch immer, auch wenn es Eva nicht gefiel.

»Ich wäre gerne wieder mit dir befreundet. Wenn du

das willst. Und ich verstehe auch, wenn du das nicht mehr kannst, oder wenn du mehr Zeit brauchst, oder … irgendwas anderes«, sagt Celeste.

Evas Herz zieht sich schmerzhaft zusammen. Celeste bietet ihr gerade wie auf einem Silbertablett (fast) alles an, was sie sich je gewünscht hat.

»Okay, sagen wir, wir sind wieder befreundet. Was passiert dann im Winter, wenn du dein neues Album schreibst? Beschließt du dann irgendwann, dass du keine Musik mehr allein schreiben kannst, weil wir uns manchmal treffen, bevor du ins Studio fährst? Woher weiß ich, dass du keine Angst mehr hast?« Eva erlaubt es sich nicht, das zu ihren Knien, dem Teppich oder der Wand zu sagen, sondern sieht Celeste direkt in die Augen.

Celeste schaut zurück, aber zögert kurz, bevor sie antwortet. »Ich weiß es nicht. Ehrlich, ich wünschte, ich hätte eine gute Antwort für dich. Ich wünschte, es gäbe irgendwas, was ich sagen könnte, um dein Vertrauen zurückzugewinnen. Aber alles, was ich sagen kann, ist … Ich werde nie vergessen, wie es ist, so viel *allein* zu sein. Ich habe es durchgestanden, und könnte es, wenn nötig, auch nochmal tun. Aber das will ich nicht. Einfach zu wissen, dass ich es kann – das reicht mir schon, glaube ich. Ich bin jetzt dazu bereit, Angst zu haben. Ich kann es aushalten.«

Eva kommt nicht umhin, sich auch zu wünschen, dass es eine einfache Lösung gäbe, aber vielleicht ist das hier noch besser. Aufrichtige Unsicherheit. Hoffnungsvolle Entschlossenheit.

»Okay. Das ist … danke. Aber dann ist da noch das, was du mir am Montag gesagt hast. Du kannst nicht die

Anerkennung dafür einheimsen, was ich seit unserer Trennung geschafft habe, das ist nicht fair«, sagt Eva.

Vier Songs für andere Sängerinnen und Sänger, drei bestandene Semester am College: Das gehört alles ihr.

»Es tut mir leid«, sagt Celeste. »Du bist großartig. Du warst damals großartig, und das bist du auch immer noch. Und das hast du alles trotz mir geschafft, nicht meinetwegen.«

Eva atmet tief aus und spürt, wie auch der letzte Rest Streitlustigkeit sie verlässt. Wenn Celeste so mutig sein kann, sich ihr gegenüber zu öffnen, dann kann Eva das auch. Nicht, weil sie es Celeste schuldig ist, sondern weil sie es leid ist, nicht ehrlich zu sein, nur um ihr vernarbtes Herz zu schützen.

»Seit der Trennung habe ich keinen fröhlichen Song zum Tanzen mehr schreiben können, also warst du definitiv ein Teil davon, dass ich mit Moonlight Overthrow ›großartig‹ war. Wenn wir zusammen Musik schreiben …« Eva verstummt.

Sie kann die Magie einfach nicht in Worte fassen. Oder vielleicht könnte sie es doch, in einem Songtext, aber diesen Songtext könnte Eva nie ohne den Prozess, – und die Partnerin – die ihn inspiriert hat, schreiben.

»Ja, das ist mir aufgefallen. Mir ist erst hinterher klargeworden, wie gut wir es hatten. Ich wusste nicht, dass es im Studio nicht immer … so ist. Du kennst mich einfach besser als irgendwer sonst.« Celeste lächelt schief. »Und das, ähm … war auch nichts Schlechtes, dass du mich so gut kanntest.«

»Geht mir genauso«, sagt Eva.

»Es tut mir echt leid, wenn ich es dir diese Woche

schwer gemacht habe. Dich wiederzusehen war einfach … aber das ist meine Schuld, und es tut mir leid.«

Eva legt die Hand mit der Handfläche nach oben zwischen ihnen auf die Bettdecke. Nach einem kurzen Zögern legt Celeste die Hand in Evas.

»Ich wollte dich auch wiedersehen, und nett zueinander sein und so. Außer gestern. Und das habe ich dir gesagt.« Evas Blick wandert zu dem Gemälde an der Wand. »Heute war ein langer Tag, wir sollten ins Bett gehen.«

»Ja? Ist … zwischen uns alles okay?«

»Ja, alles okay«, sagt Eva.

So blöd es sich auch angefühlt hat, als Steph im Auto sauer auf sie war, war es ein gutes Gefühl, als Celeste sie verteidigte. Dass Celeste Pip darum bat, Stephs Familie ein wenig Privatsphäre zu verschaffen, war noch besser. Und Celestes Entschuldigung gewinnt definitiv die Preisverleihung.

Nachdem Celeste in Stephs Zimmer zurückgekehrt ist, geht Eva nach unten in den Keller und schreibt Kay. Sie setzt sich auf die Klavierbank, statt sich darunter auf den Boden zu legen, was sie vermutlich getan hätte, wenn sie zu Hause wäre. Die Vorhänge sind noch auf, und in der Dunkelheit sieht es so aus, als wäre der Garten endlos groß.

Wäre nicht alles einfacher, wenn sie sich in Lydia verlieben würde? Lydia legt Wert aufs College, noch mehr als Eva, und sie würde Eva nie um einen Song bitten. Sie wohnt in L.A. und wird auch dortbleiben, und hat Eva noch nie das Herz gebrochen. Es deutet zwar nichts darauf hin, dass Lydia an ihr interessiert ist, aber es wäre alles so praktisch, wenn es so wäre. Aber was wäre, wenn Eva an einem Remix arbeiten könnte, statt einen ganz neuen Song zu schreiben?

celestial-vision: Weißt du noch, dass ich gesagt habe, dass ich gerade zu Hause bin und mich mit Privatsachen rumschlage?

Eva hat nicht viel Zeit, und Kay scheint das irgendwie zu spüren, denn sie antwortet fast sofort:

kaystar: Ja, ist alles in Ordnung?

celestial-vision: Ja, irgendwie sehr in Ordnung, glaube ich.

Sie horcht kurz auf ihr Herz: Fühlt sie sich wirklich so?

Ja, beschließt sie. Zumindest größtenteils.

Dann wagt sie den Sprung.

celestial-vision: Ich habe viel über meine Ex nachgedacht. Also, ich denke eigentlich fast immer über sie nach, aber meistens versuche ich zumindest, es nicht zu tun? So als hätte jeder Gedanke einen riesigen Warnhinweis: AUF KEINEN FALL. Und ... ich überlege gerade, was passieren würde, wenn ich diesen Hinweis abnehmen und einfach ... über sie nachdenken würde

Oh mein Gott. Hat sie das gerade wirklich geschrieben? Meint sie das wirklich ernst?

Die Antworten lauten ja und ja.

celestial-vision: Nicht unbedingt darüber, wieder mit ihr zusammenzukommen (ich bin mir gar nicht sicher, ob sie das überhaupt will). Aber ... bei mir sind die Gefühle noch da. So richtig da

Es war schwer, das während der letzten Tage mit Celeste vor sich selbst zuzugeben, aber jetzt ist es leichter, es Kay zu beichten.

kaystar: Ooh, das ist ne schwierige Situation

celestial-vision: Ist das eine hundertprozentig schlechte Idee?

kaystar: Ich kenn ja deine Ex nicht und weiß nicht, was zwischen euch passiert ist, also ist es schwer zu sagen

Eva muss fast laut lachen. Das ist gleichzeitig so wahr und so falsch. Direkt schämt sie sich für diesen gemeinen Gedanken, obwohl sie Kay nicht geschrieben hat, um sich darüber lustig zu machen, dass sie Celeste auf jeden Fall kennt, sondern weil Eva noch nicht bereit dazu ist, mit Gina oder Steph oder Lydia darüber zu reden.

kaystar: Pass auf, dass nicht nur dein Herz oder dein Kopf die Entscheidungen trifft, sondern beide zusammen. Und wenn es zwischen euch schiefgelaufen ist, weil die Umstände nicht gepasst haben ... dann versuch es vielleicht nochmal

kaystar: Aber ich muss dir diesen einen Rat geben: Jemand, der mal scheiße zu dir war, wird auch wieder scheiße zu dir sein

Zählt es als scheiße, wenn sie erst mit mir Schluss gemacht hat, als es nicht mehr anders ging?, fragt sich Eva.

Ja, das tut es. Genau darüber hat sie sich ja gerade mit Celeste gestritten. Aber vielleicht zählt das nicht als chronisch scheiße.

celestial-vision: Danke <3

celestial-vision: Sorry für das Beziehungsdrama, ich weiß das ist immer nervig lol

kaystar: Gar kein Problem, du hast ja sonst nie Beziehungsdrama, also helfe ich gern! Neues Freundschaftslevel freigeschaltet ;)

celestial-vision: Haha

celestial-vision: Aber egal, wie läufts mit dem süßen Mädchen aus der Bücherei??

kaystar: OMG. Sie kennt jetzt meinen Namen!

celestial-vision: Was! Erzähl mir *alles*

Kay erzählt Eva von dem unbeholfenen Gespräch, aus dem dieser Namensaustausch resultierte, und dann loggt Eva sich aus, um ihren neuen Song noch ein paarmal zu spielen, bevor sie schlafen geht. Gesten Abend hat sie ihn als

Hymne gesungen, aber heute spielt sie ihn vielleicht ein bisschen leiser. Ein tröstlicher Song. Ein Schlaflied. Sie wird besser schlafen können, wenn sie das ausprobiert hat.

Juli 2021
Eva

Die erste Generalprobe findet statt.

Das erscheint Eva die beste, diplomatischste Art zu sein, auf die man sie zusammenfassen kann. Sie fingen zwei Stunden später an, als eigentlich geplant, damit Steph deren Grandma beim Nachhausekommen helfen konnte. Das nimmt Eva Steph auf keinen Fall übel, aber als die Probe dann anfing, schienen sie alle spontan vergessen zu haben, wie man singt.

»Ich mach fünf Minuten Pause«, verkündet Gina und verschwindet ins Badezimmer, sobald sie mit dem letzten Song fertig sind. Wenn man das, was gerade stattgefunden hat, überhaupt einen Song nennen kann.

Steph lässt sich in der Mitte der markierten »Bühne« zu Boden sacken. Heute Nachmittag geht es auf die tatsächliche Bühne, aber dort findet gerade die Generalprobe der Vorbands statt.

»Tja«, sagt Eva, schnappt sich eine Wasserflasche und geht in den Flur.

Das wird schon, versucht sie, sich selbst zu trösten. Sie überlegt, ob sie Kay oder Lydia schreiben soll, und schreibt dann stattdessen ihren Eltern: Es kann sein, dass wir morgen Abend scheiße sind. Nur, dass ihr es wisst.

Zehn Sekunden später fängt ihr Handy an zu klingeln.

»Hey, Mom.«

»Hey, Schatz. Sollen wir heute Abend schon kommen?«

Eva versucht, den Kloß in ihrem Hals herunterzuschlucken. »Nee, ist schon okay, ihr müsst euren Flug nicht umbuchen.«

»Wir können in vier Stunden da sein.«

»Nein, nicht nötig, wir hatten einfach … einen schlechten Morgen.« Sie lässt den Kopf an die Wand fallen. »Ich will, dass das Konzert gut wird.«

»Es wird ganz bestimmt großartig, mein Schatz.«

»Mom.«

»Sei nicht so hart zu dir, oder zu den anderen, okay? Es ist schon lange her, seit ihr zusammen gespielt habt, und ihr seid einfach ein bisschen aus der Übung. Genieß es einfach. Das ist das, was wirklich zählt.«

»Das hier sollte eigentlich einfach sein«, flüstert Eva. »College sollte das Schwierigere sein. Wie man das hier macht, sollte ich eigentlich wissen.«

Drei Jahre ihres Lebens hat sie hiermit verbracht, und unzählige Jahre davon geträumt und darauf hingearbeitet. Und jetzt verpasst sie ihren Einsatz, und Steph kann die zweite Stimme nicht singen, und Gina spielt die falschen Akkorde. Gott, sie können doch mit *neunzehn* noch nicht so abgewrackt sein. Das hier sollte eigentlich auf sie warten, wenn sie den Wunsch verspürt, wieder zurückzukommen.

Die Tür zum Probenraum öffnet sich, und Celeste tritt in den Flur.

»Ich muss los«, sagt Eva. »Bis morgen.«

Celeste bleibt im Türrahmen stehen und dreht sich weder in Richtung Bad noch nach draußen, um frische Luft zu schnappen.

Eva legt auf und wischt sich mit dem Handrücken über die Wangen. Mein Gott, sie ist doch eine professionelle Sängerin, kein kleines Mädchen, das gerade bei *X Factor* verloren hat.

»Hey«, sagt Celeste und kommt auf sie zu. Es ist ein leises *hey*, eher wie *hey, alles ist okay, ich bin hier*, und nicht wie *hey, Idiot, warum verdirbst du mir das jetzt?*

»Hi.«

Eva schnieft und versucht, wieder die Kontrolle über sich zu erlangen, aber irgendwie wird aus dem Schniefen ein eklig schnodderiger Schluchzer. Celeste zieht sie mit sanften, aber nicht zögerlichen Armen an sich, und Eva vergräbt das Gesicht an Celestes Schulter und legt ihr die Arme um die Taille.

Ich bin immer noch nicht perfekt, aber wenigstens ist Celeste diesmal bei mir, denkt Eva.

Celeste sagt nichts, sondern streichelt Eva nur sanft über den Rücken. Nach einer Weile sagt sie: »Okay, schwarzes Loch/Supernova, los.«

»Was?« Eva richtet sich auf, und Celeste lässt die Arme an die Seite fallen.

»Oh! Das ist, äh … so ein Spiel, dass ich mir nach der Trennung ausgedacht habe. Wenn mich etwas nervös macht, überlege ich, was schlimmstenfalls passieren kann, das ist das schwarze Loch; und bestenfalls, das ist die Supernova. Das klingt vielleicht dumm, aber mir hilft es manchmal.«

»Das klingt gar nicht dumm«, sagt Eva. Sie ist sogar ziemlich gerührt, dass Celeste ihr das erzählt hat. »Schwarzes Loch/Supernova … okay. Schwarzes Loch: Wir sind abgrundtief schlecht? Singen schief, vergessen die Texte, das Klavier ist falsch gestimmt, tausend Schlagzeilen darüber, wie schlimm es gelaufen ist, und noch viel mehr Instagram-Kommentare darüber, dass alle froh sind, dass ich jetzt aufs College gehe.« Das alles sagt sie in einem einzigen Atemzug.

»Hmm«, macht Celeste. »College also.«

Was heißen soll: Eva hat einen Ort, an den sie zurückkehren kann. Der sie auffangen kann. Anders als bei einem echten schwarzen Loch wäre Eva auf der anderen Seite noch ganz.

»Und Supernova?«

Eva atmet tief durch und lässt sich von den bestmöglichen Ergebnissen durchströmen, die sie am hellsten scheinen lassen. »Supernova: Das Konzert ist unglaublich. Wir sind brillant. Duluth bekommt superviele Spenden. Ich habe die beste Zeit meines Lebens, und …« Sie verstummt, denn das genaue Gegenteil vom Worst-Case-Scenario wäre … dass Leute sagen, sie hätten ihre Stimme vermisst.

»Genau«, sagt Celeste. »Und nachdem ich dich diese Woche gehört habe, und damals bei MO auch, weiß ich genau, worauf ich wetten würde.«

Celeste lächelt Eva schief an. *Und jetzt du*, hätte Eva fast gesagt, aber dann hört sie das Quietschen der Klotür und Gina erscheint am Rande ihres Sichtfelds. Celeste weicht einen Schritt zurück.

»Alles gut?«, fragt Gina. Auch sie sieht nicht wütend aus.

»Was? Oh.« Eva wischt sich den Rest der halb getrockneten Tränen von den Wangen.

»Los gehts«, sagt Celeste genau in dem Moment, als Steph die Tür zum Probenraum öffnet und sie hineinwinkt.

Gina dreht sich um, und Celeste nimmt Evas Hand.

Ein paar Tränen, eine Umarmung und eine Hand.

Eva ist bereit, es nochmal zu versuchen.

Juli 2021
Eva

Nachdem der Eventmanager des Wade Stadiums sie den Vorbands vorgestellt hat, macht er mit ihnen einen Rundgang und zeigt ihnen die Toiletten, die eilig hergerichtete Garderobe und den Seiteneingang, den sie morgen benutzen werden.

»Und hier ist nun schließlich die Bühne«, verkündet er pompös.

Sie stehen gemeinsam am Bühneneingang. Es gibt einen winzigen Backstage-Bereich hinter einer Leinwand, auf die während des Konzerts Bilder von ihnen und von Duluth projiziert werden sollen. Der kleine Raum ist angefüllt von schwerem Sound-Equipment und einem Dutzend Instrumententaschen.

Gina schiebt Steph vor und folgt demm dann auf die Bühne.

»Alles gut?«, fragt Celeste.

Eva zögert immer noch im Eingang. Ihr letztes Konzert als Band war auch das letzte Mal, dass sie auf einer Bühne stand. Sie weiß, dass es absurd ist, jetzt nervös zu sein. In der Arena wartet kein Publikum; das hier ist nur eine Probe. Eine Generalprobe zwar, aber trotzdem. Sie hat das hier schon hundertmal gemacht.

Eva tritt vor. Ohne hinter sich blicken zu müssen, hört sie Celestes Schritte, die ihr folgen.

Sie schreitet allein über die Bühne. Das leere, weite Feld liegt vor ihr ausgebreitet – nach einer Woche ohne Regen ist der Boden fest und trocken und wird hoffentlich tausenden von tanzenden Füßen standhalten. Morgen wird sie den Boden nicht mehr sehen können. Morgen stehen hier wieder Fans.

Morgen singt sie wieder.

Sie kann es kaum erwarten.

Eva schnappt sich ein Mikrofon von einem Ständer, setzt sich an den Rand der Bühne und lässt die Beine baumeln. Auf ihrem Oberschenkel spielt sie den Auftakt von »Sweeter«, und ihre Finger gleiten flüssig durch den Aufbau der melodischen Spannung und die Auflösung. Ein Mitglied der Crew winkt ihr zu, um ihre Aufmerksamkeit zu erlangen, und zählt dann an den Fingern hoch: *eins, zwei, drei.*

»Hallo, Duluth?«, sagt sie ins Mikrofon. Ihre Stimme hallt aufs Hundertfache verstärkt durch die Arena.

»Hallo, Eva!«, ruft Gina hinter ihr.

»Wirf uns einen Kuss zu!« Pip steht mit einem Assistenten, der eine große Kamera hält, auf dem Rasen.

Eva folgt der Anweisung und sagt dann: »Moment, filmt weiter.«

Sie dreht sich um, sodass sie halb zur Band gewandt ist, ohne den Rücken zur Kamera zu drehen, und wirft den anderen auch einen Kuss zu. Steph ist gerade über deren Schlagzeug gebeugt, und Gina ersetzt eine gerissene Saite. Aber Celeste schaut gerade rechtzeitig hoch, um den Kuss aufzufangen.

»Du bist großartig, Eva«, sagt Pip.

»Ein Star!«, ruft Celeste zurück.

»Ach, halt die Klappe«, grinst Eva und geht auf Celeste zu.

Oder vielleicht eher auf das Klavier, an dem sie sich eigentlich aufwärmen sollte, aber irgendwie auch auf Celeste.

»Ich habe trotzdem recht«, sagt Celeste und folgt Eva zum Klavier.

Statt zu antworten, spielt Eva den Anfang von *Sweeter.*

—

Es ist nicht perfekt.

Aber das ist eine Generalprobe nie, und die hier hätte es ohnehin nicht sein können, nicht, wenn sie zum ersten Mal seit Jahren wieder zusammen auf der Bühne stehen und ihre Setlist ein wahres Frankensteins Monster ist, wenn Gina noch keine Hornhaut auf den Fingern hat und Eva bei zwei Strophen ihren Einsatz verpasst, weil sie damit beschäftigt ist, Tränen zurückzuhalten.

Ich liebe euch, ich liebe euch, ich liebe euch, denkt sie und sagt sich dabei, dass das dem leeren Feld gilt, auf dem morgen das Publikum stehen wird.

»Babes«, sagt Gina, als die letzte Note in den blauen Himmel geschwebt ist.

Sie planen nicht, wie sie das Konzert beenden werden. Das haben sie schon so oft gemacht, es wird irgendwie *passieren.*

»Wir werden unglaublich sein«, sagt Gina.

»Auf jeden Fall.« Celeste dreht sich mit auf die Hüfte gestützten Händen zu Eva und Steph um und sieht sie erwartungsvoll an.

»Gina hat immer recht«, ergibt sich Steph mit erhobenen Händen.

Gina schnaubt belustigt. »Lüge. Pure Schmeichelei.«

»Eva?«, fragt Celeste.

»Ja«, beschließt Eva. »Glaube ich auch.«

Es kann mittlerweile einfach nicht mehr anders kommen. Die Musik liegt ihr wieder im Blut, macht keinen Winterschlaf mehr und wird auch nicht mehr geleugnet. Sie blüht und wächst, und Eva weiß, dass es für die Stadt mehr als genug sein wird, wenn im Herzen dieses Konzerts Freude steckt. Das ist alles, was die Fans brauchen. Und Eva kann es ihnen jetzt geben.

Juli 2021
Eva

Beim Abendessen sind sie alle still, um ihre Stimmen zu schonen. Kurz hatten sie überlegt, ob sie ein Abendessen mit der ganzen Crew und allen Bands organisieren sollten, aber dafür waren sie am Ende viel zu müde.

Eva meldet sich freiwillig für den Abwasch, und Celeste hilft ihr, während Gina nach draußen verschwindet, um mit Georgia zu telefonieren, und Steph nachsieht, wie es Grandma Marit geht.

Als Eva und Celeste nach oben gehen, bleibt Eva im Flur stehen. Heute ist die letzte Nacht vor dem Konzert, und trotz des Streits am Anfang der Woche kann Eva sich nicht vorstellen, sie ohne Celeste zu verbringen.

»Zusammen?«, fragt Eva.

Celestes Gesicht erhellt sich, und gemeinsam gehen sie ins Gästezimmer.

Vielleicht bildet Eva sich das alles nur ein. Vielleicht ist das nur … aber Celeste war die ganze Woche hier, hat sich im Auto an sie gelehnt und ihr Tee gebracht, und ihre Augen waren jedes Mal voller nervöser Freude, wenn Eva ihr mit Worten oder Berührungen gedankt hat. Eva glaubt nicht, dass Celeste das für jemanden tun würde, den sie wieder verlassen wird. Und Celeste hat sich doch entschuldigt, oder? Sie will zumindest befreundet sein.

Sie stellen Ginas Koffer vor Stephs Zimmer, und Celeste geht als erstes duschen, was Eva gerade recht kommt. Sie muss heute Abend noch mit einer anderen Person reden. Sie überlegt, ob sie sich nach unten schleichen, sich in der Küche niederlassen oder unter das Klavier im Keller legen soll, irgendwo, wo sie ein bisschen Privatsphäre hat, aber am Ende bleibt sie auf dem Bett sitzen und lehnt sich an die vertrauten Kissen.

Eva öffnet ihre Nachrichten mit Kay.

celestial-vision: Hey … Ich habe heute einen Entschluss gefasst, der ganz schön plötzlich ist, aber sich auch irgendwie schon seit einer Weile anbahnt, und ich wollte dir zuerst davon erzählen

Eva atmet tief durch, und dann nochmal. Will sie das wirklich machen? Sie muss es nicht. Sie sollte es vielleicht – und vielleicht auch schon vor einem Monat, oder vor einem Jahr – aber sie *muss* nicht.

Sie tut es trotzdem.

celestial-vision: Ich verlasse das Fandom. Also, nicht alle Fandoms, aber das hier

kaystar: OMG. Ist irgendwas passiert???

kaystar: <3 <3 <3

Kay ist fast immer online, wenn Eva sie gerade braucht, selbst, wenn es nur für eine Minute ist. Und manchmal macht die eine Minute einen Riesenunterschied.

celestial-vision: Ja? Und nein? Ich weiß es nicht

celestial-vision: Es ist nichts im Fandom passiert, ich bekomme nicht heimlich lauter anonyme Hassnachrichten oder so

celestial-vision: Bitte nimm das nicht persönlich, aber ich glaube, ich brauche einfach eine Pause davon, in einem Celebrity-Fandom zu sein

Eva weiß nicht, was nach dem Konzert morgen passieren wird, aber sie ist sich ziemlich sicher, dass die anderen Bandmitglieder sie nicht wieder ghosten werden. Sie muss kein Fan im Internet mehr sein, um sie zu unterstützen. Die Cosmic-Queers-Ecke von Tumblr ist nicht mehr der richtige Ort für sie, und eigentlich war er das nie – sie hat sich nur eine Weile dort hineingestohlen.

Und jetzt ist sie bereit, ihn zu verlassen.

kaystar: Ich finde es total schade, dass du gehst, aber ich verstehe es auch. Manchmal ist es schon ein bisschen ermüdend

celestial-vision: Okay. Ich habe noch keinen neuen Blog erstellt, und vermutlich habe ich dafür auch erst nächste Woche Zeit. Aber dann schreibe ich dir, okay?

Das Fandom zu verlassen, heißt nicht, dass sie ihre Freunde verlassen muss. Das hofft Eva zumindest. Sie hat es satt, Freunde zu verlassen, wenn sie das Kapitel beendet, in denen sie ihnen zum ersten Mal begegnet ist.

kaystar: Oh, Gott sei dank

kaystar: Ich hab mir schon Sorgen gemacht, dass du komplett gehst und wir nie wieder schreiben

kaystar: Aber wir müssen NIE über MO reden, wenn du nicht willst, versprochen

celestial-vision: Danke. Ich sag dir Bescheid <3

Eva hört, wie die Dusche ausgeht, und tippt schneller. Sie muss noch eine Sache erledigen, bevor Celeste aus dem Bad kommt.

celestial-vision: Ich weiß nicht, ob das hier wirklich eine Ankündigung wert ist, aber es hat sich auch nicht richtig angefühlt, einfach zu verschwinden. Ich hatte wirklich viel Spaß mit euch allen – dabei, gemeinsam Songs bis auf Platz eins zu katapultieren und jedes einzelne der Fotos von Gina auf dem roten Teppich zu rebloggen – aber ich bin zu dem Schluss gekommen, dass es Zeit für mich ist, zu gehen. Ich habe schon eine Trennung

durchgemacht, also glaubt mir, wenn ich sage: Es liegt nicht an euch. Es liegt definitiv, 100 % an mir. Ich bin so dankbar dafür, wie lieb diese kleine Ecke des Fandoms mich über das letzte Jahr aufgenommen hat, und ich kann nicht genug betonen, wie viel Spaß ich hatte – wie sehr ihr mich daran erinnert habt, dass es okay ist, Spaß zu haben! Und Sachen zu lieben! Und Musik und Mädchen und MO zu lieben! Es ist nicht so, dass ich jetzt auf dem College bin und mich zu alt fühle. Oder dass ich glaube, ich wäre zu gut für Popmusik. Oder zu gut für Bandoms. Das hier ist einfach nicht mehr der richtige Ort für mich.
Alles Liebe, Danke – und Adieu.
Bis der Mond ins Meer stürzt.

Sie löscht ihren Account in genau dem Moment, als Celeste aus dem Bad kommt.

»Hey«, sagt Celeste. »Ist alles okay? Du siehst irgendwie …«

»Ich habe meinen Tumblr-Account gelöscht«, antwortet Eva und sieht ihr dabei in die Augen.

»Ich wusste nicht, dass du überhaupt noch einen Tumblr-Account hast.« Celeste rückt die Kissen zurecht, bevor sie unter die Decke schlüpft. Ihre Haare sind noch feucht und fächern sich gegen das Kissen auf.

»Der Username war nicht mehr derselbe, aber ja, ich hatte noch einen.«

»Oh.« Celeste räuspert sich. »War es … war es so ein … Hassaccount? Was ich dir wirklich nicht übelnehmen würde, du darfst …«

»What the fuck, *nein.* Es war … das Gegenteil, okay?

Es war … ich war … so eine Art dramafreier OT4-Industrieanalyse-Fan-Blog.«

Sie will die Augen abwenden, weil es ihr immer noch peinlich ist, wie sehr sie sich nach der Trennung an die Vergangenheit geklammert hat. Aber Celestes Lächeln ist nicht mitfühlend oder herablassend.

»Natürlich warst du das. Gott, *Eva*, komm her.«

Celeste zieht Eva an sich, oder vielleicht fällt Eva zu ihr hin, oder beides. So oder so vergräbt sie ihr Gesicht in Celestes Schulter, und Celeste schlingt die Arme fest um sie.

»Wir haben dich überhaupt nicht verdient«, sagt Celeste und drückt Eva einen Kuss aufs Haar.

»Gar nicht wahr«, murmelt Eva. Sie dreht ihren Kopf ein wenig, sodass ihr Ohr statt ihrer Stirn gegen Celeste gepresst ist. »Ich habe … alles verpasst, was bei euch letzten Sommer passiert ist.«

»Ich glaube, wir sind uns alle einig, dass wir damals alle scheiße waren«, gibt Celeste zu. Ihre Hand wandert zu Evas Nacken und sie streichelt ihn mit dem Daumen.

Eva genießt eine Weile lang einfach nur das Gefühl: wie sie Celestes Rippen an ihren spüren kann, wenn sie atmet, wie Celeste sie nicht loslässt.

Celeste räuspert sich. »Aber vielleicht ist das auch nur eine Ausrede. So nach dem Motto, wir waren alle schuld, also müssen wir auch nicht weiter darüber nachdenken. Das stimmt nämlich nicht wirklich.«

»Ich weiß. Aber ich will auch nicht … es ist ja nicht so, als wären wir damals immer scheiße zueinander gewesen. Ich will die ganzen guten Sachen nicht aus den Augen verlieren, nur, weil wir einen beschissenen Abend hatten, auch wenn der eine beschissene Abend sich schon eine Weile angebahnt hatte.«

»Dann tun wir das auch nicht«, sagt Celeste. »Haben sie dich gut behandelt, im Fandom?«

»Wen, das ehemalige Popsternchen Eva Bell, oder meinen Blog?«

»Oh … beides.«

»Zu dem Mädchen, das beschlossen hatte, aufs College zu gehen, waren alle total nett. Und zu meinem Blog … na ja, die meisten waren super.« Evas Lächeln überrascht sie selbst. »Manchmal waren sie sauer, wenn ich mich selbst zu sehr ignoriert und nicht genug Liebe für ihr Collegegirl gezeigt habe.«

»Ich liebe sie alle«, entscheidet Celeste. »Also nicht, wenn sie deswegen gemein waren, aber so sollte es sein. Du solltest dein eigener Fan sein, und die Leute um dich herum sollten dir das auch sagen.«

»Manche Leute – die, die sauer waren – dachten, dass ich kein wirklicher OT4-Fan wäre.«

»Das ist … so absolute falsch. Du warst unsere größte Verfechterin. Und das hättest du nicht allein machen sollen, ich hätte dir dabei helfen sollen.«

»Du warst diese Woche hier. Und du wolltest dieses Konzert, mit uns vieren.«

»Ja«, stimmt Celeste zu. Nach einer kurzen Stille fügt sie hinzu: »Danke. Dafür … was du im Internet gemacht hast. Das bedeutet mir echt viel, auch wenn wir zu der Zeit nicht miteinander geredet haben.«

»Du hast mir das Herz gebrochen«, sagt Eva.

Das hat sie noch nie laut gesagt, und gestern Abend hat sie es einfach nicht herausgebracht. Aber irgendwie fühlt sie sich jetzt bereit, es zu benennen. Sie hat ihren Eltern gesagt, dass sie und Celeste Schluss gemacht hatten. Sie hat Lydia erzählt, dass sie eine Exfreundin hatte, eine Beziehung, die schlecht geendet hat. Sie hat nie von ihrem Herzen geredet.

»Ich weiß. Wenn es hilft, ich hab mein eigenes auch gebrochen?«

»Nicht wirklich. Aber … ich weiß jetzt, warum du es getan hast. Zwischen uns ist alles okay«, sagt Eva, und sie meint es ernst. »Ich gehe kurz duschen, damit wir schlafen gehen können.« Sie windet sich aus Celestes Umarmung.

»Eva …« Celeste runzelt die Stirn.

»Wir sollten schlafen gehen. Ich … ich bin wirklich froh, dass wir geredet haben. Und wir können morgen weiterreden. Aber ich würde vor dem Konzert gerne noch schlafen, und du bestimmt auch.«

Eva bleibt im Türrahmen stehen, bis Celeste nickt.

Als Eva zwanzig Minuten später wieder ins Bett krabbelt, hat sich Celeste richtig hingelegt. Sie dreht sich zu Eva um. »Können wir …? Wenn du willst«, sagt sie.

Eva legt sich mit dem Rücken zu Celeste, aber streckt den Arm nach hinten, um Celeste an sich zu ziehen. Celeste rutscht näher an Eva heran, ihre Nase an Evas Nacken, und legt ihr eine Hand auf die Hüfte. Eva schließt die Augen. Celeste ist hier. Morgen werden sie singen. Und danach … werden sie immer noch *irgendwas* sein. Danach wird Eva wieder nach L.A. gehen, um ihre Sommerkurse zu beenden und vielleicht ihren Abschluss zu machen. Aber diesmal muss sie es nicht ohne die anderen tun.

»Gute Nacht, Liebe«, flüstert Celeste.

Juli 2021
Steph

Steph sitzt wieder mit Gina auf dem Balkon, wo die beiden diese Woche meistens abends zu finden waren. Grandma Marit schläft tief und fest in ihrem Zimmer.

»Am Ende habe ich euch irgendwie gehasst«, gibt Steph zu. Dey wirft Gina einen vorsichtigen Blick zu, und Gina verzieht verständnisvoll das Gesicht.

»Das tut mir leid«, sagt sie.

Steph lässt den Kopf gegen die Rückenlehne fallen. Der zunehmende Halbmond scheint dünn und hell am Nachthimmel. Das passt irgendwie, denkt Steph; Neumond hätte für das Wiedervereinigungskonzert nicht gepasst. Dieser Mond ist zwar noch fast komplett verdeckt, aber er ist auf dem Weg zum Vollmond. »Ich habe es euch dreien irgendwie übelgenommen. Ihr wart so … ihr habt euch einfach so verdammt darüber gefreut, eine Girlband zu sein, weißt du? Jedes Mal, wenn ihr darüber geredet habt, wie toll es ist, eine queere *Frau* zu sein, oder irgendwer die Entwicklungsgeschichte von Girlbands bei einem Konzert oder Interview erwähnt hat … und das ist natürlich alles gut und wichtig, aber es war einfach nicht meins. Und die Band sollte ja auch für mich sein. Aber ihr durftet euch damit wohlfühlen. Ihr musstet euch keine Sorgen darum machen, was die Medien sagen würden, wenn ihr – wenn ich – mich outen und alles kaputtmachen würde. Ihr durftet einfach diese ganze Freude in euch aufnehmen, an der ich nicht teilnehmen konnte, und ihr wusstet es noch nicht mal.« Steph schluckt schwer. »Ich meine, ich wusste es auch eine Weile lang nicht. Oder ich wollte es nicht wissen. Ich wusste nur, dass sich ›Girlband‹ nicht richtig anfühlt, aber für euch offensichtlich schon, also dachte ich, egal, ich mach einfach mit …«

»So, wie du bei allem mitgemacht hast«, sagt Gina mit sanfter Stimme. »Du dachtest nicht, dass wir das wirklich … durchziehen.«

»Nein«, stimmt Steph zu. »Das dachte ich nicht. Und ich bin froh, dass ich falschlag. Aber danach hatte ich nicht mehr viel Raum, um rauszufinden … warum es sich so falsch angefühlt hat. Und ich hatte auch nicht viele Optionen, als ich es endlich herausgefunden hatte.«

»Wir können den Namen ändern«, schlägt Gina vor.

»Nein.«

»Doch, wirklich«, beharrt Gina. »Wenn Moonlight Overthrow zu sehr mit dem Girlband-Ding verbunden ist, können wir das auf jeden Fall. Wir haben eine Pause gemacht, also können wir auch einen neuen Namen haben.

Wenn du das willst, mach dir keine Sorgen, Eva und Celeste stehen da hinter uns.«

Es ist schön, dass Gina »uns« sagt, und nicht »dir«. Sie stellt Steph nicht als das Problem hin.

»Ich mag unseren Bandnamen immer noch«, sagt dey.

Unsere Band. Die Band gehört auch demm, nicht nur den Mädels. Dey wünschte, dey hätte das von Anfang an erkannt, vom ersten Meeting an, nachdem der Vertrag unterschrieben war und das Label entschieden hatte, dass sie »das Girlband-Ding« so richtig durchziehen wollen: weibliche Produzentinnen, Songwriterinnen, Ingenieurinnen. Max Martin hatte Britney, Kelly, Katy, Avril, Ariana … Taylor. Jack Antonoff hatte Lana, Lorde, Carly Rae … Taylor. Aber keiner von beiden würde Moonlight Overthrow bekommen.

Dey wünschte, dey hätte das erkannt, als Moonlight Overthrow den Preis für Best New Artist bei ihrer ersten Grammy-Preisverleihung gewann, und jedes Medienoutlet sich förmlich dabei überschlug, eine neue Ära der Girlbands auszurufen, obwohl es eigentlich darum ging, dass queere Menschen endlich selbst gewinnen konnten. So viel wusste Steph auch schon mit sechzehn, auch, wenn dey damals nicht wusste, wie dey den Mädels erklären sollte, dass jeder Artikel, der sich zu sehr auf die »Girlband« konzentrierte und dabei das »queer« unter den Tisch fallen ließ, demm ein bisschen die Luft zum Atmen nahm.

Dey hat kein Problem mit deren Körper, meistens. Deren Familie geht es jetzt gut, meistens. Aber ein Leben, in dem Steph keine Musik mehr macht? *Das* kann einfach nicht lange vorhalten.

Am Ende hatte Steph die Musik nur an der Oberfläche

getragen, auf der Haut, die ohnehin schon zu eng gespannt hat. Jetzt hat dey sie wieder in deren Inneres sinken lassen und sie mit Muskeln und Knochen verschmelzen lassen, sodass sie Steph aufrecht hält und es demm erlaubt, sich zu bewegen.

Steph lässt die Beine über die Armlehne baumeln und stützt die Ellbogen auf die Knie. »Das ist das Ding. Manchmal muss man seinen Namen ändern, weil der Name, den jemand anderes einem gegeben hat, oder den man selbst sich gegeben hat, einfach nicht passt, und man eine Veränderung braucht, um man selbst sein zu können.« Dey atmet tief durch. »Aber in diesem Fall … glaube ich, wir müssen uns Platz schaffen, um mit dem Namen zu wachsen. Und … wir suchen uns selbst aus, was er bedeutet und wie wir ihn definieren. Er gehört *uns.*«

»Und wenn wir uns nächsten Monat oder nächstes Jahr umentscheiden, muss das Label damit klarkommen«, sagt Gina.

Steph grinst. »Genau.«

Dey weiß, dass es für Gina ein bisschen anders ist. Sie *braucht* das hier nicht so sehr wie Steph. Oder … oder vielleicht doch. Gina sagt zwar, dass sie es will, aber wenn sie Eva nicht überzeugen können, hat Gina immer noch ihre Filmkarriere. Sie kann immer noch ein Soloalbum produzieren. Aber Steph könnte nie ein ganzes Konzert geben, allein im Rampenlicht. Die anderen machen vielleicht Witze darüber, dass Steph sie alle gestützt hat, aber in Wirklichkeit hätte dey die ganze Aufmerksamkeit ohne die drei anderen an deren Seite nie aushalten können.

Gina tippt Steph mit dem Fuß ans Bein. »Wir kriegen das hin, okay? Und wenn am Ende nicht MO dabei herauskommt … dann gibt es immer noch andere Sachen für dich. Du kannst dir aussuchen, was du willst, und ich werde sicherstellen, dass du es auch bekommst.«

»Echt?«

Als Steph damals nach L.A. zog, kam demm die Stadt und die Musikindustrie vor wie Oz: etwas, dessen Glanz man nur sehen konnte, wenn man eine getönte Brille trug. Aber Gina bietet demm jetzt eine Chance, zusammen etwas Echtes aufzubauen.

»Dafür sind Freunde doch da«, sagt Gina. Jemand anderes hätte dabei vielleicht gelacht, aber Gina versteckt ihre Ernsthaftigkeit nicht.

Steph sieht wieder zum Mond hoch, der klein, aber hell am klaren, dunklen Himmel steht. Bei dem Anblick durchströmt demm eine Gelassenheit, oder vielleicht eher Gewissheit, weil es so ähnlich ist, wie einen Freund anzusehen: Der Mond wird immer da sein.

Und wenn er mal nicht da ist, dann kommt er bald wieder.

Juli 2017
Eva

Der Himmel in Texas ist strahlend blau und erstreckt sich scheinbar endlos über ihnen, aber Eva hat nur Augen für Celeste.

Celeste sieht sie auch an, ihr Kopf gegen den hohen Rücken der Gartenliege gelehnt, die gerade breit genug ist, dass sie darauf nebeneinandersitzen können. Kurz zuvor haben sie noch über ein Meme gelacht, in dem sie getagged wurden, und Celeste lächelt immer noch.

Sie wird nie den ersten Schritt machen, erkennt Eva plötzlich.

Eva wartet schon seit Monaten. Sie hat es zwar nicht beim Feuerwerk an Silvester erwartet, aber vielleicht beim Konfettiregen nach einem Konzert, oder von Wunderkerzen am vierten Juli erleuchtet. Strahlen sie denn nicht?

Jetzt fühlt Eva sich hell, aber nicht auf die funkelnde,

glitzernde Art, die sich nach nur ein paar Minuten komplett in Rauch auflöst. Stattdessen fühlt sie sich sicher und beständig, so wie die Hitze, die an einem heißen Nachmittag vom aufgewärmten Gehweg aufsteigt.

Eva will das hier.

Sie lehnt den Kopf vor, nur ein Stück. Sie lässt ihren Blick zu Celestes Lippen wandern, bevor sie ihr in die Augen sieht. Celestes Wangen laufen langsam rot an.

»Celeste«, sagt Eva, leise, aber kein bisschen zögerlich.

»Ja«, antwortet Celeste. In ihren braunen Augen scheint ein hoffnungsvolles und freudiges Leuchten, das vorher nicht da war. Sie reckt ihr Kinn, einladend.

Eva überbrückt die Entfernung zwischen ihnen. Sie küsst Celeste nur einmal, sanft und leicht. Ihre Nasen reiben aneinander, als sie sich wieder zurücklehnt. Ihre Lippen kribbeln, ihr Herz schlägt einen schnellen Stakkato-Rhythmus, aber ganz tief innen drin hat sie sich noch nie so ruhig gefühlt.

»Eva«, flüstert Celeste und legt ihr eine Hand auf die Taille.

»Ja«, sagt sie, und küsst Celeste noch einmal. »Ja, ja, ja.«

Juli 2021
Gina

Gina wacht früher auf, als sie es eigentlich muss, nicht unbedingt mit Absicht, sondern eher, weil das halbgeöffnete Rollo das morgendliche Sonnenlicht ins Zimmer lässt. Heute Morgen müssen sie nicht zur Probe eilen; im Moment ist es das Beste, ihren Stimmen eine Pause zu gönnen. Als sie auf ihr Handy schaut, sieht sie mehrere Nachrichten von Georgia, obwohl es in Kalifornien noch zwei Stunden früher ist.

Georgia
Du wirst großartig sein! Es tut mir so leid, dass ich nicht dabei sein kann. Wiedergutmachung, wenn du wieder da bist? ;)

Ich gehe einfach mal davon aus, dass irgendwer das Konzert schon filmen wird, damit ich es mir dann um 3 Uhr morgens anschauen kann.

Ich kanns kaum erwarten.

Ich freue mich so für dich. Du vermisst und willst das schon so lange, und ich hoffe, dass es alles ist, was du dir gewünscht hast.

Viel Spaß mit MO & co <3 <3 <3

Falls wir vor dem Konzert nicht mehr schreiben:

Die letzte Nachricht ist eine Abfolge von Emojis: eine Sängerin in einem roten Kleid, eine Musiknote, ein Mikrofon, ein See, und drei Kusssmileys.

Gina vergräbt das Gesicht im Kissen, obwohl niemand da ist, der ihr Grinsen hätte sehen können. Sie bleibt noch eine Weile im Bett liegen und liest Georgias Nachrichten immer wieder, während die Sonne die Bettdecke auf ihren Beinen aufwärmt. Wenn sie heute Abend die Bühne betritt, wird sie die Nachrichten auswendig kennen.

Danke, schreibt sie zurück. Ein andermal.

Ginas Herz rast, als ob das Konzert mit jedem Schlag näher rücken würde. Sie darf heute wieder *auftreten* – Musik, live, nur ein Take.

Zuerst das Konzert, dann ein Gespräch mit Eva. Sobald ihr Plan in Bewegung gesetzt ist, kann sie wieder zurück nach L.A. Und sobald Georgias Dreharbeiten beendet sind, wird Gina sie zum Essen ausführen.

—

Um das Chaos und die Kosten des Konzerts möglichst gering zu halten, finden die Interviews vor dem Konzert im Stadium statt. Ein blitzschneller Boxenstopp in der Maske, und dann geht es in den Interviewraum, den irgendwer – vermutlich einer von Pips Handlangern – eingerichtet hat. Als Gina die vier Klappstühle sieht, setzt sich ein Kloß in ihrer Kehle fest, aber sie schluckt ihn entschlossen herunter und setzt sich auf den ganz rechten Stuhl.

»Ich dachte, du und Celeste sitzt in der Mitte«, sagt Steph und bleibt vor Gina stehen.

»Hab ich doch vorher auch nicht«, antwortet Gina.

Celeste schiebt Steph sanft auf den Stuhl neben Gina. Steph stolpert und kann sich gerade noch an der Stuhllehne abfangen, und lässt sich eher unfreiwillig auf den Stuhl fallen. »Das hier ist nicht mein Platz«, beschwert sich dey.

»Das hier ist aber deine Stadt«, bemerkt Celeste. Sie lässt sich im ganz linken Stuhl nieder, sodass Eva der andere mittige Platz übrigbleibt.

»Ich mochte die Sofas lieber«, grummelt Eva.

Gina grinst Steph wissend zu. In den Interviews auf den Sofas kuschelten Eva und Celeste immer besonders viel, was bedeutete, dass die ganze Band kuschelte, weil Gina nicht zulassen wollte, dass Eva und Celeste sich durch ihre sanften, aber besitzergreifenden Berührungen outeten, bevor sie überhaupt ernsthaft darüber geredet hatten, ob sie ihre Beziehung öffentlich machen wollten. Gina fand das nie schlimm; die Fans drehten immer total ab, wenn Steph ihr einen Arm um die Taille legte, oder wenn sie ihren Kopf auf Celestes Schulter sinken ließ, wenn Celestes Schoß oder Hände gerade voll waren.

»Gut, ihr habt alle einen Platz gefunden«, sagt Pip und lässt den Blick über sie alle schweifen. »So läuft es gleich: fünf Radiostationen, nur jeweils ein paar Minuten. Die Interviews werden für die sozialen Medien gefilmt, also: lächeln, Augenkontakt, ihr kennt das ja schon.«

Gina nickt, und Steph streckt den Daumen nach oben.

»Als Nächstes kommen dann drei Interviews fürs Fernsehen, und am Ende drei für Entertainment-Webseiten. Ich habe ein Auge auf die Zeit und unterbreche Leute, die zu lange machen«, erklärt Pip, als ein fünfter Stuhl ein wenig entfernt von ihrer Viererreihe aufgestellt wird. »Wir wollen nicht, dass ihr zum Soundcheck zu spät seid, und die Stimmtrainerinnen und Stimmtrainer wollen am Nachmittag noch eine Miniprobe machen.«

Dann kommt auch schon die erste Radiomoderatorin. Sie ist eher klein, mit weißblondem Haar in einem Bob, der Gina an Anna Wintour erinnert. Als sie erwähnt, dass sie von einer örtlichen Radiostation kommt, streckt Gina den Arm aus, um Stephs Hand zu drücken. Steph drückt zurück.

»Guten Morgen, Moonlight Overthrow!«, grüßt die Moderatorin, als der Produzent ihr das Signal gibt.

Gina stockt kurz der Atem.

»Und einen guten Morgen zurück«, antwortet sie. Sie

winkt der Moderatorin zu, obwohl sie nur ein paar Meter von ihr entfernt sitzt.

»Ich habe damals tatsächlich in Milwaukee gearbeitet, als ihr Mädels …«

Gina hustet vielsagend.

Die Moderatorin sieht erschrocken aus, und sie blinzelt ein paarmal, als sie sich verbessert: »… als ihr vier die erste EP auf Spotify veröffentlicht habt, aber ich wünschte, ich wäre früher umgezogen und hätte die Gelegenheit gehabt, euch damals schon zu interviewen.«

»Na ja«, sagt Steph, »jetzt sind wir ja alle hier.« Dey deutet auf sie fünf.

»Wir sind total froh, dass wir Duluth in so einer schweren Zeit helfen können«, ergänzt Gina.

Die Moderatorin lehnt sich interessiert vor. »Könnt ihr mir erzählen, wie es dazu gekommen ist?«

Gina wirft einen Blick zu Steph.

»Wie sowas immer passiert, glaube ich. Jemand hat mich deswegen angerufen, und dann habe ich die anderen zusammengetrommelt«, erklärt Steph.

»Und ihr wart alle sofort an Bord, einfach so, nach fast zwei Jahren?«, fragt die Moderatorin.

Gina erlaubt sich keinen Blick zu Eva, sondern lässt die Augen auf Steph ruhen.

»Das Timing hat uns allen gut gepasst«, sagt Celeste. Sie klingt zwar oberflächlich fröhlich, aber darunter liegt eine Spannung, von der Gina weiß, dass die Moderatorin sie nicht hören wird. Aber die Fans vielleicht, wenn das Video veröffentlicht wird …

»Duluth hat uns so viel ermöglicht«, fügt Eva hinzu.

»Also ist es nur recht, dass wir jetzt helfen, wo es in Not ist.«

»Aber das hättet ihr auch auf anderem Wege tun können«, beharrt die Moderatorin. »Celeste, du steckst zum Beispiel gerade mitten in einer Solotour. Du hättest einfach ein Extrakonzert hier einplanen können, für diejenigen, die von dem Sturm betroffen sind.«

»Duluth hat *uns* erschaffen, und Duluth hat nach *uns* gefragt.« Celestes Stimme schwankt zwischen eisiger Kühle und der freundlichen Dankbarkeit, die sie eigentlich ausstrahlen soll.

»Celeste, wie geht es dir damit, heute Abend das Rampenlicht mit den anderen zu teilen?«

»Ich freue mich wahnsinnig.« Celestes Lächeln ist rasiermesserscharf, und sie legt einen Arm auf Evas Rückenlehne. Ginas Gesichtsausdruck bleibt neutral, aber innerlich verdreht sie die Augen. *Sehr subtil, Babe.* Unter ihrem Make-up sieht man deutlich, wie Eva rot anläuft.

Die restlichen Interviews verlaufen ähnlich: Was hat sie dazu bewegt, dieses Konzert gemeinsam zu geben (*Liebe zu Duluth*), kommt die Band wieder zusammen (Eva, die steif und aufrecht zwei Stühle von Gina entfernt sitzt, beantwortet diese Frage immer in einem eingeübten, festen, aber liebenswürdigen Tonfall, indem sie davon redet, dass sie sich *im Moment auf eigene Projekte konzentrieren, danke der Nachfrage*), wie es ist, wieder in Duluth zu sein (*wundervoll, so ein Privileg, herzzerreißend*).

»Das hier ist das letzte«, ruft Pip. »Danach machen wir kurz Pause.«

Der letzte Interviewer fängt mit den üblichen Fragen an, und Gina lässt sich in den betäubenden Rhythmus fallen. Sie weiß genau, wann sie lachen muss, wann sie die Fragen komplett von der Hand weisen muss, und wann sie darauf achten muss, dass Steph auch miteingeschlossen ist. Das mochte das Fandom schon immer an ihr: Wie gut sie mit den Medien umgehen konnte. Für die Fans war es etwas, das sie amüsierte, worauf sie stolz waren – *das ist unsere Gina.* Für Gina und den Rest der Band war es einfach eine Überlebensstrategie.

»Und, wie ist es so, wieder zusammen zu sein? Alte Spannungen? Neues Drama?« Der Interviewer setzt ein verschwörerisches Lächeln auf. Es ist fast schon niedlich, wie er zu denken scheint, dass sie sich jetzt vielleicht gegeneinander wenden, da sie nicht mehr dafür bezahlt werden, eine gemeinsame Front zu präsentieren. Gina freut sich schon darauf, ein Exklusiv-Interview mit seinem größten Rivalen zu führen.

»Nein, kein bisschen«, antwortet Celeste. »Natürlich kann ich nur für mich selbst sprechen, aber ich glaube, dass wir jetzt, da wir uns ein bisschen weiterentwickelt haben, stärker denn je sind.«

»Ach, ich weiß nicht«, sagt Gina langsam und zwinkert Celeste zu, als sich ihre Augen besorgt weiten. »Ich bin ganz schön neidisch darauf, wie heiß Steph ist. Und Evas Collegekurse … jahrelang haben mir alle gesagt, dass *ich* die Schlauste sei, aber so sieht man mal, dass eigene Entscheidungen viel wichtiger sind als die Meinung anderer.«

Celeste grinst. »Da hast du so was von recht, Gi. Ich hätte sterben können für das Kleid, dass du bei den *Oscars* anhattest. Und die Texte, die Eva in den letzten zwei Jahren geschrieben hat? *Wow*, die Skills hätte ich gerne.«

»Ich kann dich kaum verstehen über den Lärm deiner ausverkauften Arenen«, grinst Eva.

Es ist nicht als versteckter Angriff gemeint – Evas Ton ist spielerisch und ihre Augen glänzen, als sie Celeste anlächelt – also lehnt Gina sich wieder in ihrem Stuhl zurück. Ihr Job ist getan.

»Also ist das ein …«, fängt der Interviewer an, aber Celeste unterbricht ihn.

»Sowas Ähnliches haben die Leute ständig versucht, als wir uns getrennt haben. Aber es besteht ein Unterschied zwischen Moonlight Overthrow und uns: Celeste, Eva, Steph, Gina. Von uns werden Sie nichts anderes hören als Unterstützung füreinander, weil es nichts anderes gibt.«

Sie ziehen sich bequemere Klamotten an, bevor es zum Mittagessen, zum Soundcheck und zu Einzelstunden mit den Stimmtrainerinnen und Stimmtrainern vor der Miniprobe geht. Gina liebt die Kostüme und die Couture in der Filmindustrie, aber nichts ist besser, als in einem Tanktop und mit einem Mic Pack, das für alle sichtbar an die Shorts geheftet ist, auf die Bühne zu stolzieren. Dabei macht sie niemandem etwas vor: Sie ist, wer sie ist, Ende vom Lied, mit Schweißflecken und dreckigen Turnschuhen und allem Drum und Dran.

Als der Soundcheck vorbei ist, hält Celeste sie auf, bevor sie von der Bühne verschwinden können. »Wartet noch eine Sekunde, okay?«

Sie stellen sich gemeinsam in einem Halbkreis mittig auf die Bühne und sehen über das Feld hinaus. Celeste lehnt sich an Eva, die ihr einen Arm um die Taille legt. Steph wirft Gina einen vielsagenden Blick zu.

»Noch ein Konzert zusammen«, sagt Celeste.

»Machen wir es zu dem besten, das wir je gegeben haben«, fügt Gina hinzu.

»Können wir uns die Gefühle für hinterher aufheben?« Evas Stimme zittert leicht. »Wenn ihr jetzt schon anfangt, schaffe ich das Konzert nicht mehr.«

Steph nickt und dreht sich um. »Jetzt muss eh für die Vorbands umgebaut werden, und ich wollte mit Alicia noch ein bisschen an Kopf- und Bauchstimme arbeiten.«

Gina folgt Steph. Das nächste Mal, wenn sie auf dieser Bühne steht, wird es vor einem echten Publikum sein.

Juli 2021
Celeste

Während sie in der Maske sitzen, geht Celeste immer wieder ein Szenario durch den Kopf: Sie kommt auf die Bühne. Aus purer Gewohnheit fängt sie an, ihr Soloset zu singen. Eva spricht nie wieder mit ihr. *Schwarzes Loch.*

»Wink den Fans zu«, befiehlt Eva und unterbricht damit Celestes Albtraumvorstellung. Sie hält Celeste die Handykamera vors Gesicht. »Pip hat gesagt, dass ein Foto aus dem Backstagebereich, während wir uns fertig machen, gut für Social Media wäre.«

»Du Lügnerin«, lacht Gina, die gerade kritisch ihr Haar im Spiegel betrachtet. »Die Idee kam garantiert nicht von Pip.«

Celeste winkt, und wirft Eva dann einen Kuss zu. Oder der Kamera. Egal. Eigentlich ist es nur fair: Immerhin hat sie gestern bei der Generalprobe Evas Kuss aufgefangen.

Ein bisschen Supernova ist damit schon Realität geworden.

»Nehmt euch ein Zimmer«, beschwert sich Steph.

»Na klar, aber denk dran dass du eigentlich auch dort schläfst«, schießt Eva zurück, bevor Celeste protestieren kann.

Celestes Magen überschlägt sich. Die Vorstellung, dass Eva sie … vielleicht? … immer noch will, lässt ihre Gedanken in alle möglichen Richtungen schweifen. In die Richtung von Schmetterlingen in ihrem Bauch. In die Richtung von *Scheiß aufs Konzert, küss mich einfach.* Und es hilft auch nicht, dass Eva im Moment so atemberaubend aussieht: ihr Haar halb hochgesteckt, damit es ihr nicht im Weg ist, wenn sie Klavier spielt; ein leichtes, weites blaues Kleid, das ihre Arme und Waden zur Schau stellt. Sie könnte glatt eine weltberühmte Countrysängerin sein, wenn sie nicht so durch und durch Pop wäre (und so durch und durch queer).

Als Alix sie aus der Garderobe entlässt und Alicia mit ihnen ein paar letzte Stimmaufwärmübungen durchgegangen ist, schleichen sie sich in den kleinen Backstagebereich und hören den letzten Songs der Vorbands zu.

»Kommt, wir machen ein Selfie«, schlägt Celeste vor. »Nicht für Insta, sondern nur für uns.«

»Na klar«, stimmt Eva sofort zu.

Im Foto stehen sie nah beieinander mit den Gesichtern aneinander gelehnt und den Armen umeinander.

»Hey«, sagt Pip, als Celeste ihr das Handy gibt, damit sie während des Konzerts darauf aufpasst. Ihre Stimme ist zu leise, als dass die anderen sie hören könnten. »Das hast du diese Woche echt toll gemacht. Ich bin stolz auf dich, und ich bin stolz darauf, für dich zu arbeiten. In meinem Job kann man das nicht immer so ehrlich sagen.«

»Danke«, antwortet Celeste. »Wir hätten das nie ohne dich geschafft.«

»Oh ja, das weiß ich.«

Celeste lacht. »Und ich glaube … vielleicht … dass es für dich hiernach ein bisschen einfacher wird. Oder schwerer, aber dafür besser. Ich bin mir noch nicht sicher. Aber auf jeden Fall anders.«

»Das habe ich mir schon gedacht.« Pip legt den Kopf schief. »Um wen geht es in deinen Alben, Celeste?«

»Um Eva Bell«, sagt Celeste. »Und heute Abend wird sie das auch wissen, und … hoffentlich wissen es bald alle.«

»Das höre ich gerne«, sagt Pip.

Celeste geht wieder zu den anderen, als gerade die letzte Vorband unter Applaus von der Bühne kommt. Crewmitglieder hasten an ihnen vorbei, um die Instrumente und Mikrofone für Moonlight Overthrow bereitzustellen.

Pip, die von ihrem Platz aus alles im Blick hat, nickt ihnen plötzlich zu.

Es ist so weit.

Celeste reicht Eva spontan die Hand. Eva nimmt sie und streckt dann ihre andere Hand nach Gina aus, die schon Steph an der Hand hält. Zusammen treten sie auf die Bühne.

Die Sonne ist noch nicht ganz untergegangen, und das Publikum ist wie ein goldener Ozean, der sich vor ihnen erstreckt, mit Schildern und Flaggen und Wellen von Schreien und Applaus. Celeste grinst, atmet zweimal tief durch, und lässt Evas Hand los. Sie summt die erste Note und sieht die Reihe entlang, bis sie jedem Bandmitglied in die Augen geschaut hat. Anders als von Eva befürchtet singen sie richtig, und wie geplant tauschen sie in der Bridge »L.A.« gegen »Duluth« aus, was noch mehr Schreie hervorruft, als das Publikum die Veränderung bemerkt.

»Hallo, Duluth!«, ruft Celeste nach dem ersten Song. Sie nimmt ihr Mikrofon vom Ständer, aber bewegt sich noch nicht. Sie muss warten, bis der Applaus sich wenigstens ein bisschen gelegt hat, bevor sie weitersprechen kann. »Ich freue mich so, heute hier zu sein. Danke, dass ihr uns in eurer Stadt willkommen heißt, selbst nach so einer Tragödie. Wir hoffen, dass wir euch heute eine gute Show liefern können, okay? Das habt ihr verdient. Und dafür habt ihr auch einen Applaus verdient.«

Neben ihr fangen Eva, Gina und Steph an zu klatschen, während sie ins Publikum zeigen oder ihm zuwinken.

»Alles klar«, fährt Celeste fort. »Genug geredet. Es ist schon eine Weile her, seit wir das letzte Mal hier waren, also stelle ich uns erstmal vor. Das ist Steph«, (Schreie), »Gina«, (Schreie), »und Eva«, (Schreie). Celeste hätte am liebsten auch geschrien, aber sie gibt sich damit zufrieden, das Publikum anzugrinsen. »Ich bin Celeste, und wir sind Moonlight Overthrow.«

Juli 2021
Steph

Steph winkt dem Publikum mit beiden Händen zu und joggt dann zum Schlagzeug. Vier Songs haben sie schon gesungen, und jetzt ist es Zeit, die verdammte Welt aus den Angeln zu heben.

Steph zählt sie ein, Evas erste Strophe erklingt, und das Publikum, das jetzt schon so viel energiegeladener ist, als Steph es sich jemals erhoffen konnte, explodiert förmlich. So, wie es auch sein sollte, denkt Steph, während dey den Beat vorantreibt. »Burning« ist so richtig heiß, und Eva stolziert auf den Bühnenrand zu und tanzt hier und da ein paar Tanzschritte aus der schon halb in Vergessenheit geratenen Choreografie von damals. Ein nicht unerheblicher Teil des Publikums hört auf, den Song mitzusingen, um laut zu kreischen, als Eva die Hüften schwingt. Steph pfeift laut ins Mikrofon und stimmt dann wieder in den Hintergrundgesang ein.

Nach einem weiteren Song geht Steph langsam auf die Mädels zu und genießt dabei das Gefühl von deren Kleidung auf der Haut: die Hose, die Hosenträger, der Kragen des halbgeöffneten Hemdes, der sich an deren Nacken schmiegt. Bis jetzt durfte dey noch nie bei einem Konzert auch nur etwas Anzugähnliches tragen, und irgendwo da draußen schnappt Kayla vermutlich gerade wegen des maskulinen Schnitts nach Luft.

»Ich weiß, dass Celeste das schon gesagt hat«, ruft Steph, als dey neben Gina zum Stehen kommt. »Aber ich muss es einfach nochmal sagen – und werde es vermutlich auch noch ein paarmal sagen: Wir freuen uns so sehr, dass wir hier sein dürfen. Ihr wisst ja, dass ich die letzten paar Jahre schon hier war, und ich möchte mich bei euch dafür bedanken, dass ihr mich nach Hause habt kommen lassen.«

So wie früher immer sieht man auch heute lauter Regenbogenflaggen im Publikum. Dazu kommen allerdings eine Vielzahl identischer, selbstgemachter Schilder, auf denen »SINGT MIT DULUTH« steht, umrandet von einem blauen Herz. Pip hat sich das nicht ausgedacht, was bedeutet, dass die Fans es selbst organisiert haben.

»WIR LIEBEN DICH, STEPH!«, ruft irgendwer.

»Ich liebe euch auch«, antwortet Steph in die vage Richtung, aus der der Schrei kam. »Wenn ihr mit jemand anderem hier seid, ist jetzt vielleicht die Zeit, euch an den Händen zu nehmen. Oder, wenn ihr es möchtet, euch der Person vorzustellen, die neben euch steht. Das hier ist ›Standstill‹.«

Duluth singt mit ihnen. Gina streicht über Stephs Hosenträger, als sie an demm vorbeigeht. Das erste Mal seit – eigentlich immer – fühlt sich Steph von der Bühne willkommen geheißen, so wie dey ist. Sie alle, genau so, wie sie sind.

Juli 2021
Eva

Eigentlich sollen sie für »Before« alle mittig auf der Bühne wieder zusammenkommen, aber Celeste hält sie mit einer sanften Hand auf ihrem Arm auf.

»Eva.« Sie sagt es in ihr Ohr, statt ins Mikrofon, so, als wäre es ganz egal, dass Tausende von Menschen ihnen zusehen und dass sie mitten in einem Konzert sind. »Nur, damit du es weißt – er ist für dich. Der Song.«

»Was?«

»Ich habe ihn für *dich* geschrieben.«

Sowas kannst du doch nicht einfach mitten während des Konzerts sagen, denkt Eva und versucht, sich wieder zu fangen. *Du kannst sowas nicht einfach sagen und dann weggehen.* Der Song – für *sie?*

Steph und Gina stehen schon in Position, formen Herzen mit den Fingern, zeigen auf Leute mit Schildern, danken den Sponsoren, und verschaffen ihnen so ein wenig Zeit. Eva lehnt sich an Steph, damit sie nicht in Celestes Richtung schauen muss. Sie kann sich nicht entscheiden, wie sie sich gerade fühlt, und sie hat auch keine Zeit, es herauszufinden: *The show must go on.*

Aber … Celeste hat den Song für sie geschrieben. Celeste hat ihn für Eva geschrieben, ohne zu wissen, dass Eva ihn jemals singen würde, oder ihn überhaupt anhören würde. Aber sie hat ihn trotzdem geschrieben. Hat ihn trotzdem ins Album mitaufgenommen.

Vielleicht hat sie es ja nur gemacht, weil es ein guter Song ist. Aber vielleicht ist der Text auch wahr.

»Der nächste Song ist nicht von Moonlight Overthrow«, verkündet Gina, »aber wir hoffen, ihr verzeiht uns, dass wir ihn trotzdem spielen.«

Evas Song. Celestes Song, für Eva.

Celeste hat ihr nie geschrieben. Sie nie angerufen, sie nie auf irgendwelche Partys oder zu einem Spaziergang am Strand eingeladen. Aber sie hat sie trotzdem vermisst. Sie hat einen Song geschrieben. Vielleicht – Evas Herz zieht sich zusammen – vielleicht sogar mehr als nur einen.

Eva räuspert sich und löst sich von Steph. »Ich persönlich bin ein großer Fan davon, und ich freue mich, ihn heute zu singen.«

Das meint sie auch ernst. Als ihr Blick auf Celeste fällt, formt Celeste mit dem Mund das Wort: *Danke.*

»Das hier ist ›Before‹«, sagt Celeste und rückt ihre Gitarre zurecht. »Und dieser Song hätte ohne Moonlight Overthrow nie existiert.«

Eva steht nicht neben Celeste, aber Celeste bewegt sich, also tut sie es auch, und als die zweite Strophe anfängt, weiß sie nicht mehr, wer von ihnen um die andere kreist. Sie weiß nur, dass sie ihren Blick nicht abwenden kann.

Am Ende des Songs ruft Celeste über die ohrenbetäubenden Schreie hinweg: »Und wisst ihr, ich bin nicht die Einzige, die in den letzten Jahren Musik gemacht hat.«

Das ist eigentlich Evas Zeichen, um »Yours Tonight« vorzustellen, einen Song, den sie geschrieben und dann verkauft hat. Aber auf einmal weiß sie, dass sie heute Abend einen anderen Song spielen muss.

Eva geht auf das Klavier zu, und die anderen folgen ihr, wie sie es geübt haben. Sie kann sie nicht warnen, dass sie gleich vom Plan abweichen wird. »Steph hat sich vorhin schon bedankt, also bin ich jetzt dran«, sagt sie, statt über die Person zu sprechen, die »Yours Tonight« gesungen hat. »Danke an Stephs Familie, bei der wir diese Woche übernachten durften. Danke an meine Eltern, die mir versprochen haben, dass sie mich auch lieben, wenn ich mich nie wieder auf eine Bühne stelle, und dass sie das auch tun, wenn ich heute Abend scheiße bin.« Sie lächelt. »Danke an Lydia, die mir in L.A. den Rücken freihält …« Ihr Herz setzt einen Schlag aus. Das Nächste sollte sie auch sagen, nur, um ehrlich zu sein. »Und danke an Kay. Du bist ein Star.«

Gina lächelt das Publikum breit an, aber ihr Blick zu Eva ist eindringlich. Steph sieht einfach nur verwirrt aus. Als Eva sich hinsetzt, geht sie noch einmal sicher: *Will ich das wirklich tun?*

Sie könnte die Noten spielen, die die Band erwartet, und die allen Menschen, die Radio hören, sofort bekannt vorkommen werden, und zu viert könnten sie ein exklusives Cover singen.

Das könnte sie tun. Aber sie wird es nicht. Sie will *diesen* Song.

»Das hier ist ein brandneuer Song, den ich in den letzten paar Wochen geschrieben habe, und bis jetzt hat ihn noch niemand gehört. Ist es für euch okay, wenn ihr mein Testpublikum seid?«

Die Menge scheint damit absolut kein Problem zu haben.

Auf der Bühne klappt Gina die Kinnlade herunter, Steph klatscht, und Celeste grinst, mit beiden Händen aufs Herz gelegt.

Eva lächelt so breit, dass es fast wehtut. Sie hat das hier echt vermisst. Wie konnte sie sich nur zwingen, so lang ohne dieses Gefühl zu leben? Wie konnte sie je denken, dass das Schreiben genug sei, wenn sie auch das hier haben kann?

»Der Song ist noch nicht ganz fertig, also kann ich nicht versprechen, dass sich nicht noch etwas daran ändert, sollte er aufgenommen werden. Aber ich habe in der Nacht des Sturms mit dem Schreiben angefangen, bevor ich vom Sturm überhaupt wusste, und es fühlt sich richtig an, ihn heute mit euch zu teilen.« Gina und Steph haben sich halb zum Publikum gedreht, die Mikrofone entspannt an der Seite, als ob das hier die ganze Zeit der Plan gewesen wäre, aber Celeste löst den Blick keine Sekunde von Eva. Eva schaut wieder zum Publikum. »Dieser Song heißt ›After Today‹, und er klingt so.«

Sie legt die Finger auf die Tasten.

Auf einmal ist es still, viel stiller als bei ihren vorherigen

Auftritten. Niemand singt mit, weil niemand außer ihr den Text kennt.

Sie schließt die Augen und lässt alle Geräusche in den Hintergrund treten, bis es nur noch das Klavier und ihre Stimme gibt. Zu ihrer Linken hört das Publikum jeder einzelnen neuen Note zu; direkt geradeaus steht Celeste, wenn sie sich nicht bewegt hat. Genau hier, in Evas Fingerspitzen und ihrer Brust, ist der Song.

Juli 2021
Eva

Der Rest des Konzerts vergeht in einem Wirbelwind aus Songs von *Supernova*, *Bright* und *Lunar*, aus Lachen mit dem Publikum und mit Celeste. Am Ende – dem ersten, unechten Ende – soll Eva eigentlich etwas sagen, bevor sie kurz von der Bühne gehen, aber sie kann sich nur ein Winken abringen.

»Danke, wir lieben euch!« Celeste nimmt Eva an der Hand und zieht sie von der Bühne, als der Applaus hinter ihnen in Wellen gegen die Bühne schlägt.

»Es kann noch nicht vorbei sein«, keucht Eva. Irgendwer reicht ihr eine Wasserflasche, und sie trinkt dankbar.

»Wir haben noch einen Song«, erinnert sie Celeste.

Eva schüttelt den Kopf. Celeste hat zwar recht, aber es fühlt sich nicht *richtig* an. Ein Song ist nicht genug.

»Kommt schon, los gehts«, fordert Gina sie auf.

Sie laufen wieder auf die Bühne, und Eva setzt sich ans Klavier. Sie lässt den Blick über die Menge schweifen, über ihre Band, über die Lichter, die sich auf dem Klavier spiegeln. Sie spielt die ersten Akkorde von »This Afternoon«.

Mittlerweile ist es Abend geworden. Das Bühnenlicht verdeckt die Sterne, aber auf dem Nachhauseweg werden sie sie sehen können. Celeste und Steph beginnen den Song gemeinsam, ihre Stimmen in perfekter Balance, und Gina läuft die Bühne wie auf einem Laufsteg ab, als sie den Pre-Chorus singt:

»Others have midnights and middle of the nights
You and I have two p.m. and more laughter than fights.«

Eva fliegt durch die eingeübten Strophen und Akkorde und ihre Finger rasen wie allein über die Tasten. Sie kommen bei der Bridge an, die ganz ihr gehört. Nur ihre Stimme und ihr Instrument, Herz und Seele.

Sie dreht den Kopf zum Publikum.

»I'll love you in starlight but right now it's daybreak
I'll love you at sunset and the times in-between
but right now it's this afternoon, you and me.«

Als der Song zu Ende ist, nimmt Gina Eva an der Hand und wirbelt sie von der Klavierbank mitten in eine Gruppenumarmung.

»Es kann noch nicht vorbei sein«, sagt Eva mit zitternder Stimme. Tränen laufen ihr über die Wangen, aber sie wischt sie nicht weg. »Wir sind noch nicht fertig.«

»Wir sind nicht für immer fertig«, verspricht Celeste. »Nur für heute.«

»Nein«, antwortet Eva. »Nein – wir haben noch nicht ›Hallelujah‹ gesungen.«

Das Cover von »Hallelujah« war der beliebteste Song von ihrer Spotify-EP, der Song, der jemandem auffiel, der jemanden kannte, der jemanden bei Capitol Records kannte. Der Song schaffte es nicht auf ihr erstes Album – und auch nicht auf das zweite oder dritte –, aber sie sangen ihn am Anfang jedes ihrer Konzerte als Vorband und auch jeden Abend auf ihrer ersten Tour.

»Den haben wir nicht geprobt«, protestiert Gina.

»Mir egal, ich kann ihn immer noch«, sagt Eva.

»Wir müssen von der Bühne runter«, mahnt Steph.

»Nein«, bettelt Eva. »Bitte.«

Sie kann das Gefühl nicht erklären, aber sie *können* einfach noch nicht gehen. Es ist noch nicht an der Zeit. Wenn es jemals ein Konzert gab, auf dem sie »Hallelujah« singen sollten, dann ist es das hier.

»Ich bin dabei«, sagt Celeste.

Gina blickt zwischen ihnen hin und her, dann zuckt sie die Schultern, aber auf ihrem Gesicht breitet sich bereits ein Lächeln aus. »Ich hätte wissen sollen, dass wir uns nicht an den Plan halten würden.«

Verwirrtes Murmeln steigt aus dem Publikum hervor.

»Ihr habt recht«, stimmt Steph zu. »Ich weiß zwar nicht, was passieren wird, wenn wir bei der vierten Strophe ankommen, aber ihr habt recht. Wir müssen das machen.«

Eva lacht triumphierend und läuft zum Bühnenrand. »Das sollte eigentlich unser letzter Song sein«, sagt sie in ihr Mikrofon. »Aber wir haben gerade viel zu viel Spaß, also haben wir uns umentschieden.«

Die anderen drei stellen sich neben sie.

»Dieser Abend … war echt unglaublich«, sagt Eva. »Ich kann es kaum in Worte fassen, und ich hoffe, dass er für euch auch so war. Und weil wir hier zu viert sind, in Duluth, da, wo wir angefangen haben, gibt es einen Song, den wir einfach noch singen müssen. Ich habe in letzter Zeit viel darüber nachgedacht, wie man Sachen richtig beendet, und es hätte sich einfach nicht richtig angefühlt, dieses Konzert mit einem anderen Song zu beenden.«

Das vereinzelte, aber lauter werdende Kreischen verrät, dass einige Zuschauende wissen, was jetzt kommt – die Hardcore-MO-Fans, die Cosmic Queers, diejenigen, die schon seit dem Anfang mit dabei sind.

»Ein letztes Mal … vielen Dank, dass wir hier sein durften, Duluth. Wir sind zwar nicht immer hier, aber wir lieben euch immer. Das hier ist *Hallelujah.*«

Gina fängt an, mit einer Ernsthaftigkeit in der Stimme, die schon zu ihr gepasst hat, als sie dreizehn war, und ihr jetzt umso mehr steht. In der zweiten Zeile fällt Celeste ein; Steph in der vierten; und dann lässt Eva das erste *Hallelujah* erklingen, und sie singen alle, ein perfekter Vierklang.

Die ersten Zeilen der zweiten Strophe gehören nur ihr. Sie fühlt sich, als würden die Noten aus ihrer Kehle gerissen, und nicht nur aus ihrer Kehle, sondern auch aus ihrer Lunge, ihrem Magen, und jedem Teilchen Sternenstaub, aus dem sie besteht, so als hätte sie diese Noten seit fast zwei Jahren zurückgehalten, oder sogar noch länger, fast so lange, wie sie denken kann, und jetzt kann sie sie einfach nicht mehr aufhalten.

Kurz muss sie an das Dach denken, auf dem sie Celeste zum ersten Mal geküsst hat: vor vier Jahren in Austin, Texas, auf einem warmen Liegestuhl. Eva schaut zu Celeste. Ihre Blicke treffen sich, und Celeste atmet ein, um die zweite Stimme zu singen.

Am Anfang – oder sogar noch vor dem Anfang, als sie den Song zum ersten Mal richtig hörte, nicht auf einem Filmsoundtrack, sondern im Chor in der sechsten Klasse – hörte sie die dritte Zeile der zweiten Strophe falsch. Gina korrigierte sie damals, und seitdem sang sie auf Konzerten den Text immer so, wie Leonard Cohen ihn geschrieben hatte.

Aber jetzt bereitet Eva sich darauf vor, die Version zu singen, die sie zuerst gehört hatte, und es ist ihr auch egal, dass Fans die nächsten Wochen über Handyvideos brüten und sich gegenseitig versichern werden: *Ja, das hat Eva wirklich gesungen.* Eigentlich hofft sie sogar, dass das passiert.

Eva dreht sich zu Celeste, atmet tief ein, und singt es.

Nicht *her beauty* ***and*** *the moonlight*, sondern *her beauty* ***in*** *the moonlight.*

Und Eva fühlt sich wie immer, als würde sie ins Meer stürzen.

Juli 2021
Celeste

Der eilig hergerichtete Green Room ist rappelvoll: die Vorbands und ihre Gäste, Celestes Mom und ihre Schwestern, um nicht von Stephs gesamter Familie und einem halben Dutzend neuer Freunde zu sprechen, die dey in Duluth gefunden hat, Ginas Eltern und eine Handvoll Cousinen und Cousins, *Evas* Eltern …

Celeste kann kaum einen einzigen Schritt tun, ohne beglückwünscht, umarmt, oder um ein Foto gebeten zu werden. Was natürlich vollkommen in Ordnung ist, nur, dass ein großer Teil von ihr am liebsten Eva in einen leeren Raum mitgenommen hätte, deren Tür sich abschließen lässt, und nicht herausgekommen wäre, bis … bis *irgendwas* passiert.

Grandma Marit winkt sie zu der Ecke hinüber, in der sie auf einem Gehwagen sitzt. »Das war das beste Konzert, das ich je gesehen habe, und ich war schon bei vielen, das kannst du mir glauben.«

»Das musst du nicht sagen«, antwortet Celeste. »Aber danke.«

»Ich bin zu alt, um noch leere Schmeicheleien auszusprechen. Kümmere dich gut um dein Mädchen, hörst du?«

»Mein … Eva? Aber wir sind gar nicht …« Celeste schüttelt den Kopf, weil sie nicht weiß, wie sie den Satz sonst beenden soll.

»Ja, Eva. Ihr könnt mir nichts vormachen.« Grandma Marit wedelt mit dem Finger.

Vor Celestes innerem Auge läuft eine Montage von jeder Interaktion ab, die sie und Eva diese Woche mit Stephs Grandma hatten.

»Dachtest du … die ganze Woche …? Eva und ich sind nicht zusammen«, stammelt Celeste.

»Man widerspricht alten Leuten nicht«, ermahnt Grandma Marit sie mit einem Zwinkern. »Wenn du mich jetzt entschuldigen würdest, ich muss mein Enkelkind nochmal in den Arm nehmen.«

Bevor Celeste überhaupt anfangen kann, das zu verarbeiten – das würde vermutlich Stunden dauern – zieht ihre Mom sie an sich. »Nicht weinen, Schatz, du warst großartig.«

Celeste wischt sich überrascht mit der Hand über die Wange. Immerhin ist ihr Make-up wasserfest.

»Ich bin so stolz auf dich«, fährt ihre Mom fort.

»Ich will sie zurück«, gibt Celeste zu.

Es ist so laut hier, dass sie sich keine Sorgen darüber macht, belauscht zu werden. Und wenn doch – wenn die anderen das hören würden – was ist daran das Problem? Sie hat ohnehin nicht vor, es geheim zu halten.

»Du musst sie fragen«, flüstert ihre Mom ihr ins Ohr.

Celeste nickt. Das weiß sie.

Ihre Mom macht einen Schritt zurück und dreht sich um, um einen Mann zu begrüßen, den Celeste nicht richtig sehen kann, und eine Sekunde lang denkt Celeste, dass es vielleicht ihr Vater ist, der einen Überraschungsbesuch geplant hat, aber natürlich ist er es nicht. Es ist Evas Dad.

Celeste hat ihn schon seit ihrem letzten Konzert nicht mehr gesehen, bei dem sie ihm und Evas Mom tunlichst aus dem Weg ging, während sie so tat, als würde sie genau das *nicht* tun. Sie hatte schließlich ihrer Tochter das Herz gebrochen, und das würden ihr Evas Eltern sicherlich übelnehmen. Sie wollte dieselbe Strategie eigentlich heute anwenden – ganz aus Versehen den ganzen Abend über nicht mit ihnen sprechen; denn wenn es etwas Schlimmeres gibt, als ihrer Tochter das Herz zu brechen, dann ist es vermutlich, ihr das Herz zu brechen und es dann zurückzuwollen.

»Celeste«, sagt Will. »Schön, dich zu sehen.«

Will ist groß, bestimmt fast zwei Meter, und sein rundes, jugendliches Gesicht trägt wie immer einen Ausdruck von höflichem Ernst, so, als könnte er jede Situation mit einem logischen Vorschlag oder einem freundlichen Gegenargument meistern. Und wenn nicht jede Situation, dann zumindest angespannte Vertragsverhandlungen in der Musikindustrie.

»Hi«, sagt sie, und dann etwas verzögert: »Gleichfalls.«

»Angela ist hier auch irgendwo.« Will wedelt mit der Hand. »Sie würde dich sicher auch gerne sehen.«

Sie würde mich sicher gerne mit einem meiner VMAs erstechen, denkt Celeste, aber sie lächelt und nickt trotzdem.

»Wir Familien saßen alle zusammen, weißt du«, sagt Celestes Mom.

Das wusste Celeste durchaus. Sie war allerdings davon ausgegangen, dass Ginas und Stephs Familie ein kleiner Puffer wären.

Celeste nickt wieder. Sie kann ohne Probleme nach einem zwölfstündigen Flug in fünfzehn Sekunden einen Fan glücklich machen, Meet & Greets abhalten, wenn sie so müde ist, dass sie am liebsten direkt ins Bett gekrochen wäre, und eine gesamte Afterparty verzaubern, wenn sie gerade Liebeskummer hat. Aber jetzt weiß sie nicht, was sie sagen soll. Soll sie wissend aussehen, distanziert, höflich – wer soll sie ihm gegenüber sein?

In ihren Ohren rauschen die Geräusche von einem Dutzend anderer Gespräche, und plötzlich platzt sie heraus: »Ich habe mir das Motto an den Spiegel gehängt. In New York. Auf … auf einem Post-It. Fang so an …«

»… wie du auch weitermachen willst«, ergänzt Will. »Freut mich, dass es dir geholfen hat.«

Celeste öffnet den Mund, um zu sagen, dass es das hat, aber sie hält abrupt inne. Will lächelt sie immer noch an, aber in seinen funkelnden Augen lauert ein stahlharter Blick. Oder vielleicht ist es richtiger zu sagen, dass das Funkeln ein glühend heißer Stern ist, der im Interesse seiner Tochter brennt.

»Ich habe es wieder abgenommen, nach einer Weile.« Sie schluckt. »Ich habe festgestellt … dass man manchmal eben *nicht* richtig anfängt, und sich erstmal einen anderen Weg suchen muss. Oder vielleicht war das, von dem man dachte, dass es der Anfang wäre, gar nicht wirklich der Anfang, also … hat man es erst richtig gemacht, und dann falsch, oder …«

»Ist schon okay, Celeste. Du warst heute wundervoll.« Er zieht sie mit einem Arm an sich.

»Danke«, murmelt Celeste, und sie meint es auch wirklich.

Juli 2021
Gina

Gina hatte höflich, aber bestimmt ihr Veto dazu gegeben, eine Afterparty zu veranstalten, oder irgendetwas Förmlicheres als die lockere Zusammenkunft ihrer Familien nach dem Konzert. Die Stadt ist immer noch in Trauer um die Sturmopfer, und es kommt ihr unpassend vor, das Konzert als irgendetwas anderes zu behandeln als den Regenbogen, der Noah nach der Sintflut gesendet wurde – und die queere Doppelbedeutung ist dabei definitiv Absicht.

Nach ungefähr einer Stunde umarmt Gina ihre Eltern ein letztes Mal und sucht dann nach Steph. »Bereit?«

Gina nimmt Stephs Hand, um demm nicht zu verlieren, als sie sich den Weg zu Celeste und Eva bahnen, die natürlich direkt nebeneinanderstehen, was absolut überhaupt nicht hilfreich ist.

»Wir denken, es ist Zeit nach Hause zu gehen«, sagt Gina.

»Ja, wir sollten vermutlich zum Ende kommen.« Evas Blick wandert zur Tür des Hinterzimmers, zum Flur, der zur dunklen Bühne und dem Feld führt, das jetzt nur noch von Crewmitgliedern bevölkert ist, die nach dem Konzert aufräumen.

Celeste zögert. »Pip wollte noch ein paar Sachen mit mir besprechen …«

»Wir warten zu Hause auf dich«, versichert Steph ihr.

»Ich kann hierbleiben, wenn du willst?« Eva, natürlich.

»Lass Celeste ihr Ding machen«, sagt Gina betont ruhig und leichtherzig. Sie muss allein mit Eva reden.

»Ja, geht nach Hause, ruht euch aus. Hoffentlich brauche ich nicht lange.« Celeste macht sich mit einem entschlossenen Gesichtsausdruck auf den Weg zu Pip.

Jetzt muss Gina sich beeilen. »Sollen wir?«

Ms Miles nimmt sie im Auto mit, und sobald sie wieder in Stephs Küche sind, schlägt Gina vor: »Treffen wir uns in zehn Minuten unten?«

Sie will ihr Make-up abwaschen und bequemere Kleidung anziehen, und sie und Steph haben beschlossen, dass dieses Gespräch am besten auf neutralem Boden stattfinden sollte, also keine Schlafzimmer.

Als sie nach unten kommt, hat Eva sich bereits auf einem Sofa ausgestreckt, in einem blauen Kleid, das quasi die Baumwollversion ihres Konzertoutfits ist. Gina setzt sich neben sie, und Steph lässt sich auf das andere Sofa fallen.

»Was denkst du, Eva?«, fragt Gina.

Eva lässt den Kopf an die Sofalehne fallen und spricht

zur Decke. »Es war unglaublich, und ich habe es geliebt, und ich hasse es, dass ich es geliebt habe, und ich könnte das glatt für den Rest meines Lebens dreimal die Woche machen.«

»Gut«, sagt Gina. »Dann sind wir uns ja einig.«

Eva setzt sich auf. »Was?«

»Ich will, dass Moonlight Overthrow wieder zusammenkommt«, sagt Gina und sieht Eva dabei direkt in die Augen.

Sie erwartet eigentlich, dass Steph ihr zustimmt, aber Steph sieht nur stumm zu. Neben ihr sitzt Eva komplett erstarrt da.

Nach einem kurzen Schweigen sagt Eva: »Du meinst das ernst.«

»Ja«, antwortet Gina. »Ich weiß, dass es letztes Mal ziemlich schlimm ausgegangen ist.« Eva schnaubt, und Gina neigt zustimmend den Kopf. »Aber wir hatten jetzt alle Zeit, um andere Sachen auszuprobieren und herauszufinden, was wir wirklich wollen.«

»Du kannst die Band nicht einfach … zurückwollen.« Eva runzelt die Stirn und blickt auf den Boden.

»Ist es nicht besser, zuzugeben, dass ich mich umentschieden habe, statt so zu tun, als hätte ich es nicht?«, fragt Gina. Sie lässt sich in die Sofakissen sinken. »Ich habe festgestellt … dass ich ohne euch nicht Gina Wright sein will. Ich bin nicht Beyoncé. Oder Camila.«

Eva sieht nicht auf, und Steph bleibt still.

»Hattest du … diese Woche nicht Spaß?«, fragt Gina. Sie verschränkt ihre zitternden Finger.

»Doch, das hatte ich«, antwortet Eva lächelnd. »So viel Spaß. Mit *euch.*«

Die Erleichterung wiegt so schwer, dass Gina daran fast erstickt.

»Genau das meine ich. Wir könnten wieder zusammen sein.«

»Kann ich dich was fragen?« Eva spielt mit dem Saum ihres Kleids herum.

»Na klar, Babe.«

»Warum willst du, dass die Band wieder zusammenkommt?«

Gina starrt sie einen Moment lang an. Ist das nicht offensichtlich? Hat sie das nicht schon gesagt?

»Ich vermisse es, zu singen. Und Konzerte zu geben. Aber hauptsächlich … vermisse ich euch. Ich vermisse euch total. Manchmal passiert am Set irgendwas und ich hätte euch am liebsten davon erzählt, und dann fällt mir wieder ein, dass ich das nicht kann, und das *hasse ich.*«

Eva nickt. »Und was hast du für diesen Plan aufgegeben?«

»Was?« Gina setzt sich plötzlich wieder auf. Eva zieht nur die Augenbrauen hoch. »Was … woher wusstest du das?«

»Du bist schließlich nicht mehr die Schlauste«, grinst Eva.

Gina schluckt. »*Bayahibe Rose.*«

»Du machst *Witze*«, keucht Steph.

»Nein, ich meine es ernst. Ich meine das hier wirklich ernst. Ich will euch zurückhaben, okay?«

»Du hast uns schon, versprochen. Du musst uns nicht mit der Band ködern«, sagt Eva. »Ich *will*, dass du mir von jedem Set Nachrichten schreibst. Von jeder Probe am Broadway.«

Woher weiß sie, dass ich das will?, denkt Gina. Aber alte Freunde kennen nun einmal jeden Traum, den man je gehegt hat, und vor allem die, die man nie aufgeben würde.

Eva streicht sich mit der Hand durchs Haar. »Ich will anderen Leuten nicht erzählen, was sie wollen, aber … ich glaube nicht, dass du die Band wirklich willst. Und mir geht es genauso.«

»Aber du … du wolltest die Band doch«, stammelt Gina. Sie braucht Eva, und Eva will die Band. Eigentlich sollte sie leicht zu überzeugen sein, die letzte OT4-Verfechterin. Stattdessen fühlt sich Gina so, als wäre ihr gerade ein Bühnenscheinwerfer auf den Kopf gefallen.

»Ist es nicht besser, zuzugeben, dass ich mich umentschieden habe, statt so zu tun, als hätte ich es nicht?«, kontert Eva mit Ginas Worten. Sie beißt sich auf die Lippe. »Hasst du mich, wenn ich nein sage?«

Gina zögert keine Sekunde. »Nein. Das könnte ich nie.«

Evas Schultern entspannen sich. »Du musst nicht ohne uns Gina Wright sein. Aber … du kannst trotzdem Gina Wright sein. Nerv Celeste so lange, bis sie auf ihrem nächsten Album ein Duett mit dir singt.«

»Und ruf deine Agentin an und frag, ob sie schon jemanden für *Bayahibe Rose* gecastet haben«, fügt Steph in genau dem belehrenden Ton eines älteren Geschwisterkinds hinzu, den Gina so lange vermisst hat.

»Ich wollte einen Weg finden …«

»Das musst du nicht, Gi«, sagt Steph.

Gina zieht die Knie an die Brust. Sie muss *nachdenken.*

Eva schnappt sich einen Notizblock vom Couchtisch

und hält ihn ihr hin. »Das ist zwar keine eigens geprägte Ledermappe, aber vielleicht hilft er trotzdem.«

»Wolltest du nicht, dass ich aufhöre, uns zu planen?«, fragt Gina und schüttelt den Kopf, nimmt den Notizblock aber trotzdem entgegen. »Ich muss wissen, dass wir befreundet sind, und zusammen Musik machen. Denn selbst, wenn es beschissen und ermüdend war, habt ihr mich daran erinnert, dass ich ein echter Mensch bin, und wir haben über dumme Sachen gelacht – und haben spontan irgendwelche Ideen durchgezogen, die objektiv gesehen total schlecht waren, aber irgendwie trotzdem brillant wurden …«

»Wie, ohne es zu üben ›Hallelujah‹ zu singen«, sagt Steph.

»Genau so«, antwortet Gina mit zitternder Stimme.

Eva drückt ihr einen Stift in die Hand. »Warum brauchen wir die Band, um das zu tun? Das machen wir doch jetzt schon. Check, fertig. Und jetzt?«

Gina spielt mit dem Stift herum.

»Hast du schon alles getan, was du tun wolltest? All die Dinge, die du dir ausgemalt hast, als die Band sich getrennt hat?«, fragt Steph.

»Nein, das weißt du doch.« Sie versucht, sich ein Lachen abzuringen. »Aber das ist doch *egal.*«

»Nein, das ist es nicht«, widerspricht Steph. »Und … ich weiß, dass ich das gestern nicht gesagt habe, als wir darüber geredet haben, aber ich frage mich, wie lange es wohl dauern würde, bis du dich wieder von uns eingeengt fühlst.«

»Aber ich weiß es jetzt besser. Ich habe andere Prioritäten.« Gina kann nicht glauben, dass sie gerade darüber diskutieren. Es war doch alles so perfekt arrangiert.

Eva und Steph werfen sich einen Blick zu. Gina ignoriert sie und öffnet den Notizblock. Dank ihrer Pläne ist Moonlight Overthrow ein Erfolg geworden – warum kann sie das nicht ein zweites Mal schaffen?

Moonlight Overthrow: der Adrenalinschub bei Konzerten, die langen Nächte und noch längeren Fahrten, der konstante Jetlag, die durchgeplante Strategie hinter jedem Auftritt, den Terminplan, den sie nicht selbst bestimmen durfte, das Zusammensein mit ihren besten Freunden, das Bewusstsein, dass sie immer die einzige Schwarze Person im Raum war.

Der Stift hält über dem Papier inne. Sie zieht eine Linie, die die obere Hälfte der Seite von der unteren trennt.

»Denk dran«, sagt Eva, »kein Moonlight Overthrow – aber *wir* sind immer noch hier. Wir vier, bis der Mond ins Meer stürzt.«

Gina denkt daran, wie sie Kayla vor einem Monat den Managementvertrag gekündigt hat. Sie will Musik. Mode. Ein Publikum. Vier Takes, um eine komplizierte Szene genau richtig zu spielen. Ein bisschen Zeit – viel Zeit, ein paar Wochen –, in der sie nicht für jemand anderen Gina Wright sein muss, sondern herausfinden kann, wer sie ist, wenn sie selbst die Entscheidungen trifft. Sie will ihre Freunde. Wenn sie sie behalten kann, egal, was kommt … wenn sie Eva und Steph vertrauen kann, wenn sie sagen, dass ihre Freundschaft nicht auf ihrer Karriere aufbaut …

Seit Monaten denkt sie selbst über eine Wiedervereinigung nach, hat den Gedanken diese Woche mit Steph geteilt, und heute mit Eva. Auf einmal fühlt es sich an, als wäre Gina unter einem schweren Gewicht gefangen.

Gibt es keinen anderen Ausweg?, denkt sie. Doch natürlich gibt es den.

Sie war so auf den Ausgang des Plans konzentriert, dass sie vergessen hat, wie sie dorthin kommt. Sie hat vergessen, dass es fast immer mehr als einen Weg gibt, zu gewinnen, und dass man fast immer verliert, wenn man sich auf einen einzigen Weg versteift. Steph und Eva haben recht. Sie will nicht wieder drei Jahre lang Moonlight Overthrow machen. Das Gewicht fällt ab – nicht von ihren Schultern, sondern von ihrer Brust. Sie kann wieder frei atmen und laut singen.

Sie kann die Musik machen, die sie will – und dabei wissen, dass die anderen sie unterstützen. Eine Filmfortsetzung drehen – und ihnen nach jedem Take schreiben. Ein ganzes Jahr lang verschwinden – und die anderen auf ihren Privatstrand einladen. Sie hat immer noch ihren Grundstein, ihre Verbündeten. Ihre Freunde. Auf einmal scheint alles möglich.

Fast hätte Gina vor purer Erleichterung geweint. Die anderen kennen sie und lieben sie und wollen sie – ganz ohne Vertrag.

»Eure Argumente sind … echt gut. Aber bisher haben wir nur über mich geredet. Ich verstehe nicht, warum … wollt ihr beiden die Band nicht wieder zurückhaben?«

Steph presst die Hände auf ein Sofakissen. »Weißt du noch, als …«

Die Kellertür öffnet sich.

»Jemand zu Hause?«, ruft Celeste.

Juli 2021
Eva

Das Gespräch kommt abrupt zum Stillstand, als Celeste in Schlafshorts und einem T-Shirt vom Pride March in Minnesota die Treppe herunterkommt. Sie sieht Eva an und wartet ganz offensichtlich darauf, dass jemand ihr erklärt, warum sie nicht längst einen Film angemacht haben, warum sie nicht anschauen, was die Fans auf Instagram posten, warum sie einfach nur hier sitzen. Als niemand etwas sagt, lässt sich Celeste neben Steph auf dem Sofa nieder und fängt eine Geschichte über irgendein Drama mit ihrer Vorband an.

In Evas Kopf dreht sich immer noch alles. *Gina*, die die Band wiederbeleben will. Nach mehreren unerwarteten Wochen ist das immer noch das, was sie am wenigsten erwartet hat. Sie fühlt sich wie an dem Nachmittag, als Steph sie gefragt hat, ob sie an dem Benefizkonzert teilnehmen würde. Sie hat für Duluth ja gesagt … und für sich selbst.

Liebe es, und dann lass es los.

Sie dachte nicht, dass das hier passieren würde, aber irgendwie ist es trotzdem passiert. Nein, nicht irgendwie, denn in dieser ganzen Woche ging es nicht um die Band. Es ging um sie: Celeste, Gina, Steph, Eva. Sie hat die anderen schon immer mehr gebraucht als Moonlight Overthrow. Sie kann allein Musik machen, aber es ist schwer, ihre eigene Freundesgruppe zu sein.

»Ähm«, macht Celeste, als niemand auf das Ende ihrer Geschichte reagiert. *Ups.* »Habe ich irgendwas verpasst?«

»Nein«, sagt Eva und grinst breit. »Wir sind alle hier.«

Steph verdreht die Augen. »Du hast den Teil verpasst, als wir beschlossen haben, die Band *nicht* wiederzubeleben, ich hoffe also, dass das für dich okay ist.«

Celeste schaut sofort zu Eva, die nickt.

Als Eva heute Abend zu all ihren alten Songs tanzte, fühlte es sich *fast* so an, als wären die letzten zwei Jahre nie passiert, als wäre sie immer noch mit Celeste zusammen und nichts wäre je schiefgegangen. Aber sie ist nicht mehr die gleiche Person, die sie damals war, und sie hat jetzt andere Pläne und Ziele.

»Ich könnte … Also, ich muss noch ein drittes Album fertigmachen, aber …«

»Stopp«, unterbricht Eva sie sanft. »Wir sind uns alle einig, dass wir die Band nicht wiederbeleben wollen. Zumindest nicht ganz.«

»Ganz …?«, wiederholt Celeste fragend.

»Ich mag es nicht besonders, auf Tour zu sein«, beichtet Steph, obwohl sie das alle schon wussten. »Ich weiß, dass es für alle ermüdend ist, aber für mich ist es irgendwie … besonders schwer. Heute Abend war eine wundervolle Erfahrung, aber das Konzert hat mich auch daran erinnert, dass ich das nicht wieder monatelang durchziehen kann. Und das müssten wir – und ihr würdet es auch wollen.«

»Aber ich dachte, du wolltest wieder Musik machen«, sagt Gina.

»Will ich auch. Aber ich will mich erstmal aufs Produzieren konzentrieren. Im Hintergrund statt im Vordergrund an Songs arbeiten.«

Natürlich. Jetzt, da Steph es sagt, liegt es auf der Hand.

Celeste nickt mit einem nachdenklichen Gesichtsausdruck. »Meinst du, wir könnten im Winter einen oder zwei Songs zusammen machen?«

»Das wäre … ja.« Steph grinst. »Auf jeden Fall.«

Gina dreht sich zu Eva um. »Du hattest recht, was mich und *Bayahibe Rose* angeht, und … und *uns.* Uns, nicht MO.« Aus dem Augenwinkel sieht Eva, wie Celeste verwirrt zwischen den beiden hin und hersieht. »Aber du hast gesagt, dass du das Konzert geliebt hast. Dass du den Rest deines Lebens lang Konzerte geben könntest.«

Celeste atmet zischend ein.

Sie hatte damals im Hotel trotzdem nicht recht. Wenn Eva damals eine Solokarriere angefangen hätte, wäre es aus Trotz gewesen, oder weil sie von Kayla dazu gedrängt wurde, oder einfach aus Liebeskummer. Es wäre dabei nur um andere Menschen gegangen. Bis zu dieser Woche – bis heute Abend – hat es sich wie ein Verrat an ihrem jüngeren Ich angefühlt, auch nur darüber *nachzudenken*, Solokünstlerin zu werden.

Ich darf auch Entscheidungen treffen, erinnert sie sich. *Ich darf Sachen wollen. Ich darf mich verändern.* Und vielleicht ist eine Beziehung auch kein Spiel, bei dem eine Seite gewinnt und die andere verliert. Vielleicht ist es auch okay, wenn Celeste damals recht hatte – zumindest teilweise.

»Manchmal singen sie sie falsch«, sagt Eva und zuckt die Schultern.

»Was?«, fragt Celeste, immer noch komplett auf Eva konzentriert, so als existiere nichts anderes im Raum.

»Die Sängerinnen und Sänger. Ich meine, cool, du hast es in die Top Ten geschafft, aber du hast den Song falsch gesungen.«

»Du weißt genau, wie du das verhindern könntest«, sagt Gina langsam, als hätte sie Angst davor, es auszusprechen.

»Ja.« Eva lehnt sich auf dem Sofa zurück und schmunzelt. »Das weiß ich. Und das werde ich auch. Ich will wieder singen. Ich will eine Solokarriere anfangen. Meine Texte, meine Stimme – für mich.«

»Oh mein Gott!« Steph stürzt sich geradezu auf Eva und zieht sie fest an sich.

»Ich freue mich so, *so* sehr für dich«, sagt Gina und legt ebenfalls die Arme um Eva.

Eva drückt sie beide. Sie hätte nie gedacht, dass sie jemals so glücklich sein könnte, nachdem sie beschlossen hat, die Band *nicht* wieder zusammenzubringen. Aber das ist sie, ihre Freude ist so tief wie ein ganzer Ozean. Auf dem anderen Sofa hat Celeste ihr Lächeln halb in den Händen vergraben, und in ihren Augen glitzern Tränen.

»Hey«, sagt Eva. »Können wir kurz unter vier Augen sprechen?«

Gina und Steph sehen zu Celeste hinüber.

»Ja, Babe, na klar«, antwortet Gina. »Wir können morgen weiterreden, bevor wir abfliegen.«

»Gute Nacht, Kinder.« Steph zwinkert ihnen zu, bevor dey die Treppe hochgeht.

»Komm her«, sagt Eva, sobald die Kellertür wieder zu ist.

Celeste setzt sich dorthin, wo Gina gerade saß, und greift nach Evas Hand. »Ich weiß, dass du das hier nicht für mich gemacht hast, und … ich wollte einfach, dass du weißt, dass ich das weiß.«

Eva streichelt mit dem Daumen über Celestes Handfläche. »Ich weiß.«

»Eva?«

Sie dreht den Kopf zu ihr. Celeste beißt sich auf die Lippe, und in ihren Augen flackern Hoffnung und Unsicherheit. Eva kann genau sehen, wie Celestes Wangen rot anlaufen, als sie sich stumm anblicken.

»Nur, damit du es weißt«, fängt Celeste mit leiser Stimme an. »Es tut mir leid. Und ich …«

Eva ist froh, dass Celeste nicht gleich *Ich liebe dich* sagt. Es ist zu viel Zeit vergangen, und sie haben einander zu sehr wehgetan, um genau da weiterzumachen, wo sie aufgehört haben.

»Mir tut es auch leid«, flüstert Eva. Sie räuspert sich: Ihre Entscheidung steht fest. »Wie spät ist es?«

»Was?«

»Wie viel Uhr es ist.«

Celeste dreht sich zur Wanduhr um. »Schon nach Mitternacht. Warum?«

»Irgendwo auf der Welt ist es gerade nachmittags«, sagt Eva. Ihr Magen zieht sich zusammen.

»Ja, so funktionieren Zeitzonen … oh«, macht Celeste. Eva kann genau den Moment erkennen, in dem Celeste versteht, was sie meint, weil ihre Augen groß und ihr Lächeln breiter wird. »*Oh.* Guten Nachmittag, Liebe.«

Celeste reckt ihr Kinn hoch, genau, wie sie es immer gemacht hat, wenn sie einen Kuss wollte.

Eva küsst sie.

Das Gefühl ist nicht sofort bekannt, aber es fühlt sich auch nicht wie ein erster Kuss an. Stattdessen liegt der Kuss irgendwo in der Mitte, ein Sonnenaufgang mit einer Person, die sie wieder entdecken wird, wenn es Morgen wird.

Eva legt Celeste eine Hand auf die Wange und ändert den Winkel des Kusses ein wenig, und Celeste schließt die Augen, als sie Eva erlaubt, sie zu lenken. Es fühlt sich so an, als gäbe es auf der Welt nichts anderes als Celestes Lippen auf Evas, ihre Hand auf Evas Oberschenkel, jede Berührung verstärkt durch die Zeit und das Verlangen, die zwischen damals und jetzt liegen.

Viel zu schnell lehnt Celeste sich wieder zurück. »Heißt das … können wir es wieder versuchen? Zusammen?«

»Ja. *Ja.*«

Celeste lehnt sich an Eva, sodass Eva ihr Küsse auf das braun-blaue Haar drücken kann.

»Diesmal machen wir es richtig. Getrennt, okay?«, sagt Celeste.

»Hmmm?«

»Ich meine … wir beide und die Band, das war damals alles vermischt. Das hat alles zusammengehört. Egal, was mit unseren Solokarrieren passiert, oder deinem Schreiben, oder deinem Abschluss – der Erfolg oder Misserfolg von alldem muss getrennt von *uns* sein.«

»*Ja*«, stimmt Eva zu. »Sehe ich genauso.«

»Und wir müssen auch über manche Sachen reden. Die Sachen, von denen wir denken, dass die andere sie nicht hören will.«

»Ich weiß. Und auch nicht nur in Sprachnachrichten-Songs.«

»Na ja, manchmal vielleicht schon«, kichert Celeste.

»Manchmal vielleicht schon«, grinst Eva.

Sie hat es nicht eilig, sich hier wegzubewegen. Celestes Körper ruht weich auf ihr, und »Hallelujah« vibriert ihr immer noch auf der Haut. Eva könnte so die ganze Nacht sitzenbleiben, aber – sie denkt wieder an die Tour.

»Okay«, sagt sie und lässt den Kopf zur Seite fallen, sodass ihre Wange auf Celestes Haar liegt. »Du hast am Samstag ein Konzert, also solltest du vermutlich schlafen gehen.«

»Jetzt noch nicht.«

»Sicher?«

Celeste dreht sich richtig zu ihr um. »Du hast es selbst gesagt, Liebe. Irgendwo ist gerade Nachmittag.«

Celeste küsst sie wieder.

Es fühlt sich an, wie jeder sonnendurchtränkte Nachmittag, und jeder Sternenhimmel um Mitternacht, und ja. Alles andere dazwischen auch.

Juli 2021

lesbianbayyy:
Irgendwann habe ich bestimmt Zeit, all meine Gedanken zum Konzert aufzuschreiben, aber HOLY SHIT das war der beste Abend meines Lebens, und ich kann nicht aufhören darüber nachzudenken, bei welchem der vier Mitglieder ich am meisten Wiedersehensfreude verspürt habe??? (Leute. Ich habe sie gesehen. Alle vier. Auf einem Konzert. Zusammen.) Ich ändere ungefähr jede Viertelsekunde meine Meinung, WEIL:

Gina: MY QUEEN. Auf dem roten Teppich war sie natürlich umwerfend, aber man konnte einfach sehen, wie froh sie war, wieder auf der Bühne zu stehen!

Und ihre Stimme war wie immer soooo fucking schön, SO SCHÖN.

Steph: Ist total vom Radar verschwunden, und war dann auf einmal wieder da, und WOW, man kann total erkennen, wie wohl dey sich jetzt fühlt und wie viel Selbstvertrauen dey hat, und das macht es nur noch offensichtlicher, dass es vorher nicht so war, besonders auf der letzten Tour, und das hat mir im Nachhinein fast das Herz gebrochen. Aber dann war es ganz schnell wieder dadurch geheilt, wie viel Liebe die Mädels demm auf der Bühne gezeigt haben, und wie sehr dey sie offensichtlich auch liebt. Natürlich will ich, dass Steph das macht, was für demm am besten ist, und wenn das heißt, dass dey keine Konzerte mehr gibt, dann akzeptiere ich das, aber ... dey war gestern SO UNGLAUBLICH, vielleicht legt dey ja ein paar Festivalauftritte hin oder so?? (Und können wir auch über deren Anzug reden. o h m e i n g o t t.)

Celeste: Ich dachte zwar vorher nicht, dass Celeste auf der Bühne ein bisschen einsam wäre (außer vielleicht auf den ersten paar Solokonzerten), und ich weiß, dass ich vermutlich total voreingenommen bin, wenn ich mir jetzt Bilder von ihren Konzerten angucke und denke »aww mein Baby ganz allein.« Ich LIEBE ihre Solosachen, okay? Aber. Hot damn, sie war ganz offensichtlich glücklich, gestern mit den anderen auf der Bühne zu stehen. Sie hat während der

Show DIE GANZE ZEIT GELÄCHELT, die anderen ständig angeschaut, sichergestellt, dass es ihnen gut geht und dass sie Spaß haben und so. Und sie hat wirklich jede Minute genossen, hat mitgeklatscht, als die anderen gesungen haben und mit Eva getanzt und so weiter.

Eva: My darling, my love. Ich glaube, für sie war es etwas ganz Besonderes, auf der Bühne zu stehen, oder vielleicht war es für uns besonders, sie da zu sehen, weil ... wenn sie aufs College gehen und für andere Menschen Musik schreiben will, GO FOR IT, GIRL. Sie könnte den Rest ihres Lebens irgendwo am Strand sitzen und Top-10-Singles schreiben. Aber jetzt ist unser Baby WIEDER ZURÜCK. Sie hat richtig gestrahlt, und ehrlich gesagt sah sie genauso überrascht und dankbar aus, dass das alles passiert, wie wir uns gefühlt haben. Bei »After Today« hab ich richtig GEHEULT, und ich hoffe sehr, dass sie ihn nicht an wen anders verkauft, denn der Song ist IHRER.

#WTF IST MEIN LEBEN #Teil 2 #ich kann nicht glauben dass ich am Samstag arbeiten muss absolut homophob #ich brauche viel mehr Zeit um mich zu erholen #und dann diese ganzen Asks zu beantworten lol

maybeitsmoonlight:
WIR MÜSSEN ÜBER EVA REDEN.
SIE HAT DIE ANDEREN DAZU ANGESTIFTET, HALLELUJAH ZU SINGEN.
Ich weiß, dass manche von euch denken, das wäre nur gespielt gewesen und dass sie das Lied sowieso singen wollten, aber GUCKT EUCH AN, wie sie nach This Afternoon auf der Bühne stehen, guckt euch Evas Körpersprache an, und obwohl sie SOOOO GUT waren, war es nicht so sehr eingeübt wie die anderen Songs.
Was ich damit meine ist: EVA WEISS, WAS WIR WOLLEN, UND SIE LIEFERT ES UNS.
Sie hat uns einen unglaublichen neuen Song gegeben, und dann noch Hallelujah

#EvaBellForPresident2024

ginestebest:
Wenn es euch wie mir geht, dann ist die zweite Frage, die ihr euch heute Morgen stellt (nach »kommt die Band wieder zusammen?«) »wer hat Eva wehgetan?« »After Today« ist so herzzerreißend schön, so kraftvoll und eindringlich traurig und letztlich hoffnungsvoll.
Ich vertraue natürlich in ihre Vorstellungskraft, aber die Gefühle in dem Song – in diesem Song, den sie selbst geschrieben und angeblich noch nie jemand anderem gezeigt hat – lassen mich denken, dass er nicht ausgedacht ist.

#eva bell #duluth benefizkonzert #after today

moonlit-babe:
IN.
IN.
HER BEAUTY IN THE MOONLIGHT.
Hier sind die Beweise, dass unser Babe Eva den Text geändert hat.
Manchmal ist es bei geänderten Lyrics (besonders, wenn Leute, die ~vielleicht noch nicht out sind, Pronomen verändern) nicht so ganz klar, was sie eigentlich singen, aber Eva ist schließlich die Altgräfin der Artikulation. Und guckt euch einfach an, wie sie kurz davor das Kinn reckt und ein bisschen schmunzelt? Ja, sie wusste genau, was sie tut. Das war geplant, das war mit Absicht, und sie war definitiv stolz darauf, das zu singen.
Wir wussten ja schon, dass »Hallelujah« für die vier wichtig war, aber nicht wirklich, warum. Bei Celeste sind wir davon ausgegangen, dass es daherkommt, dass sie jüdisch ist, aber bisher haben sie einfach immer gesagt: »Wir haben uns in den Song verliebt und außerdem ist der Mond ein queeres Icon« (stimmt). Aber trotzdem ist es so spezifisch, »and« zu »in« zu machen; so eine kleine Veränderung, aber die Bedeutung davon ist echt groß ...
Ich weiß nicht, welches Mädchen Eva im Mondlicht liebt, aber gestern Abend wollte sie, dass sie es weiß.

#wilde spekulationen #eva bell #duluth benefizkonzert #hallelujah #textänderungen

kaystar:

In meiner Inbox sind gerade … ganz schön viele Nachrichten.

Das hat Eva gestern Abend gesagt: »Und danke an Kay. Du bist ein Star.«

Ich gebe zu, dass mein Fangirl-Headcanon natürlich ist, dass Eva über mich redet. DUH. Alle Leute, die Lydia heißen, denken gerade dasselbe, also meckert mit denen. (Obwohl wir natürlich wissen, dass sie ihre Freundin aus dem College meint.) (Und meckert nicht mit ihnen. Lasst ihnen ihren Spaß.)

Hier sind ein paar Fakten, die wirklich stimmen: Es gibt lauter Sachen in Evas Leben, über die wir nichts wissen. Es könnte eine Person geben – und ganz offensichtlich gibt es die Person auch –, die Kay heißt, und über die wir nichts wissen. Gut für sie. Ich wette, dass Eva fürsorglich und großzügig ist, kein Drama veranstaltet, und ein OT4-Fan ist, bis der Mond ins Meer stürzt.

Ich wette, sie backt supergutes Bananenbrot. Ich wette, dass sie sich die Namen aller Katzen merken kann, die ihre Freunde haben, und sich auch an die Namen der Leute erinnert, in die sie verknallt sind (an dieser Stelle ein kurzes Shoutout an das süße Mädchen aus der Bücherei).

Ich persönlich habe Eva nie getroffen, und auch kein

anderes Mitglied von MO oder deren Angestellten oder Familien, und vermutlich auch nicht deren Freunde oder Freundesfreunde oder Freundesfreundesfreunde. (Ihr wisst doch, dass 85 % meiner Freundschaften nur online stattfinden.)
Und die andere Sache ist … hört ihr euch manchmal selbst reden? Wir tun immer so, als wären wir so viel besser als andere Bandoms und Celebrity-Fandoms generell, weniger toxisch und mit weniger Stalkern. Und vielleicht stimmt das auch! Aber den Asks nach zu schließen, die ich bekommen habe, ist das vielleicht doch alles nur Schönrederei. Ist euch jemals aufgefallen, dass Evas echte Freunde, die nicht berühmt sind, nicht ständig Bilder von ihr auf sozialen Medien posten und auch nicht über ihr Liebesleben spekulieren? Eva hat Besseres verdient, und das wissen sie auch (und das verdient auch jeder, berühmt oder nicht). Und ich weiß, dass ihr das wisst, weil ihr immer so richtig in Fahrt kommt, wenn nichtberühmte Freunde von berühmten Personen sie ausnutzen. Warum ist die Situation jetzt plötzlich anders, wo ihr glaubt, dass ich irgendwelche ~Insiderinformationen habe? Wenn ihr glaubt, dass ich die Art Mensch bin, die, nachdem sie sich auf wundersame Weise mit Eva angefreundet hat, ihre Privatsachen auf Tumblr teilt … warum folgt ihr mir dann? Das solltet ihr nicht. Diese Person wäre ein richtiges Arschloch, und ehrlich gesagt ist das uns beiden gegenüber beleidigend.
Ganz viel Liebe an Eva und die vielen wundervollen

Cosmic Queers in diesem Fandom. Und an den Rest von euch – hört auf, mich Sachen zu fragen.

#echt jetzt

Juli 2021
Steph

Obwohl dey so spät ins Bett gegangen ist, steht Steph am Freitag früh auf. Es gibt noch etwas, was dey vor dem Nicht-Bandtreffen mit den Mädels erledigen muss.

Wie erwartet, sitzen Stephs Mom und Grandma schon am Küchentisch und trinken beide aus dampfenden Tassen, als Steph hereinkommt. Über die letzten anderthalb Jahre hat Steph häufig früh morgens hier mit ihnen gesessen, aber innerhalb einer Woche ist diese Gewohnheit auf einmal in Vergessenheit geraten, und als Steph jetzt auf die Kaffeekanne zugeht, fühlt dey sich fast losgelöst. Ganz weit weg. Dey sollte eigentlich ein Teil dieser Szene sein, aber dey hat den Einsatz verpasst.

Alle drei haben sie das gleiche ovale Gesicht, die gleiche gerade Nase, und die gleichen flachen Wangenknochen. Als Steph noch klein war, wurde demm das ständig gesagt: *Du siehst deiner Mom so ähnlich, du siehst deiner Grandma so ähnlich.* Das Problem war nicht, dass dey die Ähnlichkeit nicht erkannte, oder dass dey mehr wie deren Dad aussehen wollte. Das Problem war, dass Steph sich komisch dabei fühlte, ein so offensichtlicher Teil der matrilinearen Abfolge zu sein, die nächste Generation der Nielsen-Miles-Mädchen. Es wäre eine Ehre gewesen, wenn dey dabei nicht auch ein gewisses Maß an Weiblichkeit hätte annehmen müssen.

»Wir dachten, du schläfst noch«, bemerkt Stephs Mom, als Steph sich Kaffee einschenkt.

»Ich muss was mit euch besprechen«, antwortet dey. »Bevor die anderen aufwachen.«

»Du warst gestern Abend wirklich großartig.« Stephs Mom rückt einen Stuhl vor, sodass dey sich hinsetzen kann.

»Du bist meine Mom, du musst das sagen«, entgegnet Steph.

»Ach ja? Mindestens ein Dutzend Musikpublikationen haben die gleiche Meinung.« Sie hält Steph ihr Handy hin, und ja, dey kann lauter Tweets ausmachen, die von Komplimenten gespickt zu sein scheinen.

»Wann gehst du?«, fragt Grandma Marit.

Steph erstarrt. *Woher weiß sie das?*

Aber Stephs Mom tätschelt ihrer Mutter die Hand »Sie sind doch keine Band mehr, weißt du noch, Mom? Das war nur ein einmaliges Konzert, für Duluth.«

»Ja, ja«, sagt Grandma Marit mit gerunzelter Stirn. »Aber wann …«

»Darüber wollte ich mit euch beiden reden«, unterbricht Steph, bevor das Gespräch in eine andere Richtung abrutschen kann. »Die Mädels und ich haben uns gestern nach dem Konzert unterhalten. Und … die Band wird nicht wieder zusammenkommen, aber ich will trotzdem wieder Musik machen und mit ihnen zusammenarbeiten.«

»Mein Schatz.« Es klingt fast wie ein Seufzer.

Steph starrt in deren Kaffeetasse. »Das will ich zwar, aber es würde bedeuten, dass ich häufig nicht hier bin, sondern in Studios in L.A., und vermutlich auch New York. Ich will vor allem produzieren, aber vielleicht auch bei ein paar Songs mitmachen. Singen, meine ich. Vielleicht ein paar Gastauftritte auf Festivals oder so.«

»Festivals!«, ruft Stephs Mom in einem Ton, von dem Steph hofft, dass er eher Aufregung als missbilligende Fassungslosigkeit ausdrückt.

Matt und Meghan haben ihre Meinung zwar schon gesagt, aber Stephs Mom erledigt immer noch den Löwenanteil der Arbeit und würde damit auch die größten Auswirkungen von Stephs Entscheidung spüren.

»Aber wenn das für uns als Familie nicht funktioniert …« Steph schluckt und atmet tief durch. »Dann sage ich nein, und rufe das Label nicht an.«

»Nein, das kannst du nicht tun«, sagt deren Mom.

Steph schweigt.

»Steph, sieh mich an«, fordert deren Mom dey auf. Steph reißt den Blick von den dunkelbraunen Tiefen des Kaffees los. »Du vermisst es, oder? Die Musik, deine Mädels …«

»Ja, aber …«

»Kein aber. Du vermisst es, und jetzt hast du eine zweite Chance.«

»So einfach ist das nicht«, fängt Steph an.

»Doch, das ist es.«

»Dann bin ich aber nicht mehr *hier.*«

»Und wir werden dich vermissen, aber das ist okay«, sagt sie.

»Bist du dir *sicher?*«, fragt Steph.

Deren Mutter muss sich wirklich sicher sein.

Grandma Marit steht auf. »Dieses Gespräch ist zwischen dir und deiner Mutter. Ich setze mich ins Wohnzimmer, falls du später mit mir reden möchtest.«

»Danke, Grandma«, sagt Steph und drückt ihr die Hand, als sie an demm vorbeigeht, aber dey ist zu abgelenkt davon, was deren Mom gleich sagen wird.

Am Türrahmen dreht Grandma Marit sich nochmal um. »Als deine Großmutter muss ich nur eine Sache loswerden: Ich werde dich jeden Tag vermissen, aber wir kümmern uns schon gut umeinander. Ich liebe dich mehr, als du je wissen wirst. Und wage es ja nicht, meinetwegen hierzubleiben.«

Bevor Steph den Kloß in deren Kehle herunterschlucken kann, ist sie schon ins Wohnzimmer verschwunden. Zittrig dreht dey sich wieder zu deren Mom um.

»Hör mir zu«, sagt sie. »Nach der letzten Tour ging es dir schlecht. Du musstest nach Hause kommen, wir wollten, dass du nach Hause kommst, und ja, ich gebe zu, dass es einfacher war, als du hier warst. Du hast uns allen *so viel* geholfen, und dafür bin ich so stolz auf dich.« Steph wendet peinlich berührt den Blick ab, aber deren Mom lässt sich nicht beirren. »Ich bin stolz darauf, dass du dir die Zeit genommen hast, die du brauchtest, und dass du für deine Geschwister da warst. Aber wir stehen jetzt alle auf sicherem Boden, und du solltest dich nicht verpflichtet fühlen, hierzubleiben. Die Welt da draußen ist so groß …«

Ich weiß, denkt Steph. Dey hat schon viel davon gesehen, viel mehr, als manche Menschen in ihrem ganzen Leben sehen.

»… und du bist noch so jung, und hast ihr so viel zu bieten. Was für eine Mutter wäre ich, wenn ich von dir verlangen würde, dass du mit zwanzig schon deine Träume aufgibst? Es ist okay, sich manchmal zurückzuziehen, und wir freuen uns alle, dass du hier bist. Aber jetzt ist es Zeit, wieder Musik zu machen.«

Steph fängt an, zu weinen. »Was … was, wenn es eben *nicht* Zeit ist?«, presst dey heraus.

»Und was, wenn *doch?*«, entgegnet deren Mom.

»Das war nicht echt«, sagt Steph, aber zum ersten Mal fühlt es sich wie eine Lüge an.

Okay, vielleicht keine Lüge, aber einfach nicht wahr. Diese Jahre waren echt, und das ist der Grund, warum es jetzt wehtut: Dey hat diese Jahre verloren, war in diesen Jahren verloren. Was jetzt nicht echt erscheint, ist, dass dey wieder dorthin zurückfinden könnte, ohne alles andere zu verlieren: Meghan und Mari und Matt und die Schublade voller Sport-BHs in deren Zimmer.

Aber seit der letzten Woche hat dey Dutzende Nachrichten von anderen nichtbinären Kunstschaffenden und Produzierenden bekommen. Einladungen, ins Studio zu kommen, oder sich einfach so zu treffen, wenn Steph das nächste Mal in Kalifornien ist.

»Du bist bereit«, stellt Stephs Mom fest.

»Schubst du jetzt dein Vögelchen aus dem Nest?«

Steph ringt sich ein Lächeln ab und reibt das tränennasse Gesicht an deren Schulter.

Stephs Mom hält inne, und die Falten um ihre Augen vertiefen sich. »Habe ich damals das Richtige getan, als ich für dich unterschrieben habe? Hätte ich dich lieber zurückhalten sollen?«

Hinter jedem Kinderstar steht ein Elternteil. Vielleicht war der Elternteil nachsichtig, oder naiv, oder vielleicht wollte er es genauso sehr, oder noch mehr, als das Kind selbst. Aber manchmal sagt er auch einfach ja und unterschreibt, so wie Stephs Mom.

»Nein, glaube ich nicht«, antwortet Steph. »Du hättest … und ich habe nicht … wir hätten nicht vorhersehen können, wie es sein würde. Wenn ich gewusst hätte, dass es Wirklichkeit werden würde, dann hätte ich es umso mehr gewollt.«

»Du musst mich nicht trösten, mein Schatz.«

Auf einmal fragt sich Steph, ob deren Mom sich die ganze Zeit – oder zumindest seit der Trennung – schon schuldig fühlt. Hat Steph das übersehen, genauso wie Eva damals den Verfall der Band übersehen hat?

»Du kannst ja nicht in die Zukunft sehen. Du dachtest, du … würdest mir meine Träume erfüllen.«

Das klingt zwar kitschig, aber es stimmt: Genauso hat es sich in den wenigen Momenten angefühlt, in denen Steph sich von der Aufregung und der Sicherheit der anderen anstecken ließ. Es war wie ein Märchen, und die Unterschrift von deren Mom war der Stempel auf dem Visum zur Zauberwelt.

»Das heißt nicht, dass ich damals das Richtige getan habe.«

»Du wusstest eben nicht, wie es sein würde.«

Stephs Mom nickt. »Das wussten wir beide nicht – wir alle nicht. Aber jetzt weißt du, wie es ist, und du kennst dich selbst. Und wenn du es jetzt nochmal versuchst, und es immer noch nichts für dich ist, dann hast du es immerhin nochmal gewagt. Und am Ende kannst du immer nach Hause kommen.«

»Ich dachte, das Sprichwort besagt, dass man nie wieder nach Hause kommen kann«, sagt Steph.

»Du *bist* aber nach Hause gekommen, also kann das eigentlich nicht stimmen.«

Steph schluckt. »Okay.«

»Okay was?«

»Ich mache wieder Musik.«

Stephs Mom zieht demm eng an sich und drückt demm einen Kuss aufs Haar. Es dauert eine ganze Weile, bis Steph sie wieder loslässt.

—

Zu viert lassen sie sich wieder im Keller nieder und balancieren ihre Teller mit Toast und Obst auf den Knien.

»Vom Keller zu den Billboard Awards in nur einem Album, Babe, versprochen«, verkündet Gina und zeigt auf Eva.

»Vom Park zu *Pitchfork?*«, schlägt Steph verschmitzt vor. MOs Alben waren immer zu sehr Pop, um auf der Seite erwähnt zu werden, aber sie hat schon immer eine Schwachstelle für die Solokarrieren ehemaliger Bandmitglieder gehabt.

Eva zeigt ihnen lässig den Mittelfinger. Celeste ist an

sie gelehnt, sodass sie von den Schultern bis zu den Knien aneinandergepresst sind. Ständig werfen sie sich Blicke zu und erröten.

»Ich habe gestern nachgedacht«, sagt Eva und sieht sie alle an. »Und ich glaube … wir haben im Moment alle Sachen, die wir allein machen wollen. Und ich bin mir ziemlich sicher, dass unser Gruppenchat jetzt viel aktiver sein wird.«

»Na, hoffentlich«, sagt Steph.

»Ich wollte nur sagen … als ich gestern Abend nein gesagt habe, meinte ich damit nicht *niemals*. Es ist nicht so, dass wir das nie wieder in Erwägung ziehen können.«

Stephs Herz setzt einen Schlag aus. Manche Bands gehen nicht auf Tour. Oder Steph könnte das ganze Konzert über am Schlagzeug sitzen und Eva das Tanzen überlassen. Vielleicht wäre das eines Tages eine gute Lösung, aber erst später, nachdem dey Zeit hatte, all das auszuprobieren, was dey sich jetzt vorstellt.

»Wir können ja später nochmal schauen«, schlägt Steph vor und sieht Celeste an. »Nach deiner nächsten Tour.«

»Nach deinem Tony Award«, sagt Celeste und stupst Gina mit dem Fuß an.

»Und nach deinem Collegeabschluss«, grinst Gina Eva an.

»Vielleicht sagen wir alle wieder nein«, merkt Eva an. »Aber es schadet nie, nochmal nachzufragen.«

»Wo wir gerade beim Thema sind …« Steph wappnet sich. Dey muss um einen letzten Gefallen bitten. »Ich würde total gerne wieder mit euch zusammenarbeiten. Produzieren, schreiben, all das. Und wenn ich meine eigenen Sachen mache, würde ich euch dabei wirklich gerne dabeihaben. Aber ich wollte fragen« – dey wirft Eva einen Blick zu – »ob ihr glaubt, dass wir das hier machen können. Die Twin Citys wären auch okay, wenn es sein muss, aber ich würde gerne *hier* sein, besonders, wenn ich irgendwann auf Tour gehe.«

»Na klar«, antwortet Celeste sofort.

»Und abgesehen von deinen *persönlichen* Gründen ist die Luft hier eh so viel besser«, grinst Gina.

»Duluth kann unser Montreaux sein«, schlägt Eva vor. Queen hatte vielleicht die Schweiz, aber Minnesota passt sowieso besser zu ihnen.

»We are the champions«, singt Steph, und ab da ist das Gespräch nur noch ein Mischmasch aus Songtexten, bis Pip ankommt und Celeste abholt, um sie zum Flughafen zu bringen.

August 2021
Eva

Seit Duluth war Eva bei vier von Celestes Konzerten. Sobald sie ihre Hausaufgaben für die Sommerkurse erledigt hatte, saß sie im Flieger, auf dem Weg nach wo auch immer Celeste gerade auftrat. Mittlerweile erkennt sie die Flughafensecurity bei Burbank wieder.

Wenn die Tour vorbei ist, kommt Celeste sie in L.A. besuchen, aber jetzt gerade ist Eva erstmal mit Reisen dran. Nachdem sie in ihrer ersten Beziehung fast 24/7 zusammen waren, ist Eva froh, dass Celestes Tour und ihre Collegekurse sie diesmal ein bisschen zurückhalten.

Außerdem hat sie außerhalb des Colleges in L.A. jetzt auch viel mehr zu tun. Sie und Gina gehen manchmal zusammen mit Georgia in Clubs und auf Partys, lachen hinterher über die Schlagzeilen über eine »Girls' Night Out« und schicken Steph Fotos, die die Paparazzi nie in die

Finger bekommen werden. Steph antwortet mit Snapchats, die die voranschreitenden Reparaturarbeiten und die Schiffe zeigen, die wieder segeln können.

Und Olivia produziert jetzt »After Today«.

Es ist schön, einen Sommer lang über Collegebüchern *und* einem Vertrag zu brüten.

—

Das erste Mal, dass Eva auf ein Konzert von Celeste ging, in Albuquerque, sah sie zusammen mit einer von Celestes Schwestern vom VIP-Bereich aus zu – und tanzte, schrie, sang mit. Celeste stiftete das Publikum nicht an, »Hi, Eva« zu rufen, aber sie spielte ein Cover von »Burning«.

Auf der Bühne war Celeste spektakulär und glühte förmlich vor Freude.

Eva konnte Celestes Solomusik auf eine Art genießen, die ihr vorher verwehrt war, selbst, als sie mit all den anderen Fangirls im Internet davon schwärmte. Ein Teil von ihr konnte Celeste Rogers, die Solokünstlerin, einfach nicht von Celeste Rogers, der Ex-Freundin und Ex-Bandkollegin trennen. Aber jetzt ist der bittere Nachgeschmack, den Celestes Songs damals immer hinterlassen haben, wie weggespült.

Während Celeste die Fans traf, suchte Eva ein Bild von Celeste beim Soundcheck heraus, um es bei Instagram zu posten. Sie entschied sich für eins, auf dem Celeste ihre Gitarre zurechtrückte und ihr eine blaue Haarsträhne ins Gesicht fiel. Eva betitelte es: *Ein Star vor der großen Show.*

Celeste likte das Foto, aber die eigentliche Antwort kam zwei Tage später, nachdem Eva wieder nach Kalifornien geflogen war, in Form einer dreißig Sekunden langen Sprachnachricht. *Du musst das hier nicht für mich zu Ende schreiben*, sagte Celeste darin, *aber ich bin immer offen für eine Zusammenarbeit.* Evas Lieblingsteil des halbfertigen Songs lautet: *First loves don't last, but here we are again / I'll put you first, love.*

Eva schoss – liebevoll – selbst einige Zeilen zurück. Der Refrain endete zwar mit: *Back when we were in love at the top of the charts*, aber die richtige Wendung, die alle guten Gedichte haben, kam ganz am Ende: *Now that we're back in love at the top of the charts.*

Sie weiß noch nicht, ob sie ihre Beziehung öffentlich machen werden, bevor Celestes drittes Album herauskommt, aber Songs werden ja nicht schlecht.

Eva weiß auch nicht, wie das Fandom auf ihren Instagram-Post oder ihre Anwesenheit bei Celestes Konzert reagiert hat. Am Tag nach dem Konzert redeten sie und Kay über Gewürze und eine Biografie, die sie beide lesen wollten. Ihr erstes Gespräch nach der Show in Duluth war allerdings ein bisschen unangenehm. Kay versprach, das Geheimnis mit ins Grab zu nehmen, und Eva dankte ihr für ihren großartigen Post. Sie vermieden es beide, in Nachrichten zu eindeutig zu werden, um potenziellen Hackangriffen, neugierigen Mitbewohnerinnen und Mitbewohnern, oder im schlimmsten Fall einem zukünftigen Streit vorzubeugen. Kay antwortete mit ungefähr einer Million Ausrufezeichen, und das war es auch schon.

Eva und Lydia redeten allerdings über alles, bei jeder Menge Frozen Yogurt. Eva kann es kaum erwarten, Celeste und Lydia einander vorzustellen und die verschiedenen Äras in eine sternenbestückte Galaxie explodieren zu sehen, in der sie alle Personen, die sie liebt, gleichzeitig haben kann.

—

Das dritte Mal, in Phoenix, sah Eva vom Backstage-Bereich aus zu. Celeste spielte ein Cover von »This Afternoon«, und Eva wäre am liebsten auf die Bühne gerannt und hätte sich auf das Klavier gestürzt. Nach dem Konzert gingen Celeste und Eva in einem Park spazieren, der einigermaßen nah am Hotel war, aber doch weit genug weg, dass dort keine Stalker auf sie warten würden. Der Teich im Park war zwar klein, aber Eva machte trotzdem ein Foto davon, wie der Mond sich in den seichten Wellen spiegelte. Diesmal las sie tatsächlich die Kommentare: Laut den Cosmic Queers, die ihrem Instagram-Account folgten, wollte sie damit eine Nachricht senden.

Vielleicht stimmt das auch. In ihrem Notizheft sammeln sich neue Songtexte für sie und Celeste. Die meisten Songs wird sie allein singen, aber manche davon sind Duette.

Eva findet, dass *Eponymous* als Titel für ihr erstes Soloalbum gut klingt.

—

Bei ihrem fünften Konzert sieht Celestes Assistentin sie fragend an. »Braucht ihr noch irgendwas, bevor ihr auf die Bühne geht?«

Eva schüttelt den Kopf und rückt ihren Kopfhörer zurecht. Steph drückt ihre Hand, während Gina ihren Bass festhält. Dallas hat keine Ahnung, was gleich auf es zukommt. Wenn es ums OT4 geht, ist Eva Bell zur Stelle – solange klar ist, dass OT4 nicht gleich Moonlight Overthrow ist.

Über eine Welle von Applaus ruft Celeste: »Das habe ich diesen Sommer schon ziemlich oft gesagt … aber ich habe auch diesmal eine kleine Überraschung für euch.« Das Publikum schreit wild, und Evas Herz schlägt schneller. »Ich weiß, dass ihr alle Gifsets sammelt, in denen ich sage, dass das hier das beste Konzert war und dass ich mich noch nie so sehr auf eine Show gefreut habe, und ihr glaubt, dass ich das jedes Mal sage und überhaupt nicht ernst meine. Aber heute meine ich es ernst, okay? Diese Tour war so wundervoll, und ohne euch wäre sie das nie geworden – weil ihr hier seid und mit mir mitsingt, und weil ihr vor Monaten eure Tickets gekauft habt. Und wenn ich sage, dass heute Abend das beste Konzert ist, heißt das nicht, dass alle anderen schlechter waren, weil ich jedes einzelne davon, und jeden einzelnen Fan, brauchte, um hier heute zu stehen.«

Eva blinzelt ein paarmal, unsicher, ob sie weinen oder zu Celeste rennen und sie umarmen will.

»Tränen bitte erst hinterher«, flüstert Gina ihr ins Ohr.

Eva räuspert sich und streckt ihr die Zunge heraus.

»Aber jetzt komme ich zum Punkt«, sagt Celeste zum Publikum. »Ihr seid heute Abend hier, weil ihr ein paar Songs hören wollt, oder?« (Applaus.) »Genau. Also hole ich jetzt ein paar Gäste auf die Bühne, ein paar ganz besondere Freunde.« Eva wird sich später vermutlich darüber lustig machen, wie Celeste das ausgedrückt hat, aber jetzt gerade atmet sie tief durch. »Ich fühle mich total geehrt, dass sie heute mit mir zusammen singen. Das letzte Mal, dass wir zusammen auf der Bühne standen, haben wir getrauert, und wir wollten helfen und trösten. Aber heute Abend wollen wir feiern.«

Das ist ihr Einsatz. Zusammen mit Steph und Gina stolziert Eva auf die Bühne, mit der Hand zum Winken erhoben, als das Publikum anfängt zu schreien. Es geht alles so schnell: Sie laufen zum Bühnenrand, begrüßen das Publikum, hören ihre Namen immer und immer wieder. Es ist schon so lange her, seit Eva das letzte Mal vor so einer großen Menge gespielt hat, und es fühlt sich … unglaublich an. Sie blinzelt die Tränen zurück und konzentriert sich auf die erste Note.

Die Scheinwerfer hüllen sie alle in helles Licht, und Celeste strahlt Eva an.

In der Sekunde, bevor sie anfängt zu singen, sieht sie hundert mögliche Zukunftszenarios von ihrem inneren Auge vorbeiziehen. Gerade so, als würde sie sterben, nur andersherum. Soloalben, Alben mit Celeste, mit Moonlight Overthrow. Sie, auf einer Bühne in Kalifornien, auf der sie keinen Preis, sondern ein Zeugnis entgegennimmt. Eva und Celeste am Lake Superior, an dem sie alles und nichts tun.

Eva blickt nach oben. Die Arena ist offen, und obwohl das Bühnenlicht und die Stadtlichter so hell sind, glaubt sie, einen Stern erkennen zu können, ganz weit oben, umgeben von Millionen anderen, die sie nicht sehen kann, aber die trotzdem da sind. Vielleicht bildet sie sich das Funkeln auch nur ein, aber sie wünscht sich trotzdem etwas.

Sie sieht wieder Celeste an, die nicht anfangen wird,

Gitarre zu spielen, bis Eva die erste Zeile gesungen hat. Eva reckt das Kinn vor und schlägt lächelnd die Hand im Rhythmus an den Oberschenkel.

Der Song, den Eva singt, ist natürlich *Girl Says Yes.*

Nachwort

Als sie von *Vogue* gefragt wurde, welchen Rat sie jemandem geben würde, der Sänger:in werden will, sagte Taylor Swift: »Hol dir einen guten Anwalt.« Moonlight Overthrow hat einen guten Anwalt. Ich weiß zwar nichts über Jura, aber ich weiß genug über die Musikindustrie, um zuzugeben, dass ich viele Vertragskonventionen und geschäftliche Erwägungen vereinfacht und bestmöglich ausgelegt habe. Ich hoffe, das verzeiht ihr mir: Manchmal wären die Klauseln der Geschichte einfach in den Weg geraten. Falls ihr mehr über die rechtliche Seite der Industrie wissen wollt, empfehle ich *Alles, was Sie über das Musikbusiness wissen müssen* von Donald Passman. Danke auch an den Podcast *Switched on Pop* für viele Musikanalysen. Es hat mir sehr viel Spaß gemacht, die Industrie falsch zu schreiben – und damit auch relativ einladend gegenüber queeren Künstler:innen und deren Fans.

Danksagungen

Einen Roman zu schreiben, ist ein bisschen, wie eine Solosängerin zu sein: Viele Teams mussten zusammenarbeiten, damit mein Name auf dem Cover erscheint.

An Claire: Am 11. Juni 2017 habe ich dir gesagt, dass ich dieses Buch schreiben wolle, und du meintest, das könne ich gerne tun, aber vielleicht nicht mitten in der Nacht. Danke, dass du dir viele verschiedene Entwürfe durchgelesen hast, für deine Metaphern, die mir beim Überarbeiten geholfen haben, dass du zu jeder Tages- und Nachtstunde mit mir über Charakterisierungen gebrütet hast, und dass du es ausgehalten hast, dass ich jahrelang von nichts anderem geredet habe. Danke für Musikfilmnächte und endlose Anspielungen auf Taylor Swift. Danke, dass du Stephs Fan warst. Und danke dafür, dass du all die Träume mit mir träumst, die ich manchmal gar nicht in Worte fassen kann.

An Maria: Wenn man bedenkt, wie wir uns getroffen haben, kommt es mir nur richtig vor, dass du jetzt hier stehst. Danke für deinen endlosen Enthusiasmus und deine Liebe zu meiner Band, für deine Vorschläge, und für die erste Fanfic (und die einzige, die ich je werde lesen können) und die erste Fanart-Commission. Danke, dass du meine Weltraumfakten korrigiert hast, obwohl sie es nicht in die endgültige Fassung geschafft haben. Wie deine Mädchen im ersten Epilog werden sie immer in meinem Herzen sein.

An meine Agentin und Lektorin: Jeder Schritt dieses Buchs – das Timing, die Menschen – hat sich wie Schicksal angefühlt. Wir sind ein Dreamteam. Eveste könnte keine besseren Shipper haben.

An so viele andere, die mir dabei geholfen haben, diese Geschichte von einem komplizierten Dokument in Scrivener in ein echtes Buch zu verwandeln, einschließlich aber nicht beschränkt auf: Jean Feiwel, Valerie Shea, Celeste Cass und Mandy Veloso. Und danke an meine Testleser:innen für ihr unbezahlbares Feedback.

An meine Familie: Ich bin umgeben von Menschen aufgewachsen, die sowohl Musik als auch Bücher schätzen, und dieses Buch würde ohne diesen Grundstein nicht existieren. An meine Eltern, danke für eure Liebe und eure Unterstützung. An meinen Bruder, danke, dass du mich dazu ermutigt hast, meine Ziele ernst zu nehmen. Danke vor allem auch an die Steve Miller Band, die auf dem Summerfest 1982 aufgetreten sind, wo meine Eltern ihr zweites Date hatten. Laut der Geschichte gab die Band ihre Zugabe, und dann sagte Steve Miller: »Wir haben jetzt jeden Song gespielt, den wir kennen, also fangen wir einfach wieder von vorne an.« Und das haben sie auch getan. Halleluja.

An die 21ders: Für eure Weisheit, eure Unterstützung, eure Großzügigkeit und euren Humor. Es ist eine Ehre, mit euch mein Debüt zu feiern.

An das Fandom (jeder Art): Dafür, dass es mich zur Musik zurückgebracht hat, und mir gezeigt hat, wie schön es sein kann, Popsongs – und Mädchen – zu lieben, und für all die Happy Ends, die wir zusammen produzieren.

Bis der Mond ins Meer stürzt.

Anmerkung zur deutschen Übersetzung

Eine der Personen in „Unsere Herzen auf Repeat“ ist Steph. Steph ist nicht-binär. Das heißt, Steph identifiziert sich weder als ausschließlich weiblich noch als ausschließlich männlich. Stattdessen befindet sich Steph auf einem Spektrum dazwischen. Im englischen Originaltext nutzt Steph das Pronomen they/them, das neutral ist und im Englischen schon immer für Personen unbekannten oder nicht-binären Geschlechts genutzt wurde. Da es im Deutschen noch keine einheitliche Regelung gibt, wenden nicht-binäre deutschsprachige Personen unterschiedliche Strategien an, um ihre Nicht-Binarität zum Ausdruck zu bringen. Einige nutzen gar keine Pronomen oder die Pronomen er/sie, andere präferieren das englische they, und wieder andere nutzen sogenannte Neo-Pronomen, die extra für diesen Zweck geschaffen wurden. Das sind z. B. sier, sie_er oder xier – Kombinationen aus sie und er. Für diese Übersetzung haben wir uns für das Neo-Pronomen dey/demm entschieden, das in Anlehnung an das englische they/them entstanden ist. Dey wird, genau wie alle anderen Pronomen, ebenfalls konjungiert.

Konjugationstabelle und Beispiele:

Nominativ	dey	Dey (Steph) hat zwei Geschwister.
Possessivpronomen	deren	Mari ist deren (Stephs) Nichte.
Dativ	demm	Das Schlagzeug gehört demm (Steph).
Akkusativ	demm	Meghan umarmt demm (Steph).